李浩 著

乱世遂州

北方文艺出版社

在罪案叙事中张扬世道人心

刘火

四川作家李浩，孜孜不倦地甚至可以说着魔似的在历史的深处与民间打捞记忆，就如作家在《乱世遂州》中所说："尖起一双招风大耳，仔细听茶客酒徒们神侃。特别喜欢听那些三教九流的趣闻逸事，或江湖豪客们的龙门阵。"这些记忆或者叫"龙门阵"里的人和事，在李浩的《蜀中盗志》里，让我领略了李浩的才情。没有想到的是，原来那些个零零碎碎的短小故事，如今在长篇小说《乱世遂州》长成了一棵大树。

得益于方志野史的打捞与启示，得益于民间的诙谐与智慧，《乱世遂州》成了一部蔚为大观的关于历史关于民间的宏大叙事。当然，作为作家，其最重要的本领就是虚构，按川人的话说叫"摆龙门阵"。仅就历史题材的小说来看，虚构的本质在于它与历史和现实之间有偌大的空间，这一空间是作家能力和才情的展示区，或者说，在历史与现实的这一虚构空间里，作家才有可能成为作家。这一空间，无所不有，无所不可能成为另外一段历史和另外一种现实图景。书写这另外一种现实和另外一种图景，正是作家的使命（或许也可叫作宿命）。而且，成为只有某一作家的认知和才情所决定的叙事文本和叙事模型。蜀中作家李浩的机智在于，他选择了"罪案叙事"。这一叙事模型，中外古今都属一大流派，而且是一个读者众多，趋之若鹜的流派。在中土，它叫"公案小说"；在西洋，它叫"罪案小说（Crime Fiction）"。我们所称道的，前者诸如《包公案》《施公案》《彭公案》，后者诸如柯南·道尔的"福尔摩斯"系列、克里斯蒂的"波洛"系列。所谓"罪案叙事"，就是将叙事的中心与关节置于罪（crime）与罚（fine）的纠缠、执法者（lawman/policeman）与犯罪者（criminal）之间的斗智斗勇。《乱世遂州》正是这样一部小说。

罪案叙事，其故事的紧张、惊悚，以及悬疑，是这类小说的元素。《乱世遂州》一打开，扑面而来的是一位外有清名实却心机重重的地方官员黄中玉，为了自己更进一步的仕途，备了一份大礼进京，准备贿赂康熙重臣吏部尚书以求从州牧到省督。如何备礼，礼有多重，关键在于这礼由谁来护送，怎样护送。随着这一备礼、送礼、被人夺礼的展开，命案——罪案叙事文本的重要构件——便接踵而至。杜亮、杨三姐、曾文正、张铁匠、蔡氏兄弟……一个接一个地死于非命，一个接一个的死都怪诞而离奇。到了小说的结尾处，所有先前设计死于非命的幕后主谋，如黄中玉的大管家莫仁品在办一桩夺人性命的要事后离奇死去，莫仁品背后的主谋州牧大人黄中玉也很快让自家的性命化于尘土。这一连串的命案，以及由这些命案组成的如乱麻一般的线索，推动着叙事的进程。在这一进程里，我们看到作家李浩的本领，即如何将这些命案与虚构的事件天衣无缝地连接起来，于是，小说里眼花缭乱的案子一个又一个地抖搂出来。盗婴案、卢二凉粉店中毒案、曾世礼家命案、库银失盗案、观音珠宝印失窃案……大案套小案，小案引大案。在这一系列的盗案、命案里，作家李浩的关节设置、人物出场,看似随意,其实,每一个陌生人的出场与退场(如整部小说的关键人物杏儿的出场与退场)、每一案子的由来,以及由这一案牵引出来另一案,无不惊涛骇浪。譬如小说中的第一案,曾世礼家曾公子与小鱼儿命案。此案与全书其他大案相比,看似小案,而且似乎也没有什么与后来的库银盗案、婴儿盗案等,甚至权谋与政治相挂。但是这一命案却是整部小说的开关。它开启了这部小说的一个重要构件——庙观(此话题待会儿专讲)的出现,它开启了这部小说另一个构件即江湖高手(各路来路不明的江湖高手的出现,是这部小说非常好看的地方)的出现,它开启了黄中玉备大礼的大幕,它开启了这部小说时隐时现却极为重要的物证观音珠宝印的出现。小说是这样叙事的:

广德寺,观音殿。
陈捕头扮成香客模样,花十文钱燃了一炷高香。
虔诚地伏拜于地。
观音大士神龛前,"观音珠宝印"赫然置案上。虽隔着琉璃罩,仍隐约可见。
案旁,坐一护宝武僧。
武僧年约二十三四岁,二目炯炯有神。
然不知何故,颈上挠痕数道,新迹可鉴。
丫鬟小鱼儿所挠?
陈豫川有些激动。
兀自拜地上,叽叽咕咕许着愿。
心里却在想,如果和尚左小腿有伤,必是凶手无疑了。

正思忖该如何下手。

猛听得身后一香客,大声斥道:"尔久占蒲团不去,是何道理?"

陈捕头装着吃惊的样子,就地一个侧翻,右手顺势在和尚左小腿上一撸。

和尚不备,"啊"地发出一声尖叫。

听音辨人乃陈捕头特长,更是他异于常人之处。

那和尚一声不经意的叫唤,明白无误地告诉他,此人正是昨夜林小姐闺房中的黑巾人!

小说包袱的抖与藏、小说关节的隐与显,如何恰到好处、如何引人入胜、如何才具有罪案叙事的悬疑与惊悚,《乱世遂州》为这类小说提供了一种标尺。如果仅是这样,也许还只停留在传统叙事上,也就是说,也许还停留在如《包公案》等旧式公案小说的平台上。作家李浩显然不满足于对公案小说的效颦。李浩作为当代作家,对叙事有着自己的认知和把握。从传统叙事到现代叙事的转圜,其重要支点在于,前者的叙事时间是物理时间,即时间的长短与时间的顺序成直线;而后者的叙事时间则是心理时间,即时间的长短与时间的顺序并非直线。也就是说,现代叙事不拘泥于时间的不可逆性,相反的是,现代叙事,正是为了故事的需要或人物的需要,打破时间的不可逆性,让叙事依据作者的时间观念来对叙事进行重新建构。这是现代小说叙事最为重要的特质。与《包公案》《彭公案》相比,《东方快车谋杀案》《尼罗河上的惨案》就是作家的心理时间来推进叙事进程的。举例阿加莎·克里斯蒂的罪案小说,并不是说作家李浩借鉴英国的这种罪案小说的样式,而是想表明,《乱世遂州》的叙事观念与叙事技巧,显然已经超越了他自己已经娴熟于心的如《蜀中盗志》那般精巧的叙事样式,而是以一种宏大的叙事观念和现代叙事对一个旧式题材的重组与重构。

因此,《乱世遂州》不是一部简单的公案小说,或者说,《乱世遂州》在罪案叙事的模型里,建构的是一部具有宏大主题的世道人心的小说。当小说一个又一个命案的披露,当小说一个又一个奇人异事的呈现和消失,当小说的主角——罪案叙事的主角——捕头(执法者)陈豫川一步一步接近命案的真相时,我们才发现,这部以命案建构的小说或者这部以罪案叙事为模型的小说,将小说的背景置于清初那个社会纷乱且正在重建社会秩序的大动荡的年代。一面是清帝康熙的文治武功,一面是平西王的犯上作乱,一面是明王朝的残存势力,一面是地方官吏的官场百态,一面是民间各种力量的纠葛。再就是,虽然已经改朝换代(由清替明),但是传统的深深植入民间文化的习俗依然强劲地影响着作为单个人的生活和处世之道。在这种异常混沌又异常尖锐的社会里,作家李浩给我们展示了那一时代的场景,重要的是,给我们见证了即使在如此混沌纷繁的社会里,世道人心依然是社会公正、良心的重要构件。而这一世道人心的标志就是铁血神捕陈豫川。

作为罪案叙事的主角,执法者即《乱世遂州》里的陈捕头"从业三十年,自然见多识广","陈豫川乃百年难遇的'捕才',于侦测缉拿术习无不精,且胸罗万象,满肚子旁门左道之学,更是无人能及"。这不只是对陈捕头从业技术的表彰,而是作家李浩给予了这位执法者另外的身份和另外的品质。当陈在一路追踪匪徒逼近命案的真相时，陈发现，所有的命案或者这部小说里涉及的大多数命案都与自己的顶头上司黄中玉有关时，小说写道：

> 夜里戌时，玉堂街黄府。
> 陈捕头不顾护院阻拦，径直闯进黄中玉的书房。
> 他要当面呈请州牧大人，以示如何处置。
> 然而，当他来到书房前，正准备推门进去时，却看见黄中玉手挽着白衣少年，谈笑风生地从后花园走来。
> 陈豫川瞪着一对大眼，顿时骇得肝胆俱裂！

在陈捕头终于明白了"上下关系狗连裆，无外乎打伙求财"时，终于明白，他陈捕头一直追踪的命案盗案原来大都是自己所信任的上司所为。"肝胆俱裂"不是因为作为执法者的陈豫川被吓倒了，而是作为坚守了三十年的执法者之道的价值观念和作为执法者的信义一瞬间遭受到最为严重的危机。但是，这位铁血捕头并没有因此迷茫，更没有罢手不干。而是以自己的一腔做执法者的热血和信念，当然还有积累三十年的经验智慧，以及给远在天边已经做了高隐的师傅师娘获取信义和人心的力量，继续追案，永不放弃。不过，作家李浩显然不是一位对此乐观的人。大结局时，并非河晏海清。当所有案子真相大白时，一连串盗案命案的个人，无论主谋者、帮凶、爪牙，还是盗案命案中的无辜者（譬如小鱼儿）都各有其报时，叛军失败，具有高贵血统的信物"观音珠宝印"虽有"缺额"也算完璧归赵，高僧大德雪珂禅师和陈捕头的师傅师娘都如愿了了初衷。善有善报恶有恶报，别人都有了自己的大团圆，独陈捕头"携妻儿星夜外逃。隐于潼南乡下十八年"。这样对于一个具有世道人心标志的人物的结局——于陈捕头来讲——无疑是一个悲剧的结局，正是有了这样的悲剧意识和悲剧表达，凸显了这部小说给予我们读者的另外一种思考，以及我们对世道人心的另一种打量与考量。

在这样一部以罪案叙事为文本的小说里，作家李浩没有忘记自己其实还是一位风俗意义的作家。李浩原来的那些短制，叙述语言有时还包括了对白，大都用的是经过李浩过滤过的文白川话。《乱世遂州》虽然继承了这样一种语言习惯，但是，这部小说在语言却有着惊人的——与小说故事一样惊人的变化，那就是大量地使用四川方言的口语表达：

——但凡说到张泽林，茶博士们必一脸喜色，莫不跷起大拇指，尊他一声"麻爷"！他心里很受用，乐意别人这样称呼自己。

——"正月里来正月正，麻子面上牵藤藤，高高低低不平顺，不平顺呀不平顺，婆娘哭男人苦就是不吭声！"一个人吼唱，三个人帮腔。

——俗话说得好，运气来登了，棒棒都敲不脱！

小说，无论叙事还是对白，通俗的不再以文言方式的叙事与对白，是这部长篇小说的重要语言特质。为什么作家李浩会一反自己已经形成的语言风格而使用一种新的语言表达呢？如作家自己所说，这是因为"俚调儿里，有几分艰辛和无助。但更多的是，对贫困生活的不屈，和对未来生活的乐观向往"。
原来如此！世道人心并不是一种抽象的表征，世道人心本身就植根在民间，植根在生生不息的文化传承里，植根在作家有意无意的意思和潜意识之中。这是一个作家的本质和天分所定。四川话有着它极强的生命力和极大的表现力，它的诙谐、俏皮，有时的直白和辛辣，是其他语种难以企及的。这当然不是说语言也有贵贱之分，但是由于川话本身的这种物质，也决定了川人的个性。而川人个性的世道人心，同样需要一种有别于他方的语言表达。因此，《乱世遂州》语言的哗变，除了看见这种语言的丰富的表达力，同时也可以看到作家李浩对自己本土文化的"认祖归宗"。认祖归宗，不是保守也非投降，而是语言作用或者决定一种适合来表达世道人心。有人认为题材的新旧会影响小说的意义和价值（譬如现实主义价值），其实在我看来，或者在作家们看，题材并不决定一部小说的意义与价值，决定一部小说意义和价值（包括它的美学价值）的是作家的理念和小说技巧。就新与旧的关系上，歌德在其自传里说过这样一句话："人们要求一些好的新的东西，但是最新的总不吃香。"（见《歌德自传——诗与真（下）》）从这样的角度来读或来观察《乱世遂州》，它不仅超越了中国公案小说的范式，也超越了一般官场小说的套路，同时它对现代小说叙事有了重要的探索。于是，在《乱世遂州》里，由此拉开了另外两个窗口：一个是这部小说试图集四川民间文化的大成；一个是这部小说试图集四川庙观的大成。前者，因为直观，只有一读才能体悟，这是一个有让本土文化得以显现的任务。但是对于第二个大成，也许读者一读就跑过了。而且还有可能以为作家在卖弄自己的某一方面的知识和才气。如果这般看，于我而言，也许就错了。为什么作家李浩会用那么多的篇幅，把他的人物与事件置身于蜀中庙观（无论名庙名观还是籍籍无名的小庙小观），我以为这跟这部小说的川话口语书写与风俗书写一脉相承，用一句现代主义话语讲，其实是一种"互文"（此"互文"既有中国古典诗学"互文"所指，更是结构主义"互文"所指）。也就是说，这三者建构的互文，共同承担了世道人心的另外一种书写。世道人心的由来，当然是要通过人物来表征，但是如果按现代主义小说的叙事理论来观察，同川话口语与川人的关系、同民俗与川人的关系一样，庙观（作为四川的一种宗教或亚宗教所给予的信仰所在地的标志，或者说是川人信仰的隐喻）与人的这种互文的建构以及由此的价值指向，就是一种有别于人与人的关系，即人与具有象征性的物（庙观）的对话。通过这样的一种对话，使得世道人心以另外的管道和平台得以存在和张扬。

　　作家李浩嘱我作序，于是不揣浅陋，写下上面的这些文字。如果可以算作序，此为序。（丁酉年正月十二于叙州田坝八米居）

the # C 目 录
ontents

第一章	// 001
第二章	// 033
第三章	// 051
第四章	// 071
第五章	// 101
第六章	// 117
第七章	// 127
第八章	// 147
第九章	// 159
第十章	// 173

第十一章　// 185

第十二章　// 199

第十三章　// 211

第十四章　// 225

第十五章　// 247

第十六章　// 265

第十七章　// 285

第十八章　// 307

第十九章　// 323

第二十章　// 341

第二十一章　　// 355

第二十二章　　// 375

第二十三章　　// 385

第二十四章　　// 401

第二十五章　　// 415

天涯若比邻（代跋）　　// 453

第一章

《遂州志》载：宋元符二年，县下慧明院，秋冬间忽现观音大士像，父老以为祥瑞，咸请于真宗皇帝，御封"观音道场"。宋政和五年，父老咸曰："……遂宁出佛越三年，陛下即位，此其祥兆，乞改府额。"十二月己亥，徽宗诏升遂州为府，赐广德寺"观音珠宝印"一枚，代表无上法权，持有者可号令天下。

清康熙八年（1669年），黄中玉得当朝一品大员张鹏翮鼎荐，知任遂州。

康熙十一年（1672年），张鹏翮六十寿辰。黄中玉为感其恩，搜罗奇珍异宝数以百万计，内有广德寺镇寺之宝"观音珠宝印"，秘遣护院蔡氏兄弟解押至京，以为寿礼。

车队行至剑门关，神秘失踪……

一

旧时遂州，乃川中名郡，与梓、益二州齐名。

千里涪江浩浩西来，到了遂州地界，向南拐了一个大弯。急湍回旋的江水，就在州城之中，形成一个浩渺的大湖。

湖阔十里，荡荡水天一色。

湖中心有一座小岛，状如葫芦。

土著人叫它猫儿洲。

读书人却在众多史籍里，查到了它的出处。那是大有来头的，叫作圣莲岛。

遂州人就不明白，甚至感到疑惑了。

好端端一个猫儿洲，为何就叫了圣莲岛呢？

州志上写得清楚，唐穆宗、宋徽宗两位帝君，未继位大统前，曾先后封为遂宁郡王。二人在屏藩遂州时，长年结庐湖畔。闲暇之余，时常去江心岛上课读养心，参禅礼佛。拿臣子们的话说，两位圣天子因领遂州而沾宝岛灵气，又应天时得坐龙庭。

于是乎，小岛便赐名为圣莲岛，湖也就叫了圣莲湖。

遂州城扼巴蜀要冲，水陆交汇，历为兵家必争之地。

考一部蜀地史，谯纵称王、董璋乱蜀、王建叛唐，皆因首据遂州而控两川。

故而在野心家眼里，有得遂州者得四川之说。

唐宋之际，遂州为节镇大藩治所。上管川陕二十六驿站，下辖涪江三十七码头，势力范围很大，管控了大半个四川。历视为剑南大镇雄州，号巴蜀第三城。

城围周长约二十华里，青一色条石垒砌而成。城墙高约十丈，为晚唐武信军节度使夏鲁奇所筑。虽历经千年，仍然十分坚固。

州城方形如斗，别名"斗城"。土著说得好听，遂州人坐拥地利，日进斗金，所以叫作"斗城"。

斗城四四方方，外环以壕，四门皆有月城。东门"望鹤"，西门"登龙"，南门"金马"，北门"玉堂"。

高大的城墙内，横横竖竖躺着一百八十八条大街小巷。犬牙交错的街道，像一枚巨大的篆刻图章，镶嵌在四川盆地的正中心脏位置上。

圣莲湖环湖长约三十六里，从北往南建有三个码头。

最繁华最热闹的码头，非湖南岸的"南津"码头莫属了。

"南津"居湖出江口，乃千里涪江上第一大码头。南来北往的旅客商人，大多汇聚于此。

偌大一座水码头，计有五十六个大小泊位。

一年四季里，车来船往，人烟稠密。逐渐形成了遂州人引以为豪，外地人赞不绝口的南街夜市。

两排穿斗结构的店铺，夹了一条青石街道，向东南铺排开去，绵延里许。

街道两旁，百十户商贩人家，林林总总在此经营。

或茶肆酒楼，或古玩字画。

每当夜色降临，各家店铺里点一支白烛。不明不暗的烛光，将一条南街照得朦胧，甚至有些阴森。

名头十分响亮的悦来客栈，就坐落在南街中段。富丽堂皇的厅堂，占尽了一街风流。

大清朝康熙十年，冬。

遂州城内盛传，有白衣贼神出鬼没，专掠富户豪门，人莫辨其踪。

腊月十九。

申时，天雨雪。

李长林来的时候，悦来客栈里，住着一位雅州客商。

雅客精瘦长身，看穿着打扮，俨然大家派头。言谈举止间，很有几分土豪气，人也十分精明。

店主人左目残而无珠，人称独眼店家。

店家虽然少了一目，面容却很友善，给人以无限的信赖感。

李长林乃转转古董商，没得几文闲钱，又偏爱热闹，脑子里总想着发大财。

空闲无聊时，爱去山里的小镇遛遛。时常不经意间，就弄回一两件前朝，或更早些时候的古物。

有了钱就换成酒，昏天黑地喝进肚里。

虽然淘到过不少宝贝疙瘩，却始终未见发迹。

临近年关，城里城外的人，都忙着置办年货。远远近近的空气里，腊味渐浓，处处弥漫着酒香和肉香。

人人见面都喜气洋洋。

李长林闲来无事，听说遂州夜市很有名，南街上藏龙卧虎。便怀揣一万两银票，过来碰碰运气。

精瘦的雅客却不同，常常瘪着嘴啧啧有声，将遂州古玩界贬得一文不值。说来了半月有余，未见有啥值钱的货上市，枉自负了盛名。

从腊月二十一日起，客栈里的旅人都忙着回家过年，已陆陆续续离去。到了午时，偌大一座悦来客栈里，就只剩下李长林和雅客两位古董商了。

雅客对南街夜市已没了兴趣，早上便起得十分晚了。夜里，也不再去古玩市场溜达。

时常闭了房门，焚香参禅。一副高深莫测的模样，让人捉摸不透。

倒是客栈主人，依旧笑眯眯地和气。见两位爷整日忙活，却总未见到收获,便有一丝怜悯。

终一日,酌了两壶好酒,切二斤烧腊,邀两位客人同饮。

酒至半酣,二客垂头叹息。

独眼店家见了,摇了摇头,嘴里喃喃自语。

似有意又无意地感叹道:"眼下年关将近,那些破落户怕人前人后丢了脸面,必有饰物抛售于市,以筹年薪。一般殷实富户人家,或还债或酬宾,也有闲置之物售于夜市,有心人必有所得。"

想是多饮了几盅,独眼店家昏昏沉沉,喋喋而语,几近梦呓。

雅客闻言,心中震动,感激店家点拨,起身从床头布袋里掇出核桃数枚佐酒。

桃壳坚硬如铁,轻易不得食。

雅客乘了酒性,两手各执三桃,如杂耍般旋转,哗哗有声。

片刻,掌中桃壳皆碎。

店主人见了,暗叹其勇。

敬酒数碗,三人尽欢。

李长林不胜酒力,早早告退,宿于隔壁房中。

店家独留于厅,与雅客倾壶长饮。

雅客大醉,唯店主人神色如常。

腊月二十六。

傍晚时分,天大雪。

雅客偶感风寒,不想外出,独自龟宿客栈内。

李长林依旧兴趣盎然,草草用了一碗杂酱面,权作晚膳。

小憩片刻后,只身前往夜市。

雪愈烈。

雅客寒不能忍。

店主人生炉火，温酒以待。

酒过三巡，李长林裹雪匆匆而入。

店家睁一只右眼，见他满面喜色。

起身作揖贺曰："恭喜李爷得了。"

李长林要了一杯酒，极欢快地饮下。

嘚瑟道："托主人家吉言，今日果然得了。"

雅客性急，要见那宝。

李长林犹豫，不愿炫于同行前。

雅客坚持要看。

店主人也满脸期待之色。

李长林心里高兴，又饮下一杯酒。

此宝果真不同一般哩。

便喜滋滋地拿出来，放在案上。

天，竟然是一枚绿宝石，鸽蛋般大小的祖母绿！

烛光下，荧荧闪着绿光。

雅客双眼圆睁，嘴里"啧啧"有声。

店主人独眼里，有了好奇之色。

探询道："此宝必有故事？"

李长林点点头，抿嘴而笑。

原来晚餐后，李长林去到夜市，漫无目的地四处溜达。

风雪中，一老妪携一篮至。

二人交肩而过时，老妪悄声问曰："客官要否？"

李长林不知何物。

揭了竹篮盖头，见是一只铜麒麟，锈迹斑斑不堪目睹。

唯麒麟造型怪异，独眼嵌于额上。

李长林好奇，接过手仔细把玩。

雪光掩映下，铜麒麟额上那只独眼珠，绿光荧荧。

李长林不由狂喜，却装得若无其事。

随口问道："价值几何？"

老妪似大户人家仆人。

见李长林相询，显得有些局促。

慌慌忙忙回答道："家里人说了，非百两银子不可售。"

李长林故作吃惊，摇摇头又撇撇嘴。

揶揄道："诓谁呢，一只铜麒麟，竟值百两银子乎？"

老妪坚持不售。

李长林见妪不肯售，故意拿住铜麒麟尾巴，倒提着做递还状。

低着头想了想，又半开玩笑地说道："五两买眼珠如何？我家小儿必喜玩之。"

老妪犹豫片刻，便成交了。

店主人闻言，失声赞曰："李爷精明，此眼当值万金！"

突然，雅客捧腹而吟。嘴里大叫一声，"疼死我也。"

兀自撇下二人，急匆匆上街买药去了。

李长林心里高兴，坐下来与店主人夜话。

二人围着火炉，你一杯我一杯，慢慢饮着酒。

炉火熊熊，红红地照着雪夜。

壶里的酒，已经不多了。

雅客终于踏着积雪，快步回到店里。

满脸喜色，犹甚李长林回店之时。

独眼店家忙站起来,十分虔诚地祝福道:"爷,真玩家也。"

李长林疑惑,不知店家何出此言。

雅客喜不自胜,自怀里掏出一物,竟是那只无眼铜麒麟!

李长林不觉呆了,遂问其故。

店主人道:"铜麒麟额上,嵌一枚万金绿宝石,合常理乎?"

金镶玉?

当真是金镶玉!

李长林拜服。

"二位胜吾多矣!"

雅客神采奕奕,痛快地饮下一杯酒,大大咧咧坐在炉旁。

乐呵呵地说道:"李爷不必过谦,一只无眼金麒麟,一枚无依附的绿宝石,怎敌得二物合璧?烦请店家做个东道,二物合璧如初,不论价值几何,皆三七分成。可好?"

众皆称妙。

三人毫不犹豫,连夜去了紫东街,进入"全泰堂"珠宝店。

"全泰堂"老板爽快,出价二十万金。

按约分成,雅客和李长林各得其所。

两人欢喜,各以千金酬谢店主人。

独眼店家皆不受,一脸淡然。

李长林内心感动。

店家重情薄利,少有的侠义之人。

翌日天明。

店主人置酒相送。

三人饮于圣莲湖畔,至午时方休。

雅客兴趣颇高,欲与李长林结伴西行。

李长林摇摇头，心有不甘地说道："遂州南街夜市水深，小弟欲乘年关临近，再去摸几条小鱼。"

雅客独自乘舟，溯流而西。

雅客去了，悦来客栈里，只剩下李长林一人。

不知何故，他的心里一阵阵发紧，甚至莫名地惶恐不安起来。

夜里，居然无法熟寐，脑子始终清醒着。一会儿想精瘦的雅客，一会儿又惦记他的十几万金。

偌大的一座客栈里，没有丝毫动静。

店主人也不像雅客在时，温一壶酒过来共饮。

李长林有些害怕，点烛围被坐到天明。

巳时一刻。

李长林未用早膳，独自落寞地来到南街。

一街商众，纷纷轰传一桩凶案。

言昨日夜里，雅客暴毙射洪寒阳驿。身中数十刀，随身财物尽失。

有好事者说得玄乎，雅客夜宿寒阳驿，莫名其妙不见了踪影，甚至连尸体都找不到了。

李长林闻言，心惊肉跳。

客栈里，依旧无声无息。

李长林奇怪，店家去了哪里？

眯起眼想了一想。

随即矮下身子，悄悄潜往西厢房，至店主寝室外，撬窗而视。

独眼店家正和衣榻上，呼呼大睡。

李长林心里十分诧异。

店家每日皆早起，今日为何如此贪睡？

心念一动，人已破门而入。

店主人翻身跃起，手里握一把明晃晃尖刀。

厉声喝道："汝意欲何为？"

李长林不慌不忙，从怀中掏出一方铁牌。

独眼店家一见，手里紧握的钢刀，"当"的一声坠落地上。眨巴着一只独眼，满脸皆疑惑之色。

他哪里肯相信，眼前并不精明的古董商，竟然是遂州赫赫有名的捕头陈豫川！

陈豫川收了铁牌，淡然一笑。

不急不缓地说道："遂州南街夜市，年内古董商失踪十数人，两川震动。朝廷限时破案，吾领命暗查数月，却始终未见蛛丝马迹，不得已扮成古董商，宿于贵店中。"

说到这里，陈捕头顿了一顿。

见独眼店家坐榻上，丝毫不显慌张。

续曰："那日店内夜饮，雅客手碎铁核桃，内力何等深厚，酒力却不及你！那么你是何人？我自有了警惕。明知独眼麒麟乃纯金所铸，你却让雅客占先，如此大利皆不屑，岂不更让人生疑？"

陈豫川越说越激动。

"吾与雅客，以千金相酬谢，本属业界惯例。真正的豪士，取应得之利，自古皆然。而你却一脸漠然，必另有所图。怎不叫我小心翼翼？雅客一死，知情者三，元凶是谁，陈某虽笨，也不至于想不到吧？"

"爷之精明，远在我与雅客之上！"

独眼店家说完这话，并不反抗，闭目束手就擒。

陈捕头道一声谢谢，也不绑他。二人如常人一般，一前一后向州大牢走去。

是夜，风雪突烈。

遂州城西，卧龙山北麓。

州监大牢戒备森严，静悄悄无一丝声息。

鸡鸣五更时，州衙得快马飞报。

丑时三刻，一白衣人夜闯大牢，来去如风。众狱吏大哗，尚未看清来人面容，白衣者已掠独眼店家遁去。

陈豫川闻讯，策马赶到州牢。

然遍寻大牢内外，竟未发现一丝一毫痕迹。

准确地说，连白衣人的脚印，都没有找到一个。

陈捕头二目炯炯，标杆般直挺挺地站在大牢前，望着漫天乱雪发呆。

心，一阵阵紧缩⋯⋯

二

城东犀牛堤，圣莲湖北码头。

北码头建于前明崇祯年间，土著人谓之"新津"。

"新津"规模不大，总计才十个泊位，叫渡口似乎更为合适。

"新津"渡口虽小，也不及"南津"那般繁忙，宁静中却多了几分高贵。

邻近"新津"的玉堂街，历为达官显贵居家所在地。

据老辈人讲，这里原本是片河滩地，下苦力的贩夫走卒们，大多在此聚集栖身。

清一色的茅草窝棚，鸟巢一般，胡乱搭在涪江边上。

前明成化年间，工部尚书黄轲奉诏帅蜀，驻节遂州六载。

黄尚书驻节遂州期间，时常感慨万千。遂邑虽扼巴蜀水陆要冲，却无舟楫运输之便。遂表奏朝廷，耗巨资打造"南津"码头，以利蜀中物流。

说起黄轲大人，遂州百姓莫不赞许。

曾筹巨资，建乡贤祠以祀。

土著人口口相传，大明二百七十五年间，遂州三大家族，黄氏位列其首。明武宗皇帝钦赐其乡，曰"黄榜乡"，至今地名犹存。

黄大人初莅遂州时，经常一个人背着双手，城里城外到处乱转。

继成功打造"南津"后，他又爱上了这片河滩地。不惜举全州之力，强势加以整治。

工程历时三年，耗资百万，玉堂街成了遂州名片，名扬巴山蜀水间。

纵观玉堂一街，群山环绕而襟带涪江，实为龙翔凤飞之所。

黄尚书认个死理，要死要活爱上这块风水宝地。

他听信一帮风水先生胡诌，择吉日奠基开工。在临近圣莲湖"凸"出的地块上，精心打造了一座府邸。

但凡到过遂州城的人，说起玉堂街上的黄府，无不跷起大拇指，赞一个"肥诺"。

黄府占地二十亩之阔，在玉堂街上十分显眼。

从州衙大门口直行，数百步后左拐，进入莲池小巷，再绕过天上宫高大的戏楼，远远就能看见黄府布满铜包钉的大门，以及两侧威猛无比的石狮子。

宏阔的广场上，矗立着十丈高的桅杆。上挂一面六尺杏黄旗，威风凛凛地飘扬在半空中。

府邸大门正上方，横悬一块金丝楠木匾额。

横匾上题"黄府"二字，为遂州名士周小楼所书。

字大如斗，流光溢彩，灿烂炫目。

现如今府邸的主人，同样是遂州最高行政长官，同样也姓黄。但他与前朝的黄轲大人，一点关系也没有。

如今这个黄大人，名叫黄中玉，本是川北剑阁大山里的人。

前明万历三十一年，川北大旱。黄氏先祖逃荒，举家内迁至遂州城。经过数十年惨淡经营，家业日渐兴旺。到了黄中玉这一辈人，黄氏一门，已为遂州数一数二的名门贵族了。

皇朝康熙五年春，为笼络汉人文士学子之心，朝廷特开恩科取士。

黄中玉赴省垣成都乡试，中得头名解元。意气风发地赶赴京师，参加礼部会试，再中会元。

终以一甲第三人及第金榜，授翰林院编修。

又三年。

黄中玉得邑人张鹏翮赏识，向朝廷力荐其知任遂州。

《遂州志》载：张鹏翮，字运青，号宽宇，遂州小溪人。时任吏部尚书，为官清廉有直声，好提携后进，对乡党尤爱之。

黄中玉得张鹏翮鼎荐，三年前走马上任时，还不到三十四岁，好不春风得意。

志书上写得明白:"……权谋善变,风流倜傥有才情,政绩斐然颂四方。"

黄中玉到任遂州三年,口碑甚佳。

每年春上,他都要想些花样,搞一些亲民活动。尤其春节期间,三天"迎春"的春戏,更是他年年必做的功课。

考据方志,遂州"迎春"始于隋唐,兴于宋元。前明嘉万年间,盛极一时。

立春前一日,不论城市乡村,人们见面时都相互说吉利话,彼此间索要少许钱物,谓之"报春"。

立春之日,州属各县的戏班子,便齐聚南津码头"望鹤楼"下,大唱百锣"迎春"大戏。

扮春官者穿五色彩衣,随着锣鼓之声,舞于戏台前。逐一向官爷们讨要"春喜",谓之"迎春"。

再一日,春官手持柳条儿,游于城内的大街小巷。见人就打,谓之"打春"。

"打春"者,意为"迎春"已经结束。各家各户应抓紧时令节气,蓄积草木肥或牲畜粪水,以备春耕。再不可游手好闲,到处贪玩贪耍了。

今年的立春日,黄中玉想玩一个新花样,欲仿效前朝旧制,在州城中央的莲花广场上,举行盛大的"迎春祈福大会"。

届时,他将亲率州衙百官,前往城西卧龙山广德寺,迎奉该寺镇寺之宝"观音珠宝印",置广场中央社稷坛上,供遂州百姓观瞻。

州牧大人疯了吗?

天下人谁不知道,满人定鼎北京后,取消了前明一切旧制。

尤其禁止地方各州府衙门,举行各种与汉人有关的祭祀活动。

"立春"为汉人二十四节气首节,到达时间为正月初一前后。与农人耕作息息相关,历为汉人所重。

满人乃游牧之辈,哪知"立春""雨水"为何物?

"立春"之日,黄中玉欲祭天祀地,以祈"春福"。他这么铺排,不怕犯了当朝权贵禁忌吗?

州牧大人不是傻子,他当然知道其中的厉害。

但是,他仍然要做这件事。

今年的年份很特别,立春日为正月初一。而明年的立春日呢,则罕见地为腊月三十。

遂州土谚云:"一年两头春,黄豆贵如金。"

老辈人说,"两头藏春"的年辰不好,农人地里必欠收成。应向上苍祈福,以佑百姓。

黄中玉应父老之命,奏请朝廷恩准,恢复遂州春日祈福大会。

消息一经传出,周邻各乡县民众,纷纷拥入遂州城,以观其盛。

腊月初九,黄中玉知会州衙各僚,声言"祈春福"大会如期举行。

捕头陈豫川闻讯,心里着实犯难。

时满人入主中原不久,世道远非太平,各地盗贼强徒神出鬼没。"观音珠宝印"乃国之重宝,岂可轻易置于大庭广众之下?

然州牧大人坚持己见,一衙同僚皆拥戴。

陈豫川无可奈何。

他小小一介捕快,怎敢拂了一州之长的美意?

坊间白衣贼传闻甚嚣,陈捕头怎不忧心忡忡?只得提前安排,暗中密布眼线,做些防卫准备。

正月初一。

立春。

遂州城西,卧龙山广德寺,灯火通明。

寺内寺外,人山人海,锣鼓喧天。

由红色毛毯铺成的大道,宽约四尺。从山脚下的"观音道场"牌坊,一直铺到大雄宝殿前的"圣旨坊"下。

计约二里许。

红色毯道两旁,四百名广德寺僧,双手合十肃立,口诵《阿弥陀经》。

经声清越洪亮,一里之外,清晰可闻。

黄中玉身着官服,率百名州衙僚吏,一步一叩地跪拜至"圣旨坊"玉石阶前。

高高的玉石阶梯,计有九十九级。

玉砌阶梯栏杆,皆饰以滚龙抱珠,气势恢宏。

庄严肃穆的"圣旨坊",建在玉石阶梯的最上端,乃大唐僖宗皇帝十一妹封遂宁公主时,圣天子颁诏所建。历为广德寺僧众迎接"圣旨"的地方。

高大的"圣旨坊"下,当代广德寺主持雪珂禅师,宝相庄严,正身披红色木棉袈裟,肃立于坊前。

"圣旨坊"左前侧,立一主礼僧,手捧一卷《疏文》。

雪珂禅师身后,置一四方紫檀案。案上琉璃罩里,赫然罩着遂州百姓心中的圣物——"观音珠宝印"!

印大如升,莹莹放出温润的光泽。

四名伟岸的武僧,身着绛色僧袍,紧紧护卫在紫檀案四围。
子时。

藏经阁的钟楼上,"当……当……当"撞响了108次新年钟声。

悠扬悦耳的钟声,一声接一声不断地响起,久久回荡在卧龙山幽邃的深谷里。

"圣旨坊"下,百名州衙官员,在黄中玉率领下,齐齐伏拜于地。

雪珂禅师左掌立胸前,右手捻佛珠,口诵《妙法莲花经》。
经声清越,似天籁之音,萦绕四野。
寺院佛乐队,管弦齐奏《观世音菩萨心咒》。
佛乐声中,主礼僧展开《疏文》,高声诵曰:

  伏以护法诸天,大权真宰,身居上界,德御人间。施擎天立地之功,有护国安邦之力。广化众生,救渡群品,发宏誓愿而助佛宣扬,显威神力而除邪罚恶。成就众生,功证佛果。如是,皈投金相,瞻礼威容,仰天眼以遥观,望他心而洞鉴。不违本誓,满所祈求。

主礼僧诵毕《疏文》,躬身退步至坊后。
顿时,庄严的"圣旨坊"下,引磬音落,木鱼声起。
四百僧众双手合什,齐声唱偈。
偈曰:

  佛慈广,感应无差,寂光三昧遍河沙。愿不离伽倻,降福斋家，金地涌莲花！

子时二刻，佛乐队再奏《大悲咒》。

随着佛乐又一次缓缓响起，四位武僧动作整齐划一，齐齐将四方紫檀案抬上肩。在雪珂禅师率领下，向城中莲花广场进发。

佛乐队笙箫齐鸣，走在队伍最前面。

黄中玉领州衙百官，亦步亦趋地跟在后面。

成千上万的善男信女，手执小红灯笼，口念"阿弥陀佛"，缓缓移步其后。

火龙般的护宝队伍，蜿蜒行走在山道间。

队伍所到之处，沿途住家百姓莫不开户燃烛鸣炮仗，跪迎道旁。

寅时二刻，护宝队伍缓缓过鄢水。

安澜桥一拱如虹。

突一白衣者，从桥孔临水处凌空跃起，瞬间掠过"火龙头"。

其疾如风，常人莫能辨焉。

火龙般的护宝队伍，竟未受丝毫惊扰，依旧缓慢而行。

隐于人群里的陈豫川，暗道一声不好，急施"凌空飞渡"之功，大鸟般掠到队伍最前面。

四位武僧脚履沉稳，肩舆紫檀案安然无恙。

雪珂禅师见陈豫川飞掠而至，意味深长地望了望他，又满脸祥和地继续引导队伍前行。

陈捕头一脸困惑，不解地摇摇头，再次隐于人群中。

他很奇怪，明明见一白衣人从桥下跃起，难道自己眼花了？

卯时一刻，红日东升，霞光万丈。

瑰丽的晨曦里，祥云缭绕。

浩浩荡荡的护宝队伍，次第进入城西"登龙门"。

卯时二刻，莲花广场上，广德寺佛乐队奏响《心是莲花》。

佛乐空灵明净。

广场万民，如沐春风。

在雪珂禅师导引下，四位武僧抬着紫檀案，缓缓走上社稷坛。

社稷坛高一丈八尺，上设先农神牌。

神牌高二尺四寸，宽六寸。座高五寸，宽九寸五分，红牌金字。四围幔仗垂幕，重重叠叠。仪注祭品，分列两旁。计有香、花、灯、水、果、茶、食、宝、珠、衣"十供养"和猪、牛、羊"三牲"。

另有纸扎的金马一对，碧鸡一对。

社稷坛前设蒲团九个，上铺金黄色锦缎。正中一个略大，为掌坛师专座。

其余八个稍小，以掌坛师专座为界，左右各四，为敲打犍椎法乐的佛乐僧人，临时演奏之位。

卯时三刻，社稷坛掌坛师垂手以迎。

雪珂禅师双手合十，领四位武僧至坛上，轻轻将紫檀案放下，稳稳置于先农神牌前。

四位着彩衣的童男童女，先献红绸覆琉璃罩上，再置鲜花簇拥四围。

"安圣"毕。

辰时。

州衙仪仗队，鸣火铳三十六响，紧接着又鸣鞭炮一万响。

司仪高声宣布,"迎春祈福大会"正式开始。

州牧黄中玉净手,正衣冠,在掌坛师引领下,徐步至先农神牌前,依朝廷礼部所颁仪程,行"耕籍礼"。

州衙百官齐跪,领百姓望阙。先跪拜天地,再向先农神牌而拜。

八位乐僧神态肃穆。

在掌坛师指挥下,手里的笙、箫、笛、云锣、唢呐、小鼓、磬、木鱼齐鸣,七奏"丰收"大乐。

司仪依序"三献"。

一献"十供养",二献"三牲",三献金马碧鸡。

"丰收"大乐凡七奏。

初奏迎神乐,演奏"永丰"之章。

黄中玉率百官领万民,齐唱"受福"颂词:

句芒秉令,土牛是驱,天下一人,苍龙驾车。念彼田畴,民命所需。生民有德,尚式临诸。

二奏奠帛初献乐,演奏"时丰"之章。

黄中玉率百官唱"初献"词曰:

先农神哉,耒耜教民。田祖灵哉,稼穑是亲。功德深厚,天地同仁。肃将币帛,肇举明禋。厥初生民,万汇莫辩。神锡之庥,嘉种广诞。执兹醴齐,农功益见。玉瓒椒醑,肃雍举奠。

三奏亚献乐，演奏"咸丰"之章。
黄中玉率百官唱"亚献"词曰：

上原下隰，百谷盈止。粒我生民，秀良兴起。乐舞具备，吹龠称兕。再跻以献，肴馨酒旨。

四奏终献乐，演奏"大丰"之章。
黄中玉率百官唱"终献"词曰：

糜芭秬秠，维神所贻。以神飨神，曰予将之。秉耒三推，东作允宜。五风十雨，率土何私。

五奏彻馔乐，演奏"屡丰"之章。
黄中玉率百官唱：

于皇农事，自古为烈。莫敢不承，今兹欣悦。笾豆既丰，簠簋云洁。神视井疆，执事告彻。

六奏送神乐，演奏"报丰"之章。
黄中玉率百官领百姓唱：

麻麦芃芃，秔稻连阡。纵横万里，皆神所瞻。人歌鼓复，史载有年。岁有常典，福禄绵延。

七奏望瘗乐，演奏"庆丰"之章。

黄中玉再率百官领百姓,齐声赞唱谢福"望瘗":

玉版苍币,来监来歆。敬之重之,藏于厚深。典礼由古,予行至今。乐之利之,国以永宁。

"丰收"大乐毕。

雪珂禅师当众开启琉璃罩,小心取出"观音珠宝印",置紫檀案上。

黄中玉再整衣冠,净手。

在司仪指引下,肃穆至紫檀案前。右手抚印,左手持"祝文",高声朗诵。

祝天地文曰:

唯神奠安九土,粒食万邦,分五色以表封圻,育三农而播稼穑,恭承守土,肃展明禋,时属孟春,敬修祀典。庶丸丸松柏,巩盘石于无疆;芃芃黍苗,佑神仓于不匮。尚飨。

祝先农神文曰:

唯神肇兴稼穑,抚我烝民。颂思义之德,克配彼天;念率育之功,常陈时夏。兹当东作,咸服先畴。洪唯九五之尊,岁举三推之典。恭膺守土,敢忘劳民。谨奉彝章,聿修祀事。唯愿五风十雨,嘉祥永沐于神庥;庶几九穗双歧,上瑞频书于大有。尚飨。

诵毕祝文，掌坛师领众乐僧奏《观音心经》。

雪珂禅师则手持金刚杵，引导四位武僧，抬着"观音珠宝印"，缓缓绕场一周。

霎时间，莲花广场上万民轰动。

掌声、欢呼声、歌咏声，如雷鸣般响起！

"祈春福"活动，大获成功。

黄中玉满面笑容，兴致勃勃地走下社稷坛，率百官依次入座，等待百锣"迎春"大戏开幕。

扮春官的捕头陈豫川，着五色彩衣，领巡捕房众兄弟舞于台前。一双贼亮的鹞眼，却始终未离社稷坛上的"观音珠宝印"，生怕那宝有任何闪失。

陈捕头天生一对大眼，江湖有个绰号，人称"神眼鹞子"，谓其眼力了得，如鹞眼般犀利。

陈豫川心气颇高，向来相信自己的眼力。他始终觉得，郫水安澜桥飞掠的白衣人不是眼花，也非幻影，一定是坊间传言的白衣贼！

唯一让人不解者，那贼匿于安澜桥，意欲何为？

白衣贼是谁？

此时此刻，神出鬼没之贼寇，又隐于何处呢？

见州牧大人心情大佳，乘着讨"春喜"的间隙，陈豫川悄悄告诉黄中玉，大年三十晚上，四川总督张志炯饮酒过度而亡。

黄中玉听得呆了一呆，继而心头一阵狂喜。他知道，晋升的机会终于来了。

陈豫川肩负警戒职责，哪有这样的好心情？说完这话，赶紧隐于戏台后,专注地盯着广场四周。

戏台上,一阵急促的锣鼓声已"当当当"地响起。

"迎春"大戏,徐徐拉开了帷幕。

三

正月十五,元宵节。

遂州城里城外,家家户户包汤圆,红红火火闹元宵。

城东犀牛堤广场的灯市,向以规模宏大饮誉国中。

明人曾有诗赞云:

有灯无月不误人,有月无灯不算春。
春到人间人似玉,灯烧月下月似银。
满街珠翠游春女,沸地笙歌赛社神。
不展芳樽开口笑,如何消得此良辰。

清廷入主中原后,满人没有元宵赏灯的习俗,但并不禁止民间百姓办灯会。

尤其康熙一朝,为笼络民心,把春节和元宵节合二为一,"春假"一直放到正月十六。

元宵之夜,更是让老百姓尽情欢乐,以示歌舞升平。

遂州的元宵节,尤是每岁必闹,声名远播。

今年的元宵夜,格外有些不同。

欢快的鞭炮声,从午时即响起,到现在还没有间断过。

遂州城乡，热闹非凡。

当一轮明月升空，照临圣莲湖时，环湖三十里皆灯，堤岸游人如织。

灯市"水晶"大门，高四丈，晶莹剔透。

门楣上方，塑一大红"公鸡灯"，正引吭高歌。

寓"岁在辛酉"。

沿堤多垂柳，又或黄葛树，层层叠叠挂满竹笼红纸灯。

牛皮灯、观音绢绣灯、琉璃灯……流光溢彩。

鼠灯、牛牛灯、虎灯、兔儿灯、龙灯、蛇形灯、马灯、羊羊灯、猴灯、公鸡灯、狗灯、猪猪灯，十二生肖，惟妙惟肖，各具情态。

"鲤鱼跃龙门"、"凤翔九天"、"龙腾盛世"……金碧辉煌。

尤以"观音珠宝印"为造型的"观音珠宝·七彩遂州灯"，最为精彩。

灯上托一枚巨形龙珠，径丈余。

龙珠华光映空，光焰炫目。

戌时。

黄中玉着一身便服，笑容可掬地携家人，同游灯市间。

月色朦胧，如雾亦如梦。

众人簇拥着黄老太太，一边赏灯，一边往前行。

老太太见到诸多彩灯，玉兔、大红公鸡、猕猴儿之类，甚为可爱，笑着对身旁的吴妈说："拿些回去，挂在自家屋前，岂不更好？"

吴妈也笑着答道："叫老爷衙门里的人，明儿送些到府上，让老太太看个够。"

二人掩嘴窃笑。

数排灯谜挂于彩灯下。

猜谜之人多如蜉蝣。

黄中玉负手立灯谜前,仔细揣摩。

大管家莫仁品躬身伴随左右。

偶尔猜中一二灯谜,主仆二人便开怀大笑。

其中一谜,谜面为"春雨潇潇妻独宿"。

猜一字。

黄中玉猜不出来,愣是站在原地,皱眉想了很久。

莫仁品搓双手,跟着在原地打转,煞费苦心地想。

最终让他猜出来了,笑着对黄中玉说道:"老爷,该不是'一'字吧?"

黄中玉一经提示,即点头称是。

"果真是了!春雨潇潇没有太阳,'春'去掉一个'日'字;妻独宿丈夫不在家,又去掉一个'夫'字,剩下的不是'一'字吗?拟者虽拿春闺怨事成谜,稍嫌不雅,然融情于谜,却也妙哉。"

州牧大人来了兴致,笑着口占一阕《如梦令·上元赏花灯》。

词曰:

簟纹灯影谁瘦,
竹爆焰红烟皱。
今夜须永昼,
花树更藉情骤。
怀旧、怀旧,

檀梦月西楼。

莫仁品听罢，拍手叫好，暗自佩服老爷才华不已。

吴妈挽扶着老太太，一边缓慢往前走，一边又叽叽喳喳，说些乡下人常说的粗俗俚话，哄得老太太开心大笑。

长着一对美丽大眼的丫鬟杏儿，穿一身杏黄色衣裤，蝴蝶般穿行在人群里。

时而买一管焰火燃放，时而买一炷香烧于湖堤。

更多的时候，则拽着老爷的衣袖，撒着娇要几文钱，买"鬼饮食"香香嘴。

卖"鬼饮食"的小贩们，或挑着担，或推着木轮小车，有意无意围上来叫卖。

"凉粉，凉面，豆花儿！"

"花生，瓜子，爆米花！"

"醪糟汤圆，荷包蛋！"

叫卖声此起彼伏，声声诱人食欲。

更有小男小女们，于灯火阑珊处，相互张望，留下许多脸红心热的情深缘浅。

亥时。

黄府一行十余人，步灯移影来到犀牛堤。

犀牛堤高五丈，计一百二十步阶梯，乃放河灯许愿的地方，人如蚁拥。

黄中玉遵老太太所嘱，花一两散碎银子，买了十只河灯。率众至湖边，默祷于岸。

众人各自发了心愿，再点燃红烛河灯，小心翼翼放入湖中。

那灯星星点点,随风缓缓漂去。

望着一只又一只河灯漂满梦幻般的湖面,杏儿蹦蹦跳跳拍着手,极欢快地唱道:"船儿尖尖,老太太福寿齐天;船儿明明,大老爷平步青云;船儿光光,杏儿……"

小丫头没说出心愿,惹得围观的少年郎齐声尖叫。

"船儿船儿光光,烧炷烧炷高香。今晚许个心中愿,明朝嫁个状元郎!"

一岸游客皆笑。

杏儿害羞,躲在老爷身后,探头探脑不出来。

黄中玉大笑,老太太亦大笑。

莫仁品没有笑,把额头皱起来,诧眉诧眼地看着这个疯丫头。

游人见州牧大人随和,纷纷围拢问好。然后下到湖畔,默默许下美好心愿,燃烛放了河灯。

圣莲湖里,便有千百只小河灯,明明亮亮,载着烛光和无数美丽的心愿,繁星般漂向远方。

时,子时已近。

黄中玉独自转过身去,快步走上犀牛堤,佳令众衙役,放千响"冲天焰火"。

"嘭嘭嘭"的爆炸声,接连不断地响起。

刹那间,一朵朵绚丽无比的"焰火",天漏彩云般飘散开来。

圣莲湖畔,焰火通明。

环湖游客,欢声雷鸣。

"元宵"夜欢,一直闹到三更天,游人才渐渐散去。

时邑人李仙根,有诗赞家乡元宵之盛。

诗曰：

元宵争看采莲船，
宝马香车拾坠钿。
风雨夜深人散尽，
孤灯犹唤卖汤圆。

四

翌日晨，天气转阴。

黄府内外，静静悄悄。

昨夜去犀牛堤赏灯，直闹到三更天方止。

回到府上，黄中玉依照惯例，组织一家老小，围在一起吃汤圆，以期图个"团团圆圆"。

待到元宵吃罢，已近寅时，方上床入睡。

黄中玉出身名门，生活极有规律，喜欢早睡早起。

天刚蒙蒙亮，州牧大人虽感疲惫，还是早早起了床。乘着薄纱一般的雾罩，独自来到后花园的菜地里，悠闲地溜达。

适才下了一场小雨，夹带着飘落几片雪花。

地里的蔬菜，显得格外嫩绿。

青翠的菜叶上，到现在还淌着露珠儿。偶尔还会看到叶子背面，一星半点残留的霜沫雪花。

黄中玉性雅致，十分喜欢这种清冷。

园外涪江上，飘来一团一团的薄雾。

淡淡似烟。

一树贴梗海棠,在园墙角僻静处,颤巍巍地开放。纱雾冷风中,小姑娘般楚楚动人,让人心生爱怜。

黄中玉背负双手,站在花园拱门外的石阶上,极目向远处的涪江眺望。

清清爽爽的脑子里,突然想到了两句诗。

两岸晓烟杨柳绿,一园春雨杏花红。

心情一下子大好!

他脱下外套,来到一株虬枝横斜的老梅下,动作极舒缓地打了一套太极拳,又做了一套"五禽戏"。

待身上出了少许毛毛汗后,才十分惬意地回到书房里。

洗脸净手后,端坐在书案前。手捧一卷《苏子》,极认真地温习起功课来。

负责早膳的吴妈,送来一盅鲜美的鸡汤,嘴里欢快地笑道:"老爷,大喜呀大喜。少奶奶哟,生了个带茶壶嘴嘴的大胖小子!"

听了吴妈报的喜讯,黄中玉顿时眉开眼笑,呵呵地不停点着头。

添人添福添寿哩。

俗话说得好,运气来登了,棒棒都敲不脱!

大前天夜里,张鹏翮大人飞鸽传书,暗示保奏川督之事已有了七分把握,让他欢喜异常,已兴奋得两个晚上没睡好觉了。

现在吴妈又告诉他,自家媳妇生了个大胖小子。

啧啧,岂不更让他癫狂!

两件喜事儿,让黄中玉心潮澎湃,一时难以自持。

他起身至花木窗前,推开临湖一窗。远望一湖烟波浩渺,想起昨晚灯市游园之景,不由得豪情满怀。

情不自禁地挥毫泼墨,书下一阕《念奴娇·上元抒怀》。

词曰:

大江西来,
月中天,
更无一点风色。
玉鉴琼田三万顷,
着我扁舟一叶。
素月分辉,
明河共影,
表里俱澄澈。
悠然心会,
由衷难与君说。

应念此生经年,
孤光自照,
肝胆皆冰雪。
黑发萧骚襟袖冷,
放眼四海空阔!
尽揽西川,
细酌北斗,
往来多豪客。

扣舷独啸,

不知今夕何夕?

书毕。

黄中玉满意地看一回,发出了会心的笑声。

同僚都说他有政治野心,黄中玉不置可否。人往高处走,难道就叫有政治野心吗?

他接过吴妈递上的毛巾,净了净手。端起那盅鸡汤,十分享受地喝了个底朝天。

顺手赏吴妈一两报喜银子。

吴妈谢一声老爷,欢天喜地而去。

黄中玉踱步上前,自个儿关了房门。又静静地坐回木椅上,闭目养起神来。

微微上翘的嘴角处,挂着十分惬意的笑。

正迷糊间,护院突报,仁里场张五爷到访。

第二章

一

张五爷大名张泽林,面生麻点十数粒。

邻人憨直,私下称他张麻子。

张泽林为城郊仁里场人氏,乃乡里数一数二大土豪,家资巨万。府第坐落在青狮崖下,拥有良田千顷,仆工百人。

张五爷和黄中玉非亲非故,又无官场纠葛,却好得像合穿一条裤子的亲兄弟。

亲兄弟般的两个人,隔三岔五就会聚在一起,或品茗听戏,或吃一台时令酒,聊些城里城外的旧闻新事。

二人投缘,常常聊得哈哈连天。

张五爷是个纯粹的乡下人,读过几天私塾,但又胸无点墨。

黄中玉和他相处很轻松,丝毫没有官场权谋纷争的压力。同僚们见了,也没得啥闲话可说。

难得地全身心投入。

张五爷性散淡,更是个少见的闲人。

设若二四八月农闲,又无其他紧要事,五爷每日必去城里,到天上宫看戏品茗。

偌大一座遂州城里,张五爷名头很响,是茶棚子出了名的老茶客。

但凡说到张泽林,茶博士们必一脸喜色,莫不跷起大拇指,尊他一声"麻爷"!

他心里很受用,乐意别人这样称呼自己。

"麻子点点红",难得的尊称。

人说张泽林千般逍遥,万般自在,却有一块心病难治。

谁不知道,张氏一门富甲乡里?

然人丁却不景气。

四十好几的人了,还没得一儿半女,让人好生烦恼。

仁里场"算八字"的何阴阳,善堪舆术,私下里对人说:"宅邻青狮崖,家富人不发。"

张五爷硬性,偏不信这个邪。

愣是一口气,娶回三个如花似玉的老婆,欲弄个儿孙满堂。

偏偏怪得很。

婆娘们个个貌若天仙,却始终不见肚皮鼓起来。

全家人着了急,四处求签问卦。光寻医访药的钱,少说也买得下十亩良田。

老夫人日夜礼佛,信了何阴阳一句话,悄悄带上儿媳三人,去了一趟广德寺。

婆媳四人来到观音殿,齐齐跪拜于地,整整两个时辰。

嘿嘿,回来后不久,幺媳妇春桃的肚皮真就鼓了起来。

去年秋九月十八,春桃产下一个白胖小子,足足九斤半重。直喜得五老爷子连办三天酒席,庆贺张家有后了。

张五爷当了爹,整日乐呵呵地哼小曲,见谁都满脸堆着笑。

哪知今儿上午，五爷刚到天上宫坐定，泡好的一壶碧螺春还没有开喝，管家杜三，就鬼撵着一般来到面前。

上气不接下气地说道："五……五……爷，不好……好了，少奶奶……少奶奶不知怎么把……把小豹子给弄丢了！"

张五爷闻言，脸色陡变。手里的茶碗掉在地上，"啪"的一声摔得稀烂。翻身从凉椅上跳起来，大声吼道："你说小豹子不见了？"

"是……是，是……"

杜三结结巴巴，脸上冷汗直流。

张五爷大骇，豹子为自己所取，乃小儿乳名。

豹子，抱子，多抱儿子！

唉，怎么就弄丢了呢？

张泽林心急如焚，一张脸变成了紫色茄子。

杜三见老爷满头大汗，急如热锅上的蚂蚁，忙去雇了一顶小轿，加倍给了脚力钱。

两个轿夫抬上张泽林，风一般回到仁里场家里。

偌大一座庄院内，乱糟糟嚷成一团。

张泽林快步来到后院，"咣当"一声推门而入。

室内挤满了人，气氛却很凝重，像霜打芭蕉一般寒冷。

老夫人有气无力，瘫坐在木椅上，唉声叹气不止。

大婆子翠花，双手叉腰，大声责骂着四个奶妈。

丫鬟们一个个低着头，连大气都不敢出。

小老婆春桃，斜躺在床上，嘤嘤地低声抽泣。

二夫人杨柳，立一旁，不停地搓着双手。偶尔拍一拍春桃的肩，以示安慰。

张五爷阴沉着脸，一字一顿地问道："告诉我，究竟是怎么回事？"

众人你望望我，我望望你，谁也不知道该说什么好。

全都低下头去，闷不作声。

张五爷见一屋子人，谁都闷起不说话，料想一群妇道人家，能说出个啥"子曰"来？

胡乱发了一通脾气后，摔门而出。

身后，传来老夫人一声号啕。

张五爷捶胸跺脚，从马厩里牵出一匹快马。翻身跨上马背，风急火扯地赶到黄府。

黄中玉正坐在木椅上，闭目静心养神。突闻张泽林来访，忙起身出门相迎。

张五爷急不可待，气喘吁吁地撞门而入，连天价地吼起来。

黄中玉不知好友何故慌张，示意他不要着急，坐下来慢慢说。双手将一壶刚泡的香茗，递了过去。

张泽林哪有心思喝茶？

一张麻脸憋得通红，恨不得一口气就把事情的来龙去脉说个清清楚楚。

"啥？你说啥？小豹子不见了？"

未待好友把话说完，黄中玉自己也没稳住，惊诧地从椅子上跳了起来。

张泽林这才"啊"一声，哭出声来。

州牧大人一慌，扯开喉咙叫管家莫仁品立即飞报捕头陈豫川，令其火速赶到张五爷庄院，不得有误。

不知老爷何事着急，莫管家心犯疑惑。一双虾米眼，东瞧西瞅到处乱晃,却哪里敢有丝毫怠慢!

忙乘一匹快马,向米市街飞奔而去。

黄中玉见莫仁品去了,回过头来安慰张泽林。

"莫急,莫急。再大的坡坡坎坎,总得一步一步往上爬。"

张五爷止了哭,但没有接茶壶。硬拽上黄中玉,急忙走出书房。

黄府距仁里场十里地,二人各乘一匹快马,不到一袋烟的功夫,就到了张五爷庄院大门口。

捕头陈豫川,早已满脸恭色,笑吟吟地迎候在那里了。

张府上下百十号人,谁个不识黄中玉?

州牧大人平时来张府,常和他们说说笑笑,随便得像自己家里一样。

陈捕头则不同,少与张泽林往来,府上识人不多,便跟在州牧大人身后,径直来到后院。

三夫人春桃的寝室,临近靠山的院墙。

陈豫川一边往里走,一边不停地四下睃视。

寝室不大,进深约丈余,宽不过九尺。新近粉刷过的墙壁上,前后各有一个花木窗。

陈捕头在室内四处走走,心里纳着闷儿。壁上既无盗洞,门窗也无撬凿痕迹。屋顶上的小青瓦,更是完好无损。

张家的小孩儿,为何人从何处入室所盗呢?

陈豫川走出房门,到房屋四周转一圈,也没有发现任何异样。

当他再次走进房间时,屋顶上那块"亮瓦",正好将一束阳光投射到卧榻上。

陈捕头一眼看见三夫人盖的锦被上面,散落着许多白色粉末,疑似婴儿用的爽身粉。

爽身粉?

不是抹在婴儿肌肤上的吗,何以锦被上散落这么许多?

陈豫川心甚疑之。

快步至榻前,躬下身子,细细地将那些白色粉末拢一堆。又小心翼翼地用手绢包好,揣入怀中。

黄中玉临窗而坐。

张泽林递一碗香茗,呈几上。

黄中玉端茶正待要饮,一眼瞥见捕头陈豫川细心地收拾那些白色粉末。

知道他有了思路。

便停下手中茶碗,叫他谈谈看法。

陈豫川低着头,没有接黄中玉的话茬。只用眼神暗示他,回衙门再说。

时已近午时,张五爷提议一起午餐。

黄中玉摆摆手,委婉地拒绝了他。

和陈豫川一道,双双走出张家大院,回到州衙内。

二人匿密室,嘀咕良久。

午时三刻,两人正欲外出用餐。

突闻衙门大堂前,诉讼鼓声雷鸣一般响起。

陈豫川一愣,大过年的公休日,何人擂鼓?

黄中玉也很诧异。

连忙整顿衣冠,匆匆来到大堂上,端坐横案后。

州衙内,只有一名役吏值勤。

陈豫川便跟着州牧大人，一起上了公堂，权且做了衙差。

敲鼓人年约三十许，自称州城南郊安居镇乡绅。

那人跪在地上，慌乱地诉告道，三月前喜得一子，谁知道昨天夜里竟然不见了踪影。

擂鼓人跪于地，磕头如捣蒜，再三恳请州府衙门，侦缉盗婴贼，为民除害。

黄中玉闻听此言，顿时目瞪口呆。

陈豫川听罢，也是丈二的和尚，摸不着头脑。

怎么又是婴儿失踪？

当真奇哉怪也！

陈捕头欲知详情，擂鼓乡绅却一问三不知。其人所言所语，与张家人诉说的话，如出一辙。

问啥啥不知道。

身为州巡捕房捕头，陈豫川心里很不是滋味。大过年的喜庆日子，何方毛贼敢如此胆大妄为？

陈捕头心里有气。

望空放一枚匪警"火箭"，火速传来两名巡捕房兄弟。

征得黄中玉准允后，陈豫川顾不上吃午饭。三人随乡绅一道，匆匆赶往安居镇。

然而，失婴现场勘验结果，依然让陈捕头十分失望。

乡绅一家老小，哭的哭，闹的闹，围着三人叫屈，就是说不出有价值的线索来。

唯一床白色粉末，赫然在目。

二

《遂州志》载：康熙十一年，正月十六，天雨雪。遂州城郊仁里场和安居镇，一夜间发生两起盗婴案，官府莫能侦焉。

遂州城乡，一时谣言四起。

坊间盛传，"鹰怪作祟，专吃婴髓。"

据老辈人口口相传，那一段时间里，遂州所辖六县境内，但凡家有小儿或身怀六甲者，无不举家外迁，以避其祸。

"鹰怪作祟"的谣言，铺天盖地。直闹得人心惶惶，城乡不宁。

黄中玉寝食难安，唯恐接连发生的"失婴案"引起四邻骚动，自己难咎治境不力之责。

私下严令陈捕头，尽早破案，以安民情。

见州牧大人发了狠话，陈豫川哪敢怠慢？

传令巡捕房众兄弟，迅速在州境城镇乡村遍布警戒眼线，明里暗里监控着水陆码头、茶肆戏楼等等龙蛇混杂之所。甚至连妓院庙宇，都有兄弟们蹲点守候。

听了陈豫川的报告，黄中玉踏实了许多。他十分欣赏陈捕头的办事能力，总能够在关键时刻及时为自己排危解忧。

有了这张天罗地网，料想作奸犯科之徒，必定插翅难飞。

谁曾想，这张看似密不透风的"天网"，在歹人眼里，竟视若无物。

史载：旬日内，遂州一境，失婴猛增至九人！

黄中玉焦头烂额，身感压力重重。

陈捕头的侦缉能力,他从未怀疑过。唯独担心的是,此人是否和自己一条心。毕竟自己遂州为牧仅三年,多这一层心思也很正常。

眼见案情越来越复杂,似有难以控制之势。

黄大人多次旁敲侧击,责备陈豫川办案不力。亲自签发海捕文书,全力侦缉失盗幼婴。明令巡捕房,十日内必须破案。

陈捕头倒不着急,光着急有啥用呢?

早晨路过镇江寺时,陈豫川到卢二凉粉店吃凉粉。

入店坐定后,刚要了一碗凉粉,正待要吃,就听到卢二叽叽喳喳一张嘴,眉飞色舞地说起一桩怪事。

言说天上宫里新近来一杂耍人,技艺稀松平常,并无特别之处。或舞枪弄棒,或跳跃腾挪,或玩弄戏法……

唯有一物,状如肉球,通体粉红,颤巍巍蠢蠢蠕动。

肉球顶端长有毛发,稀疏可辨。侧有一小嘴,能发出婴儿般哭泣或嬉笑之声!

卢二说得信誓旦旦,闻者啧啧称奇。

陈豫川大异之,天底下竟有如此稀罕之物?

心里好奇,连凉粉也不吃了,匆匆付了凉粉钱,亲往天上宫,欲看个究竟。

杂耍者年约四十许,矮壮而秃顶。

那人绕场一周,"当当当"地敲响开场锣,先要了一套"空手来钱"的魔术,又舞了一趟少林棍法。

围观者热情不高,稀稀拉拉给些掌声。

见观众掌声并不热烈,杂耍者突然大声叫喊道:"宝贝要不要?"

观众立即来了精神,齐声大吼:"要!"

陈豫川不知观众情绪,为何突然高涨。

正待要问。

见杂耍人转身入幕后,"咕噜咕噜"推出一只木箱。

木箱底端安有四轮,上面覆以红绸。徐徐推至场地中央,得意扬扬地停下。

复手指前排一男孩,示意其将红绸掀开。

小男孩似乎很害怕,连忙躲到大人身后,只把一个圆圆的小脑袋从人缝里伸出来,无限期待地张望着。

杂耍者见了,哈哈大笑,猛然揭了红绸,极小心地从箱里取出一物,置于木箱上。

那物甚是奇怪,果真如卢二所言。

状如球,色如肉,能哭能笑,还会唱歌哩。

观者轰然叫好,纷纷投币锣盘中。

杂耍者团团作揖,笑眯眯地一一道谢。

陈豫川拨开众人,欲上前近观。

那人不许。

慌忙将"怪物"装入木箱,负箱匆匆往"南津"码头而去。

陈豫川哪肯甘心?

见杂耍者渐行渐远,遂尾随其后,若即若离地走在青石街道上。

杂耍者见有人跟踪,索性停下来不走了。

待陈捕头近身时,突大声呵斥道:"你这厮好生无礼,无端尾随在下,意欲何为?"

陈豫川点点头，满脸和颜悦色。

"没有任何恶意，只是好奇而已。恕在下孤陋寡闻，实不知兄台箱中之物叫什么名字？原产地何处？"

杂耍者眨巴着眼，见陈豫川二目炯炯有神，不像匪类，倒似官场中人物。

眉毛皱一堆，略为不满地说道："告诉你又有何妨？小人实也不知此为何物。得朋友引荐，千金购于霹雳堂。"

霹雳堂？！

陈豫川闻听此言，心里猛然一动。

杂耍者口中的霹雳堂，不就是遂州天虎武馆吗？！

三

天虎武馆名头响亮，位于城西莲池街上，占地十亩之阔。

馆主张天虎，武艺高强，为人却十分阴狠，仗着潼川府里有些人脉关系，时常横行遂州城乡。

前年中秋节，张天虎挟技与人械斗，致船帮六人重伤三人惨死。

时，黄中玉初莅遂州。

州牧大人不甚明白，张天虎为何如此嚣张！

恨他心狠手辣，且无法无天，曾令捕头陈豫川率衙役百人围捕，重枷秘囚州牢中，欲依律法办。

后不知何故走漏了消息，潼川府一纸不明不白的公文，勒令将此人无罪释放。

张天虎出狱后曾经公然叫嚣，要致黄中玉于死地。然多次寻衅未果，事情似已不了了之。

失婴案发生后，陈豫川疑张天虎所为，令手下兄弟暗查过霹雳堂。

惜未找到相关线索。

只探得霹雳堂内另辟有一秘室，不知做何用途。

听兄弟们报告说，秘室内置有大瓦瓮十数个。瓮中常有古怪之声，隐隐约约传出。

武馆杂役解释说，瓮里饲养之物乃山中野猫。又说瓦瓮所养的野猫，用作跌打损伤药的"药引子"。

陈捕头听后，哪里肯信？

本欲亲往查勘，黄中玉虑无真凭实据，又恐惹火烧身，不允。

适才听到球状怪物，千金购于霹雳堂。

陈豫川哪有不惊之理？

遂匆匆辞了杂耍者，健步飞奔而去。

黄中玉坐在签押房里，老远看见陈豫川满脸喜色，径直奔入衙门。

知他侦破了"盗婴案"。

忙泡一壶好茶，以示劳慰。

陈豫川并不用茶，拱拱手表示谢过。呈辞无他，唯请州牧大人立即发兵包围"霹雳堂"。

午时一刻。

"霹雳堂"前，兵马之声甚喧嚣。

张天虎听到馆外嘈杂，阔步迈出武馆大门，一眼看见黄陈二人并立于馆前。眼角微微动了动，旋即又满脸倨傲之色。

"吊"着一双眼，大声呵斥道："天虎武馆乃民宅，尔等不分青红皂白,即派兵侵扰,实乃违法之举!"

黄中玉闻言,心甚恼怒。好一个目无尊长的狂徒,死到临头了,还敢这般猖狂!

脸上,一如既往地挂着平和的笑。

州牧大人气定神闲,只把眼来瞅着陈捕头。

陈豫川笑眯眯走上前去,突伸出左手,将张天虎右臂"曲尺穴"拿住。

张天虎嘴里"啊"地发出一声尖叫。欲待反抗,哪知浑身上下,力道全失。

身子顿时矮了半截。

陈捕头撇撇嘴,鄙夷地冷笑着。

"哼哼!"

不知天高地厚的东西,会几招庄稼把式,也敢开武馆授徒。

陈豫川喝令手下兄弟用锁链将张天虎绑了,不管三七二十一,强行缚于前厅大柱上。

黄中玉踱着方步,来到武馆大门前,在一张刚摆上的木椅上,大马金刀地坐定。

优雅地抚着掌。

张天虎则情急,势如发怒猛虎。

手指陈豫川,恶狠狠地说道:"你敢绑我?!"

嘴里一声长啸,数十名执枪拖棒的馆徒,气势汹汹地冲出武馆大门。

倏地散开,列阵与衙役相拒。

陈豫川想起前年中秋之事,心里好生气愤。

今见众馆徒泼皮般嚣张,竟敢列阵抗拒官府衙门,丝毫未将国家法度放在眼里。

顿时火起。

他大手一挥,手下百十个兄弟迅速将众馆徒团团困住。

陈捕头这才转过身来,冷笑着调侃道:"好你个张天虎,不仅诬陷州牧大人侵扰民宅,还敢唆使泼皮持械拒捕。嘿嘿,好得很,本捕今天不但绑了你,还要告诉你啥叫违法之举!"

嘴里慢悠悠说着话,冷不丁给了张天虎一际耳光!

厉声大喝道:"还不快将密室之事,如实招来!"

张天虎被铁链锁住,心中恼怒无比,一张脸涨得通红。见众馆徒执枪棒列阵身后,胆顿壮。昂起头正要发火,陈豫川已一掌掴在脸上。

顿时将锁身铁链,抖得哗哗直响。

勃然咆哮道:"草民炼制济世救民丹药,也犯王法吗?尔等如此胆大妄为,就不怕潼川府治罪吗?!"

陈豫川不听潼川府还好,见张天虎又搬出来唬人,心中怒气更甚。

潼川府管天管地,管得了王法吗?

要不是黄中玉婉言相劝,早依法办了他。哪会让这只疯狗,癫狂到今日?

陈捕头从业三十年,当然是一个沉得住气的人。虽然满腔怒火,脸上却笑得格外灿烂。

他双手背在身后,暗中向手下兄弟使了一个眼色。

那眼神犀利而冷,巡捕房兄弟再熟悉不过了。

当然是往死里整!

众衙役得令,手中棍棒齐下。

张天虎负痛，惨号如被杀年猪。

黄中玉身为一州之长，不愿众役吏当面施刑，恐授人以柄。遂用左手食指，轻轻敲了敲额头，示意陈豫川到密室走走。

陈捕头会意，高举桐油火把，在前面导路。

馆内密室甚阔。

室壁四周，整齐地置放着十三个大瓦瓮。

瓦瓮腹大如围鼓，多空无一物。

唯临门处，四瓮有物。

瓮内有泣声，细如蚊嘤。

陈豫川举火把，临近一照。

瓦瓮顶端开有阔口，瓮内置一怪物，状如婴头。

黄中玉附身上前，凝视良久。

终不知瓮中所置何物。

欲取之出，左右探掏，始终无法如愿。

又将大瓦瓮倒置于地，仍不能出。

陈豫川见瓦瓮底部有孔大如拳，秽物横溢。

举火照之，乃婴儿之便也。

黄中玉急令将瓦瓮砸碎。

火光中，从瓮中滚出一物。

那物下体已成球形，四肢陷肉内，仍隐约可见。唯头颅尚未完全没球中，小半露于外，识之为幼婴无疑。

众大愕。

黄中玉愤其残忍，令衙役乱棍猛杖张天虎。

张天虎知罪孽深重，至死不发一言。

陈捕头喝令众捕，次第杖其家人。

张父吃痛不住,将实情悉数招之。

原来前年中秋,张天虎因遭秘囚,怀恨黄大人日久。多次寻衅滋事未果,跑到潼川向人求助,欲报仇泄愤。

虽说官大一级压死人,但人家身在官场,如何敢明目张胆助他?

后得人指点,张天虎遂大肆盗婴,用以秘制瓮人。

一则可获暴利,再者欲陷黄中玉于不利,致其背负治境不力之罪,而招致官家祸事。

黄中玉闻听张父所言,心甚惊骇。

设若蛮牛般的张天虎,果真与潼川官场有瓜葛,必为他人爪牙无疑。

今日不除此贼,定坏黄某大事!

陈豫川立一旁,见黄中玉脸色凝重,知州牧大人又犯了疑心病。

唉,黄中玉啥都好,就是疑心太重。

陈捕头凭本领吃饭,不喜欢心机深沉的人,哪见得这种官派?

众衙役多头脑简单之辈,怎知二人心思?只把手中棍棒杵得山响,要张父快快招来。

张父复言道,所掳婴童初入瓮,大多哭闹不止。喂以特制秘药,可致其昏睡如在母怀。待醒后,日给豆浆或米糊少许,以活其命。

多则一年,少则数月,瓮内所喂养之婴,便长成粉红色球形人了。

再千金售与杂耍艺人,从中谋取暴利。

不知内情者，哪知瓮人为何物？只道深山老林所产，当作奇珍赏玩而已。

陈豫川听罢，始知盗婴现场白色粉末乃张天虎特制迷药。

难怪被盗婴孩家人从未听到任何声响，也始终提供不出丝毫线索了。

陈捕头是个有心人，他大脑的储存库里已存入了这种白色粉状迷药。

众人听了张父陈述，无不咬牙切齿。

不待陈捕头发话，众衙役手中棍棒顿时一阵乱飞。

黄中玉脸色沉毅，自始至终未予阻拦。任由众役吏胡乱施刑，将张天虎活活乱棍打死。

陈豫川也未再发一言，恐惹黄中玉猜忌。

他无意中抬起头，向馆外望去。见临近馆左的小巷里，一人匆匆而行。

那人将衣领高高竖起，急匆匆来到十字街头，忽一闪而没。

陈捕头眼尖，那人不是曾春辉吗？

潼川知府骆时香大人的师爷，怎么会在遂州城里？

陈豫川看在眼里，没有声张。

他隐约感觉到，遂州将会有大事情发生。

第三章

一

一鸠泣雨，四野空寂。

城西卧龙山，广德寺。

悠扬的禅钟声，在早春正月的和风细雨里，显得格外清越。

山下龙坪。

林家大院的春天，似乎总比别人家来得晚一些。往年这个时候，后花园里的海棠已经陆续开放。今年的枝头上，花蕾依然青花椒般大小，始终不肯绽放。

大宅院的正门时常紧闭着。高挑的门楣下，空荡荡地布满蜘蛛网。

整座大宅子，显得毫无一点生气。

大宅院主人林默然，前朝崇祯乙卯科举人，写得一手好文章，是黄中玉官场外另一挚友。

偌大一座林家庄园，平时很少有人进出。

偶尔见林夫人携小女秀秀从后院门出来，那一定是去后山广德寺，烧香拜佛许愿。

正月十七。

雨水节。

蜀中旧俗,但凡出嫁在外的女儿,雨水节这一天都要回娘家探望父母。承欢膝前,以报双亲"雨露"之恩。

林举人要功名有功名,要家业有家业,却没有这样的福气。小女秀秀年十六,尚待字闺中。

为了女儿的婚事,林老爷没少操心。他已经整整三个晚上没有睡好觉了。

唉,硬是烦死人。

去年腊月二十六,秀秀随着母亲到广德寺进香后,仿佛突然变成了另外一个人。

从前温顺听话的乖女儿,一下子成了桀骜不驯的小辣椒。

整日里吵吵闹闹,怨爹怪娘骂曾家大少爷。死活一句话,非要退了曾家的聘礼不可。

他哪肯答应?

人活一张脸,树活一张皮。人大面大的举人老爷,当真毁了林曾两家的婚约,一张老脸往哪里搁!

见爹爹不肯答应,秀秀莫名其妙病倒了。

整日里躺在床上,叽叽歪歪不起来。

女儿的病,实在蹊跷。

正月二十四,曾家将花轿迎亲。他这个当爹爹的,能不心烦吗?

林老爷满腹心事,站在宅门前的阶沿上,对着一轮初升红日,深深吸气,又慢慢呼气。

一番吐纳后,郁闷的胸中渐渐顺畅起来,脑子也灵光了许多。

哼,女儿秀秀的病,一定跟广德寺有关!

只是林举人不明白，从不违拗自己意愿的夫人，为何也反对与曾家联姻呢？

曾家乃遂州望族，几与黄氏一门比肩。

老爷曾世礼，遂宁县为令十载。政声人缘颇佳，难得的一个好人。大少爷曾向东，仪表堂堂，满腹经纶，州衙里干着公差。

前年正月十五，圣莲湖畔闹元宵，曾向东得识林秀芳颜后，害起了单相思，着了魔似的跟家里人吵，一门心思要娶林小姐为妻。别的姝丽佳人，他连正眼也不再瞧一下。

曾家转弯抹角打探，得知林姑娘仍待字闺中，遂托人求婚。

只道女儿家婚事，父母大人做主。林默然满心欢喜，爽快地应承了下来。

谁知向来温顺的林秀，坚决不同意这门婚事。

甚至珠泪涟涟地求告爹爹，不要强迫她。否则，抹脖子上吊，一了百了。

林默然很无奈。

林秀是林举人掌上明珠，也是他的命根子。自幼乖巧懂事，打小就进出父亲书房里。耳濡目染间，三岁能识字，七岁可吟诗。

长到十五六岁时，便成了粉团玉雕一般人儿。是遂州城里数一数二的大美人。

平时里，秀秀常伴母诵经礼佛。偶尔也去后山广德寺，烧香许愿拜观音，祈佑一家人平平安安。

性情温顺得很哩。

乖女儿咋就不听话了呢？

林默然踏着一地露水，踱步来到小女绣楼下，见女儿卧室的门依旧紧紧关闭着。

暗自叹一口气,转身来到书房里。坐课案前,愣愣地发呆。

秀秀贴身丫鬟小鱼儿,轻足轻手走进书房,将一张纸条递给老爷。嘟着一张小嘴,细声细气地说道:"老爷,小姐让我送给您的。"

林默然展开纸条。

上面是女儿工整的兔毫小楷,书着杜工部《绝句·春早》一诗。

> 两个黄鹂鸣翠柳,
> 一行白鹭上青天。
> 窗含西岭千秋雪,
> 门泊东吴万里船。

初时不解其意,细细品读后,猛然惊觉,女儿要与人私奔!

这一惊非同小可,以致惊慌失措间,将书案上所置砚台"轰"一声拂落于地。

砚台甚沉,直砸得砰然有声。

小鱼儿正手抓头发辫,抿着小嘴浅笑。猛听到一声大响,着实骇了一跳。

顿时花容失色,不由得惊叫连连。

林默然抬起头来,望了望小鱼儿,眼里有了一丝怪怪的神色。

他突然脸色潮红,伸手将小鱼儿搂住。就像搂着自家女儿一般,紧紧地不愿松手。生怕松开手后,女儿会像风一样飘去。

小鱼儿向来胆小,十分敬畏林默然。她委实不知,时常严肃呆板的老爷,此刻为何这般孟浪?

见老爷怪怪地盯着自己,小鱼儿一张俏脸羞得通红,更加平添了几分姿色。

林举人见了,怦然心动。

刹那间,便有了主意。

小鱼儿跟随秀秀多年,二人年龄相仿,生活习性相差无几,就连说话的语气也十分相近。

平时里受小姐熏陶,小鱼儿诗词歌赋倒也识得。加之聪明伶俐,甚得府上人的喜欢。

林默然望着小鱼儿,不断地点着头,嘴里"很好很好"地说个不停。

小鱼儿见状,越发地忸怩难堪。

林默然主意已定,脸上终于有了笑容。

他传令众家丁,严守小姐绣楼四围。

绝不让女儿秀秀,迈出房门半步。

二

正月二十四,古之种瓜日。

宜嫁娶,祭祀。

民谚云:"种瓜得瓜,种豆得豆。"

又云:"正月二十四,王(黄)瓜葫芦齐落地。"

土著人迷信,以正月二十四日为婚嫁最佳期。

遂州城西,通往省垣的官道上。

一队娶亲人马,吹吹打打地来到林家大院。

司仪着一袭黑色府绸长衫,站在庭院高高的阶沿上,长声幺幺地朗声报曰:"东方一朵紫云开,西方一朵紫云来。吉时良辰已到,请新娘子上花轿!"

鞭炮声中,林小姐头顶红盖头,在曾家大少爷搀扶下,莲步款款地入花轿坐定。

四人抬的大花轿两侧,各挂一鲜活大红公鸡。

两只雄赳赳的大公鸡,正引吭高歌,"喔喔喔"地叫得正欢。

外地人不明就里,大花轿两侧帘上挂一对红公鸡干吗呢?

多嗤笑遂州人老土。

殊不知遂州花轿挂鸡,此俗久矣。

前明周亮工著《书影》曾云:宋人正月初一贴画鸡,贵人家尤好画大鸡,元旦张之。

盖蜀地呼"鸡"为"吉",俗云"门上贴鸡,府上大吉"。

遂州花轿挂鸡,亦寓"新人大吉"。

辰时一刻。

身着黑布长衫的"杆子炮",用纸捻点燃爆竹。

噼里啪啦的鞭炮声中,花轿两侧的大红公鸡,一左一右,竟相引吭高歌。

"喔喔喔!"

"喔喔喔!"

司仪见公鸡高唱正欢,正欲指挥轿倌起轿。

忽一群孩童,轰然上前,团团围轿而歌。

孩头约十龄,甚顽劣。百般纠缠新姑娘,千方百计讨要喜糖。

领群儿歌曰:"新姑娘(音孃),嘭嘭当,两碗两碗萝卜汤,喝了生个大胖胖。"

祝福新姑娘早生贵子,可爱如白萝卜般白白胖胖。

林家小姐隔着轿帘,一把一把不停往外抛糖果。

群儿见轿内飞出糖果,嘻嘻哈哈一阵疯抢。

那些没有抢到"喜糖"的小儿,气嘟嘟地哭闹着改唱:"哈婆娘(音孃),嘭嘭当,鸡儿飞光光,轿儿光棒棒!"

外地人听不懂唱的啥,即使听清了歌词,也不明白歌词的意思。

盖因个别小孩童没有讨到喜糖吃,就在大人授意下,转弯抹角唱新姑娘不大方,活该大公鸡飞跑了,花轿变成了光杆杆。

寓意新姑娘生个娇(轿)儿,也只有打光棍的分,讨不到婆娘。

设若遇到这种情况,媒婆则赶紧上前,从怀里掏出备好的糖果,一一安抚哭闹小儿。

群儿得糖皆喜。

齐声唱曰:"媒婆婆,尖尖脚,癫狗来了跑不脱!"

媒婆则故意装"癫",极度夸张地扭腰摆胯,手里挥着红绸,嘴里连声斥道:"去去去!"

模样让人恶心欲吐。

大人见了,无不轰然大笑。

在欢快的笑声中,"吹吹们"奏起喜庆唢呐。迎亲队伍便一路吹吹打打,将新姑娘欢天喜地抬回曾府。

曾府内锣鼓喧天,热闹非凡。

礼炮从巳时三刻,一直响到申时。

百十桌流水酒席,源源不断,提供着丰富的美味佳肴。客不分亲疏贵贱,只要前来道贺,一律敞开肚皮大吃大喝。

喝酒行令之声，隔三两条街巷，犹清晰可闻。

是夜，下弦月甚明。

曾家后花园里，朵朵玉兰盛开。

曾公子喝得酩酊大醉，在众人簇拥下，东倒西歪入了洞房。

莫约四更时分，六名值夜护院，听得洞房里"砰砰"乱响，突又一声惨叫。

旋即看见大少爷曾向东，从洞房中踉跄奔出。

一路哈哈大笑而去。

众人只道少爷犯了"喜癫"，无不抿嘴窃笑。

待要将他拦下时，却哪里追得上？

曾公子一路狂奔，瞬间到了涪江边。只见他纵身翻上江岸护堤，站在悬坎上，不停地手舞足蹈。

众护院见状，面面相觑。齐齐止住了脚步，哑然不敢作声。生怕大少爷受到惊吓，不小心掉入江中。

正当众人屏住呼吸之际，江面猛然刮起一阵狂风。

曾公子立江堤上，几经挣扎，欲稳住身子。终因饮酒过度，整个人便像一块失去重心的门板，直挺挺地坠入滔滔江水中。

众护院大惊失色，奋力奔上江堤，欲施援手。但见一江滚滚黑浪，哪里还有曾大少爷的身影？

曾世礼闻讯，匆匆赶来。

众人簇拥至堤上。

眼见江畔月黑风高，江中水涌浪急，料想少爷绝无生还之理。县太爷一口气憋在胸口，顿时晕厥过去。

众人越发慌了神，将曾世礼七手八脚弄回府上，又是掐人中，又是灌姜糖开水，好一阵忙活。

良久，县令大人徐徐呼气，慢悠悠醒了过来。

众人见了，长出一口气。

丫鬟们端来热水，递上毛巾，让老爷洗脸净手。

曾世礼老泪纵横，推开众人，颤巍巍掌灯至新房。

新房花床锦被上，横卧一女。

女着大红棉袄，下身赤裸，早已气绝身亡。

众人定睛一看，此女居然不是林秀，而是她的贴身丫鬟小鱼儿！

曾县令见之，更加悲愤。嘴里喋喋不休，大骂林默然丧尽天良。

他委实不知道，林老狗为何要施调包计，无端将新娘子林秀偷换成丫鬟小鱼儿。

府上一干杂佣见老爷情绪失控，本待上前安慰，却又怕惹他生气，便远远地观望，免得当了出气筒。

众人三五个聚一堆，窃窃私语。

心中莫不揣度，谓大少爷揭了红盖头，见不是自己心上人，以致惊吓成癫，狂奔江堤落水而亡。

曾世礼怎会这么想？

大少爷从小身心健康，决不可能惊吓成癫。至于是何缘由，因事涉于己，实不便问案。

见众人远远旁观，便调整了一下情绪，吩咐众位家丁，切切保护好现场。

然后，捶胸顿足而去。

翌日天明，讼于州衙。

捕头陈豫川得报，深感诧异。

曾公子"喜癫"？坠江而亡？

禀报黄中玉得知后，陈豫川急令巡捕房兄弟将林默然逮捕归案，下至州牢候审。

又令手下数十人，沿江打捞曾向东尸体。然遍寻涪水二十里，终无所获。

陈豫川忙活至此，两手空空没得抓拿。满脑子浑浑噩噩，全是重重不解疑团。

新娘子怎变成了小鱼儿？

众人明明看见曾公子坠落涪江，为何遍寻不见尸体？

陈捕头心有不畅，踱步来到牢中，亲自拷询林举人。

林默然十分配合，知无不言。

遂将女儿病危，不能按期婚嫁，迫不得已用小鱼儿顶包之事，一五一十据实相告。

陈豫川从业三十年，拷询犯人经验老道。

知林举人所言皆实。

遂不再问，怏怏走出州牢大门，独自来到天上宫茶楼，习惯要一壶碧螺春。

茶博士提一把大铁壶，用鲜开水将茶叶冲开。见陈捕头满脸不快，连茶资也没收，提着壶走开了。

陈豫川怀揣心事，躺在"马架子"上，慢条斯理地品着茶。

当喝二开茶时，昏昏沉沉的脑子里忽然灵光一闪。

曾公子为何在奸杀小鱼儿之后，才惊吓成癫？

按常理推论，曾向东成癫之因，当为初入洞房时，见新娘非林秀所致啊。

如果此论成立，那么后面的奸杀就无法解释了！

既已成癫，何来奸杀之说？

曾公子向来文弱，就算他仗着酒力，能跑得了多快？

为何长年习武的护院们，追撵不上他？

莫不是曾公子醉入洞房，见小鱼儿已死而受惊吓？抑或看见凶手正在行事，受惊吓成癫？

看来曾公子新房里，必有古怪。

陈豫川越这么想，越觉得有道理。

遂秘报州牧黄大人，暂将林默然释放回家。

黄中玉闻言，不知陈豫川心思，两眼定定地望着他。

见陈捕头满眼坚毅之色，便点了点头，表示准允。

陈豫川得了州牧口谕，独自一人来到州牢里，笑着拍拍林举人的肩膀，以示安慰。

"对不住啊，举人老爷。现在没事啦，您可以回家了。"

亲自为他解开手镣，若无其事地放其回家。

暗地里派三个兄弟，潜入林家大院，日夜守候监视。

自己则一人来到曾府，进入新房细细查看。

洞房布置雅洁有致，唯一床一柜一妆台。马桶置背角处，饰以精细竹编，乖巧如鼓凳。

小鱼儿横尸锦被上，下阴有精液流出。从面部表情看，死者临终前，曾经拼命反抗过。

陈豫川细察死者尸体，死者双手指甲内，尚残留着少许皮肉血迹。

小鱼儿周身并无挠痕伤口，当是凶手身上之物无疑。

陈捕头摇摇头，又点点头。

从现场情形看，小鱼儿之死因，确系先奸后杀。

想起林举人狱中所言，调包计乃小鱼儿同意后实施。如果是曾公子行其好事，她为何要拼命反抗？

如果不是曾公子，那么行奸之人，又会是谁呢？

曾世礼坐在书房里，始终没有露面，也没有叫府上的人配合陈捕头勘验现场。

陈豫川独自忙活完，一言不发地回到家里，闭门想了一夜。

次日天明，陈豫川刚到巡捕房，正欲烧水泡茶。

蹲点的兄弟回来说，林秀根本没有病。昨天下午，她还独自去天上宫看了川剧《白蛇传》，精神得很哩。

陈豫川一听，顿时来了精神。

好你个林默然，明明说自己女儿病危，不能按期婚嫁，才施的调包计，她怎么可能去看戏呢？

既然林小姐去了天上宫，至少说明两点，要么林举人说谎，要么林小姐有鬼！

当天夜里，陈豫川换了一身夜行服，悄悄潜入林小姐绣楼，暗中观察动静。

灯下，林秀果然面如桃花。

她不仅没有丝毫病态，反而呈现出异样的光辉。

那是少女情恋正浓时，特有的"女儿红"啊。

陈捕头大为惊讶。

曾公子已死，她的心上人是谁？

这人莫不与洞房命案有关？

正思疑间，猛听得林小姐卧室花窗"当当当"地响了三下。

陈豫川立即缩身匿藏，蜷伏不动。瞪着一双大眼，目不转睛地盯着林小姐卧室。

只见林秀满脸喜色,欢快地来到花木窗前,喜滋滋地打开窗户。

夜色朦胧中,一身材魁梧的男子,轻盈地飘进窗内。

男子头戴黑巾,两眼明亮若星。

林秀欢天喜地,极快地扑到黑巾人怀里。

二人相拥入帐,昵笑之声不绝于耳。

陈捕头隐暗处,见黑巾人身轻如燕,步履却很沉稳,知其武功已臻上乘,不想强拿他。欲待二人情浓时,一举将歹人擒获。

主意既定,陈豫川紧了紧腰带,正要潜伏过去。

也合该此事有些波折,偏偏一只老花猫翻窗入室,适时碰翻了妆桌之铜镜。

黑巾人推开林秀,警觉地一跃而起。

陈捕头疑其欲遁,忙纵身跃入室内。不由分说,伸手便拿他肩井穴。

黑巾人快手如风,不退反进。右手直取陈豫川面门,左手一招"仙人偷桃",径奔下阴而去。

陈豫川乃正人君子,见黑巾人出手阴狠,心头大愤。

好一个武林烂崽!

旋即左手横格,封住敌奔袭而来的右手。身子陀螺一般左旋,右脚斜插左前方一尺五寸,恰到好处地护住了下身紧要处。

说时迟,那时快。

陈豫川右手前探,五指突然张开,鹰爪般袭向对方双眼。

黑巾人果非等闲之辈。

见陈豫川招式凌厉,忙取守势。一声不吭地见招拆招,腾挪跳跃,丝毫不落下风。

陈豫川巡捕房公干三十年，破获大案要案无数。每遇强敌，他都兴奋异常。见黑巾人出招风快，豪情顿生。遂将"风门"绝学"漫天飞雪"掌法，汹涌澎湃地使出来。

据师傅阳明生说，此掌法缘于峨眉山了了禅师夜观风雪而悟。其速乃天下掌法之最。

果然，一套"漫天飞雪"尚未使完，黑巾人已连吃三掌。

随着三声掌响，黑巾人步伐已乱，"登登登"地倒退数步。

陈豫川错步上步，不让对手有丝毫喘息之机，掌法愈加凌厉。

黑巾人乱了步伐，身形缓了下来。硬仗着一身蛮力，左支右挡，勉强支撑着。

四围守护家丁，听得小姐绣楼里打斗之声甚急，便齐声吆喝，提枪拖棍奔上楼来。

林秀立窗前，一张俏脸涨得通红。

听得家丁朝楼上奔来，眼见心上人已然不敌，一时方寸大乱，口里连声呵斥道："还不快走！"

黑巾人情急，拼力攻出三招，将陈豫川逼得缓了一缓。乘机一个鹞子翻身，夺窗如飞鸟般遁去。

陈豫川正待要追，不料被林秀死死拽住左膊。

瞬息之间，那厮已逃到院墙上。

眼见追之不及，陈捕头右手一扬，飞出三枚柳叶小镖，直取黑巾人上中下三路。

镖薄如纸，疾飞似箭，一镖正中黑巾人左小腿。

那厮一声闷哼，跌落院墙外。

一干护院冲进小姐绣楼，见陈豫川一身夜行打扮，只道是贼，四下里散开，将其团团围住。

适，林默然上得楼来。见了陈捕头，心里明了。

忙呵斥不得无礼，挥手让众人退下楼去。

待众护院退去后，林举人亲沏一壶香茶，双手奉几上。

又恭敬地侍候陈豫川，至几旁木凳上坐定。谦卑地躬立一旁，直言不讳地问道："陈大人辛苦了，想必为曾公子之事而来吧？"

陈豫川毫不客气，端茶在手。徐徐饮一口，含嘴里环绕三匝，慢慢吞进肚里。

抬头回答道："正是。"

林举人闻言，尴尬一笑。局促地搓着双手，不知如何回答他。

林秀跌坐一旁，嘤嘤而泣。

饮罢茶汤，陈豫川咂咂嘴，满意茶汤色味俱佳。

转过头来问林秀，刚才那位黑巾人是谁？

林秀泣而不语。

林默然深知自家女儿，表面温顺柔弱，实则刚强至极。

便引陈捕头下楼，来到书房里。

闭门告之曰："陈大人，此事甚蹊跷，或与后山广德寺有关。"

陈豫川闷声不言。

听了林举人所叙缘由，频频点头称是。

遂打躬辞别，匆匆回到州衙里。

三

广德寺，观音殿。

陈捕头扮成香客模样，花十文钱燃了一炷高香。

虔诚地伏拜于地。

观音大士神龛前，"观音珠宝印"赫然置案上。虽隔着琉璃罩，仍隐约可见。

案旁，坐一护宝武僧。

武僧年约二十三四岁，二目炯炯有神。

然不知何故，颈上挠痕数道，新迹可鉴。

丫鬟小鱼儿所挠？

陈豫川有些激动。

兀自拜地上，叽叽咕咕许着愿。

心里却在想，如果和尚左小腿有伤，必是凶手无疑了。

正思忖该如何下手。

猛听得身后一香客，大声斥道："尔久占蒲团不去，是何道理？"

陈捕头装着吃惊的样子，就地一个侧翻，右手顺势在和尚左小腿上一撸。

和尚不备，"啊"地发出一声尖叫。

听音辨人乃陈捕头特长，更是他异于常人之处。

那和尚一声不经意的叫唤，明白无误地告诉他，此人正是昨夜林小姐闺房中的黑巾人！

陈豫川一跃而起。

右手将和尚左小腿拿住，猛地用力向上一提，嘴里一声大喝："好贼子，果然是你！"

和尚猝不及防，轰然往后倒下。

手下众位兄弟见陈大人已将和尚擒住，齐声欢呼。

急忙棍索齐下,将和尚杀猪一般绑了,扬扬得意地押回巡捕房。

陈捕头端正衣冠,威坐公案后,闭门私刑拷询。

然任由众役百般刑法施尽,和尚始终不发一言。

陈豫川眉头紧锁,又无计可施,只得将和尚押进大牢。

夜里,陈捕头独自至牢内,从怀里掏出一缕青丝,赠与和尚。

和尚见了,知是林秀之物,眼内瞬息有泪水溢出。操一口川北秦巴土腔,哽噎道:"林小姐,都是了因害了你。"

陈捕头立一旁,默不作声。

了因者,利州千户侯万山大公子是也。

侯大公子从小文武双修,曾数赴省垣成都,参加乡试不举,愤而出家当了和尚。

三年前,得一朱姓白衣少年相荐,来到广德寺观音殿,任"观音珠宝印"护宝武僧,于芸芸香客中偶遇林秀,一时惊为天人。

林秀伴家母礼佛甚诚,多次前往观音殿进香。

了因皆伴随左右。

一来二去,两个年轻人得以相识。彼此言谈甚欢,渐次互生恋情。

立春前几日,林秀借入寺进香之机,哭述曾家婚约之事。

了因大急,秘谋私奔。

无奈林小姐被软禁绣楼中,无法脱身。

了因一时心急如焚,仗着一身好功夫,决定潜入洞房,抢回自己心爱之人。

那夜洞房花烛,了因乘人不备,潜往新房里,揭开新娘红盖头,见不是林秀,而是丫鬟小鱼儿。

当下大吃一惊。

小鱼儿见了了因，知其来意，正欲告之实情。

适，曾家大公子东倒西歪，醉醺醺进入房间。

慌忙中，了因匿入大衣柜躲藏。

曾向东醉眼朦胧，并未认出此新娘非彼新娘，便拥小鱼儿入帐，行那好事。

了因藏在衣柜里，左思右想，一时心乱如麻。

设若曾向东酒醒后，见新娘子不是林秀，必上林家要人。

果然如此，事必败露。

如此荒唐事，一旦传入市井，林家人必定难堪至极。不如现在将他杀死，免得留下后患。

了因意已决，遂乘二人熟睡之机，提刀杀了曾向东。

小鱼儿惊醒后，见出了人命，张嘴便要叫喊。

了因一时性急，忙用手捂其嘴，不让她呼出声来。

小鱼儿惊骇，误以为了因要杀人灭口，越发挣扎不已。

不知不觉中，了因之手越捂越紧，竟将小鱼儿活活捂死。

急情之下，连杀两人，了因心里难免害怕。独自在室内呆坐良久，慢慢想出一条妙计来。

起身将红烛点燃，再脱下曾向东外套，穿在自己身上。用床单胡乱裹住尸体，抛于后花园内枯井中。

然后回到房内，褪去小鱼儿长短裤，故意裸其下身，横放锦被上。

又在室内乱捣一气，直砸得砰砰有声。

猛地一声惨叫，从房内直冲而出。

造成曾公子酒醉后，见新娘不是林秀，怒杀小鱼儿，以致癫狂而失足江中之象。

陈豫川闻言,唏嘘不已。

了因能在瞬息间想出如此缜密的毒计,实乃罕见之才。

可惜了!

陈捕头心中虽甚惋惜,然法不容情。

当即差手下兄弟至曾家后花园枯井中,取得曾公子尸体。又在广德寺观音殿里,获取到了血衣。

诸般物什吻合,遂验明正身,画押送入死牢。

是日傍晚,林默然外出会友,跌入道旁水塘溺毙。

当晚戌时,林夫人偕小女秀秀焚香沐浴后,双双上吊身亡。

夜深子时,州狱死牢内,了因无声无息逃遁。

狱吏们私下盛传,和尚被一神秘白衣人掠走。

值勤牢头说得信誓旦旦,那个白衣人身轻似燕,往来疾速如风。

州衙百官皆不信。

世上哪有剑仙侠客?

唯捕头陈豫川相信。

但他的心里,疑团似冬日夜雾越来越浓。

白衣人?

又是白衣人。

白衣人是谁呢?

第四章

一

二月二,迎富。

世人但知每岁初,正月初六为送穷日,却很少有人知道,遂州尚有迎富的风俗。

北宋著名理学家魏了翁知任遂宁府时,曾作《二月二日遂宁北郭迎富诗》。

诗云:

才过结柳送贫日,又见簪花迎富时。
谁为贫驱竟难逐,素为富逼岂容辞。
贫如易去人所欲,富若可求我亦为。
里俗相传今已久,漫随人意看儿嬉。

诗中迎富风情,历历在目。

然真正参与迎富之人,莫不为贫困人家。他们常年为生活所累,举行迎富活动,以期生活有些许好转。

富户豪家或官爷家的人,即便去北郊迎过富,也是图新鲜凑热闹而已。

黄中玉到任遂州三年，就没参与过迎富活动。

可是，穷有穷的快乐，富有富的烦恼。

富贵如黄中玉者，仍然和穷人一样，少不了也有烦心事。

二月初二，夜里酉时。

黄府书房里，一灯如豆。

此时此刻，州牧大人正为一件事烦着呢。

前几日，林默然走了，他难过了好一阵子。

私下悄悄送了一副挽联："参不透絮果兰因，结局竟如斯，逝水年华悲梦断；抛得下笙歌舞袖，逢场今已矣，落花时节送春归。"

确切不移，当真是才子之笔。

读过挽联的人都说，硬是看不出来，州牧大人还是个真性情之人。

黄中玉心烦，不是怀戚林默然。别人家的事情，过去就过去了，即使再好的朋友，也不可能惦记一辈子。

他烦心的事情是自己的心病。

今年中秋节是张鹏翮六十寿辰。

张大人京师为官长达三十余载，历兵部、刑部、户部、吏部尚书。两任戊戌、辛丑会试正考官，可谓桃李满天下。

张氏门下万千弟子，早早就发了话，要在中秋佳节为老师做一台体面的寿会。

一时间，全国各地州府衙门闻风而动。

风头甚劲，大有盖过"圣诞"之势。

经过几年的磨炼，黄中玉于官场之道早已炉火纯青。看见别人闹麻麻地吃五喝六,到处搜刮民脂民膏,他就反复告诫自己,千万不可轻举妄动。

黄中玉表面不露声色,暗地里一点不敢怠慢。

张阁老虽非授业恩师,但于己之德,堪比再生父母。他所敬奉的寿礼,岂能比别人逊色?

何况还有川督一说呢。

春节前夕,为人一向低调的黄中玉,大张旗鼓地遣管家莫仁品,专程进京送"福禧",依例孝敬了两万两银票。

这是"潜规则",人人心知肚明。

两万两银票的小钱,只能算作"冰炭费"和"赏春钱"。拿去孝敬老师,属正常的礼尚往来。

黄中玉这么做,旨在避"张氏门生"之嫌。

京中官场上的人,还有那些封疆大吏们,眼睛尖着哩。谁不想找个靠山,平步青云地往上爬?

黄中玉年富力强,当然也想往上爬,爬得越高越好。所以他懂规矩,尤其懂得官场"潜规则"。

该做什么,不该做什么。该怎么做,不该怎么做。

黄中玉的心里,一清二楚。

那时京师官场"潜规则",远没有清中晚期繁复。

但凡岁末年初,孝敬了"冰炭费"或"赏春钱",地方官员可一年之内不再到京师"活动"。

黄中玉依例送了"冰炭费",还额外送了"赏春钱",他会准备寿礼吗?

黄中玉当然要准备,因为他比别人懂事。而且所备之礼,一点不会比他人差。

遂州自古称富庶之区，赋甲两川。

拿老百姓的话说，州衙里那些吃皇粮的官员随便扯根汗毛，都比穷人的腰杆粗。

黄中玉知任遂州三年，一向以清廉自居，颇有直声，他岂肯为了区区寿礼之事，毁了一世清誉？

难得莫仁品醒事，不吭声不出气，悄悄置办齐了一份像样的寿礼。

这一切虽然做得隐蔽，然街坊里弄间，仍有无数流言蜚语四下传播。

天上宫茶园里，王麻子说书时口无遮拦，假借宋末贾似道专政事，当众信口开河。

胡说黄中玉所备寿礼，极尽奢华。仅奇珍异宝，就装了满满两大木箱。

价值肯定超过百万金。

更有好事者言，黄中玉为讨张阁老欢喜，私自串通雪珂大禅师，假"迎春祈福大会"之机，以偷梁换柱之法，将"观音珠宝印"据为己有，不日将送往京师。

如果此话当真，黄中玉就胆大包了天！

遂州人谁不知道，大宋朝徽宗皇帝赵佶，为报当年为遂宁郡王时遂州这片沃土的孕育之恩，亲赐广德寺"观音珠宝印"一枚，乃至高无上的国之重宝！

历被视为皇家信物，遂州人供奉若神明，轻意不得见。

谁敢冒天下之大不韪，擅自动它？

传言归传言，是真是假，谁也不得而知。

自从备下这份重礼后，黄中玉的心中凭白无故多了一份牵挂。每日里，少不了去一趟密室，看看这些宝贝疙瘩，生怕出了半点差错。

州牧大人深知，自己的前程不打紧，拂了张大人之意，那才是真正要了命。

多少次睡梦中，黄中玉都美滋滋地梦见这些宝贝长了翅膀，飞到京城……张阁老站在吏部衙署大厅里，捧着一方又一方红艳艳的大官印，笑容可掬地颁给自己，便常常忍不住兴奋，梦里嘿嘿地笑出声来。

可是，随着时间一天一天过去，州牧大人这样的好心情却在一点一点地消失。

他听到了杂音，特别是老百姓的骂声，也看到了下属们鄙夷的眼色。

当然，骂声也好，鄙夷也罢，黄中玉都不会放在心上。

当官的人，还怕别人骂吗？

简直笑话！

黄中玉现在最担心者，不是别人的非议。

他捞了多少油水，装进了自己的腰包。又拿了多少银子，去舔张鹏翱的"肥沟"。

这个重要吗？

顶顶重要的是，这么多金银珠宝，如何安全送达京师。

遂州地处西南边陲，到京城千里之遥，途中隔着千山万水。

黄中玉比谁都明白，途中稍有不慎，随时会发生智取"生辰纲"的故事。

更令他感到不安的是，近日江湖传言，蜀道剑门关一带，新近出了个外号"神猿"的大盗。

坊间传得沸沸扬扬,"神猿"武功高强,杀人如麻。

利州剑门关位于大小剑山间,乃蜀中北上京师必经之地,被誉为"秦川锁月"。

那里山高路险,古人吟为"难于上青天"的千里蜀道,实际上指的就是这大小剑山间,蜿蜒崎岖的二百里山路。

都说"剑门天下险",在黄中玉心里,此次京师送礼之旅,那才是难上加难险上加险啊!

他想到过陈豫川。

陈捕头精明干练,江湖阅历无人能及,确是解押寿礼的不二人选。

然黄中玉是何等人物?

他怎会榆木脑壳不开窍,让属僚知道这件事呢?

为官之道,哪怕一丝一毫口风泄露,都可能导致满盘皆输。

黄中玉这人有个习惯,无论遇到多难的事情,他都不会轻易和别人商量。

更何况是自己的下属。

自打有了这桩心事后,黄大人就茶不思饭不想,瞌睡也睡不踏实了。

整日里冥思苦想,一直未想出个稳妥之策。

每年的惊蛰节,黄中玉都会带上家人,去广德寺进香。除拜会主持雪珂禅师外,依例还需送上五百两功果银子。

今年就不去了。

黄中玉已遣莫管家,提前将功果银子送上了山。

因为今年惊蛰节这天,是黄中玉小儿满月的日子。

遂州习俗,小儿满月乃人生中第一件大事。不论贫困人家,还是富豪大家，莫不喜气洋洋地办一台"满月酒"，以祈盼小儿一生顺利，快乐健康成长。

黄氏一门，乃遂州首豪。

小儿满月，黄中玉岂能免俗，坠了自家名头？

州牧大人已决定，当众宣布小儿乳名——"小虎"。

"小虎"出生日为辛酉年乙丑月丙寅日。他听人说起过，张阁老亦丙寅日生人，乳名也叫"小虎"。

于是吩咐莫管家，凡是能请到的亲朋好友，都要尽力邀请到。免得在亲戚朋友面前，不周不到失了礼数，被街坊邻居们笑话。

得主人之令后，莫仁品"抻"起大管家派头，整日吆五喝六，指挥下人们里外忙活。

黄府上下，一时间忙得团团转，单等着惊蛰节到来。

二

二月十四，惊蛰。

蜀谚云："惊蛰惊，蛴蚂瘟。"

那意思很明白，惊蛰节前后的天气还冷得很呢，稍不注意，就会着凉害"瘟症"。

今年的惊蛰节，天气却出奇地好，风和日丽。

巳时刚过，前来黄府道贺的客人已多达四百人之众。

那规模声势，一点不亚于黄氏家族往年召集的三月清明大会。

莫仁品来到书房里,喜滋滋地告诉黄老爷,递了帖的亲朋好友都一一到齐了。许多没有被邀请的街坊邻居,也提只鸡或拎个杂包,悄悄来到府上道喜。

甚至剑阁老家那边,几十年没得联系了,都有亲人不远千里,专程前来吃喜酒。

黄中玉听了,心里甜得像灌了蜜。

他吩咐莫管家,告诫府上各色人等,客人不论远近亲疏,都要好生招待,切不可失了礼数。

州牧大人心里明白,如此众多的亲朋好友,肯来为一个懵懂小儿贺满月,谁不是冲他这个大老爷而来?

在莫大管家精心策划下,偌大的黄府内,处处洋溢着喜庆和无限的丽色春光。

黄中玉十分欢喜,数月来的郁闷心情也随之一扫而光。

众多宾朋中有一位叫罗三五的人,自称剑阁老家来的亲表弟。

这个罗表弟,性憨直,是个了不起的拳师。力大无穷,能掌毙蛮牛。

他私下里告诉黄中玉,自己与剑门江湖人士,交往十分熟悉。

言谈间,语气甚豪。

听了罗三五的介绍,黄中玉上了心,思忖着寿礼之事,格外地留意起他来。便吩咐莫管家,将此人安排在贵宾桌上。

席间,罗三五炫其勇,当着众人的面,用暗劲碎裂一只白瓷酒杯,赢得满堂喝彩。

黄中玉笑笑,走上前去向他敬酒。

见表哥前来敬酒,罗三五忙执壶站起,欢喜得手舞足蹈。

"谢表哥抬爱!"

罗三五爽快地一口干掉杯中酒,更加大吹特吹江湖事。偌大的黄府内,到处都能听到他洪亮的笑声。

黄中玉抚颚,微笑不语。

好一个爱出风头的罗三五!

罗三五扬扬得意,拎着酒壶团团抱拳,乐呵呵地笑个不停。正待重新落座,欲开怀倾壶长饮。

黄府大门外,突人声喧哗。

众宾客闻声,扭头往外一看,见一矮胖老丐,不顾众家丁阻拦,硬是从大门外闯了进来。

老丐身着百衲衣,一颠一簸,径直来到庭中央,旁若无人地敲打着莲花落。

"众位老爷莫笑我,听我唱首颠倒歌,三九天热得直淌汗,三伏天冷得打哆嗦……"

老丐又矮又胖,操一口古怪的剑阁腔调,只顾自己胡乱说唱,语音含混不清,加上他滑稽的表演,竟引得一庭宾客轰堂大笑。

惩谁都知道,设若家里办红白喜事,遇到讨口叫化之辈,那是说不得的晦气。

大方的主人家,好吃好喝地招待他,顺便搭上一个大红包。叫化子们自然口生莲花,说一大堆吉利话,然后道谢而去。

设若主人不通事理,惹恼了"穷家行"的人,轻者滋生是非,弄得主人家下不了台。重者砸了一应家什,搅得一个场子乌烟瘴气。让你在亲戚朋友面前难堪,一辈子抬不起头来。

黄中玉虽贵为州牧,却也交过不少江湖朋友,多少知晓一些"穷家行"的规矩。

见老丐无端闯入大庭,目无他人地敲打着莲花落,忙陪了笑脸,客气地请他入席。

哪知老丐并不领情。

连看都没看黄中玉一眼,只顾呱嗒呱嗒敲着莲花落,胡乱唱着自编的欢喜曲。

"黄府大门好气派,欢天喜地贺喜来。不为金来不为银,云游天下好自在……"

老丐既不入席,也不离去,可是来滋事的?

一院宾朋,顿时哑静无声。百十双眼睛,齐刷刷地看着黄中玉。

黄中玉尴尬地笑笑。

连忙吩咐丫鬟杏儿,速去老夫人处,拿来十两银子,大大方方地递给老丐。

谁知这个古怪的老丐依然不为所动,接下来的作派,让平时威风八面的州牧大人更加尴尬难堪。

矮胖丐站在原地,翻瞪着白眼,既不接钱,也不说话,径直把右脚高高抬起,朝着杏儿的粉面肆无忌惮地戳了过去。

杏儿顿时花容失色,惊诧地尖叫一声,慌忙丢掉手中的银子,浑身颤抖地跑到黄中玉身后,十分害怕地躲起来。

黄中玉见老丐蛮不讲理,一点不给自己面子。生怕他胡乱滋事,搅了偌大一个喜庆场合。

只得忍着气,转身去到酒案旁,亲自斟了一杯酒,双手作揖一般递过去。脸上堆着讨好的笑,同时递上一串好听的话。

"黄某有不尽礼数之处,还望丐爷您多多包涵,多多包涵。"

老丐呵呵笑着,用手里的莲花落竹板不停拍打自己的肥臀。他倒是接了酒,但没有喝下去。只把酒杯放在鼻子边,嗅了一嗅。

嘴里不停地"吥吥"有声。

摇着头大叫道:"酸啦,酸,这酒好酸!"

照理说州牧很不错了,已按江湖规矩尽了礼数,老丐应该满意了吧?哪知他依旧装疯卖傻,并没有给黄中玉台阶下,反而越发胡说八道。

黄中玉本一脸喜色,不由得变了变。强撑着的一张笑脸已变得十分难看。

一丝火气,也在胸中慢慢升起来。

他正要出言训斥。

站在一旁的罗三五,早已按捺不住了。

适才罗拳师纵论江湖事,正讲到兴头上,被这个矮冬瓜般的老叫化子胡乱一通搅和,气氛全搅没了。

心中很是不爽,几番欲出面教训老丐,碍于黄表哥面子,一直忍住未发。

眼见黄中玉已动怒,脸上有了不快之色。罗三五暗自忖到,此时正好站出来,教训教训这个老东西。

一来为表哥解围,让他记自己一个情。二来显显手段,让州牧大人和众宾朋见识见识。

岂不快哉?

罗三五想到此处,一个箭步跨上前去,挡在黄表哥面前。

手指老丐,大声呵斥道:"哪里来的老叫化子,这么没规没矩?黄大人给你脸不要,自个儿赶快爬开些!"

罗拳师一边斥责,一边将老丐往门外推。

老丐似弱不禁风，被罗三五一推，就势倒在地上。又是蹬脚，又是大声哭闹。

"打死人了，打死人了！"

双手却箍桶一般，死死抱住罗拳师右腿。两只贼亮的眼睛，滴溜溜地转个不停。

罗三五只顾捧人，没料到老丐会来这么一手，连忙用力掼他，欲挣脱老丐的箍抱。

然任由他如何使劲摔打，老丐就是不松手。直急得罗三五面红耳赤，不知该如何办才好。

黄府护院里有一对孪生兄弟，姓蔡。

府上百十号人都不知他俩叫啥名字，为招呼方便，平时里称为蔡大蔡二。

蔡氏哥俩为人谨慎，从不与他人多言多语，也很少和外人往来，给人神秘莫测的感觉。

黄府里其他的护院，都有些怕他们。

此时，兄弟俩正在院左的角落里，一杯一杯喝着闷酒。见老丐蛮横无理，二人双双走上前去。

蔡二双手捧杯，恭敬地献上一盅酒。

蔡大则拱拱手，谦恭地说道："丐爷，今日黄府大喜，您老行个方便，给我们兄弟一个面子。择日请丐爷一醉方休，如何？"

老丐躺在地上，心中有一丝诧异，二人如何到的身边？

嘴里停止了嚷嚷，瞪起一双斗鸡眼，偷偷看了看蔡氏兄弟。急快地松了双手，拾起地上的莲花落，疯疯癫癫地放歌而去。

蔡氏兄弟呆了一呆，老丐居然这么走了。

二人莫名其妙，兀自摇了摇头，又去那角落里坐定，一杯接着一杯,不停地喝着闷酒。

刚才还闹麻麻的庭院里,一下子安静下来,静得能够听见风穿过竹林的声音。

蔡氏兄弟轻描淡写,就为自己解了围。

黄中玉心中有些感动,便踱着方步,来到二人面前。他要和兄弟俩喝一杯,以示谢意。

老爷亲自给下人敬酒,这在黄府里头,还是大姑娘上花轿——从未有过的事情。

一庭之客,皆侧目注视。

蔡氏兄弟很奇怪,却无半点激动,只微微点了点头,表示谢了。脸上依旧一副落寞神情,没有丝毫喜色。

黄中玉笑笑,敬了二人的酒,转身欲走,见哥俩心事重重的样子,猜不透他们在想什么。

自从来到黄府后,蔡氏二人一直这个模样,整日里闷闷不乐,少有欢颜。

黄中玉清楚地记得,前年腊月十六日,天刚蒙蒙亮,二人一身卖艺人打扮,僵卧在府外雪地里,已气若游丝。

要不是自己发慈心,收留他俩做个护院,二人恐已命丧黄泉了。

想到这些,黄中玉便不再理会蔡氏兄弟,踱着方步,一桌一桌地向客人敬酒。

当他再次回过头来时,蔡氏兄弟已经离开座位,不知到哪里去了。

三

皓月当空，净如玉盘。

偌大的一座黄府，被朦胧月色静静地包裹着。

宅院内的林盘里，不时有风轻轻吹过。荡拂着从竹枝间疏疏漏下的月光，乱了一地妖妖的竹影。

后花园的东北角，几株百合花正悄悄地开放。沁心的幽香似断还续，弥漫在醉人的夜空里。

晚饭后，宾客们三三两两，在庭院中散步闲聊。

黄中玉独自一人在书房里静坐，老僧入定一般，纹丝不动。

这是他多年养成的习惯。

平时不论多忙，晚饭后，他都要来到书房里，静静打坐一会儿。这个时候，如果没有他的允许，任何人不得擅自进入书房。

今天晚上则不同，黄中玉很兴奋，丝毫没有打坐的意思。他私下告诉莫仁品，把罗三五请到书房里来，有要事相商。

黄中玉很用心，精细地净了茶具，为罗表弟泡了一壶好茶。

又专门吩咐莫管家，准备了四张百两的银票，说是给老家祖坟的修缮之费。

莫管家眯起一双小眼睛，似懂非懂地摇着头，表示不理解。

黄氏一门离开剑阁已近半个世纪了，哪有什么祖坟要培修？黄中玉只不过变着法子，送他这个表弟银子罢了。

至于为何要送他银子，莫仁品就想不明白了。

想不明白就不用再想。

莫管家很知趣，引领着罗三五，躬身来到书房前，伸手敲了敲门后，独自转身离去。

黄中玉坐在书房里,望着莫仁品远去的背影,若有所思。

罗三五一个人待在门外,尴尬地发出几声干咳。

黄中玉这才回过神来。

忙从座椅上起立,客气地请罗表弟入内,让他坐在室左的方凳上,双手奉茶以敬。

罗三五搓着手,局促不安地箕踞而坐。

就着昏黄的油灯,二人默默地品着茗。

黄中玉把玩着茶盏,有一搭没一搭地闲聊,尽说些没头没尾的话题。

罗三五是个江湖莽汉,平时自由散漫惯了,哪见过这等茶话方式?

虽说两人是表兄弟,但他面对的人毕竟是州牧大老爷。更何况这个山里汉子,以前从未和官员打过交道。

在这种不尴不尬的气氛中,罗三五难免有些慌张。

黄中玉则谈笑自如,偶尔还会装模作样,刻意发出一两声莫名其妙的干笑。

笑声让罗三五越发拘谨。

他实在想不明白,表哥这么大一个官,为什么要单独请他喝茶。莫非黄表哥有啥事,相求于己?

想到这里,罗三五悬吊吊的心里稍微安定了一些。

低头抿了一口茶,咕咕地吞进肚里。

"老表哥,小弟我是啥也不会哈,就这拳脚还管些用。"

黄中玉闻言,脸上的笑也收了。微眯着双眼,慢腾腾地喝着茶,一副爱理不理的样子。

见黄老表面无表情,罗三五心里又慌乱起来,连忙表态道:

"设若表哥有用得着罗某之处,尽管吩咐就是。罗三五必定水里去火里闯,为您效劳!"

黄中玉双眼向天,鼻腔里哼哼两声,发出一阵莫名其妙的干咳。

他这么作态为的啥?还不是等罗三五这句话!

也是这么个理哈。

他堂堂一州之尊,正不知该如何将事挑明呢。

听了罗三五一番表白,黄中玉心中大喜。

不过黄中玉这个人心机深沉得很,心里面高兴归高兴,嘴上却像贴了封条,不肯透露出一丝半分来。

灯影下,黄中玉的脸上依旧一副淡然神色,只顾将一碗香茗十分惬意地一口一口喝下去。

罗三五愣了一愣。

本来以为黄老表听了自己的话,会着实地夸赞他一番。

谁知道州牧大人故意装"象"。

非但没有表扬他,甚至连一个谢字都没有。脸上的表情始终漠然如故,越发让人心生不安。

黄中玉坐在罗圈椅上,挪了挪略显肥胖的身子,不再理会罗三五。索性右手抱茶壶于胸前,左手轻扣壶肚。身子极舒服地靠在椅背上,闭目养起神来。

罗三五一见之下,顿时如坐针毡,心里更加没有了底。背心处已有细汗津津渗出。

他只是个江湖人士,哪见过这等官场做派?连忙从方凳上站起来,欠欠身,语无伦次地改口说道:"黄大人,我罗三五是个粗人,可说的每一句话,都出自真心!"

黄中玉知道，眼前这个远房表弟，已被自己彻底征服了。便站起身来，为他续了一次茶水。

脸上带着些许笑容，语气缓慢而又十分轻松。黄中玉将盘结在心底的事情，拉家常般叙说了一遍。

罗三五用心地听，一愣一愣地不停点着头。

末了，黄中玉才十分严肃地说道："罗表弟，此事非同小可，比为兄身家性命还重要。"

罗三五极其耐心，仔细听着黄中玉讲的话，生怕漏掉一字一词。初时尚显紧张，待黄表哥把话说完，忍不住哈哈大笑起来。

黄中玉一愣，不知他何故突然发笑。微微张着的嘴，久久没有合上。

罗三五又恢复了常态，大大咧咧喝了一口茶汤，咕噜咕噜吞进发干的喉咙里，忙不迭地说道："我道啥了不得的大事呢，原来这等小事！表哥尽管放心好了，一切包在罗某人身上。"

见他回答得如此干脆，黄中玉的眉头皱了又皱。

州牧大人的心里难免打了一个大问号。这种没头没脑的人，怎么信得过他？

黄中玉背过身去，没有接罗三五的话茬，也没有表态。

但凡闯江湖操社会的人，大抵分为两大类。

一类是那种叱咤风云，雄霸一方的豪杰。他们大都心机深沉，处处提防时时算计着别人。

这类人永远都是胜利者，无一例外皆社会的正面人物。

诸如黄中玉辈。

而另外一类人呢，则简单明了，毫无心计可言。他们只知道成天舞枪弄棒，打打杀杀。

有了点拳脚功夫,便不知天高地厚。自以为老子天下第一,没啥事能够难得倒自己。

罗三五就是这种人。

见黄中玉不表态,罗三五心中大急,跺着脚连连说道:"我罗某人在剑阁一带,也是响当当的人物!这等小事情,表哥还怕我办不好吗?"

黄中玉背负双手,倚窗而立。

时已二更。

窗外回廊上,蔡氏兄弟一前一后,"梆梆"地敲着报更竹筒,从书房前巡夜而过。

听到罗三五的表白后,哥俩停下脚步不走了。他们已然知道,黄中玉将托付此人护送寿礼进京,心中怪怪的,有一些不爽畅。

照理说蔡氏既为下人,不应该管这等闲事。

俗话说得好,"闲事少管,走路伸展!"

兄弟俩呢,却时刻念着主人的好,哪敢忘了收留之恩。

眼见主人所托之辈并无真才实学,心中一时大急。哥俩性情忠厚,定要规劝黄大人,让他放弃这个念头,以免误了大事。

蔡氏兄弟仗着义气,毫无顾忌地来到书房中,十分诚恳地说道:"大人,莫非要将护送寿礼这等大事,托付给罗师傅吗?"

黄中玉吃了一惊。

他没有想到,未经自己传唤,蔡氏兄弟一介护院,竟敢擅自闯进书房里来!

正要张口训斥。

抬头一眼看见平时少言寡语的兄弟俩,正四目炯炯地盯着自己,一时倒不知该说什么好了。

愣了一愣,黄中玉竟脱口说道:"有什么不妥吗?"

蔡氏兄弟异口同声,朗朗回答道:"此去京师万水千山,罗师傅有何能耐,可担此重任?"

黄中玉再一愣,从未见他俩这么胆豪气壮过。

莫非二人不服表弟武技,故意前来挑衅?

书房里,气氛顿时紧张起来。

州牧大人站起身,顺手推开花木窗,清新的夜风吹进室内,带着一缕缕幽幽的花香。置于书案的油灯,在夜风荡拂下,灯芯毕剥,灯光摇曳。

摇曳的灯光下,蔡氏兄弟一脸忠诚,丝毫没有争强好胜之意。

州牧大人心中不免又起了疑惑,便将哥俩引到一旁,悄悄地责怪道:"你二人究竟要干什么?"

蔡氏兄弟依旧满脸诚恳,固执地说道:"没有其他意思,只想看看罗师傅的武功究竟如何了得,也好让我们二人长长见识。"

黄中玉见蔡氏兄弟二人标杆一般挺立在自己面前,眼里视罗三五为无物。

心里暗自思忖到,席间罗表弟力碎酒盅,他兄弟俩没有看见吗?

转念又一想,蔡氏本卖艺之人,或许真有几分本事?

既然如此,何不让他哥儿俩和罗表弟比画比画?

一来可让他两兄弟服气,二来也可以壮壮罗三五的声威。

想到这里,黄中玉笑了。

转身对罗三五说道:"罗表弟,蔡家两位大师傅要看看你的真实本领,不知你意下如何?"

被晾在一旁的罗三五,早看不惯蔡氏兄弟一番行径了。

适才碍于黄中玉的面子,一直忍住没有发作。

此时见表哥发了话,心想何不乘机羞辱两人一番,也让黄中玉这个官老爷,见识见识自家的手段。

"好!"

罗三五当下高叫一声,欣然同意。

园中没有散去的客人听得有热闹瞧,全围了过来。

适,月行中天。

偌大的后花园里,一片光明。

罗三五是个急性子人,三下五除二地脱了外套,露出贴身黑色对襟短打装束来。

他站在原地,又是踢腿又是抬脚,活动了好一会。

然后双掌向前竖推,就势下了个矮马桩。催丹田之气布满全身,嘴里嘿嘿有声。

片刻间,罗拳师的胸前,肌肉一块一块隆起,并有规律地团团抖动着。

吸气,收气,再吸气,再收气。

罗三五终于活动完毕。

围观客人指指点点,悄悄交头耳语。

院外,有风徐徐入园,拂乱一地积水般的月色。

罗三五拱手罗拜。

突然间,也不知从身体哪个部位,抽出两把佩刀来,明晃晃炫人眼目。

左右二手，各执一把。

倏地一个金鸡独立。

旋即向前一个团身滚扑，又一个挪腾跳跃，鹰击前扑，继而将两把佩刀，呼呼地狂舞起来。

月光下，但见刀光闪闪，令人不敢逼视。

一园宾客，看得眼睛发直，无不大声叫起好来。

黄中玉满面笑容，轻轻地拍了拍手，表示赞许。

唯蔡氏兄弟一言不发，嘴角处，始终挂着一丝浅浅的笑。

黄中玉见了这番表情，猜不透二人是赞赏呢，还是不屑，嘴里"吱"一声，双手负于后腰处，脚步轻快地走上前去，悄声问道："我表弟的功夫，可是了得？"

蔡氏兄弟依旧摇头不语，目光漫不经心地望着远处。

围墙外，"蝈蝈蝈"的蛴蚂声此起彼伏。

罗三五已收了刀，正待穿上外衣，一眼瞥见蔡氏的神情，那意思很明显，傻子都看得出来。

兄弟俩表面上漫不经心，实则轻慢至极。

罗拳师脸一热，不由得心中大怒。

他一个山里汉子，本不知天高地厚。平时在乡里，那是"天不怕地不怕，除了雷公我为大"的主。

此时此刻，哪受得了这般蔑视？

罗三五一急，脖上青筋根根隆起，突突地直跳。

忍不住一个箭步，直杠杠地冲到蔡氏面前，大声怒吼道："你二人有何本事，敢如此小视于我？何妨也当着众宾朋的面，使出来给大伙儿瞧瞧？！"

见罗三五动了怒，蔡氏兄弟一愣，一时不知该如何是好。

二人便拿眼光来瞟黄中玉,想让他出面解围。

黄中玉笑了笑,肚子里打起了"小九九"。

你二人既然瞧他不起,人家下了战书,这个烫手的"炭元"只好自己捡起。关我啥事?

他扭过头来,瞥了蔡氏兄弟一眼。

月光下,兄弟俩满脸憋得通红。

那神情极其古怪,似不情愿,又似有啥难言之隐一般。

罗三五却不这么想。

他看见蔡氏兄弟脸上汗都憋出来了,以为二人怕了自己,越发地张狂起来。

"哼哼!罗某人走南闯北几十年,从未见过你兄弟这般人模狗样的家伙。自己没有真才实学,偏偏还要挑别人的不是,当真是可笑之极,可笑之极!"

蔡氏兄弟闻言,面色越发难看,热汗津津而下。

黄中玉见他俩如此尴尬,想二人不过是卖艺之人,哪有什么真本事?忙出来打圆场道:"好了好了,蔡氏兄弟乃黄某家中下人,罗表弟岂可当真,与他们一般见识?"

听到黄中玉这么一说,罗三五眉毛一扬,更加不依不饶。

他一个山野粗鲁汉子,哪懂得顾及别人的感受?

罗拳师只顾自己痛快,嘴里直嚷嚷。

"呸!两个不知好歹的东西,也佩作我表哥府上的护院?今夜你二人如不露上一手,罗某人又如何顺得了心中这口恶气!"

蔡氏兄弟闻言,面如火烧。

两兄弟一直咬着牙,忍住不吭声,原只愿事情过去就算了。

哪知这个剑阁"土老表"口不留德,三番五次拿语言撩拨,话也说得越来越难听,实在忍无可忍。

蔡大转身拱手说道:"罗师傅的功夫确实不错,唉,只可惜,只可惜此去京师,怕是性命都保不住,何谈他事呢?"

罗三五闻听此言,立刻二目圆睁,暴跳如雷。

他甩掉搭在左臂上的外衣,拔刀就向二人扑了过去。

嘴里不停地大声吼叫:"两个猪狗不如的东西,敢如此作践爷爷,快来受死吧!"

面对罗三五进逼的双刀,蔡氏兄弟竟视若无睹。

二人站在庭院里,依旧如两根挺拔的旗杆,纹丝不动。

罗三五已逼近身前,见蔡氏兄弟没一点反应,心中甚是奇怪,愣了一愣,一时没了主意。

挥在空中的双刀,不知该劈下去,还是该收住才好。

黄中玉站在一旁,暗自吃了一惊!

单凭这份从容和镇定,黄大人心里已经明白,蔡氏哥俩果真不简单。

他兄弟二人,定有一身惊人本事!

罗三五定在原地,进退两难。

黄中玉大急,生怕罗三五粗鲁,在众宾客面前与蔡氏交手,出丑难堪。

忙跨步上前,挡在两者之间。

笑吟吟地言于蔡氏兄弟:"哥俩买黄某一个薄面,也露上一手,彼此交流交流,如何?"

蔡氏兄弟闻言,脸色越发难看。

他二人怎好一而再,再而三地推脱呢?

哥俩悄悄退到一角，商量片刻后，又双双来到庭中。

二人抱拳，团团作揖。

随即异口同声地说道："罗师傅定要我兄弟献丑，我们只得勉为其难了！"

一园宾客听了蔡氏兄弟的话，齐齐鼓起掌来！

四

黄府的花园中，有一个水池。

水池约有一亩地，水深二尺许。池中饰以假山、凉亭、暖阁，曲桥回廊委婉相连。

蔡氏兄弟先去住处换了一身衣服，又去柴禾房随手捡了两块杂木板，然后一声不吭，再次来到水池旁，将两块木板掷于水面上。

众人面面相觑，不知道二人掷木板于水池中做何用途。

正疑虑间。

只见兄弟二人，一人手执长枪，一人手执大刀，双双飞身跃起，如蜻蜓点水一般，轻轻落在池中木板上。

皎洁的月光下，池中水面如故，竟然没有荡起一丝波纹。蔡氏二人单足立在木板上，更是不摇不晃。

兄弟俩卓然矗立，隐然有大家风范。

二人还未交手，岸上围观之人已感到了一股一股的杀气，冷冷地逼近自己的肌肤。

猛然间，众人听到一声爆响，直震得耳膜嗡嗡鸣叫。

但见水池之中，刀枪相击，快如闪电。

瞬间已数十回合。

蔡氏兄弟往来纵跳,在两块木板之间飞鸟般交错,不停变化着所处位置。

二人越斗越狠,刀枪环进。

初时如雨打芭蕉,毕剥有声。继而似狂风大作,池周竹木皆倾。

其声飒飒,其势汹汹。如千军万马般相互杀伐,绵延不绝。

围岸宾客,无不目瞪口呆。

他们早已看得眼花缭乱,分不清谁持的刀,谁持的枪了。

约莫一袋烟的功夫,蔡氏兄弟倏然住手。

突然间,四野里死一般寂静。

仿佛夜风都停止了吹拂。

唯众宾客心跳声"咚咚"可闻。

众人见蔡氏兄弟巍然屹立在木板上。

气不喘,心不跳,一脸的淡然。

两人仿佛从未交过手一般,连脚上的鞋,都干干的没沾一丝水迹。

后花园内,顿时掌声雷动。

罗三五羞愧难当。

恨不得地上有一条缝,直钻入进去才好。

"好,果然好!妙,果然妙!蛮牛看着猴儿跳!"

正当众人大声叫好时,突闻高大的院墙外,有人以言相戏。言语诙谐,口气却有些托大。

有意无意间,把罗三五比作了蛮牛。蔡氏兄弟呢,自然就是一对让人观看的泼猴了。

"什么人？！"

蔡氏兄弟发一声喊，双双如大鸟一般从水池中跃起，直扑后花园院墙外。

说时迟，那时快。

顷刻间，兄弟二人就将一老丐，从院墙外掼到了庭院中。

"哎哟！哎哟！"

老丐刚一着地，立即团身向前翻滚，癞蛤蟆一般趴在地上。

蔡氏兄弟随即掠过院墙，轻盈地落入园中。

老丐哼哼哈哈，将一硕大的肥屁股高高撅起来，双手摸了又摸。

口里咕噜道："我说二位大仁大义的蔡大侠，为何如此这般掼我老叫化子？"

众人定睛一看，此人不是别人，正是席间唱莲花落的老丐！

说来好笑得很，这个矮胖的老叫化子，不知哪里弄来一件妇人花衣，死缠硬绕在身上，紧绷绷地裹住一身肥肉，鼓鼓的像只巨型粽子！

数十宾客见了，不由得哈哈大笑。

老丐见状，嘴里骂着脏话，全然不顾众人的嬉笑，颤巍巍地爬起来，看也不看众人一眼，就向院门外走去。

黄中玉立一旁，静静地看着这一切，始终未发一言。

他的脑子里，全是不明不白的问题。

蔡氏兄弟是谁？为何有如此高强的本领？

哥俩乔装来到府上，目的何在？

那个疯疯癫癫的老丐又是什么来路？

难道都冲着寿礼而来？

黄中玉长期混迹官场，自然老道圆滑得很。虽然一时思绪有些紊乱，倒也处变不惊。

表面上依旧笑容可掬，不露半点声色，心里却绕了无数的"弯弯"。

他知道此时此刻，自己要稳住，既不便问蔡氏兄弟真实身份，也不能相询来府上的用意，更不要有丝毫的不满和愤怒。

"哈哈哈！"

黄中玉发出一阵爽朗的笑声。

用一种亲昵又略带责怪的口吻，半开玩笑半认真地说道："贵昆仲瞒得我好苦，有如此高强的手段，却委屈做了黄某人家里一介护院。呵呵，黄中玉当真是有眼无珠了！"

这话说得极其高明，可以说是滴水不漏。

他在话里，又是责怪又是夸赞，还把自己心里想要问的东西，不着痕迹地讲了出来。

听了黄中玉这番话，蔡氏兄弟相视苦笑。

一时间里，不知该如何回答才好。

二人心里明白，自己的身份已经暴露，想瞒也瞒不下去了。只顾摇着头，叹息不止。

时，月入云中。

庭院里为之一暗。

蔡大乘着阴暗，跨步上前，拱手对黄中玉轻声说道："大人责怪得极是，我兄弟二人……唉，本不该对恩公有所隐瞒，但实出无奈，还望大人多加体谅才是！"

蔡二是个急性子人。

见兄长说话吞吞吐吐，始终不肯细说详情，心中大急。

蔡大见了，只把头摇了数摇，示意蔡二不可说。

蔡二并未理会。

转身抱拳，朗声对黄中玉说道："大人，实不再相瞒了，我兄弟二人原本是梓州镇远镖局武师，人称涪江双雄。因年轻气盛，比武败在青城道长无量子剑下，无脸再现江湖，遂埋名隐姓，投到大人府上……"

蔡二说到此处，见黄中玉一双大眼目不转睛地看着自己，索性竹筒倒豌豆，全抖了出来。

"蒙恩公怜爱，收留为护院，本想从此洗手，永绝江湖。不曾想就在刚才，我们见大人将进京之事托付给了罗师傅，皆觉不妥。"

蔡大跺脚，几番欲打断蔡二的话，蔡二都装着没看见，只顾往下说："罗师傅虽然功夫不错，但却难以担当如此重任。吾兄弟感念恩公收留之恩，便出面干涉，哪想却惹得大人见疑。如不据实相告，恐添诸多麻烦。还望恩公见谅，体我兄弟二人一片忠心！"

蔡二憋一口长气，道出了事情缘由，心情为之一畅。

月光下，长身玉立水池畔。

一园之人，听毕皆惊。

两年前，涪江双雄大战无量子之事，曾轰动两川江湖。各种传闻，充斥街坊里间。

其人其事，可谓家喻户晓。

那一场恶战之后，涪江双雄便没了音讯。就像从人间蒸发了一般，不见了踪迹。

任谁也想不到，江湖上大名鼎鼎的涪江双雄，竟然做了黄府的护院家丁!

黄中玉神情专注,仔细听完蔡二的述说,高兴之情溢于言表。

"哎呀呀,真是难为哥俩了!"

一边乐呵呵地打着招呼,一边吩咐下人,再置酒席。

"园中之人莫走,一同用过,一同用过哈!"

州牧大人的话,说得很好听。

他要邀请众宾客,共同陪蔡氏兄弟喝一杯,以处罚自己不明之过。

"二位大侠屈居护院,实乃黄某之过矣。"

莫仁品不愧为大管家,刚才那么热闹的场面,始终未见到他的身影。

黄中玉刚一吆喝,他即刻雷厉风行起来。指挥全府上下百十名仆人丫鬟,一起动手操作。

杀鸡宰鸭,剥蒜捋葱,涮锅生火。

厨房内外,锅碗瓢盆之声不绝。

片刻间,热腾腾的菜肴便摆上了桌。

黄中玉居中,坐了主席位,笑盈盈地邀请蔡氏兄弟,一左一右共同坐了上三席。

他手执青花牛眼大酒杯,对众位宾客大声说道:"我黄某人平时里公务缠身,实不知二位蔡大侠屈尊隐居寒舍,且多有得罪之处。今日请大家见证,话里酒里一并赔过。"

黄中玉说完,接连饮了三杯,以表诚意。

蔡氏兄弟见黄大人说得真切,又在众人面前这般抬爱自己,心里十分感动。

便双双站起身来,拱手回敬道:"大人所言差矣,如无恩公收留,我兄弟二人连立足之地都没有,何谈屈尊?今日承蒙大人抬爱,如有用得着吾昆仲之处,请尽管吩咐。我辈必赴汤蹈火,在所不辞。"

二人说完这番话,也连干三杯,回敬黄大人。

黄中玉复大笑。

高声赞道:"真壮士也!"

蔡氏兄弟敬过黄中玉,又双双执了酒杯,来到罗三五面前,欠身赔罪道:"罗师傅,刚才我兄弟两个,语言多有冒犯,还望兄长海涵!"

罗三五听得明白,慌忙从座位上站起来,一副诚惶诚恐的样子。

他欠身低着头,早已没了先前的趾高气扬。

接了哥俩敬上的酒,罗三五一饮而尽,双手抱拳不停打躬,十分敬重地答曰:"二位大侠德艺双馨,罗某人当真万分佩服!时至今日,才知道什么叫天外有天,人外有人。唉,罗某真的是惭愧呀!"

蔡氏兄弟闻言,见罗三五说得诚恳,敬他是条耿直汉子,三人又豪饮了十数杯。

在座宾朋见了,齐声大笑。

众人纷纷称赞蔡氏兄弟有大家风范。

一干英雄豪杰直畅饮到月落西山方止。

第五章

一

遂州城地处四川盆地之心,平均海拔高度不足百米,故而冬春两季多雾,素有"雾遂州"之称。

当地民谚云:"天上大月亮,地上白头霜。夜里蛴蟆叫,明早大雾罩。"

翌日晨。

一场滚天裹地的浓雾,果然将偌大一座遂州城,包裹得不见了踪影。

黄中玉依旧早起。

昨夜一场好睡,让他的心情十分畅快。

步出寝室时,州牧大人嘴里愉快地哼着《春曲》。

"春季里来百花香,蝶舞花丛燕绕梁……"

他径直来到后花园里,极认真地做了一遍"五禽戏",又舒缓地打了一套太极拳。

待身上出了些许毛毛汗后,踱步来到膳房。

吴妈适时煮好一碗杂酱面,热气腾腾地呈上。

照例煨了一盅虫草鸡汤,清花亮色好不诱人。

黄中玉胃口大好,将斗大一碗杂酱面,连汤带水"吸吸呼呼"吞进肚里。

又极享受地喝完一盅鸡汤。

然后满意地打着饱嗝,一边双手摸腹,一边沿院内曲折小径,悠哉游哉地在雾中散步。

昨夜留宿黄府之客不下百十人,此刻大都起了床。洗脸的、净手的、散步的,三三两两,往来穿梭。

黄中玉招招手,示意莫仁品过来,悄悄地相询于他,该打发客人们多少银钱合适。

莫仁品答道:"莫失了黄府面子,每人十两为宜。"

黄中玉会心一笑,这个数是他早想好的。莫仁品硬是自己肚里的蛔虫哈,啥都晓得。

雾依然很浓,对面不辨人影。

浓雾中,偶尔有雄鸡啼鸣的声音,远远近近传来。

寅时,客人们用过早餐,陆陆续续告辞归行。

大管家莫仁品笑容可掬,恭送于朝门口。

设若有重要客人辞行,必小跑至书房,禀告黄中玉知晓。

州牧大人视其轻重,或移步朝门外拱手恭送,或于院内就地告辞。

礼数十分周到。

当送走最后一位客人时,大雾已经慢慢散去。

抬头望一望天,太阳朦朦胧胧,高高悬在空中。白白的一团,像一张尚未煎熟的麦面饼。

黄中玉伸了伸懒腰,站在朝门口高高的石台阶上,闭着眼长长地吐了一口气。

当他睁开眼时,慕容白正笑眯眯地站在面前!

资州慕容白?

黄中玉哪敢相信。

他揉了揉自己的眼睛,果真一点不假,他不是慕容白是谁!

黄中玉欢快地骂一声,连忙从台阶上跑下来,迎上去拥抱在一起。

"慕容兄好!"

"黄兄好!"

二人乃同科进士,双双授翰林院编修。京师同僚眼热,称为"蜀中双杰"。

黄中玉为人温文尔雅,先于慕容白知任遂州。

慕容白豪爽干练,行事风风火火。在得到黄中玉引荐后,也走了张鹏翮的路子,年前知任资州。

遂资二州,同处四川盆地,相距不过百里地。

二人同袍情深谊长,却各自忙于公务,始终未曾谋面。

不想今日相见于遂州城,哪能不欢喜异常?

黄中玉挽了慕容白的手,双双步入大院。

莫仁品亦步亦趋,随身其后。

三人径直来到书房。

黄中玉先沏一壶好茶,殷勤相待。

又招手让莫管家上前,附耳交待速办酒菜,即刻送到书房里来。

莫仁品领命而去。

慕容白见莫管家离去后,夸张地大叫一声,哈哈笑着说道:"真正想死我了!"

黄中玉摇摇头，笑曰："慕容兄，断不会只是想为兄那么简单吧？我听说老弟亲自去了趟京师？"

"那是当然，今日正是从京师返蜀，路过宝地特来拜会。"

慕容白故意卖个关子，顾左右而言他。

"张大人待你我恩重如山，哪有不去的道理？黄兄的寿礼……"

黄中玉饮了一口茶，直白道："哪忘得了张大人恩典？愚兄自然也略备了些散碎银子。"

"散碎银子？那哪成！"

慕容白又一次夸张地大叫道："岂不闻京师有'宁收一片纸，不要万箩金'吗？张大人乃京城第一雅官，黄兄难道就没得唐人字画，抑或宋人墨宝可献？"

黄中玉正待搭话，莫管家已带着五位丫鬟，送菜来到书房。

四个凉菜六个热菜，满满摆了一茶几。

外搭两壶遂州佳酿"涪江春"。

莫仁品挥挥手，叫丫鬟们退下。自己留下来，为二位大人专事斟酒。

几杯酒下肚，两人脸上泛满了红光，话也越发多起来。

慕容白吃得口滑，只顾大声要酒。

莫仁品一脸淡然，默默地不停斟着酒，却始终没看过慕容白一眼，甚至也从未尊称过他一声。

黄中玉瞧在眼里，感到有些奇怪。

莫管家是个玲珑剔透的人，今日为何这般冷漠？

想必是近日应酬繁多，身心疲惫了吧？

黄中玉心里这么想。

慕容白呢，满脸喝得通红。

哪管他莫仁品是牛脸还是马脸？

眼见两壶"涪江春"将罄，却大声嚷嚷着再筛一碗来吃。

黄中玉不允。

好言劝道："不是在下舍不得酒，慕容兄千里劳顿，权且先填充一下肚子。待去上厢房好生休息，晚上再饮如何？"

"酒嘛水嘛，钱嘛纸嘛。"

慕容白已有几分醉意。

似有意又无意地说道："白粗人一个，哪像黄兄……黄兄博雅。但不知黄兄听说否，潼川府骆时香……大人，新近得了一唐人字画，轻意不肯示人，欲作为……作为寿礼，进呈给……张……张大人……"

黄中玉拿在手里的酒杯，微微抖了一抖。

略一迟疑，旋即大笑道："如此甚好，免得京城那些鞑子们，笑我蜀中粗俗鄙陋。"

慕容白醉眼惺忪，把最后一杯酒举起来，语无伦次地说道："黄兄果然……果然量大……难怪张大人……青睐有加。前途……前途……无量矣！"

言毕，扑桌上酣睡。

莫仁品见状，忙叫来两个下人，将书房收拾整洁。自己将烂醉如泥的慕容白，扶到东厢客房休息。复与黄中玉书房相商，至申时方才离去。

待莫仁品离去后，黄中玉才烂泥一般，软软地瘫坐在木椅上。

几年来的官宦生涯，让黄中玉时时心怀"怯"意，自觉不自觉地养成了一种习惯。

他从不会在外人面前示弱，也从不在人前失了仪态。

不论何时何地，但凡有外人在场，黄大人都会正襟危坐，或气宇轩昂地笔立。

这种力求外饰完美的习惯，不知不觉中，又培养出黄中玉十分敏感的心理特质。

处处谨言慎行，稍有风吹草动，都会让他心生疑虑。

适才慕容白酒后醉语，言潼川骆时香得唐人字画一事。直到现在想起来，黄中玉心里还堵得慌。

张鹏翮大人的雅好，他何偿不知道？

慕容白呀慕容白，真是自作聪明了。

骆时香得了唐人字画，那是人家的福分。他要送给谁，关黄某人啥事？

告诉我反扰心神，徒增烦恼！

好在大管家莫仁品，对自己知根知底。

难得一个可以托付的人。

刚才书房一番商议，莫仁品句句说得在理，让黄中玉心服口服。

望着莫管家匆匆远去的背影，黄中玉点点头又摇摇头。

莫仁品此去潼川府，能如黄中玉所愿，办妥这件事吗？

二

二月十五，花朝月令之期。

戌时。

潼川城正北街，骆府。

时残月如钩，晓星滴露。

晚膳时，骆时香独自小酌，饮了几杯"涪江春"，心烦意乱地在曲廊间来回踱步。

他本是个心境平和之人，近来却有些烦躁，甚至皮毛火起。

他知道同僚们的恭维，一半是真，一半是假。

知任潼川府已经七年有余，按理说职务早该晋升了。

可不知道为什么，每每到了关键时候，好事都化成了泡影。

唉，年近六旬了，可怜一介"老名士"，还蜗居蜀中。

去年腊月三十晚上，张志炯莫名其妙死后，同僚们都认为接任川督者，骆时香乃不二人选。

他也这么想过。

一来自己是正宗科班出身，进士及第入仕。

当朝康熙爷看过他的《香山诗钞》后，被其才情折服，还赞誉他为"潼川老名士，蜀中第一人"哩。

二来骆时香放任潼川，也有些年头了。

任内政绩卓著，在当地老百姓嘴里口碑甚佳。

然师爷曾春辉，却不这样认为。

他总说骆时香大人，是个榆木脑壳不开窍。

虽然廉洁奉公，却不懂为官之道，更不知晓官场上的潜规则。

尤其是第二条意见，简直就是为官者的致命硬伤。

曾师爷说的大实话。

骆时香虽然满腹经纶，心气却很高。

平时里，自然看这不顺眼，看那不舒服，难免不遭同僚忌恨。

上司犹扯淡，更不会喜欢能干的下属，尤其像他这样的下属,耿直能干又半点不懂窍门。

拿曾春辉的话说,谁见过不收礼的官?谁又见过不送礼的吏?

"上下关系狗连裆,不外乎搭伙求财!"

曾春辉的话说得难听,却很在理。

骆时香要想晋升,得到川督一职,就得多准备钱物,到京师吏部大人张鹏翮府上走动走动。

此事或可有些希望。

否则,只是做做梦而已。

月行中天,骆时香仍然倚窗未眠。

他望着一庭清辉,心里有说不出的苦衷。

谁不知潼川骆时香?说话"之乎者也",办事"王道国法"!

从小饱读经史,深谙孔孟之道。骆大人的骨子里面透露出来的点点滴滴,莫不是读书人的高傲和猖狂。

他哪里能厚起脸皮,做出拿钱买官这等龌龊事?

面对官场上的种种潜规则,骆时香无能为力,也异常痛苦。

不去活动走门路吧,任你有通天之才,也不会有人主动提携你。去联络感情上下打点吧,又深感有辱读书人的斯文。

骆时香心里苦啊。

不是说人在做天在看吗?

狗屁的天在看!

老天爷真有眼,长江断流井水干!

小老百姓都知道这么说:"啥舅子坐金銮殿,都一个卵样!"

好在骆大人性情淡雅,平素里忙于公务,闲暇之余,喜读书作文,尤好古玩。

这些难得的雅好,让他的内心很充实,也少了许多空虚和郁闷。

去年腊月间,骆时香闲来无事,独自来到府城夫子庙,去古玩市场上溜达。

顺手淘得一宝,经方家鉴定,此宝为唐吴道子手绘,《三百里嘉陵江山图》是也。

得此重宝,骆时香就像一三岁幼童,欢喜得几个晚上没睡好觉。

匿于家中,从不轻意示人。

然不知怎地,骆时香得唐人字画的事,很快传到了京师张鹏翻大人耳里。

张大人好雅玩,世人皆知。

得此消息,多次传话请求一观。

张鹏翻是谁?

那可是权倾天下,手握帝国官员"顶子"的吏部尚书啊!

换了他人,岂不乐死?

骆时香偏偏一根筋,愣是没让张大人如愿。

唉,就这么一个实在人。

说他啥好呢?

官场那些鬼蜮事,自古皆然。

谁不知道上司的嘴巴,向来两张皮,说话办事有走移?

他说东有理,说西也有理,就看你如何奉承了。

月隐西天,骆时香依然难以入眠。

他想起春节前夕,自己偕曾师爷一起去京师,敬奉"冰炭费"所遇人情世故,好不让人尴尬。

那日依曾春辉所言,骆时香夜里独自前往张府。

护院家丁牛哄哄,见他一身布衣打扮,好说歹说不让进去。

领头的瞥了他一眼,嘴里直嘀咕。

潼川知府?

咋不懂规矩呢!

"张大人早休息了,岂是你想见就能见的?"

骆时香不笨,听了领头护院的话,哪有不明白的道理。

曾春辉不是经常说,宰相府里都是七品官吗?便笑眯眯地掏出一个银元宝,塞给领头护院。

"一点小意思,拿去请兄弟们喝酒哈。"

领头的护院接过银元宝,哼都没哼一声,顺手揣进怀里。

拿了骆时香的名帖,一摇三摆地进了大门。

瞧护院那傲慢劲,要搁在平时,骆时香早就拂袖而去了。

可眼下,自己算个啥呢?

不就是求人办事的"矮人",典型的哈巴狗吗!

骆时香只好耐着性子,极力控制住自己的情绪。

两只手插在袖口里,相互交叉抱于胸前。老老实实站在门前石狮子旁,眼巴巴地静候着。

门前另外三个护院,没捞到丝毫油水。

见骆时香一个糟老头,像个乡巴佬,全围过来讥笑他。

三人的话说得很难听。

如果是张大人的老爹,请他马上进去。如果是张大人的远房亲戚,自个儿趁早滚远点!

骆时香憋了一肚子火,终于给点着了。他正要张口怒斥三个"狗眼看人低"的家伙,张鹏翮在递帖护院导引下,已笑吟吟地跨出了大门。

骆时香急忙上前，躬身拱手拜曰："下官参见张阁老！"

张鹏翮弯下腰，双手扶住骆时香，笑呵呵地说道："哎哟哟，骆大人，快快请起！深夜造访寒舍，定有要事？"

骆时香见张大人如此热情，刚才的不快顿时一扫而光。

他心里十分高兴，暗自赞叹不已，曾师爷果然高明！

四个护院眨巴着眼，见尚书大人降阶以迎，莫不惊讶万分。

在他们眼里，骆时香就是一乡巴佬。以张阁老之尊，平时连许多京师要员都懒得见，为何如此这般礼遇他呢？

"哼哼！"

骆时香故意噂瑟，装出一副趾高气扬的神情。

他昂首向天，不再瞧一眼前仰后合的"看门狗"。紧随张鹏翮身后，阔步进入张府大门。

院内曲径回廊，灯火通明。

骆时香一路碎步，随张阁老来到会客室，小心翼翼地将门带上。

双手赶紧将万两银票，毕恭毕敬呈上。

嘴里喃喃自语地说道："请张大人多多关照，多多关照。"

谁知道，刚才还满脸笑容的张鹏翮，突然之间，脸色变得冷冷的毫无表情。

他斜起双眼，睨视着骆时香手里的银票，嘴里不冷不热地说道："骆大人哩，你近年来虽然勤勉有加，业绩却毫无长进。唉，叫老夫如何关照于你？"

毫不客气地收了银票，脸上却没有半点赞许之色。

骆时香一张热络脸，碰到了他人的冷屁股。站也不是，坐也不是，只好仓皇地逃出张府。

回到客舍，骆时香久久不能入睡。

自己一生克己奉公，政绩能力皆优于同僚，实不知素有清誉的张大人，何故有此一说？

"业绩毫无长进？！"

唉，吏部尚书都这么说了，骆时香晋升之事，哪还有一丝指望？

师爷曾春辉听了骆大人的疑惑之语，忍不住哈哈大笑起来。

骆时香一愣，不知曾师爷何故发笑。

责诘道："尔敢耻笑本官乎？"

曾春辉正色曰："小的怎敢取笑大人？"

骆时香不解，仍满脸不快地说道："那你又为何发笑？"

曾师爷见骆大人迂腐，苦笑着摇摇头。嘴里长长地叹一口气。

续曰："实在是大人憨厚可笑。您平时里只知埋头做事，一点不谙官场之道，此乃权术也。张鹏翮所言，非指大人业绩没有长进，实则是说大人所呈银两，每年都那么一丁点，没有长进罢了。"

骆时香闻听此言，良久不语，似略有所悟。

顿时心念一转，想到了《三百里嘉陵江山图》。那可是画圣吴道子手绘，真正的绝世珍品啊！

看来只好忍痛割爱了。

但一想到威严的张府，骆时香心里就直发毛。任曾春辉说破嘴皮，就是不肯亲自送画至京师。

曾师爷无奈，只得托了线人，转弯抹角呈告张鹏翮。言说骆时香已有诚意，将吴道子手卷作为寿礼敬献。

在张鹏翮眼里，骆时香就是茅厕里的一块石头，又臭又硬又贱。

现在不同了，难得他回心转意，将吴道子手迹做寿礼送给自己，欢喜得不得了。

专程托人入蜀传话，好言相抚骆时香。

"川督一职，尚可另议。"

想到这一切，骆时香心里五味杂陈，难受复以言表。

时，残月已坠西天。

骆大人才窸窸窣窣上了床，合衣而眠。

三

夜里一场好睡，直睡到日上三竿。

正净手洗漱间，忽报有富商从南方来，执帖拜访。

骆时香不知南人所图，忙整衣冠，迎入客厅议事。

南人精瘦，操一口怪腔调。

时而冒一两句西南官话，也是半生不熟，兀自让人好笑。

更为可笑者，南人不谙蜀语，吃不惯川人的盖碗茶。

向主人要了一碗白开水，置几上。

甫一坐定，便迫不及待地问道："小人路过贵地，听说骆大人持有吴道子所绘《三百里嘉陵江山图》，不知可否让在下见识见识？"

骆时香闻言，摇头笑了笑，不置可否。

南人见骆大人微笑不语，复言道："大人博雅，岂不闻'独乐乐不如众乐乐'乎?"

大前日里,得了张鹏翙允诺准信,骆时香正高兴着呢。

心想此画早晚归了别人,让客人看看又有何妨?

遂吩咐管家曾春辉,将画卷徐徐展开,高悬于厅壁上,任由南人观赏。

啧啧,好一幅《三百里嘉陵江山图》!

画卷长三丈余,或烟雨迷蒙,或层峦叠嶂,或激流险滩,或渔火点点……

气势磅礴,意境宏阔。

南人见之,始而惊,继而喜,终狂呼乱号。

手舞足蹈间,愿出百万之金购买。

骆时香将信将疑。

一轴卷值百万之金乎?

拈须笑道:"客官,岂可相戏于老夫?"

南人正色曰:"此轴乃吴道子手迹无疑,传世仅此一幅,价值何止百万?"

骆时香见南人说得确切,不像诳言,心思起了变化。

曾春辉立一旁,递上盖碗茶。

骆时香伸手接过来,揭开茶盖,刮一刮碗中茶汤,嘟嘴徐徐一吹,啜一口慢慢咽下。

闭上眼睛暗自一想,自己已年近六旬,就算争得川督一职,也不过四年任期而已。

何苦将一幅绝世名画给糟蹋了呢?

骆时香心里这么想,嘴上却说道:"此画已有买主,岂可失信于人。设若再卖于你,骆某信誉何在?"

南人闻言，立即脸红筋胀，一副情急拼命的样子。料想骆时香所言已有买主是假，实则嫌他出价太低是真。

遂狠狠心，出价二百万金，势必要买下此画。

骆时香挥挥手，叫曾管家出去。上前关上大门，独与南人相商于室。

南人见骆时香谨慎如斯，知道有戏了。

端起几上碗来，喝一口白开水，咕噜吞下。

两只眼睛不再看骆时香，兀自一眨不眨地盯着画，不发一言。

他在试探底线呢，到底该出多少钱？

南人打着肚皮官司，所以不说话。

骆时香嘴角挂着笑，也不说话。一副姜太公钓鱼，愿者上钩的神情。

南人急了，伸出右手，捏住骆时香左手三根指头。

骆时香使劲抽出左手，反捏住南人右手四根指头！

南人不肯。

极力抽出右手来，握住骆时香左手三根指头，用力捏一捏，又用大拇指将骆大人左手小指头，轻轻碰了五下。

骆时香假意推脱不得，遂以三百五十万金成交。

二人击掌相贺，当场出据文书，签字画押。

南人喜不自胜，说自己家乡远在南海，须回府上取款前来购画。

再三叮嘱，要骆时香等他半年。

粤商豪侈，交了二十万定金后，欢天喜地而去。

骆时香一夜暴富，按捺不住内心的激动，整日里喜气洋洋。

同僚们见了，私下里疯传，说他与张鹏翻沾亲带故，早已得了川督一职。

骆时香听到传言，笑而不语。

整日里扳着指头算日子，耐心等候着南人的到来。

如此高深莫测的神态，更是让人确信所猜不差。同僚中与之亲近者，便去他的府上走动，欲为日后方便，埋个伏笔。

两日后。

莫仁品风尘仆仆赶回遂州城，喜滋滋回到黄府，绘声绘色一阵聒噪，将自己假扮粤商一事一一告知州牧大人知晓。

黄中玉闻言大喜，还是莫管家知根知底，果然不负自己所托。

当即赏他十两黄金。

又狠了狠心，将府上最可爱的丫鬟杏儿，给他做了暖脚的"小棉袄"。

杏儿有一双漂亮的大眼睛，小蝌蚪般鲜活黑亮。

黄府上下，没有人不喜欢她。

黄老太太听下人说，儿子把杏儿赏给了莫管家，心里很不舒气。把黄中玉叫到卧室里，狠狠训了一顿。

见儿子态度十分坚决，老太太也没再坚持己见。

莫仁品得了奖赏，却一点也不高兴。

虽然三十大几的人了，还是光棍一个。

他一点也不喜欢杏儿。

瓜眉瓜眼的小丫头片子，一天到晚疯疯癫癫，啥都不懂。

黄中玉为什么赏给他呢？

第六章

一

黄府上养了很多信鸽。

清一色的"蓝鸽"。

史料记载,"蓝鸽"金贵无比,历被视为皇宫宠禽,民间轻意不可得。

《遂州志·人物》载:张鹏翮十分欣赏黄中玉,外放遂州时,特赠了一雄一雌两只"蓝鸽"给他,以示奖赏。

经过数年繁衍,黄府内的"蓝鸽"群,已达三四十只之多。

这些"蓝鸽"子孙们,个个嘴短眼大身体浑圆。两腿粗大如鹰腿,双翼纯白,能日飞两千里不迷归途。

黄中玉常年与京师间通信,多凭此禽保持联络。

莫管家善饲鸽,乃黄府繁殖"蓝鸽"的最大功臣。

每日晨起,必先去鸽房查看鸽情。细心饲以精料,以保证信鸽能随时远翔。

莫仁品不是师爷,却有着比师爷更加精细的气质,时时刻刻都晓得州牧大人的所思所想。

黄中玉初莅遂州时,莫仁品在州衙里做刀笔吏。

州牧大人爱其办事灵醒，事事都顺自己的意，便让他辞了公职，专职做了黄府的大管家。

最近几日，莫仁品暗中发现，黄中玉特别忙碌。每日晚饭后，他都把蔡氏兄弟叫到一起，关在书房里密谈。

往往一谈就是一二个时辰。

有的时候，还要叫吴妈准备宵夜。

莫管家不能随便进出书房，无法知道三人所议详情，但他心里明白，一定和护送寿礼的事有关。

莫仁品还知道，黄中玉的心里，有一个结始终解不开。要死要活都想弄到一两件字画，犹其像《三百里嘉陵江山图》一样的字画，以畅其浓得化不开的文玩心结。

照理说偌大一座遂州城，在昔为大藩节镇，存世几件唐宋字画，本也十分正常。

然宋元更替，北兵南侵，一把大火将遂州城烧了个精光。

奈何？

当然，如果要寻找一两件前朝古物，或更远年代的老物件，倒也不是件十分困难的事。

"曾记"铁匠铺掌柜曾文正手上，就有一把宣德紫砂壶。

"曾记"铁匠铺？

对，"曾记"铁匠铺。

遂州城响当当的百年老店！

州境八县人氏，谁家不用"曾记"剪子菜刀？

铁匠铺坐落在州城北街上，占据着十字路的好口岸。

光有好口岸哪能行？

曾文正打的剪子菜刀，那才是好口碑呢。

寒光逼人，削铁如泥。论名头声望，直逼杭州"张小泉"。

早些年，铁匠铺的生意红火得不得了。

每天清晨，天不见亮，小伙计们就起床生火打铁了。

叮叮当当的敲打声，比雄鸡的啼鸣声还要早。

住在北街上的人们，听到铁匠铺"嘟哒嘟哒"的风箱声，就像贪杯的"酒鬼"闻到了美酒的香味一般，浑身上下，通泰无比。

设若哪一天，铁匠铺因为有事不能正常营业，人们便整日蔫不唧，提不起丁点精神来。

北街上闲散的人，离不开铁匠铺。

每日里，不论寒暑阴晴，辰时时分，准会有一大群人围过来。

人们一边闲聊，摆些天南海北的龙门阵，一边看曾文正打铁。

曾文正并非遂州土著，关于他的过去，邻人很少提起。老人们碰到一起，偶尔摆一摆铁匠铺的旧闻，也会避着他。

这多少让人有些不明白。

据说里面的故事，奇奇怪怪多着呢。

曾文正打铁，不像别的师傅那么性急。

每次开打前，曾掌柜总是不慌不忙。他一准会先抽一袋旱烟，直吸得"滋滋"地流清口水。

待烟瘾过足后，炉里的火苗，正好发出幽蓝的光。

他知道炉堂里的温度已达到了最高点，便将旱烟袋收拾好，利索地别在腰间布带上。

左手顺势拿柄长铁钳，从炉火熊熊的灶膛里，夹出一块烧得通红的毛铁，"当"的一声，放在铁砧墩上。

右手则拿一把小锤,一锤一锤地指点着两个徒弟,用"二锤"将那块毛铁打成刀形。

待刀形铁变冷后,曾文正手里的小锤,会"当"地敲一下铁砧墩。

两个徒弟会意,赶紧停下手里的"二锤"。各自有序地一人拉风箱,一人将冷铁重新夹入炉间,埋进炭里继续加温。

曾文正乘隙,擦一把汗,小憩一会,咕咕有声地喝一口凉茶,或嚼一颗黑黝黝的槟榔。

就着这档空儿,曾掌柜双手叉着腰,顺便和围观的人开开玩笑。

偶尔摆些江湖趣闻逸事,或野得不堪入耳的骚龙门阵,故意调调大家的情绪,常常逗得人们哄堂大笑。

待炉膛里的火苗再次发出"蓝光"时,曾文正又将埋在炭里的"刀"麻利地夹出来,放在铁砧墩上,指挥两个徒儿反反复复锻打。

这样的过程,往往需要重复五六次,有时甚至七八次。

只有当曾文正右手里的小锤雨点般不停地敲打那把"刀"时,徒儿们才会住手。

两个挥"二锤"的徒弟,各自用黑乎乎的汗帕子,擦一擦额上和胸前如雨的汗水。

曾文正则"虚"起眼睛,仔细地看"货"。

自个儿认为满意了,便将打好的刀具夹起来,顺手扔进旁边的木水桶里。

围观的人知道,这是最后一道工序。

淬火。

只听得"滋"的一声响,大木水桶里面立即冒出一蓬白蒙蒙的水蒸气来。

铁器就这样打成了。

人们便围上去观看,簇新的刀具,瓦蓝瓦蓝闪着寒光。少不了送上啧啧称奇的赞许声,还有雷鸣般的掌声。

每当这个时候,曾文正就格外精神,嘴里呵呵地笑个不停,身上壮实的腱子肉,便一团一团地抖动。惹得那些年轻的婆娘们,心痒痒地充满臆想。

这些都是许多年前的事了。

现在的曾文正老了,变成了曾大爷。

变成了曾大爷的曾文正,自然再没力气从事打铁业务了。想想曾经有过的辉煌,曾掌柜时常抿着嘴巴,偷偷地乐呵。

北街上的大人细娃,却依然记得他。

也记得曾经热闹的铁匠铺,带给他们的许多快乐。

街坊邻居路过铁匠铺,仍热络地和曾大爷打招呼,说些暖心窝子的话。

不知从什么时候开始,人们惊异地发现,曾大爷眼里多了一份慈祥。

他总是静静地躺在竹椅上,懒懒地晒太阳。一双粗大的手里,时常把玩着一只紫砂壶。

慢慢地品着茶,脸上露出极满足的神色。

北街最有学问的张秀才,私下里对邻人们说,曾大爷不简单哟,已经从打铁匠蜕变为雅玩的大家了。

"无欲以达禅境矣。"

邻人不知张秀才所云。

都说他说的话像六月里隔夜的馊稀饭，有一股说不出来的酸臭味。

张秀才不可理喻地摇摇头，懒得搭理一帮"猪脑壳"。

照旧在私塾的教堂上，教童子们"子曰诗云"。

北街上的闲人们，在张秀才"子曰诗云"声中，日子过得慵懒而了无情趣。

了无情趣的日子里，郊外的杜鹃声已日渐稀少。

唯北街长长的窄巷子，依旧恬静而幽深。

二

今年开春，州城外的涪江上通了汽船。

汽笛声里，不时有颧骨高耸的粤人，叽里呱啦来到遂州城。

瘦猴般的南方人，整日在州城的里弄间，贼一样东逛逛西转转。

街坊邻居相互传言，南方人很有钱，是专门到遂州来寻找宝物的古董商。

未见过世面的土著人，私下里笑粤人"哈"，遂州城哪来的什么宝物？

见到粤人就戏谑他们，要不要城外河滩上的"石元宝"。

粤人不傻呢，装着没听懂，依旧大街小巷转悠。

莫仁品就是个"粤人"。

也不知从哪里学来的"广东腔"，他说的话亦"叽里咕噜"，总让人听不明白。

每遇紧要事,大管家便以此故弄玄虚,让市井小人物们对他多一分敬畏。

路过铁匠铺时,大管家见曾大爷手上玩一把紫砂壶,黑乎乎的十分古朴,眼里放出明亮的光来,恳求一观。

曾大爷抱壶在怀,听不懂他装腔作势的"鸟语"。只顾低着头,一口一口啜着自己泡的茶。

莫仁品大急,连比带画嚷嚷。大冷的天,额上急出了细细的汗。

曾大爷终于明白了,龟儿子原来口渴了讨茶吃,便嘎嘎地笑个不停,将紫砂壶颤巍巍地递过去。

莫仁品喜出望外,小心翼翼地接壶在手,却没有喝茶的意思。

曾大爷眉头蹙一堆,不喝茶?

怪物!

莫大管家神情专注,没有在意曾大爷的表情。

他将壶颠过来倒过去,反反复复地把玩细观。

壶嘴内显一图案,一鹤振翅欲飞。

莫仁品两只虾米眼,顿时瞪得溜圆。

看那图案,似"松鹤叟"印章。

莫管家吃一惊,明宣德"松鹤叟"?

续观壶底,果然有大明宣德款识。

单看壶内陈积茶垢,尚无法确认真伪。若以手抚痕迹之润泽论,当属宣德老品无疑。

松鹤叟制壶,素有捏泥成金之誉。

世传真品,可遇而不可求。

莫仁品心头大喜。

总算不负州牧大人期望，给找了件称心如意的玩意。

莫大管家持壶，满怀希望地蹲下，和老爷子套着近乎，有一搭没一搭地拉着家常。

言其欲用壶内陈年茶垢，治老母哮喘，愿出十金相购。

曾大爷两眼微微闭着，好像不知道莫仁品所言何事。

古井一般的心里，连一丝涟漪也没有泛起。

莫仁品见曾大爷闭目不语，只道嫌价低不肯出售。

故作为难状，狠狠心又加十金。

曾大爷依旧不言不语，伸手夺过茶壶，闭目躺在竹椅上。双手将壶抱在怀里，一遍一遍轻轻抚摸。

看那祥和平静的神色，活脱脱一位慈祥老者，抱着小孙子一般满足。

莫大管家没法，只得悻悻而去。

四邻耳闻此事，莫不惊讶。

曾大爷手中的茶壶，价值二十金。

乖乖，一只破茶壶，居然是个宝贝疙瘩！

街坊邻居便接踵而至，有事无事到铁匠铺坐坐。

沉寂已久的铁匠铺，又开始热闹起来。

曾大爷不知缘由，心里自然高兴。他用紫砂壶沏了好茶，热情地招待众邻。

街邻们摇摇手，脸上全是古怪的笑。

他们哪里是来喝茶的哟！

进到铁匠铺里，人人眼中放出贼亮的光。

曾大爷奇怪了。

往日街坊邻居们来到铁匠铺子，总是嘻嘻哈哈，说笑之声不绝于耳。

近来不知何故，全变成了哑巴。一个两个闷起不说话，直勾勾盯着紫砂壶不放。

更让他烦恼不已的是，往日自己可以躺在竹椅上，无拘无束自自在在地品茶。

现在却要坐起来应酬，不停地回答这样或那样的问题。

当真让人好生心烦！

曾大爷十万个不舒坦，开始烦燥不安起来。吃饭不香，喝茶也没了滋味。

他知道这一切不顺心，皆因自己有一把值钱的紫砂壶。

唉。

曾文正一急，索性将铁匠铺关了门，不让任何人进来。

第七章

一

曾记铁匠铺关了门。

在遂州城里,算得上是一件了不起的大事。

莫仁品听说后,摇着头笑笑。

铁匠铺关了门,就没办法了吗?

莫大管家是啥人?他想要得到的东西,哪那么容易轻言放弃!

步出黄府高大的院门时,莫仁品想到了开凉粉店的卢二。

黄中玉则想到了杨三姐。

莫仁品想到卢二,是想让他帮忙,取得那只宣德紫砂壶。他听别人说起过,卢二是曾文正"堂客"的亲外甥。

黄中玉想到杨三姐,是想要她的命。

因为慕容白这厮,不是惊蛰节后到的遂州,而是节前两日。

有人私下告诉他,那两天两夜里,慕容白就住在杨三姐家中,哪儿也没去。

那么这个慕容师弟,所谓的顺道拜访之说,就值得怀疑了。

慕容白乃同袍师兄弟,为什么要瞒着自己?

他在隐瞒什么呢？

黄中玉是个心细如发的人。

慕容白堂堂一州之长，凭白无故跑到遂州城，和一个素不相识的寡妇纠缠两昼夜。

合常理乎？

更何况是在遂州城，自己的眼皮子底下！

自古至今的官场上，有一条颠覆不破的真理，"不怕上错船，就怕露了馅。"

慕容白这厮，究竟上的哪条船？

身为帝国的中级官员，黄中玉当然知道，上面的争斗很激烈。

绊着藤藤带着瓜。

谁知道谁是谁一条线上的人？

去年四五月间，遂州城里就有流言蜚语，传说孀居的杨三姐，是某大员安插在遂州的"钉子"。

黄大人不信，特地飞鸽传书，却始终未得到京师准信。

慕容白不明不白跑至遂州，两个昼夜宿于杨三姐家中，看来坊间谣言并非空穴来风，杨三姐必为慕容白眼线。

哼，慕容白这个狗东西，又是谁的爪牙？

难道他转抱了别人的"大腿"？

黄中玉恨恨地想，很为张阁老鸣不平。

莫仁品听了州牧大人的想法，心里暗自想笑。

正好一箭双雕哩。

一大清早，莫管家手里托一只鸽笼，心情愉快地向镇江寺走去。

卢二开的凉粉店,就在镇江寺旁。

听老辈人说,早在卢二来此开店前,杨三姐已在这块地盘上,做了五年的凉粉买卖了。

生意红火了很长一段时间。

现如今,卢二的凉粉店就开在杨三姐凉粉店的街对面。

据他本人吹嘘,做凉粉的手艺乃祖传,遂州地界无出其右者。

不过卢二也不光靠嘴巴吹,他制作的豌豆凉粉,确实与众不同。

色泽金黄,细嫩如脂。

尤其佐料的红油,辣而不燥,香飘里许。

每日丑时三刻,卢二会准时起床。

把昨夜精选过的豌豆用清水一一淘净,倒入木桶里泡好。

待豆皮起皱后,用手摇小磨细细磨出。

然后倒入双层纱布粉帕里,几摇几滚过滤出豆渣。流下的粉浆,则注入一个大木盆中。

铁锅置旺火上,烧热后放入少许清油。按比例加入井水烧开,下粉浆不断搅拌。

随着嘟哒嘟哒的风箱声,卢二会不时眯起两眼,瞅瞅锅里蠕动而慢慢变稠的粉浆。

直到搅棒挑浆呈片状流下时,立即熄火起锅。

一股脑儿将热嘟嘟的粉团,倒入四个硕大的乌钵内,迅速置于水井中冷却。

此刻的卢二,必静候在井旁,扳起指头算时间。

那神情,仿佛要从水井中捞出一大堆金元宝似的专注。

别人不知里面的奥妙,卢二当然知晓。

卢氏祖传秘技，凉粉质地好坏，不单单要控制好火候，关键还在于冷却环节。

热凉粉刚一出锅，需立即放入井中，迅速降温凝固。

盖因水井内常年恒温，大多为16摄氏度，极利于凉粉快速冷却，以增加凉粉的筋道。

冷却时间长短很重要。

时间太短，凉粉则稀而耙软，既不上筷又无"实"感。

时间过长，凉粉必老而硬涩，全无溜滑之感。

冷却时间过短过长，凉粉皆等而次之。

只有见到热凉粉表面，呈现出放射状细裂纹时，表明冷却时间刚刚好。

此时从井中取出，上乘绝妙的豌豆凉粉便制作完成了。

每每至此，卢二总是无比陶醉。

高傲得鼻孔朝天，像一位刚完成绘画杰作的大师，心满意足地哼着小曲。

"豌豆凉粉嫩闪闪，你一碗来我一碗。哥哥吃了筋骨壮，妹儿吃了奶子圆……"

卢二一边咿咿呀呀胡哼哼，一边挥挥手，让其他人出去。

打杂的人很知趣，立即放下手里的活，快步走出厨房。

他们知道，卢二要独自留在厨房里，要配制祖传的凉粉佐料了。

制作凉粉佐料，有那么神秘吗？

业内人士有一句行话，叫"三分凉粉，七分拌"。

这个"拌"，就是各家凉粉店独门绝活——"拌佐料"。

凉粉再好，佐料不行，仍然无人问津。

卢二做佐料很神秘，每每关了门窗，不让外人瞧见。

他先将铁锅置中火上，注入半锅清油。待油烧至翻冒小泡时，即投入干花椒、干辣椒若干，慢慢地翻炒。

直到炒出"糟辣糟辣"的香味后，均匀地放入秘方配制的"增香粉"。

再合炒十八铲，便迅速起锅。将辣子油倾入特制大瓦缸中，制成拌凉粉必备的"红油辣子"。

至于为何要合炒"十八铲"，不是十七铲也不是十九铲，卢二本人也说不清楚。

只晓得祖上传下来的规矩，就是"卢氏十八铲"。

制好了"红油辣子"，卢二又将上好大蒜去皮后置生铁擂钵内。用白果树老根制成的擂棒，不停舂捣，直到捣成蒜泥。

适时加入煎至八成熟的菜油，倒入擂钵内"酥"一下蒜泥。当"酥"出浓烈的蒜香时，注入适量的凉白开水，调和均匀成蒜蓉。

再将洁白如玉的冰糖粉碎至粉状，加酱油将糖溶化，与自制辣酱搅成团，制成甜辣酱……

当卢二再次哼唱小曲时，店里的人便知道，一天的凉粉佐料已制作完毕。

这个时候，往往天刚蒙蒙亮。

那些早起贪食凉粉的人，便会在纱一样的薄雾里，不断地溜达而至。

卢二娘子就在朦胧处，扯开又脆又响亮的嗓门，欢快地叫唤道："凉粉啦，又嫩又滑的凉粉啦！"

食客们进得店来，大多是老主顾。

设若是冬日早晨,冷得人打战,人人都会这么说:"卢二娘子,多放点红油辣子哈,看这白头霜打的!"

夏日里呢,人们又会这么叮嘱:"老板娘,多放点辣油葱花,吃了除湿通汗哈!"

卢二娘子听了,准会愉快地答一声"好嘞"。

立即手足麻利地挽起衣袖,用一把又尖又薄的小刀,将大擂钵里的凉粉,整齐地划成四四方方的块状。

然后视客人多少,取出一方或数方,一一切成条或薄片,满满地盛入大瓷碗内。

再浇以红油辣子、花生油、芝麻油,佐以蒜蓉、甜辣酱、花椒面、姜汁、精盐,再撒上一撮细细的小葱节。

一碗鲜活油亮的豌豆凉粉,便被小二旋风般端上桌来。

食客们大快朵颐之余,无不称赞叫好!

前年春上,张鹏翮扈驾南巡,路过遂州时,闻香寻到镇江寺。

康熙帝君臣二人,吃了卢二拌的豌豆凉粉,赞不绝口。

卢二乘机讨个奖赏。

康熙爷龙颜大悦,挥毫题下了"第一店"的匾额。

街坊邻居羡慕,说题的是"镇江寺第一店"。

卢二不依不饶,硬要说题的是"巴蜀第一店"。

可惜没人敢说,皇帝老倌题的是"天下第一店"。

冲着这块天赐金字招牌,全遂州城的"好吃嘴"们,有事没事总爱到镇江寺转转。

闲逛饿了,掏两文钱,吃一碗卢二拌的豌豆凉粉,一天都精神抖擞。

难怪老辈人说:"三天不闻红油香,脚耙手软心头慌。"

这不天还没亮吗？莫仁品就手托鸽笼，悠哉游哉地溜达而至。看看左右无人，极快地走进了"第一店"。

莫大管家来得这么早，连卢二娘子都有点意外。

为了啥呢？

看他的眼神，冷冷地骇人。

一定不是为了单单过来吃碗凉粉！

卢二见了黄府大管家，满脸堆笑地迎上来，点头哈腰地让进雅室。

莫仁品放下鸽笼，示意卢二关上门窗。

自己则半边屁股歪坐在餐桌上，翘起一副二郎腿，右手食指"毕剥"地敲打着桌面。

卢二搓着双手，局促地弓背立桌侧。

莫仁品斜起一双眼，似笑非笑地看着卢二，嘴里极缓慢地说道："听说你与杨三姐有隙？"

卢二闻言吃了一惊。

他一点也不明白，莫大管家何故有此一问？连忙低声答道："也没啥过节，只是生意上有些龌龊罢了。"

莫仁品盯着卢二的眼睛，一字一顿地说道："商场如战场，岂言无过节？待我帮你结果了她，如何？"

卢二骇了一跳，这种话也敢随便乱说？

抬头见莫管家两只眼睛，铜铃般盯着自己，一点也不像开玩笑的样子，顿时吓得哆嗦起来，连话也说不明白了："大管家，小的与杨三姐真无……真无生死冤仇……我……你，你……我……"

"你还说！"

莫仁品口气突然严厉起来。

"莫非州牧黄大人的事,你也敢多问?!"

卢二一时冷汗如雨。

莫仁品仰着头,鼻子里狠狠地"哼"一声。

嘴里不再言语,提上鸽笼,推门扬长而去。

撇下卢二一人,嘴巴张成大大的"O"形,久久未能闭合。

二

二月十九,观音会。

遂州广德寺名头很响,乃大宋真宗皇帝钦赐"观音道场",为国中著名的皇家寺庙,享有"西来第一禅林"的美誉。

每岁观音会,邻近各州县民众到广德寺烧香许愿的人,多如雨后过江之鲫。

有游方道士着青布长衫者,慕卢二凉粉之名,往食三日,赞不绝口。

卢二是个胆小而精细的人。

自那日莫大管家造访后,七魄便吓掉了三魄。

他一直暗中留意,仔细观察着店里店外的事物。陌生人不经意的一声咳嗽,都会让他心惊肉跳不已。

当见到青衫道士时,卢二忐忑的心里,莫名其妙紧张起来。

这个瘦长的青衫道士行为十分怪异,走起路来疾如一阵风。大冷的天气,也只穿一件青布单衫,既不摇法铃,也不执拂尘,而是随身提一个铁匣。

每每食毕,道士赞叹之余,就向卢二娘子要少许红油,将碗里的剩料和油拌上。然后一一倒入匣中，不知喂食何物。

卢二见到青衫道士后，心里一直打鼓。

每每想起莫仁品的话，他的左眼皮便跳个不停。直觉告诉他，肯定会有不好的事情发生。

食客们则不同，见了道士的古怪行为，往往刨根问底相询。

青衫道士总是故弄玄虚，神秘兮兮地说："宝贝饿矣！"

终不知匣内喂养何物。

二月十九。

观音菩萨诞辰日，善男信女皆素食。

遂州一境，此风尤甚。

无论官方民间，都极讲究。前后三日，民众皆素餐，不沾丝毫荤腥。

故而遂州饮食有别于他，城中食店多麻花、馓子、凉粉、凉面之类食品。

外地人不知缘由，恶心遂州人。穷噻，吃不起油荤嘛。

土著人笑笑，也不解释。

有好事者言，不知者无过，此乃观音香会食品是也。

巳时三刻，观音香会正盛。

有乡绅一家九口，卧龙山广德寺拜完观音，穿红着绿来到镇江寺。

一家人吵吵嚷嚷，进入"第一店"。

指名要吃卢二娘子拌的凉粉，打幺台饱个口福。

卢二将一行人迎入店内，安排角落里一张大桌坐下。

细细问过食客要求后，扯开喉咙一嗓子叫唤道："九碗多葱少红！"

"好嘞，九碗多放葱花少浇红油！"

拌料的卢二娘子答毕，麻利地拌好九大碗凉粉。

店小二将白色抹布往后一甩，前后长短一致地搭在左肩上。

旋即将拌好的凉粉，一碗碗放在木托盘里码好。

"九碗凉粉来嘞！"

小二右手托着凉粉，旋风般端到桌前。左手天女散花一般，将装有凉粉的大瓷碗，一碗一碗"甩"在桌上。

那碗像陀螺般旋转，不偏不倚地旋至每位食客面前，稳稳地停下。

碗里的凉粉嫩嫩闪闪，红亮亮的汤汁不溅不溢。

一众食客哪见过这等功夫？

愣了一会儿，齐齐鼓起掌来。

小伙计扬扬得意，立一旁，细心侍候一家子食用。

众食客皆城郊农人，讲不来斯文客气。只顾低下头去，"吸吸呼呼"地大快朵颐。瞬息间，将各自面前的凉粉吃了个干干净净。

众食客一边抹着嘴，一边争论不休，不知是凉粉地道还是红油地道。

卢二听得满心欢喜，笑吟吟地正要上前收银。

突见九位客人一个个口吐黑血，相继倒地挣扎，惨号数声而亡。

刹那间，镇江寺大乱。

卢二夫妇骇绝，呼天抢地跑到店外，大声呼救。

然令人十分生疑，出了这么大的命案，与镇江寺一街之隔的州巡捕房里却没有一点动静。

看官有所不知，原来清延明制，州县两级同治一城。

镇江寺虽在遂州城中心，却属遂宁县辖区。

午时一刻，遂宁县令曾世礼得报后，才慌忙从三清街老远赶来。

甫一到镇江寺，曾大人即命衙役将卢二凉粉店团团围住。

卢二惊惧万分，颤抖着说不出话来。

唯疑此事与青衫道士有关。

数十衙役持刀舞棒，"乒乒乓乓"一阵乱抄，将卢二的凉粉店翻了个底朝天。

然费尽九牛二虎之力，却始终未找到任何有关食客死亡的线索。

曾世礼满脸凝重，却又别无他法，只得将卢二及店里一帮伙计，解往县狱大牢关押候审。

私下里传捕头田麻子，速到县衙内议事。

平头老百姓都知道，天子亲赐匾额悬挂其上，卢二凉粉店即为皇家禁地！

谁吃了熊心豹子胆，敢来此犯事？

曾世礼和田捕头一边喝着茶，一边讨论着案情。

田麻子慑于案情命涉九人，建议禀告遂州衙门。

曾世礼不允。

午时三刻，田麻子叹一口气，懒洋洋地走出县衙大门。

独自一人绕过三清街，来到油房街的"晓园"里，躺在茶园的"马架子"上，无趣地喝着"闷茶"。

手下兄弟打探得知，游方道士来自青城山，乃道长"无量子"的二徒弟，自号蜈蚣真人。

坊间传言，青衫道士会媚术，和镇江寺杨三姐有染。

此话是真是假，尚未调查过，田捕头不敢断言。

未时，搜捕的兄弟们全部到了天上宫。

众役言及，仔细搜查了青衫道士住所，什么也没有找到。

唯有一个铁匣，里面养着数十条蜈蚣，腥臭难闻。

田麻子闻言，半晌不语。

遵曾大人所嘱，田捕头亲至道士下榻处，毕恭毕敬相邀至县巡捕房。

泡一壶遂州特产"香叶尖"侍候，慢慢与之唠叨江湖事。

茶过二开，田捕头突然转了话题，说起卢二凉粉店食客中毒之事，转弯抹角地把杨三姐牵涉其间，语气严厉而尖刻。

青衫道士神情自若，一副不知所云的模样。

曾世礼从秘室窥察，青衫道士虽然从容，言语间也无破绽，但此人面色青灰，实乃阴鸷之人。

卢二凉粉店惨案，青衫道士难脱干系。

然苦于无凭无据，怎敢胡乱定罪？

曾世礼轻咳一声。

田捕头会意，起身进入秘室内。

二人商议良久，一时无策。

遂秘囚道士于县牢，以期早日案破。

三

是夜，明月悬空。

近一段时间里，曾世礼因大少爷无端惨死，情绪十分低沉。他始终怀疑，黄中玉暗中袒护林默然，故意放跑了杀人凶手。

一直耿耿于怀。

加之卢二凉粉店死人事件又了无头绪，心里愈加烦闷不快。

晚餐时，借酒消愁，独自饮了几杯"涪江春"。饭后，连手脚都没有洗，就早早上床睡去。

迷迷糊糊中，正要入眠。

田麻子突然来报。

卢二凉粉店火起，系杨三姐放焰火不慎所致。幸得黄府大管家莫仁品机警，率领护院扑救及时，才没有酿成重大灾情。

曾世礼闻听此言，心里似有所动。

立即翻身下床，偕田捕头一道，潜往卢二凉粉店察看实情。

店内了无杂物，唯一案一灶一缸。

木案上置豌豆一筐，乌钵四个。

灶为连耳土灶，两口铁锅"吕"字排列，其大如斗篷。

硕大的瓦缸内盛满辣子红油，异香扑鼻。

二人掌着灯，满屋子一一细查。

始终未发现蛛丝马迹。

田麻子很沮丧。

嘴里咕咕哝哝，灰心地坐在案桌前，掏出旱烟袋，准备点火吸烟。

猛然间，灶壁内沙沙作响。

曾世礼扭头一看。

陡见一条蜈蚣，自灶壁间缓慢爬出。

蜈蚣大如食指，黑质而红腹。

那物所行之处，留下一道墨汁般的黑线，隐隐若有腥臭。

曾世礼大喜，示意田麻子不稍动。

只见那条蜈蚣径直爬上红油大缸，伸出长长的头，触油而吸。

红腹起伏间，顷刻壮如拇指。

曾世礼忙令田捕头将道士铁匣打开，悄悄置于瓦缸前。

蜈蚣饱饮红油后，舒服地昂起头来，做矫龙状，骄傲地进入铁匣内。

一匣毒虫，如临帝君，惶惶不敢动。

曾世礼心中了然。

田捕头忙以缸内红油，食犬。

犬食之，店内转圈痛苦惨叫。

顷，口吐黑血而亡。

曾世礼掌灯上前，犬七窍流血，与死者状无二样。

次日升堂，青衫道士不待用刑，便将恶行尽招。

盖因杨三姐与卢二有隙，眼见卢二凉粉店日渐红火，便心生恶意，阴谋拔掉这个眼中钉。

蜈蚣真人见杨三姐美艳如花，阴以媚术相惑，双双勾搭成奸。

道士为讨妇人欢心，答应帮忙搞倒卢二。乘往食凉粉之机，暗将一条百年毒虫，阴放于卢二店中。

遂酿成此惨案。

案发之初，青衫道士并未在场。当其匆匆赶到时，曾世礼已率衙役围了镇江寺，致使毒虫来不及收回，只得言于杨氏。

妇人会意。

假借燃放烟花做掩护，故意引燃卢二凉粉店，以期毁灭证据。

不想曾世礼精明过人，不日即侦破此案。

案情至此，似已真相大白。

然曾世礼心里却疑团重重。

青衫道士何故来到遂州？

他制造如此惨案，好似在帮杨三姐，却又似故意留下破绽。

卢二凉粉店失火，为何隔了两条街的黄府大管家能够及时率众赴救？

莫大管家赴救的目的更加让人生疑。表面上好似救火，实则又似有意保护现场！

曾世礼再精明，一时半会也弄不明白，此案到底有多少"圈圈套套"。

黄府大管家莫仁品却对事件的来龙去脉，一清二楚。

他飞鸽传书"无量子"，求助自己一臂之力。终以牺牲"蜈蚣真人"为代价，神不知鬼不觉，便达到除去杨三姐，从而控制卢二的"一箭双雕"之功。

其实莫仁品控制卢二，并非为了曾文正那把紫砂壶。

真正的原因很简单，也很奇怪，卢二是陈豫川的好朋友。黄中玉曾经吩咐过，陈捕头精明过人，凡事不让他知道的好。

莫仁品听得懂主人的话，凡事不让陈豫川知道，当然要时时知道他的一举一动了。

卢二是个很不错的人选。

机灵，胆小，没有靠山。

莫仁品精细，事情干得漂亮。

兴冲冲持了黄中玉手谕,独自前往遂宁县衙,秘会曾世礼,令其迅斩青衫道士与杨氏。

见了州牧大人手谕,曾世礼气不打一处来。

翻着白眼表示不满。

大少爷死得冤枉不说,你黄中玉也太霸道了嘛。自己辖内的案子,州里向来不管,为何单单插手这件事呢?

县令大人心里正琢磨着咋处理州县关系,做到既不得罪黄中玉,又不失国家法度。

一眼瞥见莫大管家,正皮笑肉不笑地睨视着自己。

那神情,一副宰相府里七品官的模样。

简直得意"昏"了。

曾世礼心里咯噔一下,似乎明白了什么。

杨三姐哩,怨不得曾某人了,有人非要你死哟!

申时。

曾世礼下令,秘斩青衫道士和杨三姐于县牢。

酉时。

曾世礼悄悄一人来到了镇江寺,进到卢二凉粉店里,一口气吃了三碗凉粉。

看来县令大人也好吃,这么晚了还去"宵夜"。

谁信呢?

莫仁品就不相信,悄悄跟在后面盯梢。

更远处,另有一双美丽的大眼睛,也扑闪扑闪地盯着。

卢二娘子相信,千恩万谢曾大人,还了自己男人清白。

卢二低着头,闷不作声。

酉时三刻。

遂宁县衙捕头田麻子，返家途经紫东街，被人斩杀于道左。

卢二听说后，心里很不安。莫仁品转弯抹拐动脑筋，为自己除去了竞争对手杨三姐，他却丝毫高兴不起来。

从此以后，不论再忙，他每日都必去见一见莫仁品。

卢二害怕像杨三姐一样，被人莫名其妙地弄死。

只得去。

不过没有人知道，他们见面谈些什么。

更加不安的人，还是陈豫川。

他不仅是州巡捕房的捕头，更是卢二的好朋友。"凉粉店惨案"那么大的事，居然没让他知道。

田麻子死后，陈豫川悄悄去验过现场。

田捕头死于刀伤。

创口从右颈项自上而下，细而深，入肉上下深度一致。

一点都不像其他刀伤，上口深下口浅。

也没有丝毫的翻卷，显见是被人从背后劈杀。

从创口深浅看，凶手为左手持刀，快而准，一刀毙命。

陈豫川想起一个人，鬼刀。

蜀中武林之中，只有鬼刀才有这么漂亮的刀法！

陈豫川实在想不明白，鬼刀久未在江湖露面了，怎么会到了遂州城呢？

以鬼刀在江湖上的地位，就算他在遂州城里，又怎会亲自动手斩杀田捕头？

州衙里没让办这件案子，陈捕头不敢也不想再理下去。

以前在遂州，陈豫川的行踪神龙见首不见尾。没人摸得透，连黄中玉也掌握不了。

自从"凉粉店惨案"后，陈豫川便没了神秘可言。虽然行动依旧很自由，却时时感到有一双眼睛，紧紧地盯着自己。

黄中玉也从那时起，经常拿语言敲打他。甚至明白无误地告诉他，昨日不该做何事，今日不该去哪里。

想到这些，陈豫川浑身不自在，如芒刺在背。

莫仁品倒是心安理得，暗暗乐呵了好几天。

虽然损失了"蜈蚣真人"，但是千值万值呢。

莫大管家自个儿认为，控制了懦弱的卢二，就控制了陈豫川。整个遂州，便成了黄中玉的天下。

唯一遗憾的是，当他和卢二一道来到北街铁匠铺，找曾文正买那把紫砂壶时，老家伙死活不肯答应。居然当众将一把好壶掼碎在石阶上，愣是没有让他拿走。

莫仁品将事情经过原原本本告诉了黄中玉。

州牧大人没有责怪他，还一再称赞他办事精细。

黄中玉十分平静，似乎并不在乎那把紫砂壶。也没有像往日那样，让莫仁品在书房里坐一会。

莫大管家很奇怪。

眨巴着双眼，猜不透黄中玉的心思。

这是他从未有过的感觉。

杏儿私下告诉他，大老爷近日有点怪。

观音会那天，黄中玉携全家十三口人，分乘六辆马车，到卧龙山广德寺祈福，求观音菩萨庇佑小虎健康成长。

"啧啧，那么大的事，为什么没让你这个大管家操办打理呢？"

杏儿满脸不屑。

莫仁品耸耸肩,他当然知道为什么。没让自己操持,也是老爷安排的。否则,他怎会那么及时,带人救扑卢二凉粉店的火灾?!

杏儿还说起,一行人到了观音阁,老爷就不见了踪影。

过了一个多时辰,黄中玉才在雪珂的陪同下,回到观音阁里,带领一家老小,虔诚地向观音菩萨磕头作揖。

莫仁品听了,脸上没有丝毫表情。

他知道老爷已万事俱备,只待择日解押寿礼进京了。

第八章

一

蜀中北进京师，有两条陆路可行。

一条是东边的米仓道，从成都出发，经潼川府过巴州，翻越大巴山进入汉中。

另一条则是西边的金牛道，从成都出发，经汉州，过绵州，入利州，再翻越秦岭，进入陕南重镇宝鸡。

千里蜀道，尤以金牛道险绝天下。

唐朝大诗人李白，有诗赞叹其险。

"蜀道难，难于上青天……西当太白有鸟道，可以横绝峨眉巅……"

诗中的太白山，就是横亘川陕两省间的秦岭。一般中原人氏，普遍把秦岭以南的地方习惯称为南方。

所以太白山，又叫终南山。

遂州地处四川盆地之心。

如果走陆路北上京师，大多选择梓遂官道西进，经梓州北折而上，过绵州，越利州而进入金牛道。

较之东边的米仓道，走金牛道北进京师，近了约七百里路程。

自惊蛰那日夜里，蔡氏兄弟表明身份后，黄中玉一颗悬着的心才真正踏实下来，放心睡上了安稳觉。

州牧大人思前想后，决定将护送寿礼之事，郑重托付给蔡氏哥俩。

一切准备就绪，只待择日驱车北进。

大管家莫仁品说，三月十六是个难得的好日子。

一路顺嘛。

黄中玉把自己的想法，直接告诉了蔡氏兄弟，出发的日子，就定在三月十六。

蔡氏哥俩仗着义气，接下了护礼重任，身感责任重大。

月余时间里，没少费心思。

二人反复捉摸，推演过不同的解押方案，都觉得不甚稳妥。直到昨天夜里，才最终决定，扮成皮货商北进。

征得黄中玉同意后，蔡大从府上护院中，亲自挑选了四位精明能干之人，随行一同前往京师。

三月十六。

乙亥日，宜出行。

子时。

黄府大院前门上端，明晃晃悬挂着四只大灯笼。

灯光下，府上巡夜的护院，三三两两来回走动。

大管家莫仁品一阵小跑来到大门前，挥手叫护院们停止巡逻，各自速回房间休息。

偌大的广场上，只剩一杆杏黄大旗，在夜空中呼啦啦飘扬。

莫仁品望一望院门四周，随即向院内招了招手。

沉沉夜色里，一辆黑布轩车悄悄驶出黄府院门。

黄中玉着裘皮长褂,站在青石砌成的阶沿上,笑容可掬。

莫仁品双手下垂,毕恭毕敬立一旁。

远处,杏儿一张笑脸,隐于芭蕉丛中。

蔡氏兄弟标杆般直立,齐齐拱手后,翻身跃上马背。

一队人马,瞬间消失在夜色里。

寅时三刻,天尚未明。

雄鸡的报晓声,远远近近传来。

晨曦里,蔡氏兄弟各骑一匹高头大马。一人在前,一人殿后。不急不缓地押着镖车,威风凛凛地缓缓北行。

遂州地处涪江中游,地势平坦广阔。

出州城北门"玉堂",至射洪县城一线,沿途道路笔直坦荡。

八十里官道,全部由青石板铺成。

初时,道上行人稀少。偶尔见一二赶路者,皆为入城贩蔬农人。

行约十里,太阳始出。

道旁涪水,阔阔地向东南奔流。

江中纱雾缭绕。

时有早起的渔家,驾着竹篷小船,呵呵地赶着鱼鹰入水。捕起一尾又一尾青波或金色鲤鱼,欢快地扔进船尾鱼舱里。

过了碑亭子垭口,路上行人渐多。

驮背夹的背二哥,荷担的挑夫,抬滑竿的"抬脚棒",推鸡公车的"司鸡",打甩手的行人……北上南下,络绎不绝。

蔡氏兄弟驱车混迹其间,很随意地往北而行,丝毫未引起他人注意。

只有驾车的护院,不经意间甩一个响鞭,才会让行人侧目。

午时一刻。

蔡氏一行人马,来到射洪寒阳驿。

此去离县城不远,约一里路程。

哥俩心情不错,吩咐众人到驿站小憩,顺便打尖吃些食物。

平时里,大家都是护院身份,虽然彼此少有交流,但都相互熟悉。

六个人自然少了许多客套,要吃要喝也十分随便。

等到饭菜上了桌,正准备动筷的时候,那日在黄府讨要喜钱的老叫化子,竟然也嘻嘻哈哈揣个酒葫芦,一颠一簸来到驿站里。

老叫化子见了众人,就像见到老朋友一样亲热。一阵小跑至桌前,毫不生分地坐在饭桌上,大吃大喝起来。

蔡氏兄弟皱了皱眉头,心中着实有些不爽。

常言说得好,"出门遇叫化,背时到了家。"

二人暗道一声晦气,却又不愿节外生枝。匆匆忙忙吃了几口饭菜,就催着大伙上车赶路。

四个护院狼吞虎咽,正吃得起劲,见老叫化子搅了饭局,一肚子的不高兴。

四人嘴里衔个馒头,又各自伸手抓两个塞在怀里,留着一会儿赶车时好啃。

离座时,最年轻的那个护院,吐出长长的舌头,做了个鬼脸。

他见老叫化子低头猛吃,恶作剧地踢了餐桌一脚,嘴里发出"啊啊"的怪叫声,表示着心中的不满。

老叫化子骇了一跳。

抬头见蔡氏兄弟要走,好像一点也不欢迎自己。

直急得哇哇大叫。

他一边撵,一边操一口混浊的剑阁土话,嚷嚷地说道:"喂,我说二位大侠,此酒乃射洪春酒,可曾闻'射洪春酒寒仍绿'吗?那是杜子美的溢美之词呀,如此美酒也不喝一口?"

蔡氏兄弟皱了皱眉头,听不懂他的"寒仍绿"是什么意思。二人只想早点脱身,极不耐烦地催促众人,快快扬鞭启程。

见蔡氏兄弟满脸漠然,老丐更加语无伦次。他不停地喝着酒,啰啰嗦嗦地说着酒话。含混不清的剑阁腔调,听起来很费劲。

大意是多年没回剑阁老家了,很想回去看看。又说道上不安全,愿意跟着蔡大侠一起走,好有个伴彼此关照。

蔡氏兄弟走在后面,似乎听懂了老叫化子的话。

心里不免疑惑,他也要到剑阁去?

真是巧了!

兄弟俩停下脚步,把老叫化子看了又看,无法确定他是否说的酒话。

蔡大拍了拍马车,大声告诉老丐,自己只到潼川城办点事,不到剑阁那边去。

老丐举着酒葫芦,不停地在空中摇晃着。

当听说蔡氏不去剑阁时,那双原本浑浊的眼睛,突然亮得吓人。盯着二人看了好一会,又慢慢变得浑浊起来。

他不再纠缠蔡氏昆仲,自个儿一口一口喝着酒,癫癫狂狂走出寒阳驿站,步伐踉跄地向南而去。

蔡氏兄弟二人,突然心乱如麻。

看着老丐一歪一拐离去的背影,一种说不出来的感受盘郁心头。

护院们虽然只吃了个半饱,却没有二人那么多的烦恼。

一路上,把马车驾驶得飞快。

正午的阳光,将涪江两岸的青山照得格外翠绿。

也把人照得暖洋洋的舒服。

驾车的护院来了兴致,欢快地唱起山野俚调儿来。

正月里来正月正,麻子面上牵藤藤,高高低低不平顺,不平顺呀不平顺,婆娘哭男人苦就是不吭声!

一个人吼唱,三个人帮腔。

四个护院乐翻了天。

俚调儿里有几分艰辛和无助,但更多的是对贫困生活的不屈和对未来生活的乐观向往。

蔡氏兄弟眯着眼睛,坐在马背上,任胯下的马颠来颠去。

护院们的歌唱得不好听。

干号的歌声,也没有丁点蜀地民歌的韵味。

但他们驾车的技术绝对一流。

马蹄轻快,"嘚嘚"有声。

江岸长林茂密。

时而有一两只白鹭被马蹄声惊飞,优雅地盘旋在江面上。

大约行走了十里路程,四周的山势渐渐陡峭起来。

顺着江峡的空隙处向前方望去,远远望见一山。

青峰如黛,林木葱葱茏茏,山间亭台楼阁隐约可见。

蔡氏兄弟以前当镖师时,长年奔走梓遂二州间,当然知道此山了。

蜀中金华山，大名鼎鼎。

当年陈伯玉未显达时，一直在此山中勤奋苦读。直到23岁进京应试前，从未离开过金华山。

射洪人为纪念这位乡贤，就在半山腰临江的悬崖上，修建了一座伯玉读书台。

至今遗迹犹存。

千里涪江奔腾至此，遇金华山阻挡后，突向北折又往东流。绕了四十多里一个大湾，汹涌澎湃的江水，直冲射洪县城太和镇而去。

蜀地民间有谚，管小儿夜间尿床，戏谑为"水打太和镇"。

外地人初莅此间，大多不解何意。

土著人会笑着告诉你，为啥叫"水打太和镇"？哈哈哈，小雀雀飙得远噻。

盖因涪江十年九涝，夏日里时常洪水暴涨，大水如离弦之箭直射太和镇，往往将一座县城冲洗得干干净净。

蜀人善诙谐，小儿夜间尿床，不是水打太和镇是啥子嘛。

射洪因此而得名。

二

金华山北去县城十里，孤峰独立，号称千里涪江第一屏障。历代文人墨客题咏甚众，有"人间无双景，天下第一山"的美誉。

山中的玉京观，位居蜀中四大名观之列。

全蜀一境，名观有四。灌县青城山，射洪玉京观，大邑鹤鸣山，梓州云台观。

玉京观虽居青城之后，却位列鹤鸣、云台之前。

能在道家祖庭蜀地占此显赫地位，玉京观可谓极盛之至矣。

玉京观临江而建。

观前悬崖万丈，远望山山高水阔，气势雄奇。

观中道长"洁尘仙子"，乃青城山"无量子"首徒。三年前奉师傅之命，主持金华玉京观，隐然已成一方名流。

昨日傍晚，"洁尘仙子"接师傅飞鸽传书，言涪江双雄重入江湖，今日必过金华山。

"无量子"严令，务必予以拦截，以责蔡氏二人失言"永不涉足江湖"之诺。

未时三刻，蔡氏兄弟押车过观下。

众人一路劳顿，早已口干舌燥。

四下张望间，远远瞧见山垭口上，矗立一棵硕大的黄葛树。

浓荫似盖。

一行人欢天喜地，径直来到树下，欲停下歇息。

突然一声喊，道旁丛林深处窜出十几个打扮怪异的人。

似道非道，似俗非俗。

为首一人，青衣红袄，俨然一妙龄女郎。

蔡氏兄弟早年行走江湖，吃的刀头舔血的镖师饭。见了这般阵仗，只道是道上打劫的朋友，故而并不慌张。

指挥四位护院，将镖车靠岩崖处停下，四面团团护住。

待护院们布置完毕后，二人才相视一笑，不慌不忙地翻身下马。冲着一群人，拱手罗拜道："众位朋友辛苦，蔡某这厢有礼了!"

见蔡氏兄弟自报了家门,红袄女郎轻蔑地撇嘴一笑。心想凭你二人的名头,也就配吓唬吓唬山中的毛贼。

难道把本道长,也当成了打家劫舍之徒不成?

红袄女郎朱唇轻启,讥诮道:"大名鼎鼎的涪江双雄,押镖前来金华山,洁尘敢不来此迎候?"

蔡氏兄弟闻听此言,呆了一呆。

暗暗叫苦不迭。

二人万万没有想到,娇艳如花的红袄女郎,竟然是"无量子"首徒"洁尘仙子"。

当真是冤家路窄!

哥俩早听人说起过,此女虽美貌如花,但心胸狭窄,半点容不得人。

一身功夫却甚是了得,据说已得"无量子"真传。

此时相遇,蔡氏二人哪敢掉以轻心?

蔡大看了一眼镖车。

他不愿节外生枝,忙打躬作揖道:"恕蔡某久未行走江湖,不识道长仙颜。今日仙驾玉临,敝兄弟实在三生有幸。"

听蔡大说得小心谨慎,"洁尘仙子"不屑地讪笑道:"当真贵人多忘事,莫非真忘了与吾师之诺乎?"

蔡氏兄弟闻言,甚为尴尬,脸色红了又红。

蔡二朗声说道:"仙姑言重了,敝兄弟岂是轻诺之人?无奈蔡某受人之恩,必忠人之托。还望仙姑高抬贵手,待今次事毕,蔡某必到青城山请罪。"

"洁尘仙子"听他一说,哈哈大笑起来。

"好一个忠人之托,托的什么啊?"

蔡大闻言大急,以为她打镖的主意。遂跨步上前,急切地问道:"道长意欲何为?"

道左一小喽啰,高声喝曰:"本家仙姑奉无量大仙之令,前来问罪尔等不守信诺之过,谁为你那一堆臭钱物而来?"

"不得无礼。"

"洁尘仙子"口里一声断喝,把手中拂尘一扬,盈盈地转过身来,对蔡氏兄弟说道:"二位埋名隐姓数年,今不守诺言重出江湖,想必功夫大有长进了,要不怎敢这般胆大?吾师特令我前来讨教一二。"

蔡氏兄弟听她说完,脸色沉了下来。

哼,晚辈后生,怎敢如此托大!

"洁尘仙子"趾高气扬,一张俏脸如花,丝毫没把蔡氏放在眼里。故意将拂尘抖得"啪啪"直响,话也说得十分难听。

"吐口唾沫是颗钉,难道二位大侠要把说过的话咽回去不成?"

眼见别无选择,只好硬着头皮应战。

二人想得倒很轻松,我与你师傅"无量子"较技,百十回合不分胜负,功夫当在伯仲之间。你一个毛黄小妖,能把咱哥俩怎样?

兄弟二人心有灵犀,当下凝神戒备,靠背而立。

蔡大依旧很小心。

谦和地打躬道:"仙姑定要掂量敝兄弟,那就赐招吧!"

"洁尘仙子"闻言后,也不见她动作,脸上竟即刻布满了青气。

阴冷地笑道:"果然快人快语。"

蔡氏兄弟退了一步,仍然前后靠背站定,右手已同时按住了兵器。

"洁尘仙子"原地不动,并未理会他俩,一双美丽的丹凤眼四下观望起来。

见不远处的沙地上,有几只翘尾麻雀,正专心致志地觅食。

冲其一声吆喝,麻雀顿时"扑扑"乱飞起来。不待麻雀飞远,洁尘快步上前,纤足微动,向地上沙土踢去。

但见沙粒四射,"啪啪啪"数声脆响,麻雀悉数被沙粒击中,一一应声坠地。

一干杂毛小道见了,巴掌拍得山响,齐声喝起彩来。

蔡氏二人心中,暗暗称赞不已。

果然好功夫,不愧"无量子"首徒!

蔡二望了兄长一眼,目光坚毅,炯炯有神。

蔡大会意,点了点头。

蔡二便离开蔡大,独自阔步上前,微微鞠了一躬,旋即昂首道:"仙姑神技,让人佩服之极!蔡二无能,只得献丑了。"

当即从内衣口袋里,掏出一枚簇新银币,掂一掂用力向空中抛去。

众人纷纷仰头观看。

突见一道白光射出,"当"的一声响,银币顿时碎成四块。

"洁尘仙子"一愣。

她距离蔡二最近,竟然没有看清楚,其用何物将银币击碎。

不由脱口赞道:"好强劲的力道,好快的镖!"

陡觉脑后有异。

忙扭头一看，顿时吓了一大跳。

洁尘头上一绺青丝，被齐刷刷割断在沙地上。那一绺青丝旁，颤巍巍插着一柄精钢小刀。

刀薄如纸，状如柳叶。

"洁尘仙子"这才反应过来，暗道一声好险！

原来蔡二表演时，先用精钢小刀射碎银币。刀坠下时，又割断了她的头发。

这等功夫虽有取巧之嫌，仍让"洁尘仙子"心惊不已。

哪里还有勇气与二人近身相搏？

当下稽首道："涪江双雄，果然名不虚传，洁尘实在佩服。"

说完，手里拂尘一挥，率众径入玉京观而去。

黄葛树下，一时万籁俱静。

唯清越的蝉鸣，一声接一声叫着。

经此一阵折腾，蔡氏兄弟已有些乏力。但又不愿在此久留，吩咐众人继续向前赶路。

四位护院哪敢怠慢？

适才见了蔡二惊人武技，个个佩服得五体投地。

听到蔡氏一声吆喝，驾车的护院一挥长鞭，马车飞快地驰骋起来。

蔡二骑着高头大马，继续在前面开道。

蔡大依旧殿后，隔镖车两丈远的距离，不急不缓地跟着。

四个护院突然来了精神，一边啃着留在怀中的冷馒头，一边长声吆吆地吼起山调儿来……

第九章

一

仲春时节。

在阳雀欢快的叫声里,天气一天天暖和起来。

住在玉堂街上的人们,心情也鲜亮了许多。街坊邻居们发现,近日黄府里的信鸽,起飞得更加频繁了。

清越的鸽哨声,时时响彻天空。

闲人张五爷,仍旧经常到黄府串门。除偶尔提几坛好酒来外,大部分时间里都给小虎包个大"红包"。

黄中玉不喜欢这样,当众拒绝了好几回,骂他俗气得很!

张泽林还是那么耿直,憨憨地笑一笑。他打心眼里感激黄中玉救了自己的"小豹子",差点没变成瓮中人。

说起张天虎的恶行,依然愤愤不平。

郊外大片大片的油菜花,已开成了金色的海洋。

这个时候,正是放鸽的好时节。

几乎每天中午,黄中玉都会利用午休时间,和张泽林来到涪江边,与莫管家一道放鸽赏花。

杏儿想跟着去,莫仁品不允。

嘴里骂道:"一个婆娘家,成天喳喳哇哇,好生让人心烦!"

杏儿嘟着小嘴,待在家里生闷气。咒三个臭男人遭癫狗咬死,遭野蜂子蛰死,要不掉进江里遭水淹死。

总之,不得好死。

不得好死的三个男人,突然起了变化。

细心的杏儿发现,这两天情况很有些反常。

闲人张五爷,居然不来串门了。

黄中玉脸色时阴时晴,也不再去涪江边放鸽子。他仿佛特别忙,进出都是一阵风。连心爱的小虎子,都难得有时间去看上一眼。

杏儿很奇怪。

但不敢问老爷,她已不是从前的小丫鬟了。

莫管家倒是清闲了许多,每日里照旧去江边放鸽。

黄中玉不在身边时,莫仁品去江边放鸽,便把卢二叫上,叽叽咕咕不知道聊些啥。

杏儿偶尔问起,莫仁品也没好脸色,依旧大声武气地吼她。

你个妇道人家,管男人的事干什么?

夜里,多半给她一个冷背壳。

杏儿长期受宠于黄老爷,哪受得了莫仁品的冷漠?

白天便去城里闲逛消遣,时常购些香胰子或手绢什么的回来。

独自得个乐子。

卢二告诉莫仁品,说杏儿好几次去了北街,钻进曾文正铁匠铺玩耍,也没见买把剪子菜刀。

"她去干吗呢?"

卢二十分不解。

莫仁品听了卢二的话,猜不透杏儿去铁匠铺做啥。也不知她哪来的钱,买那么多小玩意儿回来。莫管家正坐在鸽棚旁的花台上,胡乱想着心事,猛地抬头一望,见黄中玉急匆匆地回到府上。

捕头陈豫川紧跟其后。

莫仁品感到诧异,怎么把陈捕头带到府上来了?

黄中玉不仅带陈豫川来到府上,还径直带到了书房里,并且轻轻关上了木门,小声地在里面商量着什么。

莫仁品连忙竖起耳朵,想听个明白。

两个人神神秘秘,干啥呢。

书房里,黄中玉一脸严肃,坐在木椅上。

陈豫川附身上前,轻声说道:"库银失盗十之六七,目前尚无任何线索。"

黄中玉眯着眼,默不作声。

门外,莫仁品悄然至窗下。

停留片刻后,又退回自己房间,伏在床头上,匆匆忙忙铺开一张纸,胡乱地写写画画,然后仔细卷裹好,塞进一只细小的竹管里。

莫管家起身站立,见四下无人,口里咿咿呀呀唱着小调,神情轻松地来到鸽棚里。愉快地打开鸽棚门,将几十只"蓝鸽"放出来。

依每日惯例,让鸽们上天练练身子。

黄中玉听到鸽哨声,脸色平和了许多。

他喜欢听悦耳的鸽哨声。

陈豫川一脸平静,站在书案前一动不动,耐心等着黄大人回话。

黄中玉双眼眨了眨,沉稳地对陈豫川说:"兹事体大,望陈大人尽力尽快侦缉,切莫误事。"

陈豫川听得出来,黄中玉说这话时,虽然语调缓慢平和,但依然难掩内心的焦虑。

他当然知道州牧大人心里想的啥。

在争夺川督一职最紧要的时刻,出了这等要命的大事,黄中玉哪敢明目张胆缉拿?

他肯定希望案情风平浪静,悄悄化为无形乃最佳。

遂州地界上,谁有能力做到这一点?

唯陈豫川一人而已。

黄中玉当然不是傻子,孰重孰轻,他不用掂量就分得出来。

张鹏翮大人的寿礼未让陈豫川护送,那是自己的私秘事,当然不能让属僚知晓。

卢二凉粉店惨案,因事涉于己。让曾世礼处置,那是再好不过的了。

这库银失盗的事吗,州巡捕房当负首责,他陈豫川脱得了干系?

让他去侦缉,光明正大的事。

黄中玉脸色已平静如初,丝毫不再为这件事心焦了。他从不怀疑陈豫川的能力,只要他用心便好。

见黄中玉脸上有了笑意,陈豫川拱手告辞。

他很恶心,讨厌玩权术的上司。

"又要马儿跑,又不让吃草。"

可是自己有病呀，一种永远也治不好的心病！

一听到疑难案子，就跟馋嘴贪吃的猫，见到了死泥鳅一般，心痒痒地直往上扑。

从业三十年，陈豫川啥疑难案子没见过？

唯独这件事情蹊跷，所以他舍不得。

遂州银库地理位置绝佳，设在圣莲岛上。

圣莲岛四面环水，只有一座铁索吊桥与岸上相连。

每日辰时，库工们按例在库房一侧的桥头集体交接班。

值守夜班的库工，必须在众目睽睽之下，一丝不挂地走过吊桥。上岸后，到衣帽间穿戴完毕，方可各自回家。

那座架设在水面上的铁索桥，少说也有三十余丈长。两端皆有重兵把守，严加盘查每一个进出岛上的人。

那么严密布防的场所，外盗怎么可能入库作案呢？

陈捕头来到圣莲岛上，已待了两天两夜。

每日和库工们一起上下班。

为体察每一个细节，交接班时，陈捕头依例脱得精光。

他自己都觉得好笑，大男人们个个赤条条地进，光溜溜地出。

谁有这么大的本事，能在重兵把守的圣莲岛银库，盗出那么多的银子？

陈豫川很细心，认真查看过装库银的木箱。一只只空箱完好无损，好像从未装过物件的新箱子一般。

难道问题出在入库前？

陈捕头执黄中玉手谕，提看了银库所有的入库账册。

账册登记十分清楚，皆明白无误地签有解交人、接交人和监交人的画押以及交接时间。

为稳妥起见,陈豫川找到有关当事人,逐一严加盘问入库详情。

被审讯者莫名其妙,悄悄骂他神经病!

你当那么多人白痴啊,怎么可能不验货?

所有的证人都如是说:"全是一箱一箱打开核对,确定无误后才上的封条,然后存入库中。"

陈豫川还真是个神经病。

每次遇到疑难案子时,他都要犯"病"。别人不敢想的他敢想,别人想不到的他一定会想到。

谁叫他是陈豫川呢。

银库四面环水,工作程序密不透风,那里根本找不到失盗线索。

陈捕头在圣莲岛上待了两天两夜后,由此断定。

直觉告诉他,库银失盗必为内贼所为。想要获得有价值的信息,必须独辟蹊径。

当他决定离开圣莲岛时,突然想到一句俗语。

那是民间老百姓掉东西后,咒骂小偷毛贼时,最爱说的一句话,叫"猫儿抓糍粑,脱不到爪爪"!

为啥猫抓了糍粑,就脱不到爪爪?

还不是猫爪爪上沾满了糍粑。稍不留神,就把沾到的糍粑涂在了不起眼的地方,让人以此为线索,找到偷吃糍粑的猫!

那么圣莲岛被盗的库银呢,最有可能出现在哪些地方?

凡是经营交易场所,都有可能。尤其龙蛇混杂的茶肆酒楼,还有那些藏污纳垢的花街柳巷。

陈捕头这么想,偷偷地笑出了声。

有了这层想法,陈豫川不愿再待在圣莲岛上,白白浪费时间了。

他拿了几锭库银,回到州巡捕房,叫手下兄弟们仔细识别。并反复叮嘱,一旦发现此类银锭,必须立即报告。

陈捕头自己呢,则懒散得像个无业游民。

一连几天时间,他都趿着一双精致木履,在州城的大街小巷里,"呱嗒呱嗒"地到处瞎逛。

偶尔到茶肆酒楼去吃吃茶,喝喝酒。

尖起一双招风大耳,仔细听茶客酒徒们神侃。特别喜欢听那些三教九流的趣闻逸事,或江湖豪客们的龙门阵。

镇江寺卖凉粉的卢二,见了陈豫川的模样,笑着骂他的神经病又犯了。

二

寒食节,天上宫。

一位风度翩翩的少年郎酩酊大醉。

兀自蹲在戏园子里,失声痛哭不已。

茶客们不解其意,见他哭得悲痛欲绝,纷纷出言相劝。

然任由旁人百般劝慰,少年郎始终痛哭不止。

有好事者说,少年郎常去"百花楼",与一位名叫香荷的姑娘交好。

二人感情甚笃。

香荷姑娘美若天仙。

不想日前被一神秘客看中，出重金包下香荷，不再让他人亲近芳泽。

少年气不过，前去"百花楼"与之理会。

那神秘客霸气得很，一边搂着香荷饮酒，一边抛出十锭白花花的马蹄银，羞辱少年道："此银为大爷在此一夜的过夜费，小子可有银子乎？"

少年郎不堪羞辱，跑到玉春堂酒楼，滥酒泄愤，故而哭闹不已。

言者无心，听者有意。

陈豫川心想，这遂州城里怎么会有出十锭银子，上"百花楼"嫖一宿的富豪？

莫不是哪里来的江洋大盗？！

陈捕头不动声色，悄悄离开天上宫。

傍夜时分，柳荫街"百花楼"前。

十数个大红灯笼，放出不明不暗的光，朦胧而暧昧。

陈豫川乘人不备，一个鹞子翻身，越过高高的院墙，隐身潜入"百花楼"里。

香荷的房间内，果然有一客正与之亲热。

陈豫川定睛一看，当下大吃一惊。

那客不是别人，竟是骆时香的师爷曾春辉！

陈捕头脑子里立即闪现出霹雳堂前，曾春辉一闪而没的身影。

天虎武馆、张天虎、遂州库银、曾春辉，难道……

再一细看，陈捕头更加大吃一惊，香荷房间的案桌上，放着两锭簇新的马蹄银。

银为遂州库银无疑！

陈豫川不敢声张，连忙从"百花楼"中悄然退出。

急匆匆赶回州衙，报与黄中玉知晓。

黄中玉闻报，也暗自吃了一惊。

都说骆时香为官廉正，哪知老贼竟有这等心机！

盗婴案陷害我不成，又欲以"库银失盗案"来断我黄某的晋升之路吗？！

黄中玉虽为州牧，官职却不及骆时香。

听了陈捕头的报告后，惊骇归惊骇，但却不敢造次。

只是反复叮嘱陈豫川，在没有获得真凭实据前，只可暗中监控，不可鲁莽缉拿。

"免得打虎不成，反被虎伤。"

黄中玉表面不露声色，要陈捕头注意这注意那，心里却比谁都清楚，以陈豫川之能，焉能判断有误？

他这么说，无非是让陈豫川会意，将事情做得干净利落。

州牧大人所想，明白人都懂。

只要追回赃银完璧归赵，悄悄将此事掩盖过去，就算了事。切莫因此事张扬出去，自己落个渎职之罪，而误了锦绣前程。

黄中玉的心思，怎瞒得了陈豫川？

虽然觉得恶心，陈捕头还是闷在心里，没有说出来。

回到家里，依旧满脑子幻影。曾师爷胖乎乎的嘴脸，时不时会冒出来晃荡。

陈豫川靠在床头上，焦眉烂眼地抠脑壳，却始终找不到答案。

曾春辉整日在潼川生活，即使偶尔外出，也顶多十天半个月，他哪有时间跑到百里外的遂州作案？

可是刚才看到的一幕，至今历历在目。"百花楼"香荷房里那些白花花的马蹄库银，怎么可能假得了？

曾春辉有没有时间作案，已经不重要了。重要的是，他一定和遂州库银失盗案有关！

吃晚饭的时候，搜索西城片区的兄弟们报，曾春辉阔气得很，下榻书院街"翰林客栈"。

"翰林客栈"乃遂州头牌客栈，非衙门官员或富商巨贾不敢入住。曾春辉一介师爷，月俸不过八两银子，怎住得起这等豪奢之所？

陈豫川放下碗筷，即令手下众兄弟速回客栈四周布控，定要拿到他犯罪的真凭实据。

申时时分，陈豫川坐床头上冥思苦想。

一时心乱如麻。

为稳妥起见，决定亲自去走一遭。

他换了一身夜行衣，从米市街抄近路，穿过簸箕巷，径直来到书院街"翰林客栈"。

时，天色已经黑尽。

隐于竹木间的兄弟们，见陈大人亲自前来夜查，纷纷用暗号和他打招呼，示意曾春辉已经返回住处。

陈豫川笑了笑，也用暗号一一作答。

他四下望了望，临近曾师爷卧室旁，有一棵巨大的黄葛树。

遂纵身上树，隐匿其中。

当其时，书院街上巡夜更夫正"梆梆"地敲着二更鼓声，步伐疲沓地由南向北而来。

朦胧的街灯里，更夫有气无力地叫唤道："小心火烛，警防盗贼。"

隐藏在树上的陈豫川，猛然看见一黑衣人飞奔而至。

黑衣人脚步轻快，径直来到曾春辉房前。

四下张望一周，确信无人后，伸手轻轻敲了敲门。

"吱呀"一声门开，曾春辉掌灯相迎。

朦胧的灯光下，陈豫川看得分明，黑衣人乃银库库工杜亮。

顿时明白了几分。

在陈豫川的记忆库里，储存着数以百计的人物档案，这个来历不明的库工杜亮，当然也在这些档案里了。

杜亮人称蛮牛，年龄二十七岁，长得虎背熊腰，力大无比。三年前经人推荐，从潼川府振远镖局来到遂州，入银库当了一名库工。

此人平时表情阴冷，从不与他人往来。

在遂州城里，无亲无戚也无房产。租北街一间十平方的民房，独自一人居住。

陈豫川见了杜亮，哪里还有不明之理？

忙用暗号遍示众兄弟，请他们务必将杜亮截获。

自己则先行一步，火速赶到北街，潜入杜亮的临时住处。反复搜索之下，竟然一无所获。

陈豫川略感诧异，却并不失望。

连忙撩开大步，急匆匆赶往州巡捕房。

杜亮早被捆绑在此。

见了陈捕头，杜亮倔强地扭着身子，满脸愤怒之色。

陈豫川走上前去,毫不转弯抹角,大声询诘库银失盗事。

"快快从实招来,免受皮肉之苦!"

杜亮听了陈豫川之言,脸上怒色愈甚。

"小人昨夜值班,今晨交班后,归途中与友人同饮于玉堂春酒楼。醉后酣睡酒楼里,至未时方醒。适才途经翰林客栈欲返家,不想被几位差爷强行带到此间,哪知大人所问之事?"

陈豫川听其言观其心,知他有骆时香撑腰,并不把自己这个小小捕头放在眼里。

设若简单询之案情,无异于对牛弹琴。为打消他心存侥幸的念头,必用非常之手段。

陈捕头嘴角挂一丝笑,冷冷地瞥了一眼杜亮。

众兄弟长年跟随陈捕头,走州闯县嗨江湖,吃香的喝辣的,当然也办过无数的大案要案。

对老大点头扬眉间的暗示,早已烂熟于心。

陈豫川嘴角处的笑意越来越浓,也越来越冷。

众捕当下发一声喊,顿时手中乱棍齐下,"通通通"地捶在杜亮结实的身上。

下手贼狠,哪里还管他死活!

杜亮果然是一条"蛮牛",虽然乱棍加身,始终低着头不哼不号。

陈豫川看在眼里,喜在心上。他听师傅阳明生说过前朝库工盗银的趣闻逸事。

知道杜亮不哼不哈,并非他坚强,而是他身上藏有秘密,生怕开口呼号露了馅!

众兄弟不知这个秘密,见杜亮死不开口,齐齐拿眼来看老大。

陈豫川眉头皱成一堆，那是下死手的暗号。

众捕快下手愈发凶狠，一时棍落如雨。

片刻间，好几根青杠木做的棍杖折成了两截。

杜亮终于熬不住拷打，呼号连天地大叫起来。只见他的肛中，接二连三"屙"出五锭银子来。

众捕顿感新奇，杜亮"屙"出的银锭，不是白花花的库银吗？

老大果不愧铁血神捕！

兄弟们眼里，全是敬佩的神色。

陈豫川很自豪，团团点了点头。得意地转过身来，对杜亮说道："现在可以说了吗？"

杜亮"屙"完银子，瘫坐在地上喘粗气。见实在无法隐瞒下去了，遂招其秘。

杜亮者，骆时香之外甥也。

偶然得知库工之秘，偷偷躲在家里练习。

初时，将鹌鹑蛋塞进肛内，日行百步。逐渐适应后，改用鹅卵石涂抹麻油塞之，日行千步。稍后，又以铜锭塞肛中贮藏，日行万步。

如此循序渐进，其技五年乃成。

杜亮挟此绝技，悄悄入潼川。先到振远镖局做个趟子手，后又找到舅父骆时香，由师爷曾春辉作保，将自己荐入遂州银库当了库工。

三年间，贼以此技，盗银数百万两。

交待至此，任由捕快百般拷询，杜亮不再多说一言。

刑讯笔录记载：贼杜亮，潼川知府骆时香外甥，窃库银三百八十余万两。不知系何人指使，也不知脏银匿于何处。

从刑讯笔录得知，杜亮承认骆时香为自己舅父，却不肯说出赃银藏于何处，也不肯承认所犯之事与骆时香有任何关联。

陈豫川心明如镜，知道杜亮说的话有真有假。然再也撬不开他的嘴巴，只得叫手下兄弟作罢。

众捕不再逼供，重枷囚杜亮于州牢中。

夜里，陈豫川避开众人，潜往黄中玉府上，如实报与州牧大人知晓。

黄中玉闻之，满心欢喜。

有了杜亮这条线索，不怕库银追不回来。搞得好的话，连骆时香也一起除掉。

遂亲泡一壶好茶，招待陈捕头。

两人当下秘谋，暂将杜亮押于州牢中，多派牢吏严加看管。

黄中玉故作亲热状，好言好语示意陈捕头，抓紧追寻赃银下落，尽快悉数归库。

陈豫川饮了一盏香茗，点头称是。

黄中玉心情愉快，也"咝咝"地啜了一口香茗。

不过，州牧大人并未完全放心。他又反复叮嘱陈豫川，严令消息不得外泄。

"凡泄密者，定当重责！"

戌时，陈捕头步出黄府大门。

他此时此刻的心情，像一位得胜凯旋的将军，既轻松又莫名地沉重。

抬头望了望天。

天边，静静地挂着一轮橘红的月亮。

第十章

一

黄明节。

天气已十分暖和了。

正午的阳光,照着绿茵似毯的大地,暖洋洋地使人舒服。

明朗的天空中,不时有布谷鸟飞过。

"早点包谷"的叫声,在山湾里此起彼伏,久久地回荡。

道旁的水田里,农人们三三两两,各自提着鱼罩虾笆,相互追逐娱乐。

偶尔传来一阵欢快的笑声,必定是有人得了一尾大鱼,兴奋得满水田里疯跑乱窜,溅起无数快乐的水花,惹得田坎上下的人们齐声喝彩。

设若谁家的老公,不经意间捉住一条大乌棒(鱼),旁边的骚婆娘们,就会挤眉弄眼地取笑他的"堂客",甚至夸张地做着怪动作。

"嘿嘿,好粗一根乌棒,硬是安逸得摆!"

自家的婆娘呢,就满面红晕,忸怩得心里乐开了花。

这是开春之后,乡下农人最愉快的日子。

窝藏了一个冬天的人们,终于可以甩掉笨重的棉衣夹裤,在水田里摸鱼捞虾了。

那种莫名的兴奋劲,是任何旁人都无法想象得到的。只有亲身经历过的人,才能体会出其中的无穷乐趣。

地里的樱桃,已经熟透。

翠绿丛中,一树树红艳夺目,格外让人嘴馋。

"七九六十三,行人路上把衣担。"

通往梓州的青石官道上,旅人行色匆匆。

人们或解衣敞怀,或卸衣担上。

仅看他们随身携带的家什,就知道这些衣衫破旧的人,大都是外出求生活的贫苦人家子弟。

春日将暮。

广袤的田野里,油菜花浓郁的气息让人昏昏欲睡。

蔡氏兄弟押着车,不紧不慢地向北而行。

四个护院坐在车上,早已没有了前几日的新鲜感。

偶尔看见田间地头行过一二村姑乡妹,他们才会有些许兴奋,发出骚猫号春一般的尖叫。

蜀中四月多雨,尤其是清明节前后,很像岭南地区的梅雨季节。

设若春雨来了,往往十天半月不见天晴。

偶尔有个晴天,那些蜷缩在窝里的狗们,见了红彤彤的太阳,竟然不知为何物。往往对其大声狂叫,故有"蜀犬吠日"之说。

蔡氏兄弟二人,果然就听到了犬吠。

汪汪的狗叫声,从前面一座高大的关隘里不断地传出来。

千里涪江第一关,龙台关就在眼前了。

蔡氏兄弟告诉大家,过了龙台关,就到了梓州地界。

从此进入了山区。

四个护院四下张望,右前方不远处,果然有一座高大的界牌楼。牌楼上方,饰以人字木屋顶。木屋顶下,镶嵌着一块巨大的横匾。

横匾东边一面写着"梓州",西边一面写着"遂州"。

字大一米见方,魏碑体。字迹雄浑遒劲,遥远可睹。

众人驾着马车,轰隆隆地从界牌下面穿过。

说来奇怪,梓遂二州的界牌楼,竟然像一道阴阳界。刚才还万里无云的晴朗天空,刹那间变得阴沉昏暗起来。

蔡氏兄弟抬头望了望天,暗道一声糟糕。

天空中早已乌云密布,漆黑得不见了一丝亮光。

前方峡谷里的浓雾,正一团一团涌来。

顷刻间,高大的龙台关界牌楼门,便被大雾包裹得不见了踪影。

细如牛毛的雨丝,如同天上撒下的一张大网。密密麻麻的雨点,绵延不断地往下洒。

护院们急忙从车厢里拿出备好的雨具,各自披在身上。

他们实在佩服蔡氏哥俩,出发前竟将所有的困难都一一考虑到了。

一直烦闷无趣的四个护院,被淅淅沥沥的春雨一淋,居然淋出了别样的兴致。

驾车的护院打趣道:"蔡师傅常说出门在外,要'晴带雨伞,饱带饥粮',那你们说路上没得婆娘,该咋个办呢?"

蔡二走在前，顺口答道："那还不好办？带根猪大肠，胜过胖婆娘！"

"哈哈哈！"

护院们听得有趣，发出爽朗而放肆的笑声。

驾车的护院嘴油，见坐在车辕上的小护院，满脸遐想地淌着口水，接了蔡二的话茬，继续调侃道："小呀么小二郎，夜里套根猪大肠，不想爹不想娘，胜过夜夜做新郎！"

众人又一次哈哈大笑。

玩笑归玩笑，蔡氏兄弟确实老于江湖。

随车的家什中，不仅衣物雨具一应俱全，就连烟酒茶叶，也无一例外准备得十分充足。

兄弟俩说，早年行走江湖时，他们从不喝别人的酒，也从不抽陌生人的烟。

话虽这么说，江湖之事，也不是人能够全部管控得了的。

比如这乍暖还寒的天气，任你"出门早看天"，还是免不了淋个落汤鸡。

冷风一阵紧一阵地吹。

雨，渐渐大了起来。

远远近近的山谷间，朦胧的春雨淅沥有声。

青石板铺成的官道，被雨水一淋，变得十分滑溜。

低洼处，更加泥泞。

马车在上面行驶，已变得艰难起来。

蔡氏兄弟各自穿好雨衣，原本打算继续前行，夜里赶到梓潼县城去住宿。

现在看来，没有可能了。

二人低头商量了一下，决定将车押进龙台关内，找家客栈住下，以待天晴。

蔡二扬鞭催马，"嘚嘚嘚"地驭马先行。

蔡大依旧殿后，让护院将车驶向右侧的龙台关。

驾车的护院得令，将手的鞭杆一抖，愉快地甩了一个响鞭。

雨雾迷蒙中，马车"叽里咕噜"地向龙台关驶去。

二

龙台关虽说是个关隘，却是梓遂二州各自的脸面。

自前朝洪武年间设关以来，两边州府衙门就暗中较劲，在自己辖地一方修房造屋，开集建市。

一二百年间，龙台关逐渐形成一座大城镇。

镇上不仅驻有上千的守关部队，而且长年有两万多人的居民居住，算得上蜀中数一数二的大镇了。

未时时分，蔡氏兄弟一行人，驾车驶进了龙台关。

守关兵爷告知，镇上最好的客栈是镇中心的龙门客栈。

龙门客栈坐落在十字街口，难得一见的三层木结构楼房。

因天色尚早，客栈并无多少客人。

蔡氏一行来到的时候，客栈老板正在柜台后面呼呼地打瞌睡。

蔡大上前与之理论。

花两倍的价钱，包了底层一间十人住的大屋子。四个护院直接将车子推进去，人车混住一室。

又在大屋子的两侧,各"写"了一间小屋。蔡大居左,蔡二居右,以便暗中保护。

遵蔡大所嘱,店小二早早安排了晚饭。

两荤两素一汤,全是热菜现炒。

蔡二亲自监厨,唯恐大家吃坏了肚子。

晚饭后,四位护院略感疲倦。回到大屋子里,洗脚后上床歇息。

兄弟二人闲来无事,顺着客栈回廊转了一圈。

天色似乎比刚才亮了许多。

蔡大抬起头,从天井里向上望去,暮空中果真有了一丝亮光。

但总是一会儿明,一会儿暗。

蜀谚云:"一黑一亮,石头泡涨。"

一道闪电划过,"轰隆隆"的春雷声滚天而来。

天空中,果然下起了瓢泼大雨。

蜀中三四月间,少见的一场豪雨。

大雨如注,直下得"哗哗"有声。

顷刻间,屋檐下如瀑布一般,挂上了水帘。

蔡氏兄弟站在走廊上,暗自叫苦不迭。

"雷打清明节,谷雨雨不歇。"

老辈人说,清明期间下雨又打雷,这种时雨时晴的天气,会一直延续到谷雨节。

这场豪雨,当真可怕。一直下了半个时辰,到申时方止。

天色逐渐明亮起来,街对面的景致也清晰可见。

蔡氏哥俩站在阶沿上,无意间瞥见对面一座木楼上,坐着一位白衣蓝巾的俊朗少年。

少年郎正手执一卷，就着微亮的暮色，倚窗闲读。

神态安详而恬静。

蔡大倚在走廊的木柱上，从腰间解下水烟袋，仔细地装好烟丝。

蔡二忙敲打火镰，待纸煤点燃后，递与蔡大。

蔡大接火在手，"咝咝"地吸了一口烟。

双眼微微闭着，慢慢地品着味。

右手将烟袋递给蔡二。

蔡二将烟袋接在手里，也深深地吸了一口。

然后头颅微微后仰，又极缓慢地将含在嘴里的烟，自口中徐徐吐出。

神色甚是惬意。

二人你一口我一口，轮番吸着。

一时间内，客栈的天井里香烟袅袅。

微风吹来，香烟四下飘散开去。

坐在街对面的白衣少年，仿佛闻到了烟香，随手合上了书卷，鼻子一噏一噏地抽动着。

闭着眼呆了片刻，少年郎轻轻抚着掌，朗声赞道："好烟，必是滇中所产南丝！"

蔡氏兄弟闻言，甚是惊讶。

二人万万想不到，少年竟能闻烟香而知烟的产地。

原来他们所吸之烟，确实产自滇中玉溪，乃烟草中的极品南丝。

兄弟俩见少年文雅干净，心里有几分喜欢，便踏着地上一汪一汪的积水，来到对面楼上与之交谈，顺便送一包南丝给他。

二人一前一后上得楼来。

蔡大走在前面。

对着白衣少年拱拱手,极有分寸地见礼道:"兄台高雅之士,不敢动问尊姓大名?"

少年放下手中之卷,却笑而不答。

接过蔡二递上的南丝,放在鼻边嗅嗅,露出十分满意的神色。

随手将烟丝放木几上,反诘道:"两位仁兄,不知何故经过此地?又将往何处去?"

蔡氏兄弟相视一笑。

见少年不仅未报姓名,反而诘问自己何往,心想真是个少见的怪人。

更让哥俩奇怪的是,原本不该让别人知晓的行踪,却总有忍不住想告诉他的冲动。

仿佛这位少年身上,有一股无法抗拒的魔力一般。

见白衣少年神情淡雅,不似江湖中人物。

蔡大忍了忍,就将押送寿礼之事,据实告诉了他。

白衣少年听罢,沉默不语。

随即摇了摇头,不无忧虑地说道:"感谢二位英雄,如此信任小可!但此行甚是艰难,蜀道多绿林……"

白衣少年说到这里,突然刹住了嘴里的话。

两眼一动不动地看着楼下。

蔡氏兄弟感到奇怪,顺着少年的目光望了过去。

楼下的街道上,雨水泥泞。

一个十分强壮的汉子,正匆匆地从客栈门前通过。

借着微明的暮色,兄弟俩可以清晰地看见那条汉子满脸胡茬,神态甚是威猛。

壮汉头顶斗笠,身披蓑衣,肩上搭着一条布袋,沉甸甸不知藏有何物。

见是一个山野汉子,兄弟俩略感诧异。

白衣少年为何专注于他?

虬髯汉子行色匆匆,只顾翻动着一双大脚板,胡乱地踏在鹅卵石铺成的街道上。

激起地上的泥浆,四处乱溅。

那条汉子虽然步履匆匆,行走却十分沉稳。赤脚踏在又光又滑的鹅卵石上,如履平地。

竹笠斗篷下,一双明亮的眼睛,不停地东张西望。

当行至龙门客栈门前时,虬髯汉子忽然一个趔趄,重重地摔倒在泥浆模糊的地面上。

神色甚是滑稽。

见虬髯汉子跌在地上,笨牛一般爬动,蔡氏兄弟忍俊不止,哈哈哈地大笑起来。

那汉子跌伏于地,显然听到了二人的笑声,回头望了楼上一眼,表情十分尴尬。

一时间手忙脚乱,挣扎着从地上爬起来,将布袋重新搭在肩上,双手扶正斗笠,迅速向街口走去。

白衣少年始终一脸专注,目不转睛地盯着那条汉子。直到其消失在前面的小巷里,才收回目光。一双秀美的眼睛,就再也没看过蔡氏兄弟了。

嘴里自顾自地念叨道:"春雨贵如油,下得满街流。跌倒绿林汉，笑煞二牯牛！"

见白衣少年的神情，瞬间变得古里古怪。似语言相戏，却又一本正经。

蔡氏兄弟心中不解，试探着问道："一个笨牛式的行路人，兄台为何这般专注于他？"

白衣少年很诧异，抬头看了看二人。

蔡氏兄弟一脸茫然。

少年郎摇摇头，笑着说："你二人是真不知道，还是假装不懂？"

兄弟俩面面相觑，不知少年所言何指。

白衣少年侧过身来，一脸严肃，复言道："刚才过去的虬髯汉子，不是大盗也是个豪客！他假意跌了一跤，为的是将暗号刻在石阶上，他的同伙见了，自然知道你二人宿于龙门客栈。他右手始终不离肩上所搭布袋，里面必藏有独门兵器。二人既为镖师，莫非连这些江湖把戏都不知道吗？"

蔡氏兄弟也算是老江湖了，却从未听到过有此一说。心中难免有些不相信，只道白衣少年有意调侃自己。

"兄台所言，实在匪夷所思……"

见蔡氏兄弟将信将疑，白衣少年也不做申辩，伸出如玉的右食指，朝着客栈大门前的石阶，遥遥地指了一指，便独自翻阅手中之卷，不再言语了。

蔡氏兄弟四目相顾，再朝少年手指的方向望去。

果见虬髯汉子跌跤处，临龙门客栈的石阶上面，赫然画着一朵红色的梅花。

哥俩这才大吃一惊，心中暗自叹服，小小一个少年读书郎，竟有这般细致入微的洞察力！

二人本待要谢过白衣少年，见其专心致志地看书，不便打扰他。

双双拱手别过，匆匆回到龙门客栈。

客栈已经打烊。

雨雾迷蒙的夜空中，一排黑红色的大灯笼，放出十分怪异的光。

蔡氏兄弟来到大屋前，敲门叫醒四个护院，小声吩咐道："夜里警醒点，千万莫睡过了头。"

护院们个个哈欠连天，不知蔡氏哥俩何故这般小心。懒洋洋地躺在被窝里，伸长脖子"诺诺"而应。

兄弟俩吩咐完毕，原本打算回房休息。

经此一番事故，哪里还有丝毫睡意？

没有睡意的蔡氏兄弟，双双立在走廊上。

蔡大解下腰间水烟袋，极仔细地装着烟丝。动作十分缓慢，比任何一次都要认真。

蔡二掏出纸煤火镰，再次为兄长点燃烟锅。

兄弟俩你一口我一口，互相转着手，默默地吸了一袋烟。

彼此都没有说话，但谁都知道对方心里在想什么。

这是一种默契，是兄弟之间特有的心灵感应。

白衣少年是谁？

虬髯大汉又是谁？

蔡大翘起右脚，把铜烟锅在鞋底上敲了敲，磕尽里面的烟灰。

他望了蔡二一眼。

只一瞥之间，二人已经决定今天晚上不睡觉了。

各自准备在屋里静坐,以候天明。

门外,风声正紧。

天空中又下起了雨,淅淅沥沥的小雨。

蔡氏兄弟紧了紧衣领,缩着头向各自的房间走去。

猛可里,一枚透骨钉破空劲飞。

那钉自窗外呼啸射入,直达镖车大屋的门楣上方。

"当"的一声爆响,入木寸许。

兄弟俩吃了一惊,手中的兵器"唰"地向上立起。

蔡二飞身扑到客栈外。

四望寂寥无人,唯一街烟雨朦胧。

远处,虬髯大汉消失的小巷口,一犬仰天狂吠。

近处,屋檐水不断地掉下来,嘀嗒有声。

蔡二一脸茫然,摇摇头返回客栈。

蔡大正从门楣上,小心取下那枚透骨钉。

钉上附着一张麻纸。

上书:"明日辰时,七曲大庙一晤。"

笺上既没有落款,也没有任何标识。

蔡氏兄弟四目再次相顾,不知谁人所为。

二人望着一张麻纸,呆呆地想了很久。

老叫化子、洁尘仙子、白衣少年、威猛的虬髯汉子……

当天夜里,龙门客栈的灯光一直亮到天明。

窗外,春雨潇潇。

室内,一夜无眠。

第十一章

一

遂州城北玉堂街，黄府。

最近两天时间，杏儿有些奇怪。

往日爱到街上闲逛购物的她，居然整日猫在屋子里，哪儿也不去了。

莫仁品照样不理她。

每日里，莫管家只顾着精心饲养信鸽，按时放鸽上天练练身体，乐呵呵地忙里忙外。

黄中玉依旧早起，但也有好几个清晨没去后花园打太极拳了。

偶尔去一趟书房坐坐，也是魂不守舍的样子。

细心的吴妈发现，老爷嘴唇上面起了一串小疱，误以为春燥所致。特地用金银花配紫苏叶，泡了一壶茶水，让他饮用。

黄中玉真是急了，内火攻心。

几百万失盗库银至今下落不明，想想后果有多可怕。

他能不上火吗？

卯时。

州牧大人密会陈豫川，二人商于签押房。

州牢飞骑突报：杜亮死狱中，原因不明。

二人闻警，大惊。

真是船破又遇挡头风啊！

黄中玉听说杜亮已死，痴了一般呆坐木椅上，久久不语。他早在心里盘算过多次了，要不要让张鹏翮大人知道呢？

这件事情很棘手，黄中玉左右为难。

不说吧又怕捅出娄子来，到时谁也罩不住。

本来在州里天大的事，说不定在人家张大人眼里，屁事都算不上呢？

可是说吧，又岂是黄中玉的为人？

凡事不到万不得已，他怎肯随便兜底！

设若造次禀告，给张大人落个沉不住气的坏印象，那不是无事找事吗？

陈豫川听说杜亮死了，急出一身冷汗。

哪里还待得住？

好不容易找到这条线索，杜亮居然就死了！

这不是要陈捕头的命吗？！

陈豫川见黄中玉脸上，一会儿阴，一会儿晴。

心下大急。

不待州牧大人发话，早一阵风奔出州衙大门，快马赶到州牢。

值夜牢吏见了陈捕头，纷纷上前述说缘由。

今晨丑时，一道黑影飞鸟般掠过夜空，瞬间牢内火光齐灭。待到众人点亮火烛时，杜亮已莫名其妙地死了。

站在州牢大门口，陈豫川的心里一阵阵发紧。

他仔细查看过创口，杜亮颈动脉上的创口细小而深。

创口四周，皮下组织里不见丝毫瘀色，且只有少量血丝渗出。

如此稳准狠的刀法，遂州一境，谁能办得到呢？

陈豫川难受得要命，左右两手使劲绞握在一起，不停地磕着前额。

他依稀记得卢二说过，近段时间里，杏儿既去过曾记铁匠铺，也去过杜亮住处。

而且是唯一去过两处的人。

一个黄府丫鬟，去这两个与她毫不相干的地方，干吗呢？

猛然间，陈豫川脑子里灵光一闪。

刀王？

杜亮之死，必殁于刀王！

刀王是谁？

别人不知道，陈捕头当然知道。

刀王就是"曾记"铁匠铺掌柜，打铁匠曾文正！

陈豫川满脑子信息，不仅知道铁匠铺掌柜曾文正，还知道年轻时的曾文正，更知道和别人眼里不一样的曾文正。

据说他是潼川人。

确切地说，是潼川曾家坝人。

早年来遂州城时，才十六七岁，在"张记"铁匠铺学打铁，天生一副蛮力。

人长得精神，又勤快能干，很得师娘喜欢。

自然没费多少周折，就得到了师傅"张铁匠"的真传。

有人说是师娘先看上了他，才将女儿英姑嫁给他当了老婆。

更有人说得难听,是他先跟师娘上了床,然后才跟英姑上的床。

这码子事时间久了,没有人说得清楚。

反正"张铁匠"莫名其妙失踪后,曾文正就成了铁匠铺的老板。

他不顾师娘和英姑的反对,硬将铁匠铺"张记"招牌摘下,强行挂上了"曾记"的牌子。

也不管街坊邻居怎么看,铁匠铺改为"曾记"的第一天,曾文正就收了两个徒弟。

经过数年的打拼,"曾记"声誉日隆。

称曾文正为刀王,是因为他打的刀好。

"曾记"刀具,锋利无比。碗口一般粗细的柳树,一刀准断。

有人亲眼看见,他给屠宰行的屠户阿三,精心打了一把杀猪刀。

阿三不知厉害。

头一回使用时,力道没有控制住,愣是将一头二百斤重的大肥猪,活生生破成了两片。

那猪连哼都没有哼一声。

"刀王"就这么出了名。

这个打铁匠"刀王",是街坊邻居们叫的,称赞曾文正打的刀好,削铁如泥。

陈豫川嘴里的刀王,是武林人士心中的"刀王"。

这个"刀王",不仅仅因为他打的刀好。曾文正使的串子刀,那才是江湖一绝哩。

街坊邻居没人知道,铁匠曾文正的腰间,时常匿有十柄柳叶刀。

柳叶刀锃亮,薄如蝉翼。

在他的手里,杂耍一般同时使出来,在空中排成一条线。

一刀接着一刀,那刀就像被无形的线,串连在了一起。

等距,同速,十柄刀飞行在同一水平线上!

设若精气神不能有机调控,如此精准的劲道拿捏,哪里能够做得到?

凭着这一手绝活,曾文正霸蛮得很,在整整十年时间里,打败了无数前来挑衅的武术大家。

这些事情很诡秘,只有身涉其间者知晓。

一般市井小民,哪能见得到?

江湖人士传说,遂宁县田捕头善使地趟刀,自诩蜀中刀手第一人。

看了曾文正的串子刀,不服气。

二人涪江边较技,使地趟刀的田麻子,一柄柳叶刀都没接住,即佩服得五体投地,当场拜曾文正为师。

陈豫川还记得,刚接手铁匠铺那几年,曾文正意气风发,算是自己把自己惯坏了,胆子也越来越大。

拿他的话说:"曾某是打铁的!"

啥意思?

还不明白吗?

他把天下英雄当成毛铁打,想怎么"锤"就怎么"锤"!

口气恁大,也不怕火炉里的炭花,落在脚背上烫人。

现在的曾文正老了,在张秀才眼里,他已渐入禅境。

陈豫川却不这么看。

当年"张铁匠"失踪后，自己有心要查个水落石出。潼川府里居然有人打招呼，不让巡捕房查案。

北街上卖卤菜的"蒋烧腊"，对此愤愤不平。

逢人就大声武气地说，铁匠铺里有"鬼"。

曾文正能脱得了干系？

脱不了干系的曾文正，啥事儿也没有，愣是把个"曾记"铁匠铺，搞得风生水起。

说有"鬼"的"蒋烧腊"，却被人不明不白砍了脑壳。油亮亮一个胖头，卤菜一般搁在烧腊摊上。

好不骇人！

曾文正老了吗？

陈捕头肯定不信。

他只是在街坊邻里面前，故意装老卖老。

在江湖人士眼里，曾文正依然虎虎生威，雄风八面。

二

黄明节，"曾记"铁匠铺。

一个黑袍老者，颤巍巍拄一根漆黑藤杖，立铁匠铺大门外。

任由小伙计如何驱赶，老者就是不避不让，也不离开。

曾文正大怒，用手中的榆木拐杖，使劲击打老者右膊。

拐杖落处，如击败革。

老者浑若懵懂，连正眼也没有瞧他一下。

转过身子，调头往街口走去。

他一边走,嘴里一边喃喃有声。

音若蚊嘤,听不清在唠叨什么。

曾文正大异。

老者既不疯也不傻,何以大清早跑来阻门?

心里打了个问号,断定黑袍老者乃有意为之,必非常人。

若是仇家,又当如何?

别看曾文正老了,那真是猪鼻孔插葱——假象。

曾文正断定老者非常人,暗地里叫大徒弟尾随跟踪,以探究竟。

辰时三刻,和煦的春阳一缕缕照进铁匠铺。

跟踪黑袍老者的大徒弟,一阵小跑回到铺子里。

神秘兮兮地拐进秘室,来到曾文正面前。

悄悄一阵耳语。

"什么?断臂老人?"

曾文正满脸惊恐,从凉椅上一跃而起。

"他要我酉时去锦里?"

大徒弟点点头。

"是,城南锦里。"

曾文正大惧。

十年了,整整十年了。

他丝毫没有想到,此人居然还活在世上!

十年前的黄明节,夜深人静之后,曾文正陪师傅喝酒。

两个人喝得酩酊大醉……

唉,他早已不愿回忆过去,尤其害怕忆起当年醉酒之事。

十年来,他从未后悔过。

现在，他不仅是"曾记"铁匠铺的掌柜，还是江湖上人见人敬的"刀王"！

眼前所拥有的一切，是他曾文正以前当学徒时，时时刻刻梦寐以求的生活。

现在他拥有了，为什么要后悔？

可是他不明白，当时做得那么彻底，这个老怪物怎么就没死呢？

大徒弟好心劝他，不要去见那个黑袍人。

他心里也这么想过。

但真正了解黑袍老者的人，还是他曾文正。

你不去见他，他肯定会找上门来。

那样的话，全遂州城的人都会知道，十年前"张记"铁匠铺掌柜失踪的真相。

真相一旦戳破，他哪还有脸面在遂州的道上混？

戌时一刻。

曾文正脱下绸缎装束，找来一套破旧衣服换上。

借夜色掩护，独自来到城南锦里。

月光不甚明了，把一条小巷照得朦胧。

曾文正蹑手蹑脚，来到一座破败的大宅前。

轻轻叩了叩紧闭的大门。

大门内，悄无声息。

曾文正小心翼翼，从旁边的小门入内。

内庭甚阔，约有两三亩地大小。

修竹绰约，一树桃花正红。

天井正北一厅，阔门轩窗。

厅内，灯火通明。

黑袍老者面无表情，端坐在一把黄杨木椅上。

两目炯炯，不怒而威。

"师傅！"

曾文正见了黑衣人，不由自主地叫了一声。

随即两膝"咚"地触地，纹丝不动地拜伏在地上。

陈豫川悄然掩至，匿厅外木窗下。

黑袍老者不言不语。

左手将右臂拿住，轻轻一旋，活生生将整条右臂拿下来。

原来是一条假肢，怪不得拐杖抽打上去毫不着力。

曾文正伏地上，斜眼窥视黑袍人，越发地双股战栗。

声音颤抖着说道："徒儿知罪了，望师傅手下留情。"

"手下留情？哼！"

黑袍老者终于开口了。

声音低沉地说道："当初你将老夫右臂断掉，沉尸江底，为什么不手下留情？要不是老夫习有龟息之术，岂不被你害了性命？！"

曾文正一听，心中恐惧愈盛。

他哪里知道，这个老杂毛还暗中留了一手！

怪只怪自己，当初太过性急。

曾文正跪在地上，一双眼睛滴溜溜地转着。

唉，整整十年了。

又是黄明节。

老狗选这个时间回来，必定不肯轻意饶恕自己。

"孽障，为什么不说话？"

黑袍人把玩着手里的假肢，恨声说道："你娃儿少动歪脑筋，老夫没有十成的把握，怎肯回遂州城找你！"

曾文正依然低着头，装出一副痛改前非的可怜相。

心里却不停地转着圈圈。

哼，少来唬我！

如今你已缺少了一条右臂，功力定不如从前。

如若先发制人，你哪有复仇的机会？

但曾文正终归有愧，心中难免忌惮师傅。况且高手过招，自当以不变应万变。如果误动先机，必导致步步受制，满盘皆输。

有此一虑，曾文正在气势上先打了三分折扣。

黑袍人深知曾文正为人阴险狡诈，显然为此做了精心准备。

就厅内所处位置而言，便大有讲究。

黑袍老者坐椅背靠墙壁，护住了身体上最难防御的背心。右侧临近木柱，以柱掩护，弥补了右臂残缺的破绽。

如此取势，将自身两处弱点防得严严实实。

足见黑袍人心智缜密。

曾文正龟伏于地，欲伺机而动。

黑袍人则左脚前丁，右脚后踞。

欲取居高临下之势，逼对方就范。

二人不露声色，暗中较着劲。

四肢着地的曾文正，渐感困难。压力一波接着一波，汹汹而至，浑身上下如负山岳。

照此耗下去，无疑等死！

此时再不出手，恐无机会矣。

此念头一动，曾文正脸上杀气立现，悄悄将十柄小刀扣在手里。

黑袍老者双眉一扬,见恶徒动了杀机,内心窃喜。

哼哼,你娃娃到底"嫩"哈,还是沉不住气了。

那一身黑色大袍,竟无风而动。

一股股锐气,瞬间布满厅内。

紫檀木几上,茶具一只接一只碎裂。

曾文正发辫已散。

乱蓬蓬的头顶上,微微露出一排钢针。

十多年来,曾文正从未间断习武。

甚至花了三年苦功夫,偷偷练就了头发钢针的秘技。

他不相信,一个独臂古稀老人,能够躲过自己惊天一击!

说时迟,那时快。

曾文正手里的柳叶刀已无声无息地飞出,直取黑袍人身上十大要穴。

黑袍老者不慌不忙,左手一挥。

宽大的袍袖,顿时鼓荡成一张柔软的网,将十柄柳叶刀,悉数卷入其中。

曾文正依旧伏地不动。

见黑袍人侧了身子,暗叫一声"找死"!

原来,老者正面而坐,取"虎踞之势",将四周守得严严实实。

丝毫没有给曾文正机会。

现在黑袍人为了接柳叶刀,不得已动了身子。

防守之势立溃。

曾文正焉能不喜?

高手过招,优劣之势,瞬息万变。

曾文正哪会错过如此良机?

隐士头上乱发里的钢针,乘势破空而出,直取黑袍人前胸。

锐风刹那而至,根根"毕剥"爆响。

黑袍老者吃了一惊。

如此超短的距离内,他一个身有残疾的人,哪里躲得过这一蓬细如麦芒的钢针?

曾文正一计得逞,哈哈大笑而起。

黑袍人遭此一变,怀中那截假肢突如一柄铁伞撑开。

"剥剥剥"一阵爆响。

那一蓬小而尖的钢针,犹如一阵疾速的雨点,全打在了伞篷上。

劲力竟然透伞而过。

黑袍人这才真正吃了一惊!

设若无皮制伞篷阻挡,纵然有真气护胸,还不被他打成了马蜂窝?

曾文正见黑袍人破了钢针,哪里还笑得出?

仗了一身蛮力,就要上前肉搏。

黑袍老者左支右挡,终归少了一只胳膊,渐渐被曾文正占了上风。

情急之下,黑袍人向后便倒。

曾文正乘势扑上去,双手死死拿住其颈动脉。

"老狗,看你如何逃脱?"

曾文正已然知晓黑袍人习有龟息之术,虽拿了他的颈动脉,一时半会要不了他的命。

便腾出右手来，抽出腰间佩刀，举刀就砍。

陡觉胸前一阵绞痛。

曾文正低头一看，两支明晃晃的柳叶刀，竟然透胸而过。

"靴底刀？！"

曾文正一声惨叫。

他哪里肯相信，自己居然中了"靴底刀"！

靴底刀乃"盘破门"绝学，早已绝迹江湖百年。怎么可能呢？

黑袍老者乘势撩起一脚，踢开曾文正的尸体。

嘴里吐出一泡口水。

"呸！猪狗不如的东西，也佩称刀王！"

老者抖去黑袍上的灰尘，独自向厅外走去。

曾文正瞪着一对无神的大眼，望着黑袍人消失在黑暗中。

临死的时候，他才知道，自己的师傅"张铁匠"，竟然是江湖上大名鼎鼎的"靴底刀"。

蜀中真正的刀王！

陈豫川蜷伏窗外，默不作声。

他始终恪守师训，吃着六扇门的公差饭，不要介入江湖上的是非恩怨。

月光朦胧，锦里传来黑袍人的歌声。

陈豫川听得明白。

刚才还是曾文正师傅的老者，现在却操一副剑阁腔调，含混不清地唱着《莲花落》，向南津码头缓步而去。

"数来宝，数来宝，去时多来时少。有钱把酒喝，无钱数虼蚤……"

陈豫川很奇怪，黑袍人怎么变成了叫化子？

不过陈捕头眼尖,他居然发现了黑袍人的右臂,并非真正的残疾!

刚才曾文正中的"靴底刀",也不是真正的"靴底刀",而是黑袍人用自己的右手,从裆下刺出的"双刃柳叶刀"!

细想之下,陈豫川仍不明白。

黑袍人既然不是曾文正师傅,他为何要刺杀曾文正?

难道是为了失盗库银?

如果为了失盗库银,为什么从头到尾,始终未让曾文正说出与杜亮的关系呢?

即使不问二者之间的关系,总该过问一下库银的下落吧?

陈豫川有些许遗憾。

他隐隐约约感到,"库银失盗案"牵涉到很大一张网。

更准确地说,有人设了一个局,一个无边无际的大局。

在这个漫无边际的大局里,不知会有多少人卷入其中。

陈豫川站起身来,用手拍去衣裤上的灰尘。

一个人落寞地踏着月光,默默地往外走去。

身后大厅的屋脊上,扑闪着一双美丽的大眼睛。

这双美丽的大眼认得出,黑袍老人不是曾文正的师傅,而是大闹黄中玉府上的老丐。

梁上人又是谁呢?

难道也为失盗库银而来?

第十二章

一

梓潼,七曲山。

七曲山居龙台关西北,相距二里许,是蜀北有名的风景名胜区。

山中建有七曲大庙,供奉着文昌帝君张亚子。

每岁春上,那些想求功名的青年学子,都会从四面八方来到庙里,花费不菲地烧一炷高香。

然后在长老的导引下,十二分虔诚地跪伏在地上,求"文神"保佑,以期"秋闱"中个举人,来年金榜题名。

大庙倚山势构建,次第而上。层层叠叠,气势恢宏壮观。

当地耆老言,七曲山大庙年代久远,始建于隋朝开皇三年,盛于唐宋时期。

千百年来,香火十分旺盛。

大庙四周,林木幽深。

庙前官道两旁有许多大古柏树,年轮多逾千龄。

浓荫夹道,绵延三十余里。

这些虬枝大柏树,传为三国蜀汉猛将张飞所植。

土著们俗呼为张飞柏。

每日晨寅时,七曲大庙报晓的钟声,会准时在林荫深处响起。

悠扬的钟声里,远远近近的农户便醒来了。

或打扫庭院,或生火做饭,或挑水浇园。

龙台关里,守关的兵丁们,睡眼惺忪地开了关门,让候在关外赶早集的农人,依序进入关内。

镇东头的农贸早市,便在鸡鸭的叫唤声、小贩的吆喝声中,乱哄哄地热闹起来。

蔡氏兄弟伸着懒腰,哈欠连天地走出房门。

二人一夜无眠,眼睛红红地布满血丝。

蔡大站在客栈的天井里,面向东南方,双膝微微弯屈,两手抱圆于小腹处。眼观鼻,鼻观心,徐徐吐纳起来。

蓬松的头发间,袅袅升起一团热雾。

瞬息间,进入了忘我境界。

面色祥和,色泽黄润。

丝毫没有去七曲山之意。

蔡二则满脸焦虑之色。

他不明兄长所想,又静不下心来,老挂念着赴约之事。

见兄长始终气定神闲,蔡二呼呼呼地打一套少林长拳,权作暖暖身子。

一套长拳打完,见蔡大依旧老僧般入定。

蔡二不由火起,嘴里"嗨嗨"两声大吼,直震得天井里嗡嗡作响。

蔡大睁开双眼,看见蔡二心急火燎的样子,甚是不解。

轻声责怪道:"又犯啥牛脾气了?"

蔡二翻着一双大眼,嘴里直嚷嚷。

"等你老半天了,七曲山大庙究竟去不去?"

蔡大一听,苦笑着摇摇头。

唉,兄弟咋是个榆木脑壳呢。

忙深吸一口气,慢慢导入丹田。意守片刻后,收了功。

拍拍手说道:"去?怎么去!谁留的函?干吗约我们去?"

"还能有谁?不就是那个白衣小屁孩吗!有啥好怕的?"

蔡二大声吼起来:"你不去,他才认为你怕哩!哼,你越怕鬼,鬼越找上门来!"

蔡大被蔡二一骂,脑袋开了窍。

心想也是哈,你不去赴约,说明真怕他了。

在蔡二鼓动下,蔡大最终下定决心,前去七曲山一会。

他想看看,邀约之人的葫芦里,究竟卖的是什么药。

临行前,兄弟二人再三叮嘱四个护院,看管好两只大木箱子。

"切切小心,万不可有丝毫闪失!"

四个护院见哥俩郑重其事,连连点头称诺。

时,天已大亮。

蔡氏兄弟肩并肩,站在客栈天井的阶沿上,抬头望了望天。

天空虽然还有些阴沉,雨却停了,空气也十分清爽。

蔡二提议乘马去,蔡大不允,怕有显摆之嫌。

两人昂首走出客栈大门,向着七曲山阔步而去。

龙台关到七曲山大庙,青一色卵石铺成的官道,青石镶边,笔直平坦。

兄弟俩一路闲聊,不到一袋烟的功夫,就到了庙前广场上。

看看左右无人，正准备敲门进入庙里。

突然一人声如夜枭，从庙前一棵大柏树上，飞鸟一般急坠而下。

来人身着灰色道袍，手执拂尘，口里称着无量天尊，不摇不晃地立在蔡氏兄弟面前。

哥俩定睛一看，此人不是青城山"无量子"吗？

"无量子"满面笑容，稽首道："二位别来无恙？"

蔡氏兄弟顿觉尴尬。

委实不知道会在此地，碰上这个讨厌的家伙。

见"无量子"一脸坏笑，鬼眉鬼眼地东瞧西望，蔡二以为邀约之人是他。

便没好气地说道："哼！原来是你个牛鼻子老道，约我兄弟二人到此做甚？"

"无量子"不知蔡二所言何事，鼓起一双牛眼，定定地望着他。

一张阴沉青灰的脸上，全是诧异之色。

蔡氏兄弟亦惊讶，心里越发疑惑。

蔡大生性稳重，见了"无量子"的表情，装着什么也不知道的样子。

故意用调侃的语气，试探地问道："你不在青城山天师洞享清福，跑到七曲山一个和尚庙里来干啥子？"

"无量子"嘻嘻一笑，轻描淡写地说道："听徒儿洁尘说，哥俩近年来功夫大有长进了，她连一招都没接住，就败下阵来。贫道一时技痒，专门来到此地，等候二位蔡大侠！"

蔡氏兄弟听他这么一说，知道昨天晚上邀约之人，并非眼前的牛鼻子老道。

两人互望一眼，便不想和他过多纠缠。

礼节性地拱拱手，双双告辞就要离去。

"无量子"哪里允许？

"喂喂喂，咋刚一见面，就要走呢？"

蜀中武林有谁不知，杂毛老道是个好斗的狠角色？

加上之前蔡氏确曾向他保证过，不再涉足江湖之事。

今日既然撞上了，如果不比试一番，"无量子"岂肯轻易放二人离开？

蔡氏哥俩被他一味缠住，心里好生烦恼。

也不知洁尘那个小妖妇，在杂毛老道面前，添油加醋说了些啥。

反正"无量子"咬定，徒儿败在了你蔡氏手下，今天哪有不赢回来的道理！

蔡氏兄弟虽然一脸无奈，却也不是怕事之人。

想当年比武，不就输给你一招半式吗？

二人素耿介，打心眼里瞧不起"无量子"。尤其恶心杂毛老道的为人，也从未真正服气过他！

近两年来，哥俩躲在黄中玉府上，日夜勤修苦练，自忖武功已大有长进。真与杂毛老道较技，虽无必胜把握，但肯定有得一战。

眼见"无量子"傲得鼻孔朝天，一副咄咄逼人的样子。依照蔡氏兄弟以前的脾气，早就放手与他一搏了！

但是今天不行，黄大人所托之事，哪里能出半点差错？

罢了罢了，还是忍口气吧。

蔡大拱拱手，谦虚地说道："愚兄弟二人自败在你剑下，早已心服口服，哪里还用得着再比试？"

"无量子"并不领情，翻着一对怪眼，嘴里一阵"啧啧"之声，不怀好意地说道："洁尘诉说你兄弟二人，仗恃着功夫了得，委实羞辱了她！我这个当师傅的不为她撑腰，今后怎么在江湖上混呢？"

胡说八道！

蔡二顿时火起，手里的枪却被蔡大死死按住。

唉，上次比武一招落败，害得兄弟俩隐姓埋名，躲到黄中玉府上当护院，忍气吞声两三年。

现在已不比当初了，又何必再与杂毛老道计较？

"无量子"见蔡二动了怒，却被蔡大阻止，便似笑非笑地挑衅道："哟哟哟，我说蔡老二，看你娃儿一副叫鸡公模样，莫不成想吃了贫道？"

杂毛老道一边说，一边向蔡二招手。

"不服气吗？来来来，不砍杀一番不算好汉！"

蔡二从小性烈如火，不像蔡大那般稳重。

见"无量子"如此纠缠不休，不由得满肚子鬼火直冒！

当下冲到"无量子"面前，大声吼道："牛鼻子杂毛老道，你有什么不得了的？我兄弟两个，难道真的就怕了你不成！"

"无量子"向前跨一步，嘴里"嘿嘿"地怪笑道："很好，很好！"

故意将手中拂尘高高扬起，差一点戳上蔡二的脸。

装模作样地原地转一圈，掸了掸道袍上的灰土，"呸"地啐了一泡口水。

满脸全是蔑视之色，继续用目光挑衅着蔡二。

蔡二的鼻子都气歪了。

右手里的镔铁大枪，"唰"的一声竖了起来。

二

正在三人准备动手之际，七曲山大庙的庙门，吱呀一声打开了。

白衣少年神清气爽，脚步轻快地从庙里走出来。

他远远看见广场东北角，"无量子"正鬼迷日眼地装怪，东一下西一下胡乱甩着拂尘，始终拦着蔡氏兄弟不放。

当下朗声笑曰："道长怎如此鲁莽？蔡氏二位贤昆仲，乃是在下邀请来的客人。"

"无量子"闻言，连忙收了拂尘，躬身稽首道："贫道实不知晓，二位大侠是少东家请来的佳宾，多有得罪，多有得罪！还望蔡大侠海涵。"

蔡氏兄弟满脸诧色。

想不到眼高于顶的"无量子"，竟然对白衣少年如此毕恭毕敬。

心中疑团顿生。

二人既没有回应"无量子"的道歉，也没有对白衣少年的到来表示出任何的反应。

只是呆呆地站在原地，一动不动。

白衣少年见状，忙快步上前。左手拉着蔡大，右手拉着蔡二,十分亲热地邀请二人进入庙内。

身后,"无量子"尖起喉咙,"嘎嘎"大笑数声,向山下掠空飞奔而去。

蔡氏兄弟满腹心事,在白衣少年引导下,默默进到庙门内。

门内是一方天井。

天井的广场上,十几位身着僧袍的老者,正盘腿坐在蒲团上,弄琴抚箫。

众僧神情专注,演奏着唐时宫廷大乐《圣陶沙》。

一时间内,天井里琴音袅袅,箫声悠悠。

好一派佛国天界。

白衣少年挥挥手,示意支客僧安排蔡氏兄弟俩,到正北殿前台阶上落座。

支客僧即躬身前导,引二人曲折绕行,至一对绘有精美图案的大鼓凳前。

甫一坐定。

一神情乖巧的小沙弥,手里托着黑漆茶盘,脚步轻快地来到面前。

稽首施礼毕。

恭敬地双手奉上茶盏,分置蔡氏身旁木几上。

盏内盛满旋煮的蒙山茶,茶汤色如琥珀。

白衣少年独自去后堂,换了一身洁白的斜衽绸衫。左右手各执一柄长剑,飘然来到天井广场中央,随着音乐缓缓起舞。

初时,白衣少年动作舒缓而优雅,似弱风扶细柳。

继而剑光闪耀,如仙鹤般肆意飞翔。

舞到最后,则剑声啸啸,犹如漫天雪花狂舞。

渐渐只剩一团白光,在广场中央旋转翻滚了。

蔡氏兄弟忘了品茗,双眼定定地看得真切。

白衣少年衣袂飘飘,剑光如练。

虽然轻灵如风,然剑气四溢,所及之处,草木尽折。

二人暗自心惊。

只道白衣少年雅洁,不过一介柔弱书生,却哪里知道,他在剑道上的造诣,竟如此高绝!

音乐声中,兄弟俩望之若仙,心里越发敬佩不已。

一曲终了,白衣少年收剑入鞘,笑吟吟地踱步阶前,目光澄澈地望着蔡氏兄弟。

拱手说道:"二位仁兄所赠南丝,实乃国中极品。小弟无以为报,今愿与君共舞,不知意下如何?"

蔡氏兄弟闻言,相顾不语。

二人委实想不到,白衣少年何以有此一说。

心里暗自寻思,此人邀我共舞,莫不是试探我等虚实?

白衣少年见两人迟疑不决,知哥俩心里所思。

为打消他的疑虑,少年郎十分诚恳地说道:"君赠我与情,我还君与谊。小弟别无他意,只想与二位兄长共同切磋技艺而已。"

蔡氏兄弟见少年一脸诚恳,话也说得坦诚,丝毫没有矫揉造作之态,心里顿觉羞愧,也更加钦佩他。

适才见白衣少年剑出如风,武功远在自己之上,兄弟俩实在不知道此人为何要与自己过招。

莫不是……

想到此处,蔡氏二人大喜过望。

遂双双取兵器在手,尽展生平之能,来与他周旋。

一众老僧，肃穆端坐。

手中诸般乐器，合音齐奏。

一曲《十面埋伏》，隐然有千军万马，远远杀伐而来。

广场中央，三人团团酣斗。

但见刀枪环进，剑走龙蛇。

一时间内，天井里风声大作。刀剑相击之声，百丈之外可闻。

一曲奏毕，三人倏地停了争斗。

白衣少年依旧玉树临风，满脸盈盈的笑容。

蔡氏兄弟脸上却有了些许微汗，气息喘得也不均匀了，双双坐鼓凳上，端茶盏啜一口茶汤。

白衣少年将手中之剑，递与身旁的小沙弥，右手从绸衫的衣袋里，掏出一方洁白的手巾，优雅地拭了拭手。

脸上的笑意愈浓，轻声对蔡氏兄弟说道："多谢二位仁兄，与小弟共舞。"

蔡氏兄弟忙起身，抱拳还礼。

白衣少年一双大眼，越发澄澈纯净，二目专注于蔡氏，十分诚恳地续曰："然小可观二位兄台长技，此去京师保命不难，但所护之物，定然不保。唉，也许天意也许有缘，小弟不揣冒昧，就护送两位兄长一程好了。"

蔡氏兄弟闻听此言，一时间内，竟不知该如何作答才好。

适才与白衣少年共舞，一招一式间，多得人家点拨。二人从中获益匪浅，心中已是感激不尽。

此时又听白衣少年说，要亲自护送前往京师。

似这等自告奋勇帮忙的话题，要是换了他人，必定忸忸怩怩，难以启齿。

白衣少年呢，却十分自然地说了出来，丝毫不显得生分。

如何拒绝他？

蔡氏兄弟脑子里，飞快地旋转着。

设若白衣少年为寿礼而来，以自己二人之力，远非他的敌手。人家何苦要如此这般，转弯抹角讨咱俩的信任和喜欢？

依常理判断，显然不是这么一回事。

但如果他不是为寿礼而来，兄弟俩又确实想不出理由，这个少年为何要帮自己。

同意不是，拒绝也不是，还不如依了他。

也许人家是真心相助哩。

拒绝反倒显得夹手夹脚，像条没见过世面的"土狗"。

兄弟俩心有灵犀。

相互交流了一下眼神，便大声叫起好来。

"承蒙君之相助，我们兄弟万分感激！"

白衣少年亦大喜，过来与二人热情相拥。

三人击掌相庆。

似乎办成了一件伟大的事情，脸上都挂满了真诚的笑容。

临近午时，白衣少年设素席，留蔡氏兄弟大庙里用斋。

蔡氏兄弟点头称善。

三人说说笑笑，齐步来到上斋房。

斋房内，早置一桌素食。

或"粉蒸肉"，或"红烧鱼"，或"甜烧白"，或"回锅肉"。

无不惟妙惟肖，精美绝伦。

白衣少年以茶代酒，敬了两位哥哥。

席间，三人觥筹交错，热络得像孪生兄弟。

第十三章

一

暮春时节，百花已老。

山湾河谷间，阳雀欢快的叫声，也由"早点包谷"的四声鹃啼，变成懒洋洋的二声"包谷"了。

镇江寺依旧热闹。

每日里，贪食凉粉的遂州人，仍络绎不绝地来到镇江寺。"打涌堂"一般，往卢二凉粉店里跑。

食客们入得店来，偶尔还会提及杨三姐，白白胖胖像嫩闪闪的豌豆凉粉那么讨人们喜欢。

语气里多少有些惋惜。

"第一店"的御赐匾额，在镇江寺越发地金光闪闪，炫人眼目。

自从蔡氏兄弟押镖北上后，莫仁品没有再来过"第一店"，让卢二的心情轻松了许多。

莫大管家煞费苦心,好不容易拴住了卢二,难道放任自流了？

当然不是。

卢二会避开所有的人，每日里主动找到莫仁品，有事无事地闲聊一会。

具体聊了些啥，依然没人知道。

管家婆杏儿很会享受，时常来到"第一店"里，吃一碗豌豆凉粉解馋。

她妖艳得很，每次都要卢二亲手拌佐料，特别强调不要蒜，多放些葱花。

解完馋，咂吧着一张乖巧小嘴，顺便和卢二娘子拉拉家常。

不外乎张家长李家短，当然少不了男人的腿女人的嘴。

曾文正也死了，北街上的左邻右舍都很诧异。

那么豁达一个人，说死就死了，实在让人想不到。

清明节已过去了十三天，天气依旧阴冷。

"凌"雨一直不停地下着，天空中灰蒙蒙一片。

州城西郊卧龙山上，一个叫兔儿坪的地方，垒起一座新坟。

迷茫的蒙蒙细雨，淅淅沥沥。

四周林木间，阴森森地冷。

杏儿独自一人，双膝跪在新坟前，哭得很伤心。

捕头陈豫川很奇怪。

站在不远处一棵大柏树下，偷偷地看。

黄府上的一个丫鬟，跑到曾文正坟前哭啥呢？

陈豫川想不明白，眉头皱成了八脚蜘蛛。

近一段时间里，为了神秘的"库银失盗案"，陈捕头终日绞尽脑汁，也没有找到匿于何处的线索。

夜里，时常睡不踏实。

昨晚上迷迷糊糊一整夜，像被"无二爷"摸了脚，硬是没睡着一刻的时间。

今晨，鸡叫头遍时，起床小解一次，又躺回床上胡思乱想。

陈豫川一直躺在床上，直到辰时三刻才起床。洗漱完毕后，太阳已升起三根竹竿高了。

在二声鹃慵懒的"包谷"声中，陈捕头趿拉着一双木履，懒洋洋地出了家门。

依例来到镇江寺，到卢二凉粉店吃凉粉。

刚进"第一店"的大门，陈豫川眼贼尖，一眼瞥见卢二娘子白白胖胖的手里，拿着一锭崭新的银子。

眼睛便绿了，死死地盯着看。

那眼神邪呢。

陈捕头怪模怪样的举动，惹得卢二醋意大发。

当着一店食客，卢二很不舒气，恶暴暴地吼他："喂喂喂，银子都没见过？看你口水滴答的样子！"

"哪里哩！"

陈豫川有些尴尬。

讪笑着说道："这么大锭的银子，少见哈！"

卢二窃笑。

在自己的印象里，陈豫川从未这么脸红筋胀过。心中有一丝快意，继续调侃他。

"莫大管家婆娘存放在这里的银子，当然大啰。"

卢二胖乎乎的脸上，泛满红亮的油光，冲陈豫川甩了一个响指，瘪瘪嘴续曰："她说今后随吃随走，难得找零，用完了再存一大锭。咋啦，难道黄府一个大管家的堂客，没得这么大锭的银子吗？"

听说是杏儿存的银子，陈豫川一双大眼睛越发地明亮起来。

忙埋下头去,几口扒完碗里的凉粉渣渣。

说声衙里有事,起身离店而去。

卢二正在兴头上,待再调侃几句,见陈豫川匆匆离去的背影,以为他遭自己洗涮"惨"了,不好意思在店里久待,便很得意地向婆娘眨眨眼,呵呵地笑出声来。

婆娘白他一眼,嘴里嘟哝一声"瓜宝"。两只胖嘟嘟的手,不停地"刀"着乌钵里的凉粉。

却说陈捕头离开镇江寺,一口气寻到了卧龙山兔儿坪。

时,雨越下越大,淅沥有声。

天空昏暗如暮。

一向喜着嫩黄色衣裤的杏儿,全身穿着白衣白裤,正跪在坟前的泥水里,"嘤嘤"地哭泣。

陈豫川撑开油纸伞,走过去为她遮雨。

杏儿吃了一惊,停止了哭泣。

抬起头来,一双美丽的大眼睛,直愣愣地望着陈捕头。

陈豫川一脸凝重,面无表情地站着不动。他有许多话要问她,一时又不知从何处问起。

"昨日上午,你在卢二凉粉店里,存了一锭银子?"

陈豫川问。

"嗯。"

杏儿小声回答。

"知道不知道,那是从未启封用过的库银?"

杏儿摇摇头。

两只美丽的蝴蝶眼,眨巴个不停。直挺挺地跪在地上,很奇怪地看着陈捕头。

"啊……"

陈豫川意味深长地点了点头。

又轻声问道:"为什么哭坟里的人,知道他是谁吗?"

"知道,他是我父亲。"

杏儿抽泣起来。

"你父亲?"

陈豫川惊诧不已。

他曾多次猜想,杏儿与曾文正必有某种关联。

居然没有想到,他们竟然是父女关系!

"怎么可能呢?遂州城又不大,街坊邻居该知道啊?"

陈豫川蹲下身子,欲将她扶起来。

杏儿甩开陈捕头的手,依然固执地跪在泥水里。

"他当然是我父亲!"

杏儿说完,反扑在坟头上,越发伤心地哭起来。

冰冷的"凌"雨,淅淅沥沥地下着。

寒风冷雨中,陈捕头索性也坐在泥地里,陪着她。

杏儿不哭了。

低下头去,轻言细语地讲述着一桩往事。

雨水无声无息,冷冷地流进陈豫川的颈项。

他打了一个寒噤,左手抹了一把脸上的雨水,右手却始终为杏儿撑着伞。

黄亮的油纸伞下,杏儿泪流满面。

说她五岁那年春节,母亲知道了父亲害死外公的事,吓得连夜带着自己,逃往他乡避难。

没过多久,身上带的盘川用完了。母女俩无依无靠,只得讨口要饭度日。

又过了两年时光，母亲因心力交瘁，病死在破庙里。

自己八岁那年，被一位朱姓秀才收为养女。

三年前，养父欲进京赶考，便将她送进黄府当了丫鬟。

杏儿至今还记得养父的好，说朱秀才一直好吃好穿地供着她。

"其实养父年纪并不大，顶多二十五六岁，喜欢穿一身漂亮的白衣服。"

杏儿嘤嘤地哭诉着。

还说她的身世，都是养父告诉她的。

"可怜杏儿命苦，三年没见着他的面了。"

看得出来，杏儿很想念那位朱姓秀才。

不知爱穿白衣服的朱秀才，现居何处？

如果有一天遇到了，陈豫川一定会代她问一声好。

想到这里，陈豫川鼻子酸酸地难受。

沉默了许久，他才轻声说道："那你为啥还要认坟里这个恶魔呢？"

刚说完这句话，陈捕头马上后悔了。

连他自己都很奇怪，怎么会问这么愚蠢的问题！

杏儿忍了忍，没忍住。

终于号啕大哭起来。

"他是我的父亲呀！这个世上，我没有其他亲人啊！"

陈豫川的眼角潮湿起来。

他没有再说话，坐在泥水里，默默地陪着她。

杏儿哭够了，起身要走。

见陈捕头坐在地上没动，也站着不动。

良久，陈豫川才从地上站起来。

他挥挥手，示意杏儿先行。

山道崎岖，泥泞不易行。

陈豫川忙上前，搀扶着她。

搭手之下，立即吃了一惊。

杏儿的手臂柔软不着力，却又分明有一种"实在"感。

而这种"实在"感，竟然让人心生怯意。

这不是"锦缎柔骨功"吗？师傅阳明生经常唠叨，视其为内家功法第一哩！

陈捕头不敢相信，黄府里一个小丫鬟，怎么会有这种高深莫测的武功？！

他仔细观察杏儿，丝毫觉察不到她有何异样。

满脸戚容的杏儿，哪像一个身怀绝技之人？

陈豫川摇摇头。

再次问道："知道曾师爷这个人吗？"

"知道，他是父亲潼川老家的堂弟，经常到遂州来。"

陈捕头搀扶她的手，特别有力。

杏儿有一种幸福感，话也多了起来。

"他最初来遂州城时，大多住在天虎武馆。现在到遂州城，有时住客栈，有时住铁匠铺。"

说到铁匠铺，陈豫川来了兴趣。

随口又问道："杜亮呢？"

杏儿一下哑巴了，脸红红地不说话。

陈捕头瞧在眼里，没有追问。

他的心里，自始至终闷着一个疑团，没有吐出来。

陈豫川知道,杏儿说的话一半真一半假。

这个杏儿不简单呢。

黄中玉不敢要她,莫仁品不敢碰她!

她嘴里的曾师爷,更加不简单。

触角已爬满了偌大的遂州城,要干啥呢?

听卢二嚼舌头,说莫仁品不碰杏儿,因为她是黄中玉心爱的丫鬟。

至于黄中玉为什么不要她,卢二也没有说清楚。

卢二还告诉他,说杏儿不仅经常去铁匠铺,也经常去铁匠铺隔壁杜亮的临时住处。

她喜欢那个小伙子。

陈豫川望了望天,长长地吐了一口气。

他已经知道失盗库银藏在什么地方了。

二

夜里戌时。

雨声已停,夜空微有亮光。

陈豫川身着玄色夜行服,悄悄潜往北街。

曾记铁匠铺,大门紧闭。

门楣两侧,悬一对箩大的红灯笼,放出明亮的光。

陈豫川蹑手蹑脚,掩至大门处。

侧耳聆听良久,铺内悄无声息。

时北门谯楼上,"嗵嗵嗵嗵"地四更鼓响。

"天干物燥,小心火烛。关好门窗,提防盗贼。平安无事啰！"

巡夜更夫只顾说得口顺，"哪哪哪哪"地敲着更筒，长声幺幺地报更而来。

陈捕头听了想笑，明明是阴冷潮湿的天气，偏要说"天干物燥"。他知道更夫常年都念这几句，一时嘴滑难免口误。

当下紧了紧腰带，右足尖在地上轻轻一点，人已如大鸟般冲天掠过屋顶，无声无息地落入铁匠铺内。

甫一着地，又如一件黑色布褂，轻飘飘地铺在地上。

铁匠铺的后面，一院甚阔。

天井约有一亩许。

庭院四围，计有房屋十二间，东西两厢各四间。

正北一大厅，气势宏阔。

大厅两侧，耳房各一。左大右小，显得极不对称。

陈豫川当然知道，国人崇尚以左为尊。

故而据此判断，厅左一室，当为曾文正身前寝室。

陈捕头心中了然，伏地凝神静听。

唯东西两厢房内，有七人沉睡息声，隐约可闻。

从鼻息声轻重判定，应为四男二女一幼婴。

正北大厅及两侧耳房则寂静无息。

陈豫川屏声静气，潜至大厅左侧木窗下，用"大力金刚指法"，轻启窗户内的插销。

片刻即开。

陈捕头鳅鱼一般，钻窗而入，借着院墙外不甚明了的街灯，迅速扫了一眼室内。

寝室十分宽大，依北朝南放着一张大花床。

花床长宽各六尺余，床花架高七尺有奇，皆镂空雕刻。

花架横楣及正面左右两枋上，各饰以麒麟朱雀浮雕。

鎏金黑漆，金碧辉煌。

陈豫川暗叹。

若非自己亲眼所见，谁能想得到，曾文正一个铁匠铺掌柜，生活竟如此豪侈？

花床右侧，矗一朱漆立柜。

柜高丈余，腰阔十围。

柜门上，加有两把粗大铜锁，锁练粗若食指。

陈捕头移步至柜前，将右手紧贴柜上。

暗催丹田之气至右手掌心，欲探柜中虚实。

然着力之处，"空"而没有丝毫沉重感。

陈豫川眉头一皱。

立柜里面，没有他想要找的东西。

怎么会没有呢？

但凡人都有个通病，往往认为最安全的地方，一定是自己的卧榻之地。

曾文正也是人，他不可能将东西藏在别处，而不匿于寝室里。

莫非自己判断有误？

陈豫川摇摇头，在寝室内转起圈来。

他几乎把能放下脚的地方都仔细地踩踏了一遍，以测试地下有没有地窖。

然而让他很失望，每一步他都踏得很"实"。

陈豫川走得累了，一脚踏上花床前的横踏板，欲到床沿上坐坐，小憩一会儿。

就是这不经意的一脚，让陈豫川脸上有了喜色。

六尺长两尺宽一尺高的脚踏板，人踏上去本该"空"响才对。

他却如触铜铁，感到了磐石一般沉稳。

脚踏板里必装满了"实"物。

陈捕头笑了。

从窗户处纵身跃出，不着痕迹地轻轻关好花木窗，让其恢复如初。

复听东西两厢房内，鼾声依旧。

陈豫川大喜，越院墙而出。连夜赶到黄府，兴冲冲地告诉了黄中玉。

二人书房相谈，气氛甚洽。

黄中玉很高兴，吩咐吴妈速办几个菜来。

州牧大人难得请属下饮酒，尤其在自己书房里。

两个人主次坐定，一边吃着精致的小炒，一边对饮着"涪江春"。

莫仁品夜起小解，见陈捕头深夜造访，心中莫名地忐忑不安。

匆匆尿毕，阴至书房窗下，仔细地聆听。

西北角的芭蕉丛中，杏儿睁一双美丽的大眼睛，也一直盯着书房。

书房里，始终笑声不绝。

直到倾壶方止。

翌日天明。

陈豫川遵黄中玉所嘱，以调查曾文正死因为由，将"曾记"

铁匠铺所有的人一一传到巡捕房,依次候询。

卯时。

巡捕房捕快鸣锣告示,北街封街半日。

告示曰:住在北街上的居民,辰时至午时,任何人不得擅自走出家门半步,否则以扰乱公务论处。城里各色人等,一概不得进入北街,凡踏过巡捕房所设警界线者,即以谋杀曾文正之嫌疑扣押。

辰时。

黄中玉亲率心腹十余人,大摇大摆地来到铁匠铺。

按照陈豫川昨夜指点,分别从曾文正寝室花床踏板、承尘和床屉等十余处,起出失盗库银数百万计。

巳时三刻。

众心腹齐心协力,将失盗库银装在四辆马车上,用黑布覆盖后,神不知鬼不觉地运回圣莲岛上。

再一一包装入箱内,重新打上火漆封泥,加盖州府大印,依例入库存封。

黄中玉唯恐有失,亲自监理至未时,方做完此事。

未时三刻。

州牧大人满心欢喜,神色轻松地回到府上。

独自钻进书房里,子曰诗云地朗颂起来。

老爷很久没这么高兴了。

吴妈杀了一只老母鸡,准备给他煲鸡汤。

杏儿左手里攥一条府绸手绢,一颦一笑地走过来。

嘴里叫一声吴妈,伸手欲帮忙褪鸡毛。

吴妈不允。

笑着说:"管家娘子哪能干这个?"

杏儿嘟起一张嘴,嗔道:"吴妈,几时也会作践人了?"

踮起一双脚,原地一转。

两眼极快地扫了一眼书房。

远处,莫仁品一只一只放着信鸽。

悦耳的鸽哨,嘹亮清越。

比天上宫王瞎子说书时弹拨的三弦琴声,还要动听几分。

第十四章

一

梓州通往利州的官道，曲折蜿蜒于崇山峻岭中。

蔡氏兄弟押送的寿礼车，正咕噜咕噜艰难行其间。

白衣少年神采奕奕。

头上的葛巾簇新，身上月白色的长衫也是新做的。胯下骑一匹高头大马，意气风发地走在队伍前面。

蔡氏兄弟俩，自觉不自觉地走在了他的两旁，像护主的卫兵。

这就是领袖气质。

连驾车的护院们，都感觉到了这一点。

蔡氏兄弟心情起了变化，表现得落落寡合。

这种落落寡合的心情，不全是沉重。

也有一份说不清道不明的轻松。

一方面，兄弟二人认为，有了白衣少年加盟，便再也不用担心途中遇上匪盗了。

心情明显轻松了许多。

另一方面呢，哥俩又确实犯疑，吃不透白衣少年的真正意图。

心情偶尔也会起变化，甚至沉甸甸地难受。

白衣少年依旧优雅，一双葱指保养得白嫩如玉。

他似乎一点也没感觉到，蔡氏兄弟心情上起了变化。

四个护院也没感觉到。

少年郎一路上谈笑风生，三教九流的趣闻逸事，无所不知。

尤其对沿途景况十分熟悉，娓娓道来如数家珍。

别看他文文静静的样子，说话时的声音却极富磁性，谈吐文雅而又十分风趣。

不仅驾车的护院们爱听，就连蔡氏兄弟也常常听得入迷。

昭化，乃少年多次提及的地名。

驾车的护院们权当龙门阵听。

只要故事精彩，哪管"昭化"还是"化昭"？

蔡氏兄弟则不同。

他们当然害怕，"昭化"变成了"花招"！

蔡大望了蔡二一眼。

从兄长的目光里，蔡二读懂了其中的含意。

这个昭化古镇，已引起了蔡大的注意。

哥俩虽然没去过昭化，但他们知道这个古镇。

就坐落在剑阁的大山里。

以前在镖局押镖时，饭后茶余听江湖朋友摆龙门阵，时常谈起这个地方。

在他们的记忆中，这个地方很特别。

但究竟有什么特别之处，哥俩谁也说不清楚。

利州昭化，历来风物甚佳。

千百年来，蜀人口里一直流传着一句话："到了昭化，不想爹妈。"

外地人不知个中缘由，闻言窃笑。

心想这昭化既非重镇，又隐藏在川北偏僻的重重大山里，哪会有那么大的诱惑力？

殊不知这昭化古镇，靠了涪江和西汉水（嘉陵江）的千般滋润。

山光水色就格外地鲜活，人情故事就格外地勾人魂魄。

外地人来到这里，往往受其诱惑而迷失自己，甚至连家里的爹娘老子，都会忘记得一干二净。

昭化名头虽不及剑门关，却也历史悠久。

蜀开明王一世，北征苴人。封其胞弟葭萌于此，建立苴侯国，都吐费（昭化）城。

故秦汉时又称葭萌关。

三国蜀汉姜维九伐中原，即屯兵于此。那时的葭萌关，享有"蜀国第二都"之谓。

当地文化人不研读历史，误以为昭化为"秦蜀锁钥"之地，又或曰昭化女儿妖娆多情。

撰联云："日过秦人三千，夜宿楚女八百。"

孟浪无知如斯，则贻笑天下矣。

蜀人北进京师，到了昭化古镇，离剑门关就不远了。

现而今的昭化，早已没有了昔时的建制。

自然也没了先前的辉煌。

只有那些风流遗韵，还时常让人们津津乐道地回味。

眼下的昭化古镇上，住有约四百户人家。

平时寒场天，冷清得几无一个外地人，更难得见到大队商旅人在此打尖住店了。

偶尔有巴客楚商歇脚，整个镇子就会热闹起来。

傍晚时分，昭化古镇就突然热闹了起来。

当一辆车马沉重地驶进镇中时，镇上至少有一半人知道了这件事。

白衣少年对昭化古镇十分熟悉。

他对蔡氏兄弟说道："今天晚上，就住宿昭化古镇了。过了此镇，前面就是茫茫大山，再无宿处。"

抵镇口，一碑甚古。阴刻魏碑"昭化"，字大如斗。

白衣少年勒马停碑前，鞭指镇东南方。

顾左右曰："镇子的顺南街上，有一家桃花客栈。你们前去与店家商量，店内不得留宿外人，如店家不肯，可多给他些银两。"

眉目顾盼间，语气甚豪。

四个护院面面相觑。

他们不明白，一个小小的少年郎，何以做得了蔡氏兄弟的主？

自从白衣少年加入队伍后，仿佛一切都是他在发号施令。其实最后下錾子（拿主意），还是蔡大说了算。

蔡大听了白衣少年这番话，没有表示反对，也没有点头同意。

他示意蔡二留下来，陪着白衣少年稍候。

自己先去顺南街联系客房。

蔡二表示不解。

联系客栈这等小事，派个护院去不就行了。

兄长何必亲自走一趟？

白衣少年反而点点头，对蔡大的安排表示赞许。

蔡大这样安排，实在有他的道理。

留下蔡二，主要是保护寿礼。

他对老二的功夫，从来就十分欣赏。但对他毛手毛脚的性格，却又始终不放心。

乘天色尚早，蔡大要亲自去桃花客栈，看一看那里的情形，再决定是否在桃花客栈过夜。

蔡二装一烟锅南丝，敲火镰点燃纸煤，欲递给白衣少年。

白衣少年摆摆手，礼貌地拒绝了。

蔡二只好自己衔在嘴里，一口一口吸起来

蔡大独自一骑，来到镇南。

远远看见大街尽头，果然有一家桃花客栈。

客栈很气派，大门高丈许，阔六尺余。

大门前的桅杆上，挂了一串红纸黑字的灯笼。

灯笼里放出黑黑红红的光，格调怪模怪样，很有些骇人。

店家蔫不唧，是个干瘦的半百老头儿，长着一对黄豆大小的眼睛。站在柜台后面，只露出一个小小的脑袋。

蔡大进店的时候，大堂里没有人。

干巴老头埋着头，正专心致志地清理账目。手里一把木珠算盘，打得噼里啪啦直响。

他无意间抬起头来，一眼瞧见蔡大伟岸的身躯，着实骇了一大跳。

蔡大标杆一般挺立在柜台前，三言两语间简要说明了来意。

干巴老头听罢，把个碗大的小脑袋，摇得跟拨浪鼓似的乱晃。

嘴里连连说道:"不行,不行!"

蔡大见了店家的表演,觉得有些可笑。

心里同时多了一个问号,白衣少年怎么知道店家会拒绝哩?

干巴老头很奇怪,客人咋不说话了,住还是不住嘛。

蔡大不说话,是因为他已经决定,今夜就留宿这里了。

刚才进店的时候,他已经四下打望了一番。桃花客栈的布局,正是自己理想中的过夜之地。

偌大一座客栈,被一道高高的院墙围住,前后只有两道大门进去,易于守护。

蔡大很满意。

掏出旱烟袋衔在嘴里,敲火石点燃纸煤,咂吧咂吧地抽着。

依白衣少年的吩咐,右手从贴身的内衣衣袋里,摸出两锭各十两的翘宝银子,轻轻放在柜台上。

左手捏了捏烟锅里的烟卷,对干巴老头儿说道:"店资够了吧?"

店家是土生土长的本地人,又从未出过远门,自然少见寡视。

哪里见过如此阔绰的客人?

瞧着柜台上一对银元宝,干巴老头直喜得手舞足蹈。

两只黄豆虾米小眼,笑眯眯地眨个不停。

他连忙点头哈腰,嘴里语无伦次地唠叨道:"大……大爷,够……够了!"

蔡大是个豪爽惯了的汉子,见不得这种眼浅皮薄的人。

但他从来不会与这种人计较,只催促店家抓紧办理住宿手续。

干巴老头来了精神,扭头冲里屋吼道:"人都死绝了吗?

还不赶快来侍候这位爷!"

里屋很快跑出几个伙计,又是安座又是献茶,吆五喝六地忙个不停。

蔡大按照白衣少年的吩咐一一办理妥当,正准备移步到客房部,逐一检查房间时,一眼看见白衣少年风度翩翩地进了客栈大门。

蔡二手提镔铁大枪,一步不落地跟在后面。

蔡大看了蔡二一眼,没有说话。

其实只瞄一眼,就足够了。

他在埋怨老二,没有留给他查房的时间。

现在白衣少年来了,怎么好当着他的面去逐一检查房间呢?

蔡大终归老于江湖,当下装得很高兴的样子。故意大声吩咐店家,快快准备饭菜肉食,做好后送到住房里来。

白衣少年微微一笑,径直上了二楼,进入到自己的房间里。

蔡二知道兄长不高兴,便留下陪着他,少不得低声解释几句。

蔡大并不责怪蔡二。

他心里明白,任何人在白衣少年面前,都难免这般无可奈何。

兄弟俩一边抽着旱烟,一边在客栈内四处溜达,用目光测量着围墙的高度。

当二人重新回到客栈前厅时,白衣少年已洗漱完毕,神清气爽地倚在二楼廊柱上。

白玉般洁净的左手里,惬意地把玩着一只粉彩掐丝的鼻烟壶。

二

酉时三刻。

蔡大的房间内点了一支大红烛，明晃晃地照得通明。

店小二送来一盆红烧猪肉，一盆黄焖鸡，一钵素菜汤。

顺便叫来六位女子，献曲助兴。

蔡大特意吩咐驾车护院拿来三壶自带的遂州老酒，亲自为每个人筛上一碗，笑着等白衣少年发话。

白衣少年见有酒有肉，还有姑娘献曲，顿时来了兴致。

他把六个唱曲姑娘全叫到自己身边，团团围坐一圈。

又一个个心肝宝贝地亲热一番，全然不顾蔡氏兄弟的感受，只顾自己疯去，一点也没了先前的严谨。

蔡氏兄弟知道，像白衣少年这等人物，天生放荡不羁，洒脱无比。

也就不再管他，只顾叫大伙儿喝酒吃肉。

四个护院劳累了一天，好不容易清闲下来了。

见了姑娘们，心里也骚痒起来。

他们一边喝酒，一边吃肉，还一边偷偷斜着眼，窥视自己心仪的某个姑娘。

偶尔见人家卖俏，或倒在白衣少年怀里撒娇，便跟着起哄。

说些骚话，嘴巴上过过干瘾。

白衣少年愈加癫狂，一边与姑娘们打情骂俏，一边大块地吃着肉，却始终未见他沾一滴酒。

蔡氏兄弟看在眼里，赞在心头。

暗自点点头，好一个了不得的少年英雄！

如此小小年纪，竟这般老于江湖。

白衣少年嘴里嚼着肉食，含含糊糊地说了许多风趣的话。

天上地下，帐内帐外，乱七糟八的什么都有。

惹得众人一阵又一阵大笑。

蔡二没有笑，只顾低头喝酒。

蔡大也没有笑，拈了一块鸡腿肉，放在白衣少年碗里。

白衣少年满面红光，冲蔡大笑了笑，点头表示谢过。

自顾自地癫狂不止。

还时不时地抽空在这个姑娘脸上扭一下，又在那个妮子腚上摸一把。

好不逍遥快活。

六位姑娘，个个燕瘦环肥。

虽不敢说沉鱼落雁，闭月羞花，但也足可以说风情万种了。

姑娘们吹拉弹唱，诸般技艺无不精湛绝伦。

内有一妓，黑衣玄裤。

年约二十许，神情与他妓不同。

黑衣妓脸上没有涂脂抹粉，手里也没有携带乐器，更没有像其他姑娘一样，同白衣少年打情骂俏。

两只美丽的大眼，一直冷冷地令人生畏。

蔡大是个细心的人，他发现黑衣妓的目光，有意无意都在注视白衣少年，却从未看过他人一眼。

白衣少年更是个精细的人。

他不仅注意到了黑衣妓的眼神，更注意到了一个不同寻常的细节。

姑娘们个个妖娆万端，然众妓或起或坐，或歌或舞，皆目示黑衣妓而行。

白衣少年已明白了几分。

这个黑衣女子，必诸妓领袖也。

然任由白衣少年百般审视，黑衣妓的神采举止，都不带一丝一毫的粉脂气。更没有一般妓女，让人恶心的"嗲"气。

白衣少年心中一惊。

这哪里是勾栏里卖艺之人？

盗扮妓乎？

蔡氏兄弟不谙此道，对风月之事更是没有丁点兴趣。

只顾低头饮酒吃肉，默默地不发一言。

倒是四位驾车的护院，吆五喝六地大声猜拳行令，直吃喝得满面油光水滑。

白衣少年突来兴致，欲与诸妓猜拳吃酒。

他妓皆嬉笑依从。

黑衣妓则不饮，始终端坐如故。

见白衣少年专注于己，便对其浅浅一笑。

白衣少年心跳突然加快。

他已从妓这一眉目顾盼间，感到了黑衣女子非常人的从容和镇定。

心中立即有了十二分的警觉，此妓果非寻常之辈！

当下暗自思忖道，黑衣妓如此英气逼人，又不苟言笑，想必功夫甚是了得。

看来只可智取，不可用强，免得把事情闹大了，没法子收拾。

白衣少年脑子里飞快地旋转着，最后决定把黑衣妓留下来，单独陪陪自己。

他要用情义来感动她。

当下打定了主意,便朗声说出来,而且一点也不忸怩。

黑衣妓略有一丝诧异,没有料到白衣少年会将她留下,而且还当着众人的面,毫无顾忌地大声说出来,但很快就释然了。

她的脸上,依旧带着迷人的浅笑。

离座欠身道个万福,委婉地加以拒绝。

见黑衣妓婉拒于己,白衣少年轻颔下颚,越发坚定了自己的想法。

心里再一次思忖道:

你不是声色艺妓吗?

我就出金一锭,留你下来,看你找什么借口推托!

你若是妓,便会依了我。

你若不是妓是盗,必定当场翻脸。

白衣少年想到此处,心里便笑了。

起身离席,笑吟吟地来到黑衣妓面前,从怀中掏出一只金元宝,优雅地放在桌上。

两眼含情脉脉,一动不动地看着她。

黑衣妓没有丝毫的诧异,依旧一脸灿烂的笑。她一直都在揣摩,白衣少年为何留她?

蔡氏兄弟互望一眼,不知白衣少年意欲何为。

四个护院更是张开嘴巴,呆呆地想:

出金一锭嫖宿?

我的乖乖,真是少见的阔大爷!

黑衣妓见白衣少年来到身旁,将一锭金元宝放在桌上,立即欢快地尖叫起来，一副十分喜爱的模样。

那眼神，与其他女人见到钱财时的神色毫无二样。

嘴里轻言细语地说道："蒙君抬爱，妾身依了您便是。"

白衣少年见黑衣妓满脸喜色，十分自然地答应了他，一点表演痕迹也没有。

心中大为赞叹。

脸上却伪装得十分欢喜。

急匆匆地催促众人，各自回房休息。

上前牵了黑衣妓的手，十分亲热地相拥在一起。二人卿卿我我，簇拥着来到了少年居住的雅室。

这是一间十分宽敞的房间，布局也十分雅致。

进房间的右侧，一个高大精美的木制屏风，隔出一个二十平米见方的茶室。

白衣少年敲火镰引燃纸煤，点亮茶几上的油灯。

亮堂堂的灯光中，白衣少年一改嬉笑之态，与黑衣妓隔几相向，正襟危坐于木凳上。

初时，二人皆拘谨，不知该说些什么话语。

渐渐地，白衣少年打开了话匣子。红着一张俏脸，大胆地表达了对黑衣妓的欣赏。

黑衣妓见白衣少年一脸诚恳，丝毫没有了席间的纨绔之气。

急促的心情也渐渐放松下来。

她轻声告诉白衣少年，自己从小家境贫寒，迫不得已才入了勾栏，忍辱苟且偷生。

黑衣妓的话，说得极轻极缓。娓娓道来，一点也不忸怩作态，仿佛在给自己的兄长叙说一般。

白衣少年做凝神状，心里却是万分佩服。黑衣妓的表演才能，实在高超。他明知黑衣妓在说谎，偏偏就听得十分舒服。

灯光摇曳中，黑衣妓低着头，说得越发声情并茂。

白衣少年默默听着。

未待黑衣妓说完，他的眼里已噙满了泪水。

黑衣妓见了，心有所动，眼里有了一丝柔情。

白衣少年唏嘘不已，乘机借题发挥。

他大发感慨，并引经论典，历述前朝各代的名妓故事，以此来安慰黑衣妓。

说到动情处，白衣少年更是泪流满面，借以推波助澜，以唤起黑衣妓的满腔柔情。

黑衣妓听了白衣少年一番诉说，果然悲歌慷慨，泣而泪下。

白衣少年窃喜，他要的就是这种效果。忙从怀中掏出一方丝巾，温情脉脉地递给黑衣妓。

乘着这种氛围，白衣少年便将自己的生平遭遇，竹筒倒豆子一般讲了出来。

虽多伪语，但其中的艰难险阻，竟然被他说得栩栩如生。

好像这些故事，就发生在眼前一样真实。

黑衣妓闻言，更是为之感动。

她抬起婆娑泪眼，望着白衣少年，几次欲言又止。

终忍不住真情流露，妓十分关切地问道："君之何往？"

白衣少年知道，黑衣妓已被自己彻底征服了，不再有任何担心。

抬起头来，满脸诚恳地据实相告。

他这次说的话，居然没有半点虚言。

黑衣妓默默听罢，脸上露出忧戚之色。

适，茶室窗外，淅淅沥沥下起雨来。

白衣少年听到户外淅淅飒飒，又像风声，又像雨声。

起身揭开纸窗，往外望了望。

外面漆黑一片，什么也看不见，忙关了纸窗。

回头看见黑衣妓，衣着甚是单薄。

当下从箧笥里，捡一件狐皮小袄，关切地为她披上。

附耳柔声说道："蜀中四月，夜雨犹寒，姑娘小心着凉了。"

黑衣妓略一迟疑，脸上红红地带了一丝羞色。

但她并没有推辞，只是轻声地道了一声谢谢。

这个时候，灯盏里的香油，已渐渐燃尽。

木茶几上只剩下如豆的火苗。

白衣少年连忙起身，给灯盏里添上一些香油。

顺手拿起一根铁钎，拨了拨棉条做的灯芯。

屋里的灯光，再次明亮起来。

黑衣妓神情专注，默默地看着这一切。嘴角始终抿着，没有说一句话。

白衣少年做完这一切后，复座如初。

言谈举止，始终如谦谦君子。

时，夜深已三更。

黑衣妓按例将要离去，便脱下狐皮小袄，仔细叠好放几上。

白衣少年似有不舍，但又不知道该怎么办。

风月场上的规矩，他当然懂得。

但凡驻店的姑娘，一般不允许在客人房间留宿。

除非你与老鸨熟稔，又有相好的姑娘愿意过夜。那样的话，才可以由老鸨亲自安排，二人同宿到天明。

眼见黑衣妓将要离去，白衣少年红着一双眼睛，按例赠她二两"酬银"。又将几上狐皮小袄拿来，双手奉上。

嘴里诚恳地说道："此薄物值贱，实为给姑娘御寒，别无他意，万望笑纳。"

黑衣妓望了望白衣少年，十分大方地把银子接在手上。

轻启朱唇，柔声答曰："蒙君怜爱，可惜虚度了良宵。妾身冒昧接受银两，已然有愧，何敢再受他物？"

白衣少年听她如此说法，泪水忍不住溢出眼角。忙正色道："我与姑娘相谈甚欢，唯重尔情谊，岂敢以一小袄，亵渎姑娘之神圣？！"

黑衣妓闻听此言，心里十分感动，遂将一双饱含泪花的眼，久久地望着白衣少年。

突然低下头去，轻声泣曰："实话相告与君，妾本盗也。为父就是江湖传言甚广的剑门神猿，常以妾为诱饵诓骗"肥羊"。然妾虽入道日久，却依然守身如玉，若有意欲乱吾者，妾必即刻手刃之。时至今日，妾仍然是处子之身。蒙君坐怀不乱，特此告君，今夜妾父必来取黄中玉寿礼。"

白衣少年闻言，似乎吓了一大跳。

佯装着胆怯，诺诺后退数步。

突然伸出二指，点了黑衣妓哑穴。

得手之后，白衣少年连忙至隔壁，呼唤蔡氏兄弟，速到自己卧室相商。

见白衣少年神情严肃，蔡氏二人不敢怠慢，起身来到隔壁房间。

陡见黑衣妓被点了哑穴，哥俩满脸茫然。

白衣少年悄声告之曰："黑衣妓乃神猿之女所扮，已被我擒下。其余五妓也必须暂时扣留，严防他人走漏风声，以免打草惊蛇。"

蔡氏兄弟听他说得严重，全身的肌肉立即紧绷起来，仿佛神猿已到了门外一般。

白衣少年见状，抿嘴笑了笑。

"二位不必惊慌，神猿还没到呢。现在只需扣下其余五妓，就可以安心睡觉了。"

蔡氏兄弟听罢，相视一笑。

不是他二人惊慌，实在是事发突然。

兄弟俩遵白衣少年所嘱，悄悄下到客栈一楼。

四顾无人后，潜至后院"春深苑"里，迅速点了五妓哑穴，捆粽子一般用麻绳绑了。

又用布条封了她们的嘴，一一扛回自己房间内，仔细地匿藏起来。

白衣少年站在二楼回廊上，将这一切看在眼里。

他十分满意，蔡氏兄弟干事干净利落。

为了安全起见，白衣少年又与蔡氏兄弟相商，合力将两只大木箱，抬到自己居住的雅室里。

并排置于床前，由白衣少年亲自守护。

三人忙毕。

各取南丝装烟锅中，悠然地吞云吐雾起来。

白衣少年一边吸烟，一边对蔡氏兄弟说："今天晚上，二位仁兄各执兵器，分守大院前后门，楼上寿礼由在下负责守护。

如果有贼人前来，应竭尽全力击杀，不得有丝毫失误。设若听到楼上有声响，不必惊疑，自有小可应付。没有我的呼唤，也不要上来。"

蔡氏兄弟听他这么一表述，哪里放心得下？

表面上没有说啥，心里难免打鼓。

二人心有灵犀，便站在原地不动。

白衣少年见二人如此神色，知道他俩并不完全相信自己。

便十分坦然地笑着说道："呵呵，二位兄长所虑，莫非怕我夜里携带寿礼逃遁？"

蔡氏哥俩被他说破心事，难免尴尬。

脸上挂不住，只好说道："兄台莫怪，我兄弟俩受人之托，自当忠诚行事。既然兄台如此安排了，我们照此办理便是。"

二人碍于面子，说了这番话，一颗心仍悬吊吊地忐忑不安。

脑子里却在想，咱哥俩混迹镖门十几年，从未栽过跟头翻过船。今晚分别把住前后院门，还怕你插翅飞去不成？

蔡大向蔡二点点头，双双下到庭院中。

借着暮色掩护，迅速隐于客栈前后大门处。

三

春雨淅淅沥沥，一直不停地下着。

夜黑如漆，伸手不见五指。

镇南边的顺南街上，桃花客栈一片死寂。

唯客栈二楼转角处，白衣少年的房间里，彻夜透出一豆灯火。

白衣少年正手捧一卷，专注默读于灯下。

神情恬淡，祥和而宁静。

蔡氏兄弟各执兵器，潜伏在黑暗处。两双明亮的大眼，始终不离白衣少年的房间。

三更时分。

客栈外的长街上，更夫有气无力地敲着木梆，嘴里吆喝着"平安无事"的更号，缓缓从门前走过。

倏地，白衣少年手中卷一挥，木案上的油灯一闪而灭。

蔡氏哥俩心咚咚直跳，顿时紧张起来。连忙竖起双耳，凝神静听。

霎时，白衣少年房间里，刀剑呼呼相交，打斗十分激烈。

蔡氏兄弟久闯江湖，听音辨物之能非常人可及。楼上刀剑啸声之厉，实为二人平生闻所未闻！

贼众十余数，个个步履沉稳。

刀风刚猛，无一不是武林中扎手的硬货。

哥俩心中发紧，不免为白衣少年担心起来。几番欲上楼相助，却始终未闻他的呼唤。

只得耐着性子，在原地傻傻等着。

大约过了一盏茶的时间，楼上突然没有了声息。

蔡氏兄弟相继走到天井里，无限期待地往楼上张望。

时，风雨渐烈。

一栈皆寂。

楼上楼下，清风雅静。

静得连雨打花落的声音，都听得清清楚楚。

蔡氏兄弟眼巴巴地望着楼上，既不闻白衣少年相唤，也不见他掌灯。

心里好生焦急,不停地来回踱着步。

寅时。

雨已停。

白衣少年终于点亮了灯,神情潇洒地立于回廊上。见兄弟二人站在天井里,傻傻地向上张望。

笑着招招手,愉快地说道:"上来吧,没事了。"

蔡氏兄弟听到呼唤,一路小跑上得楼来。

二人见木楼地板上鲜血殷红犹存,却看不见一具尸体,也不见了那个黑衣妓。

让兄弟俩放心的是,两只装寿礼的大木箱,仍完好无损地搁在床前。

白衣少年略显倦意,哈欠连天地伸着懒腰,轻描淡写地说道:"适才来了十个强盗,为首之人,便是白日所见的虬髯壮汉。盗已被我全杀了,尸体也运到了五里外的剑阳河中……"

正说话间,门突然被撞开了。

虬髯大汉竟满脸血污,踉踉跄跄地跨到房间里。

蔡氏兄弟一惊,忙提枪拎刀护住身子。

虬髯汉子轻轻拨开二人,连看也没看他俩一眼,径直来到白衣少年面前,拱手问道:"你究竟是何人物,让我知晓,死也瞑目。"

白衣少年见状,吃了一惊,不由赞叹道:"你中我灵蛇剑而不死,能挣扎五里路而返,果不愧剑门神猿。念你如此神勇的分上,告诉你又有何妨?"

白衣少年轻言细语地说着,倏地转过身去。

左手微动,一道白光从袖口里电射而出,一闪而没。

虬髯大汉的颈项处,有血丝慢慢溢出。

他突然双目大睁,嘴里喃喃说道:"你是三郎……何不早说……枉自送了兄弟们……性命……"

话音未了,虬髯汉已倒地而亡。

蔡氏兄弟心中骇绝。

自己也是久闯江湖的人了,说来惭愧得紧,哪见过如此快如闪电的剑法!

更不知虬髯汉子口中所言三郎是什么人。

兄弟俩正待要问,白衣少年已收剑入鞘,优雅地转过身来,笑吟吟地说道:"此悍贼一除,前途再无忧虑矣。"

蔡氏兄弟听他一说,悬着的心总算踏实下来。

二人十分欢喜。

连忙谢过白衣少年,各自回到客栈房间,放心地呼呼大睡。

翌日。

红日高照。

卯时,蔡氏兄弟才从睡梦中醒来。

雨终于歇了,天空一碧如洗。

兄弟俩心情大好。

齐齐踱着方步,不急不缓地来到客栈前台。

欲嘱咐店家,准备早点。

但遍寻不见了店主。

二人心里诧异,急忙返回客栈天井里。站在天井的石阶沿上,抬头往二楼望去。

白衣少年雅室门户大开,里面似乎也没有了人。

兄弟俩一下子慌了神。

"噔噔噔"一阵狂奔,火急火燎地径直跑上楼来。

雅室里空空荡荡,哪里还有白衣少年和两口大木箱?!

这一惊非同小可。

二人当下骇出一身冷汗!

然遍询客栈诸人,竟无一人知晓白衣少年何时离店而去。

蔡氏兄弟这才明白,白衣贼早已卷"镖"逃遁了。

哥俩悔恨无比,咚咚地捶着胸口。

啥"涪江双雄"?简直就是两头猪!

唉,自己也是水里冒过泡,火里抓过铁,江湖跑过蹚子的老手了。却哪里知道,白衣贼如此狡诈,实在让人防不胜防!

蔡大望着远处的大山,手里紧握着朴刀。

人如标杆一样,立在客栈的大门外。

他粗大的脖子上,青筋一根根胀大起来,"突突"地跳动着。

紧握朴刀的右手,由于握的力量太大,竟然白得没有一丝血色。

蔡二见哥哥心痛欲绝,心中也如刀绞一般难受。

他怒睁着一双大眼,饿狼般露出寒冷的光,杀气腾腾地盯着远方。

兄弟二人感到了无助。

一种从未有过的沮丧,彻彻底底击垮了他们。

大前年腊月初二,比武败在"无量子"手下,哥俩都没有一丝一毫灰心。

今天的事,却让他们的精神彻底垮了。有了叫天天不应,叫地地不灵的感觉!

蔡二走上前去，靠近蔡大，默默地站着。

每当这种时候，他都以这样的方式，表达着对兄长的无限安慰！

兄弟俩的手，紧紧握在了一起。

突然，他们同时想起一个人来。

二人的心跳，竟然瞬间加速了好几倍！

蔡二说："哥，咱们只有去找他了！"

蔡大无比坚定地点点头。

"对，咱们去找他！"

兄弟俩原本快要死去的心，又开始活泛起来了。

脸上也有了生气。

二人安顿好桃花客栈的事后，立即翻身上马。

匆匆向遂州城狂奔而去。

第十五章

一

遂州天上宫，是闽人在四川最大的会馆。

始建于前朝崇祯年间，布局像一座川中大户人家的四合院。

高大的正殿里，供着"妈祖"神像，说是护佑远航渔家的神明，很是灵验。

遂州是个内陆城市，供一个"妈祖"像，在土著人的眼里有些不伦不类。

闽人信这个，供也就供了。

天上宫的大门，十分气派。

高高的门垛，两丈有余，檐牙高翘。

大门横楣上端，镂空雕刻，饰以《西游记》和《封神榜》的故事。

林林总总，不下百余幅。

别看天上宫是闽人会馆，却是遂州城里第一好耍处。

品茗的、看戏的、喝花酒的……一年三百六十五天，天天爆棚。

偌大一座天上宫，除正殿外，两厢全是戏台。

连大门的门楼上，也是实木搭的戏台子。偶尔场子扯不开时，临时做演出之用。

天上宫名播国中，被视为川戏窝子。

鼎盛时期，成都三庆会、梓州祥和班，还有渝州的裕春堂，曾经同时在此上演过大戏《西厢记》。

三个班子各显神通，两天两夜演同一个剧本。

一样的布景，一样的剧情。

你方唱罢"待月西厢下"，观众肯定会听到另外两处，齐和"迎风户半开"。

台上唱得起劲，台下吼得欢喜。

老辈人说，那是遂州城少有的热闹。

南来北往的艺人，看准了这块风水宝地，大老远跑来凑热闹。说得好听点，为挣几个辛苦钱。说得难听些，为了活命到处跑滩！

老辈人却说，这些南来北往的艺人，喜欢到天上宫演出，全都为了结识遂州码头舵爷。

遂州码头舵爷是谁？

当然是黄中玉，堂堂的一州之长。

茶客们一定摇摇头。

悄悄告诉你，啥黄中玉？遂州码头上，只有一个舵爷。

他就是捕头陈豫川！

说起陈豫川，遂州人多少有些自豪。

这位陈捕头，早年因捕获梓州大盗"草上飞"而名动巴蜀，被川督授予"铁血神捕"称号，位列蜀中四大名捕之首。

陈豫川是个怪人，身材既不高大也不魁伟。

认识他的人，知道他在六扇门里做着捕头的公差。

闲暇时，爱去天上宫喝茶。

下得一手好象棋。

平时里，把一双温润的手，保养得白嫩如玉。

不认识他的人，很有可能眼里不长"眼水"，将他视为衙门口杵棍的差狗。

因为他貌不出众，语不惊人，总爱婆婆妈妈地找人拉家常，唠叨些东家长西家短的琐碎事。

唯一双明亮的眼睛，特别大。

人们都称他大眼陈捕头。

说来难以置信，他一个吃皇粮的公干人，既不欺行霸市，也不拉帮结派，咋就成了遂州码头的舵爷？

陈捕头自己很谦虚，说全仗兄弟们抬爱。

大伙儿抬爱他，一点都不假。

主要还是自个儿的人品好。

千里涪水，上下三十七个码头，有谁不知道陈豫川？那是出了名的"及时雨"！

不论谁找到他帮助，只要有能力帮得到，他肯定不会推脱。

有了这种好名声，外地到遂州来的江湖豪杰、落难英雄甚至跑滩求生活的人，自然会去拜访他。

有困难的找他帮忙，是解燃眉之急。没困难的拜会他，图个天长地久。

大眼神捕的名头，自然一好百好了。

衙门里是能吏，江湖上是老大，老百姓嘴里是英雄。

陈豫川为人仗义，又肯帮忙。这样的人，想不成为一方舵爷都难。

老辈人至今还说,那个时候的遂州人,把他当成神来挂在嘴上,甚至供在心里。

传说他会易容术,时常变化着身形相貌,让那些盗贼们摸不着底细。

更有甚者,还说他会"土遁法"。可日行三千,夜走八百。

蔡氏兄弟来找他,因为彼此交往了十多年,是铁哥们。

铁哥们的事,当然更不可能推脱。

谁叫他陈大眼睛挂着"及时雨"的名头,又是"铁血神捕"呢。

一天一夜,千余里路。

蔡氏兄弟马不停蹄,终于赶回了遂州城。

三月十九。

谷雨节。

一大清早,陈豫川就像往常一样,独自来到天上宫茶园,找一个僻静的角落,气定神闲地坐下。

因为是老顾主,茶博士依照惯例,给他泡了一壶碧螺春。

提一把长嘴铜壶,立一旁,讨好地说道:"好茶,真资格的洞庭君山所产。"

陈豫川听了,并不真正相信。

茶博士的话,就像他手上提的长嘴铜壶,谁知道装的鲜开水,还是"连壶烧"?

陈捕头只是笑笑,一边品着刚泡好的茶,一边等着棋友的到来。

茶博士自觉没趣,嘴里说着"爷慢用",点头哈腰诺诺而去。

陈捕头心情好着呢。

接连破了两桩大案，黄中玉看他的眼神已柔和了许多，甚至有了几分讨好的成分。

不论什么时间和地点，只要碰上了，州牧大人都会有事没事和他唠几句。

陈豫川甚是惬意，生活又恢复了先前的状态。

太阳刚露出半张脸，红红的像个大火球。

镇江寺卖凉粉的卢二，就趿着一双脏兮兮的木拖鞋，"呱嗒呱嗒"地进了大门。

卢二是个胖子，矮冬瓜一般的身材。

人们常说，胖子不是一口吃出来的，而是一口一口吃出来的。

陈豫川想起卢二，就咧着一张嘴想笑。

他远远看见死胖子手里，又拿着三个白面锅盔，馍里全夹满油亮亮的猪头肉。

一边慢慢悠悠地走，一边狼吞虎咽地吃。

直吃得满嘴的馋涎，一滴滴地往下掉。

其实卢二的胖，不仅仅得益于他好吃，实在因他天生懒惰。

每日做好凉粉和佐料后，他都会重新爬上床，睡两个时辰的回笼觉。

一年四季，都难得出镇江寺半步。

邻人笑他憨吃哈胀，肥猪一样。

他自我解嘲说："懒人有福，困猪长肉。"（川话"肉"为"入"音）

自从杨三姐死后，卢二外出的活动才多起来，每日里必做两件事：按时和莫仁品碰头聊天，到天上宫和陈豫川下象棋。

别人说他好不可惜，讨一个漂亮婆娘，搁在家里都懒得用，几年了也没下个崽儿。

卢二听了,闷不作声。

人前人后,哪说得起狠话?

只有和陈豫川下棋时,他才有几分男人的火气。

陈豫川最见不得拖沓的人,尤其讨厌死胖子卢二,永远一副磨磨叽叽的臭德性。

见他进得门来,笑眯眯地咳嗽一声,骂了句十分粗俗的话。

挨了骂的卢二,一点也不生气。

缩手缩脚地走拢,拾一木凳坐下来,与陈豫川隔桌相对。

两个人不再言语,在茶桌上摆开棋盘,一招一式地厮杀起来。

蔡氏兄弟来的时候,两个人斗得正酣。

围观的茶客们大呼小叫,在旁边凑着热闹。

博弈原本闲情雅致,但往往又是件不可思议的事。

无论平时里多么温文尔雅的人,一旦投身棋局中,就会变得不可理喻,甚至蛮不讲理。

此时的卢二,就像一只好斗的公鸡。

眼见败局已定,他就怪抱膀子的人,全向着陈豫川。

红起一张猪肝脸,不分青红皂白一通乱骂。

陈豫川用闷宫炮,将死了卢二的老帅。

得意扬扬地喝了一口茶,就叫卢二缴械投降。

卢二呢,整死个舅子不认账。

伸手将老帅按住。

脸红脖子粗地要求悔一步棋,并反复声称就悔一步。

陈豫川坚决不干。

右手高举着炮,左手伸过去,欲夺卢二手里的老帅。

旁边帮忙的一众茶客,连天价地哄叫起来。

一时间里,笑声、骂声、起哄声、小贩的吆喝声……此起彼伏。

偌大的天上宫里,一如既往地热闹非凡!

蔡氏兄弟千里奔走,一路上心急如焚,已一天一夜没有合过眼了。

此时此刻,见到陈豫川,如同见到了大救星一般。

哪里管得了许多?

哥俩三步两步跨上前,胡乱搅了棋局。

陈豫川正逗得起劲。

猛可里被人搅局,不由得大怒。

"啪"的一声响,陈捕头顺手一拍,将手中白磁做的"红炮",死死压在茶桌上。

众茶客一愣。

那枚铜钱大小的"红炮",竟嵌入木桌而不碎。

蔡氏兄弟见了,满心欢畅。故意扯开喉咙,高声大叫道:"好一个铁血神捕!"

陈豫川瞪着一双大眼。

站起来大声吼道:"好?好你个毬!"

抬头见是蔡氏兄弟,愣了一愣。

随即又破口大骂道:"你两个狗杂毛,几年都不见了踪影。莫不是跑到鬼门关,见阎王爷去了?"

蔡氏兄弟俩一天一夜里,赶了上千里的路,全仗着一口气硬撑着。

哪有心思和他说笑?

见陈豫川双眉上扬,依旧还是从前那副德性。

二人心里十分欣慰,感到了热烘烘的"暖"。

嘿嘿,铁哥们就是铁哥们。

与别人绝对不一样哈!

连骂人的话,听起来都很舒服。

蔡氏兄弟眼角潮湿起来,他们终于可以流着泪笑了。

心情一放松,双双瘫坐在地上。

陈豫川见了,一头的雾水。

瞪着一对大眼眼,怪模怪样地看着哥俩。

他只道二人作秀,依旧吊儿郎当地调侃道:"喂,我说两个猪狗不如的饿痨鬼,怕是几天几夜没有吃饭了吧?"

蔡氏兄弟烂泥一般,瘫在地上不动。

哪还有一丝力气,搭理他的话?

茶博士见了,虑其饿断了气,忙送上两碗温开水。

兄弟俩道声谢谢。

双双接过碗来,"咕噜咕噜",一口气喝了个底朝天。

二人终于缓过劲来,长长地舒了一口气。

蔡大冲着陈豫川说道:"豫川兄,当真苦煞我兄弟二人了。你倒逍遥得好,还有闲情逸致在这里下棋!"

陈豫川这个人,真是怪得很。

别看他平时里口无遮拦,心急火燎的样子。当真有了事情,反倒一点也不急了。

他深知蔡大的为人,一向沉毅稳重。但不知何故,刚才说话的语气,这么闹心揪肺呢?

陈捕头心里明亮,情知哥俩必有事相求。

却故意沉下脸来,一本正经地说道:"你看你二位,平时无事,哪记得陈某人?现在有事了,就猴急得不得了!"

陈豫川说的话,表面上是说给蔡氏兄弟听的。实际上呢,他是在告诉围观的茶客,本捕有事与朋友相商。

茶客们都是老熟人,听到陈捕头这么一说,谁还会不知趣?

大伙儿一声不吭,退到各自的茶座上,默不作声地喝着茶,耳朵却竖起来,想听个究竟。

蔡大站起身来,用眼睛扫视了茶园一圈,压低声音说道:"此地不是说话处,到贵府一叙如何?"

见他神秘兮兮的样子,陈豫川知道此事非同小可。

凭直观感觉,自己又该有"活"干了。

便点点头,起身欲走。

直到这个时候,坐在一旁打呼噜的卢二,才慢慢醒过来。

他伸着懒腰,睡眼惺忪地望着陈捕头。

"三打二胜,你定的规矩。怎么,今天不下了?"

蔡二性急,一肚子没好气。

嘴里直嚷嚷:"不下了,不下了!"

陈豫川装着没事的样子。

笑着对卢二贫道:"虾公卢二不生崽,臭棋篓子不装油。回去跟婆娘搞醒豁了,再来找我哈!"

卢二被戳到痛处,正待要骂。

见陈豫川向他眨眨眼,张张嘴没骂出声来。

二

蔡氏兄弟簇拥着陈豫川,并排向天上宫大门走去。

三人出得门来,一溜烟似的小跑,很快来到米市街陈豫川的家中。

蔡大吩咐蔡二,将房门关上。

三人居内室,密谈起来。

蔡氏哥俩喝了一壶热茶,又吃了不少干果糕点,气息渐渐地调理得均匀了,便将数日来所遇之事,一一向陈豫川详细道来。

二人口里的故事,诡异曲折,如述唐人传奇。

听了事件的来龙去脉,陈豫川暗自吃了一惊。

陈捕头心紧吃惊,不是为蔡氏兄弟失"镖"事,因为他相信自己,有能力追回失去的寿礼。

他瞬间的心紧不畅,全都因为黄中玉这个人。

实在没有想到,天天照面点头的黄中玉,竟然如此深沉。这么大的一件事,倒被他瞒得滴水不漏。

蔡氏兄弟的气息已恢复如常,见陈豫川低头不语,不知他心里在想啥。

刚才兄弟二人将所历之事,从头到尾叙述了一遍。

其事、其人、其景、其物,依然历历如在眼前。

此时忆起,犹汗流津津而下。

陈豫川目光呆滞,面无表情地坐在凳上,也不知他听清楚了没有。

蔡氏哥俩相视无语,又不敢惊动他。

陈捕头何止听得清楚？

他已随兄弟俩的叙述，沿着梓遂官道至昭化一线，神游了好几个来回了。

见陈豫川的神色一会儿轻松，一会儿凝重，始终让人无法捉摸。

蔡氏兄弟越发心疑。

哪里还敢多说半句？

兀自坐凳上，只等他来问自己。

陈豫川沉思良久，终于开了口。

很随便地问道："那个白衣少年，姓甚名谁，何方人士？"

蔡氏兄弟见好友相询，齐声大叫惭愧，无可奈何地答曰："此人心机之深，匪夷所思。我兄弟两个不知不觉间就着了他的道道，实在不知此贼是何方神圣！"

陈豫川又吃一惊，两眼定定地看着二人。

江湖上大名鼎鼎的涪江双雄，竟然不知道与之同行数日的白衣人姓甚名谁！

当真是奇哉怪也。

陈捕头皱起眉头，轻声责怪道："你二人也是久闯江湖的人了，怎么如此孟浪？"

蔡大见好友相责，越发无地自容。闭上眼睛，默默地想了想。

一边拍着额头，一边轻声问蔡二："剑门神猿临死前，说白衣少年什么来着？"

经蔡大一提醒，蔡二想了一会，终于想起来了。

惊风火扯地说："神猿叫他三郎。"

蔡大连忙附和道："对，是叫三郎！"

三郎？

陈豫川眉头再皱一堆，极快地在大脑里搜索一遍。

谁知这一搜索，再让陈捕头吃了一惊。本来白晳红润的脸色，一下子变得难看起来。

江湖上谁不知道，陈豫川是一册"巴蜀活地图"？

"巴蜀活地图"的称谓，不单指其对川内各地风土人情十分熟悉和了解，更在于他的大脑里，储存着各州府黑白两道中，形形色色的江湖故事和人物。

但当他在记忆的档案里反复搜索三郎这个人时，竟然是一片空白。

陈豫川心里才真正吃了一惊！

见好友额头上渗出了津津细汗，面色也越来越难看，蔡氏兄弟心中焦虑更甚。

哥俩丝毫不会怀疑，陈豫川有追回失镖的能力。

他们在担心久不破案，"寿礼"没个着落前，事情一旦传到黄中玉耳里，就十分难办了。

陈豫川掏出一方丝巾，擦了擦额头上的汗。见蔡氏脸上虑色渐浓，知他二人心思。

宽心地劝慰道："二位不必担心，此事黄中玉一时半会不会知道。即便知道了，也不会为难你们。像他这种一心往上爬的人，怎可能把事情闹大呢？"

陈捕头一边安慰着兄弟俩，一边诱导他们说："二位再想想，还有什么线索没有？"

蔡大挠挠头，仿佛又想起了什么。

他上上下下摸着衣包，终于从怀里掏出一团纸来。

双手递给陈豫川。

"不知这个东西，有没有用？"

陈豫川接在手里，掂一掂。轻飘飘的没分量，不知纸里包的何物。

打开一看，见是一枚透骨钉。

翻过来倒过去地看，也没有看出个名堂来。

只得问道："此钉何处所得？又有何故事？"

蔡大连忙答道："那日押镖到龙台关，天降大雨。不得已留宿龙门客栈，并与白衣少年相识，当晚相谈甚洽。返回客栈正准备休息时，突见一物破空飞来，直插门楣上。取下来见是一枚透骨钉，钉上附一纸，乃白衣贼相约七曲大庙之函。"

陈豫川闻听此言，脸上有了激动之色，急切地问道："那函件现在何处？"

蔡二忙答曰："唉，函件已被我丢失。内容很简单，只有十个字，'明日辰时，七曲大庙一晤'。"

陈豫川紧追不舍，继续问道："可知纸墨产地？字体可还记得？"

蔡二被陈豫川一连串逼问，弄得昏头涨脑。一时间里，什么也记不起来了。

蔡大很冷静，想了一会儿，依稀还记得。

他一边回忆，一边告诉陈豫川。

"纸应该是嘉定府所产的宣纸，墨为江阳郡松墨。字体呢，说不太准确，有可能是行书，也可能是行草，字迹洒脱而灵动。"

陈豫川听完，默默想了一会儿，不再言语。

只把那枚透骨钉拿在手中，反复地把玩。见钉尾不显眼处，镌有一只小小的黄蜂，便定定地盯上了。

陈捕头从业三十年，自然见多识广。

他当然知道，此枚黄蜂透骨钉，是蜀中唐门的独门暗器无疑。

陈豫川心中，似有所动。

嘴上却一言不发。

过了一会儿，他对蔡氏兄弟说道："你二人暂且离去，但不要回黄中玉府上。找一个地方先住下来，耐心等候我的消息。"

陈捕头一边说，一边用手敲着脑袋。

"此刻，我想静静地养一养神。"

说完这话，陈豫川不再理会蔡氏哥俩。

独自闭了双目，盘腿坐榻上。

蔡氏兄弟见好友两目微闭，做神思状。鼻中气息，轻微若无。

知他已入"禅关"，全身心投入到神游之境了。

江湖传言，这是捕快们特有的"神游术"。

《遂州志》载："陈豫川，州衙巡捕房捕头，习神游术。每临疑难要案，则闭目卧榻数日，案即破。"

兄弟俩怕惊扰他，起身悄悄离去。

三

辰时三刻。

遂州城北的天空中，响起了阵阵鸽哨。

那是玉堂街黄中玉府上，管家莫仁品在例行放鸽。大群的蓝鸽冲天而起，结阵掠过米市街。

陈豫川闭目坐榻上，神游两个周天后，顿时神清气爽。待蔡氏兄弟一走，立即从榻上跃起，快步冲进马厩。

嘹亮的鸽哨声中，陈捕头三两下解开枣红马的缰绳。利索地纵身跨上马背，如飞一般奔向北门。

情况万分紧急。

他必须在今天夜里，赶到龙台关的龙门客栈。

越快越好。

陈豫川知道，神秘的龙门客栈里，有他希望得到的东西。他甚至觉得，白衣少年就藏在里面。

想到这一切，向来冷静沉稳的他，心跳居然加速了。

陈豫川胯下的枣红马，就是坊间传言能日行千里的良驹。平时无事的时候，陈捕头总是叮嘱家人，必须喂它掺有鹿血的精料。

略懂医术的人都知道，生鹿血大补，能增强耐力。

枣红马一年四季长得膘肥体壮，油光水滑。

马儿得到主人千般恩宠，自然也善解主人之意。

一般来说，陈豫川跨上马背后，多则两鞭，少则一鞭，枣红马就会飞一般跑起来。

马蹄去地尺余，似凌空飞驰。

直到主人勒缰为止。

否则，它绝对不会停下来。

当天夜里，亥时时分，冒着淅淅沥沥的小雨，陈豫川终于赶到了龙门客栈。

客栈的灯光，明朗朗地亮着。

陈捕头感到欣慰，心里有一丝温暖。

可是，当他来到客栈前，缓缓推开虚掩的大门时，眼前的一幕，顿时惊得他目瞪口呆。

客栈的天井里、走廊上、灶台旁，横七竖八地躺着十几具尸体。

一店杂役，皆身中黄蜂透骨钉而亡。

没有留下一个活口，连三岁的幼童都未能幸免。

来晚了！

陈豫川十分绝望，胸口隐隐作痛。

他挪动着沉重的脚步，仔细检查了每一具尸体。每检查一具，嘴里必发出自责的叹息。

那些尚未僵硬的身躯，一两个小时前，绝对还是活鲜鲜的人。

陈捕头捂着双眼，无力地瘫坐在阶沿上。

他恨自己，为什么不能再快一些呢？

当蔡氏兄弟说及龙门客栈时，他就为客栈里的人担心了。

六扇门的饭吃了三十年，陈豫川都吃腻了，还能不知道吗？

越是阴险狡诈的人，越是心狠手辣！

像白衣少年这种人物，既然在龙门客栈附近现过身，就不该将透骨钉留在这里。

这种旁人看来不起眼的细节，白衣少年岂能容忍自己犯错？

况且这种错误是如此低劣！

待他回过神来，客栈里的人还能活命吗？

所有这一切，不出意外地被陈豫川猜中了。

他很痛苦。

挣扎着从地上爬起来。

就着明亮的灯光,在客栈里四处转了一转。

这一转就是两个时辰。

陈豫川没有一丝困意,神情专注地东瞅瞅西看看。

不知道他在找什么。

但凡可凝之处,陈捕头都十分仔细地反复查看。

有时连一片树叶,也要长时间地注视。

然而,这样做的结果,令他更加痛苦,也更加失望。

在自己细心而谨慎的搜寻下,居然一无所获。

陈捕头的心里,已然升起一股寒意!

这种不留痕迹的作案手法,在他三十年从业生涯中,还是第一次遇到。

白衣贼是谁呢?

陈豫川站在客栈的大门口,呆呆地望着远处龙台关楼上的灯火。

眼里,全是茫茫无边的黑夜。

第十六章

一

清沿前明旧例。

"吏员十日为一休沐。"

翻译成白话文,即衙门里公干的官家人,上满九天班后,第十日则放假一天。沐浴更衣,修发净面。

今天是公休日。

鸡叫头遍时,黄中玉起了床。

照例去到后花园,打太极拳练五禽戏。

晨练完毕后,他并未像往日那样,到书房里等吴妈送早点来。

而是匆匆赶到膳房,胡乱吃一碗粥,权作早餐。

见老爷急匆匆的样子,杏儿眨巴着美丽的大眼,一头迷茫的雾水。

几次欲问缘由,张张嘴又忍住了。

黄中玉喝完那碗粥,慢腾腾地回到寝室里,翻箱倒柜弄出一套粗布麻衣,整整齐齐穿在身上。

对着铜镜照一照,自个儿咧嘴一笑,满意地点点头。

然后出了大门,独自往城西而去。

自蔡氏兄弟护礼北上后,州牧大人的心情,简直像喝了蜜一样甜。日夜望着北方,期盼着京师飞来好消息。

听莫大管家说,卧龙山广德寺前的垭口上,新近来一瞽叟神卜。

每日占卜黄葛树下,料事如神。

黄中玉闲来无事,决定去会会他,想讨些吉利话听。

晨曦里,一轮旭日初升。

州牧大人哼着小曲,迎着满天朝霞,脚步欢快地向广德寺山门走去。

远远看见山垭口处,那棵百年的大黄葛树下,果真端坐着一位占卜瞽叟。

高及一米的卦桌上,覆盖一张宽大的青布帘子。

青布帘上面,书着三个白色大字:"神卜张。"

黄中玉素不迷信抽签问卦,谓占卜者骗人钱财,鄙夷地称之为"卜拐子"。(川人谓"骗子"为"拐子")

道上的朋友曾经告诉过他,江湖上所谓的"神卜",无一不是骗人钱财的拐子。

关键在那只"八仙签",着实扯人眼球。不明此道者,必着其道。

何为"八仙签"?

卜者每天只抽八签,卜八卦,决不多算一人。说是八仙渡海时,何仙姑定的规矩。

故又名何仙姑神签。

这是卜者极高明之处。

卜者本是装神弄鬼之人，深知久走夜路必撞鬼。玩"八仙签"的占卜者，个个都是此中老手，当然懂得这个道理。

"八仙签"号神签，肯定有其神奇之处。它既是卜者让人深信不疑的第一步，也是他防止"歪人"捣乱的挡箭牌。

设若有人求签卜卦，占卜者会凭着丰富的江湖经验，判断来人是穷人还是富人，是又拽又恶的"歪人"，还是讲道义明事理的"信人"。

穷人没有钱，"歪人"又收不到他的钱。

咋办呢？

占卜者便事先声明："我这卦不是谁都算，有谁的卦才能算。没卦的话，给再多的钱，我也不敢算。"

求签卜卦者听了，必定问道："怎么知道有谁没谁的卦？"

占卜者笑一笑，等的就是这一问。

他会煞有介事地拈着胡须，指着一筒竹签说道："签筒里早定下了有谁的签，你摇得出来给你算，摇不出来请便。"

求卜者不信。

抱着签筒一阵猛摇，愣是摇不出一支签来。

占卜者一脸严肃，神秘而遗憾地说："没你的卦，请回吧。"

求卜者即使是油盐不进的"歪人"，当着众人的面，又怎好发作？

况且这是"神签"，早就搁在签筒里的了。

怎怪得了他人。

试想，哪个凡人又不迷信呢？

求卜的"歪人"没法，只得脸红筋胀地悻悻而去。

占卜者见了，高深莫测一笑。

淡然地将摇乱了的竹签,重新清理好,整齐地装在签筒里。静候有缘人的到来。

设若你是富人或"信人",前来求签问卜。

占卜者只须望一望,便会笑眯眯地将签筒递给你。

说道:"先生随个缘吧?"

说来真是怪了。

求卜者只需摇上三五下,吧嗒一声,就会跳出一支签来。

占卜者见了,立即满脸笑容地说道:"恭喜先生有缘,果真有您的签。"

观者愕然,以为神签。

团团围住瞧热闹,心里便动了求一签的念头。

求卜者想想,始终不知就里。

明明是同一筒竹签,为何他人摇不出"签",自己刚摇几下,就摇出来了呢?

果真"神签"乎?

其实,哪有什么"神签"!

实则是签筒中的竹签,有些讲究。

细看签筒之签,无不是一头厚(重),一头薄(轻)。

看你穷虾米或"歪人"一个,一筒竹签厚(重)的一头全朝上。任你使出吃奶的力气,咋个摇得出来?

若是富家子或"信人"求卦,占卜者在整理签时,会用"袖里拈指"的功夫,极快地将其中一支竹签薄(轻)头朝上。

你抱着签筒,只需轻轻一摇,那支签自然就出来了。

求卜者不懂窍门,任你摇上千百十回,回回都是如此。

便信了占卜者的话。

有无自己的卦,占卜者说了不算。

"神"说了算。

黄中玉心里有数,哪会吃他那一套?

故而连看也没看一眼,大步向寺庙大门走去。

路过卦桌时,瞽叟突然说道:"来人龙行虎步,必将军也。"

果然会装神弄鬼!

黄中玉虽然心里明白,还是吃了一惊。

他一个瞎子,咋就知道我的身份呢?

黄大人表面上不动声色,装出一副苦力人的口吻,漫不经心地呵斥道:"你一个瞎子,何故在此打胡乱说?"

占卜瞽叟满脸肃然,一本正经地答曰:"我虽是一个瞎子,心里却比邋遢之辈明亮得多!公步履沉稳,非大勇者不可为也。"

一句话戳到黄中玉痒处,将信将疑地停了脚步。

瞽叟听他停住了脚,乘机拿出一个黑布缝成的长筒筒。一头搁在卦桌面上,一头搭在自己所坐位置的桌下。

轻声而神秘地言道:"这里头装有先生的卦,昨天晚上我就算好写在纸上,搁里头了。"

黄中玉哪里肯信?

对占卜者说道:"取出来看,对了,我算一卦。"

占卜者忙阻止道:"且慢,咱们先说好,你再取出来看。"

黄中玉咧嘴一笑,以为算命先生耍赖。

便较上了真。

反诘道:"你不取出来,如何让我相信?"

瞽叟并不理会他,依旧不紧不慢地说道:"瞎子昨夜所修之书,对还是不对,实在没法证明。我这里有块黑板,你用粉笔将你的姓名、年龄、哪里人氏、父母是否健在、兄弟几位、妻妾有无、子女多少,全都写在上面。"

卜者知黄中玉听得仔细,喝一口自备的凉开水,润润喉咙。

用手指着黑布筒筒,继续说道:"再把我昨夜所书的卦单取出来,当面一一对应。设若一字不差,该多少卦礼,卦单上早已注明,是多少你给多少,如何?"

时有三五香客行道旁,听占卜者说得神奇,纷纷驻足以观。

黄中玉闻言,越发不信。

世上哪有这么神奇的事?

心里好奇,点着头对占卜者说:"您这个办法好,心明眼亮,不亏心不冤人。"

州牧大人说完,拿过粉笔来,将一家老幼信息全写在黑板上。

占卜者右手轻抚桌面,左手垂桌下。

瞽目无神地向着前方,做凝神状。

黄中玉不愧为探花郎,当真书得一手好字。

众香客围树下,皆目不转睛地盯着黑板看,生怕漏掉一字。

占卜瞽叟端坐卦桌后,一脸寞然。

黄中玉笔走龙蛇,疾书而就。内容多翔实,唯官衔未书其中。

笑眯眯地转过身来,拿眼看着占卜瞽叟。

瞽叟依然一副淡然神色,端坐在卦桌后不稍动。

待黄中玉书毕,不慌不忙地从黑布筒筒里摸出一张卦单,平展展地铺在桌面上。

黄中玉极快地扫了一眼。

顿时满脸惊讶。

占卜者昨夜所书之卦,关于自己的经历和家境,居然一字不差!

众香客也大惊,以为神卜。

惜黄中玉终非江湖中人。

他哪里知道,所谓的"隔夜修书",也是骗人的鬼把戏!

瞽叟者,伪盲也。

"窍门"何在?

就在那个不起眼的黑布筒筒内。

原来黑布筒筒内,缝着两层内袋。一层内袋有底,以防求卜者检查之用。一层下面是通的,为占卜者自用。

当求卜者心无旁骛,在黑板上书写自己一家人信息时,占卜者丝毫没有闲着。

他一边用右手抚桌面,一边将左手缩进宽大的衣袖里。

借着卦桌掩护,照黑板所书内容,极快地书写着。

其书几与求卜者同速。

围观者全神贯注于黑板上,哪里注意到占卜者的鬼把戏?

待黄中玉书毕,占卜瞽叟也完成了书写。

当众人回过头来,将目光齐齐望着他时,占卜者宽大衣袖里的左手,乘机将才写的所谓"隔夜修书",从黑布筒筒无底一层内袋中递进。

右手装模作样伸进去,拿出来铺在桌上。

卦单上黄中玉一家老幼信息,与黑板上所书一字不差。

唯卦评运势和卦金,昨夜誊写好的,专等你来上当。

此术江湖谓之"袖里抻指",俗称"鬼袖裹金"。

初习此术者,皆黑夜盲书。

左右两手挥毫,一笔一画丝毫不差时,技乃成。

此等"鬼术",不要说普通百姓不知晓。就是一般卜算者,也莫知其秘也。

"瞽叟"见黄中玉着了道儿,便叫他附身向前,一言不发地伸出右手来,抚其头,摸其身,捉其脚。

神秘而喜曰:"将军凤头龙身虎步,贵不可言,贵不可言呐!百日之内,必有晋升之喜。"

黄中玉见"瞽叟"说得确切,脸上有了笑容。

晋升者必川督事也。

州牧大人心里高兴,依占卜者"隔夜修书"所写卦金,喜滋滋地掏出两个银元宝,悄悄塞给他。

二人交手互换间,占卜"瞽叟"的右手,摸上了黄中玉的左手。

突如触烙铁一般,倏地甩开。

极力将两锭银子,推还给了州牧大人。

黄中玉十分不解。

看看四周围观之人,极轻声询曰:"先生何故如此?"

占卜者沉吟再三,极不情愿地说道:"将军龙身,喜从北方来。然左手凤爪,则害又自西方至。"

黄中玉看看自己的左手,又看看右手,没啥不妥的呀?

再从怀里掏出两锭银子,将四个元宝一起塞给占卜者。

占卜者没再推脱。

接银后,掐指一算。

黄中玉伸长脖子,无限期望地候着。

占卜者沉思良久,方开口说道:"今岁在丁酉,将军凤头龙身之表,当大贵。唯近期扫帚星现西北而向东南,且乾星直逼奎度。若隐若现，忽高忽低。其色惨白，恐犯小人矣。"

黄中玉不明其意，求详见。

占卜者曰："同道之祸，祸及根本。"

黄中玉再三相询，占卜者不再言语。

远处，莫仁品笑笑，隐身而去。

更远处的丛林里，杏儿披一袭杏黄色头巾，一双美丽的大眼睛笑成了嫩豌豆角。

骗人的何阴阳，与莫仁品联手演的好戏。

黄中玉没有看见二人，一门心思想着占卜者的话。

"同道之祸，祸及根本！"

越想越觉得有理。

北方之喜，必兆张鹏翩大人也。

西方之害呢？

潼川府不是遂州以西吗？

失婴案、库银失盗……

莫非指骆时香那老狗？

果真如此，后果不堪设想！

黄中玉辞别瞽叟，匆匆赶回家里。见四处无人，速将一只蓝鸽放飞空中。

翌日申时，京师鸽返。

笺上三字，赫然在目：潼川叛！

黄中玉大喜，将"鸽书"揉一团，顺手丢在回廊的渣滓篓里。

莫仁品远远瞧见，走过去拾起来，装着无事一样来到鸽棚里。

捉一只三龄雄性蓝鸽，取下绑在翅上的竹哨，满脸喜色地放飞空中。

那鸽振翅升空,向资州方向疾速飞去。

二

遂州城南十里,野云渡口。

青石垒成的码头旁,"品"字般矗立三棵硕大的黄葛树。

树下的礁石上,蹲着一位手执钓竿的渔人。

钓者一动不动,像一尊石刻的雕像。头上的竹斗笠,遮去了他大半个脸。

无论从哪个角度看,都看不清他的面容和真实年龄。

唯有那只紧握钓竿的右手,十分稳健。整整一个下午,都没有见到丝毫的晃动。

天色向晚。

涪江两岸的青山,剪影一般渐渐隐去。

暮色苍茫中,两骑飞驰的快马,沿江岸驿道"嗒嗒"地飞驰而来。

骑手对襟皂衣,外套紧身束腰短褂。

看穿着打扮,当是遂州衙门的公差无疑。

但不知有何急事,天色这么晚了,还在驿道上飞奔。

三日前的谷雨节,黄中玉得京师飞鸽传书。言说有朝廷要员,即日将秘密莅遂。

可是一直等到今日,也没见到这位京官的影子。

遂州城内一时谣言四起。各种不实之辞,被传得沸沸扬扬。

消息灵通者言说,这位京师大员神秘得很,放着遂州城繁华的驿馆不住，偏偏选择野云渡边的清风驿，作为下榻之所。

蜀中官场，恐怕要出大事了。

遂州衙门无法证实这些消息是否真实可靠，但州牧黄大人还是做了相应的准备工作。

除密令巡捕房的人将清风驿彻底清理一遍外，还在往来驿馆的大小道路上，设置了不少的明卡暗哨。

他有理由相信，不论谁进入清风驿，第一时间得到消息的人，一定是他黄中玉。

州牧大人这么做，明在保护京师要员的安全，暗地里却在防同僚们捣乱，怕他们下自己的"烂药"。

黄中玉做事向来稳重，可谓滴水不漏。为了一纸"鸽书"，他已在清风驿馆里，"猫"了三天两夜了。

可他连京师来人的影子，也没有见到呢。

心里好生纳闷。

难道京城传递的信息有误？

打烊时分。

黄中玉站在驿馆的阶沿上，望着远处的涪江静静东流。

郁闷的心里，一时有了无限惆怅。

官场深似海哩。

据传京师六部的大人们，各自在全国州府遍插眼线。彼此间相互倾轧，争权夺利之斗，十分激烈残酷。

自己贴张阁老那么紧，算不算吏部的眼线？

谁又是兵刑二部的探子？

黄中玉手捋三绺胡须，转身向西而望。百里之外，就是潼川府。

一道炫目残阳，铺在一荡一荡的水波上，染得一江碧流殷红似血。

黄大人正看得出神。

两匹奔驰的快马，已飞一般来到面前。

来人翻身下马。

为首一人，急急递上一份公文。

黄中玉接在手里，打开信函一看，顿时满面惊讶。

忙将公函揣进怀里，带了贴身小厮，径奔江边而去。

江畔夕阳返照，柳絮片片飞红。

大礁石上，垂钓者正在收竿。

黄中玉气喘吁吁，急匆匆来到渡口的黄葛树下。

江畔怪石嶙峋，脚蹬官靴的州牧大人，走起来十分吃力。倒是跟在身后的小厮，像只泼猴一般，三跳两跳就到了渔人身边。

附身倾上前，压低声音说道："州牧黄中玉大人，请唐先生早些到驿馆歇息。"

渔人闻言，一点反应也没有，伸手把头上的竹笠压得更低了些。不慌不忙收了钓具，兀自往清风驿走去。

黄中玉慌忙跟在渔人后面，屁颠屁颠直乐和。

清风驿外，戒备森严。

官兵们里三层外三层，持械把守在驿道旁。

头戴竹笠的渔人，手持长长的渔竿，目不斜视地朝驿馆大门走去。

守门兵士持械上前，正要喝问，冷不丁看见州牧大人点头哈腰跟在后面，无不惊讶万分。

众兵士赶紧低下头去,吓得大气都不敢出。

哪里还敢盘问渔人究竟是谁?

缓步跟在后面的小厮,一脸稚气。

见平时霸气凌人的州牧大人,对老渔翁如此毕恭毕敬,感到十分不解和好笑。

待渔人进入内室后,泼猴小厮扯住黄中玉衣摆,悄悄叫到一旁。

压低声音说道:"禀告州牧大人,小的认为此渔翁不像京师来的官员,倒很像江湖豪客毒肠剑……"

黄中玉倏地转身,瞪了小厮一眼。

厉声斥道:"鬼刀,不可胡说!刑部文牒本牧已亲见,怎可能有错?好好保护唐大人,出了差错,拿你是问!"

鬼刀?

这个满脸稚气的孩子,竟然是两川江湖道上,令人闻风丧胆的鬼刀!

难怪捕头田麻子遇害后,陈豫川怀疑为鬼刀所斩。

行踪向来飘忽不定的鬼刀,果然匿藏在遂州城里。

黄中玉真的不简单,连鬼刀都网罗到身边了。难怪很长一段时间里,他不把陈豫川放在心上。

"是!"

鬼刀虽然将信将疑,在遭到黄大人严厉斥责后,仍十分坚决地回答到。

清风驿内。

红烛高照,管弦齐鸣。

厨子们鱼贯而入,将一道道精美的菜肴,不断送到唐大人的上房里。待黄中玉用银针验毒后,又无声无息——倒退着出来。

鬼刀倚柱而立,静静守护在门外。

突然,室内传出一声惊呼。

"唐大人!"

继而又听得黄中玉一声大叫。

"鬼刀!"

鬼刀一闪而入。

旋即手提一包裹,沉甸甸地冲门而出。

旋风般到了驿馆大门处。

朗声说道:"快快去馆内,唐大人出事了!"

守门兵士闻言,哪敢迟疑?

各执明晃晃刀枪,蜂拥冲入唐大人上房内。

雪亮的"八枝油灯"下,黄中玉满脸惊恐,深身上下颤抖不止,正小心翼翼地将"无头渔人"平平稳稳地放在地上。

眼角处,却露出一丝不易觉察的微笑。

适,一位胖厨子缓慢上前,脱口赞道:"黄大人,端的好计谋!"

黄中玉慌忙跪在地上,对着胖厨子纳头便拜。

"唐大人,计谋倒是不错,可惜损了下官两员得力干将。"

众人见黄中玉跪在地上,这才明白过来,"渔人"不是京师来的刑部唐大人。

眼前这位胖厨子,才是那位神秘的朝廷大员。

遂齐刷刷地跪在地上,不稍动。

唐大人见了,呵呵而笑。

气度不凡地摆了摆手,叫大伙儿全都起来。

他拍拍黄中玉的肩膀，关切地说道："一个毒肠剑算得了什么？待擒住了骆时香，十个毒肠剑也还给你。"

皱了皱眉头，唐大人继续说道："倒是那个鬼刀甚是可惜，好端端一个人才，怎么就成了骆时香的爪牙了呢？"

黄中玉低头不语，心中却暗自欢喜不已。

毒肠剑算什么？鬼刀又算得了什么？

唐大人也太小瞧人了吗！

他想要的好事情，正一步一步按设想的轨迹，朝着有利于自己的方向发展。

原来黄中玉得"占卜瞽叟"暗示，疑骆时香将害于己，遂飞鸽传书京师。

张鹏翮大人接到警书后，又疑骆时香为他人走狗，即拟定了诬其悖逆谋反的计划。

遂从《香山诗钞》中，断章取义数十处。上奏曰："……如'一把心肠论浊清'，加浊字于国号之上，是何肺腑？至于'一世无日月'、'天匪开清泰'者，岂不诬本朝而思前明乎？"

清制，"六部"各设满汉尚书各一。二者官级无高低之别，然当时社会以满为尊，各部权力实为满尚书所独揽。

吏部尚书张鹏翮乃康熙重臣。

"六部"之中，唯吏部独设一名尚书，且为汉人。玄烨曾赞之"天下廉吏无出其右者"，足见对其宠幸有加。

遂准其奏。

事有凑巧，刑部多年以前，即侦知蜀中潼川一带，有前明余孽与贼结盟反叛的线索。惜每每侦缉至潼川地界，便泥牛入海，没有了丝毫消息。

更让人奇怪的是，不论刑部来人行踪多么隐秘，都无一例外于赴川途中，遭到歹人截杀。

潼川这座川中巨邑，便成了刑部人心中永远的痛。

今圣祖康熙龙颜震怒，钦定骆时香为"潼川谋逆"首犯，作为刑部汉尚书的唐永年，哪敢有丝毫怠慢？

为雪前耻，亲自入川督查此案。

唐永年吸取前几次教训，为掩其迹，求蜀人张鹏翮相助。

张阁老献"金蝉脱壳"之计，假黄中玉死士毒肠剑巧扮自己，又故意走漏不日入蜀风声，让人不辨真伪。

毒肠剑身材相貌与唐永年相仿。其人武功高绝，平时又很少在遂州抛头露面，自然没有人看出破绽。

却说"南人"走后，骆时香每日里笑声不绝，一门心思在家静候他的到来。谁曾想却等来晴天霹雳，居然有人诬他谋逆！

顿时吓得六神无主。

他一介文士，哪有谋逆反叛之胆？

全是那个曾师爷，背着他搞的鬼名堂。

一会儿进京送礼，一会儿在郡属各州县安插耳目，甚至操练护院家丁为伍。

等到祸事一起，二人慌了手脚，忙令各地爪牙，速查来人行踪。

偏偏久寻不见京人踪迹，知府大人骇昏了头。初时，尚依曾春辉"缓兵"之计，动用黄中玉身边眼线鬼刀，命其一旦侦知唐永年下落，马上禀报。欲争取主动，以释清白。

可骆时香哪里知道，前几次刑部入川之人，已被他人秘密杀害！

此番唐永年入川,是在康熙钦定"首逆"之后。唐大人志在拿他的项上人头,岂可让别人得知行踪?

鬼刀百般侦缉无果。

到了这步田地,骆时香知难逃此劫。被逼得走投无路,只得任由曾春辉摆布,让鬼刀杀了唐永年,欲反诬黄中玉。

鬼刀得了曾春辉的指令,千方百计四处侦察。直到今日傍晚,才知江边钓鱼人是"唐尚书"。

可他哪里知道,适才误杀的却是毒肠剑!

当天晚上,潼川骆府。

得到鬼刀送来的"礼物"后,曾春辉直喜得哈哈大笑。

曾春辉何许人也?

据他本人交待,"曾春辉"者,实乃前明末代蜀王第三子朱长林是也。常以"朱三太子"之名,行走巴山蜀水间。广络江湖豪侠之士,秘谋反清复明。

明亡之初,朱长林潜逃至潼川,后投身骆府为师爷。见骆时香书生意气,全然不知朝野事,暗自欢喜不已。

"朱三太子"苦心孤诣,在潼川经营多年,早有雄霸蜀中,进而窥视天下,以光复大明江山之心。

他指使杜亮盗窃遂州库银,旨在屯积军饷,以备举事之用。

鬼刀作为他最重要的棋子,一直安插在黄中玉身边,目的在于监控遂州局势。

一俟举事,立即杀掉黄中玉。以遂州之兵策应潼川,进而形成犄角之势。

黄中玉无意中得知,七曲山大庙静虚长老乃鬼刀师傅。

曾指派毒肠剑悄悄去过潼川,探得静虚是骆府上的常客,二人交情非同一般。

即对鬼刀起了戒心，但凡重大机密事项，皆托付毒肠剑办理。

鬼刀真是了不起，一点不动声色，更没有一句怨言，依旧对黄中玉言听计从，忠心耿耿。

设若不是此次刺杀"唐永年"，黄中玉几疑自己判断有误！

当鬼刀将毒肠剑的头颅呈献给"曾春辉"时，唐永年从京师带来的刑部杀手，正潜伏在骆府客厅的大梁间。

寅时。

唐永年一声令下，骆府上下十八口人，悉数收监。

特将骆时香、曾春辉及鬼刀三人，重枷打入死牢，拟解至京师六部会审。

唐永年立此大功，脸上却十分凝重，没有丝毫欢喜之色。

盖因唐大人始终都不相信，骆时香真有谋逆之心。

他甚至认为，"《香山诗钞》案"是一个政治阴谋。矛头指向居然是兵刑二部，并非除去骆时香那么简单！

唐大人心里甚是不明，以圣祖康熙之雄才大略，何以会钦定一个弱不禁风的文士，为"潼川谋逆案"的"首逆"呢？

即使潼川真有谋逆行径，也该定罪"朱三太子"，与他人何干？

唯疑师爷"曾春辉"所招非实。

此人的真实身份，确实值得怀疑。

朱三太子？

曾春辉？

二者似像非像。

朱三太子贵为皇亲国戚,岂能像曾春辉一般胡作非为?

曾春辉呢?

言行举止间,则少了朱三太子的高贵气度。

《潼川志》载:"是夜,有鸽哨唳空,全城皆闻。子时三刻,府监内大哗。刑部尚书唐永年闻警,率众巡查狱中……门窗皆完好无损,唯死牢中骆时香等三人,悉遭殴毙。"

可怜骆时香一代名士,无端遭此劫难。

唐永年站在府牢大门外,一时心潮澎湃。

他想起入川前,吏部张鹏翮饯行时,对自己说过的话。

"蜀中江湖,水深似海。"

背心处一阵阵发麻。

曾春辉死了。

还会不会有其他前明余孽,祸乱蜀中呢?

唐永年低着头,忧心忡忡地这么想。

第十七章

一

五月,春色已深。

遂州城西门外,一溪宛然如画。

溪名观音溪,又名郪水。玉带般绕过卧龙山西麓,蜿蜒东来。两岸垂柳依依,山岫含烟。

林泉深处,偶尔能见到三五茅舍。粉壁黛瓦,掩映竹木中。

农人们三三两两,在田间薅秧除稗。

溪水平如明镜,时而有一叶小舟,蜻蜓般从水面轻盈地划过。

摇船的艄翁,嘴里唱着妖冶的渔歌俚调,骚骚地赤裸着上身,露出雄壮的胸大肌。岸边柳丝荡漾,红红绿绿的婆姨们,嘻嘻哈哈打闹其间。

青山白云倒映水中,荡出梦幻一般的光影。

斑斑驳驳的观音溪,有一种说不出的远意和无边的恬静。

三十年前。

观音溪畔来了两位怪人,是一对老夫妻。

当初来的时候,没有人知道他们是谁,也不知道他们来自何方。

后来居住久了,当地人就把男的叫作鹤痴,女的叫作梅婆。

鹤痴梅婆夫妻俩,被观音溪的村民视为怪人,是因为二人初来时,少说也有花甲之龄了,谁知道三十年过去了,两个老人家依然还是六十岁的样子。

更怪的是两位老人家无儿无女,却养了一大群白鹤。

这个世界上,有谁见过能养白鹤的人?

鹤痴梅婆没儿没女,却很快乐。

整日里与鹤为伴,把自家居住的茅屋叫作"鹤庐"。

"鹤庐"的四周,栽满了一丛丛的腊梅。

每岁梅花开时,山湾里便飘荡着梅花的幽香。

土著人怎会知道,和他们相邻而居的鹤痴梅婆,竟然是大名鼎鼎的阳明生和金桂花!

这么说也许还是没有人明白。

那么就告诉你吧。

他们就是捕头陈豫川的师傅师娘,江湖人称"俏冤家"的阳明生和金桂花!

"阳明生,金桂花,天生一对俏冤家。鬼见喊阎王,人见叫爹妈!"

当年蜀中江湖道上,鹤痴梅婆的名头就这么响亮。

天啦,两位老人家少说已逾百龄,居然还仙健?

阳明生夫妇当然还仙健,就隐居在遂州城的郪水边!

别人自然想不到,大名鼎鼎的捕头陈豫川,却时时刻刻都在想着两位老人家。

最近一段时间里,为了蔡氏兄弟失镖一事,陈捕头整日里东奔西走,愣是找不到一点线索,简直就像一只热锅上的蚂蚁,急得团团转。

睁开眼睛想睡，闭上眼又睡不着。

偶尔迷糊一会儿，也尽做噩梦。

梦里的场景血淋淋骇人，全是龙台关龙门客栈里，那些死去的伙计们在向他喊冤。

他感到自己快要崩溃了，烦躁得吃不下饭，睡不好觉，甚至连茶也不喝了，棋也不下了。

这个时候，束手无策的陈豫川，自然就想到了师傅和师娘。

每每想到像父亲一样严厉的师傅，像母亲一样慈祥的师娘，陈豫川就感到无比幸福！无比温暖！！无比踏实！！！

当年出师的时候，师傅师娘曾对他说过，天底之下，再没有什么案子能难得住他了。

他很高兴，为此感到自豪。

现在仔细想来，师傅师娘的"封口"话，一半是在鼓励他，一半是叫他不要再来打扰他们了。

师傅师娘年纪大了，喜欢清静恬淡的生活，他们要做与鹤共舞的山野之人。

也许是师傅师娘"封口"得好，陈捕头自出道以来，当真是无往而不利。多少大案疑案，都没有难倒过他，心里就信了师傅们的话。

整日里逍遥快活，直快活得都忘了自己姓啥，甚至连师傅师娘也记不得了。

谁知道今日里，面对蔡氏兄弟失镖一案，陈豫川竟然一筹莫展。

思前想后，便顾不得当年出师时，师傅那句圣谕般的"封口"了。

冒着被逐出师门的风险，陈豫川心里忐忑不安，独自一人来到了观音溪。

观音溪，风景依旧。

绿绸般的水面上，有风轻轻吹过。

细密的水波纹，在杨柳风的荡拂下，闪着粼粼的白光，向着远处的水岸，缓缓地荡过去，又荡过去。

那一份无拘无束的悠闲，让久居尘世的人，心生无限向往。

沐浴着和煦的春风，陈豫川站在屋前的梅林里，无限虔诚地望着"鹤庐"。

茅屋前，栅栏的栅门紧紧地关闭着。

守家的大黄狗，围着几只白鹤，毫无意义地转着圈圈。

见了陈豫川，"汪汪"地大声吠起来。

大黄狗的叫声，惊起白鹤们冲天而起，"呀呀"地盘空飞翔。

偶尔，又一只只"扑棱棱"落下，栖在茅屋四周的竹林上。

鹤鸣声中，有悦耳的歌声，从溪峡深处远远传来。

  绿杨堤畔蓼花州，
  可爱溪山秀。
  烟水茫茫晚凉后，
  捕鱼舟，
  冲开万顷绿罗绸。
  乱云不收，
  残霞妆就，
  一片鄱江秋。

歌声悠闲而豪迈，显示出歌唱者豁达乐观的襟怀！

师傅，是师傅！

陈豫川像小孩子一样激动。

整整三十年，没有见到师傅的面了！

陈豫川快步跑到溪水边，站在一块突兀的大石头上，翘首远望。

他的大脑里，千百遍地想象着师傅的模样。

怕是早已白发飘飘了吧？

正遐想间。

陈豫川看见溪面上，一叶小舟如离弦的利箭一般，疾速地"射"到自己面前。

陈豫川慌忙上前叩拜。

依旧像三十年前一样，双膝跪在地上，怯生生地叫了一声师傅。

阳明生白髯飘飘，健步跨岸上，红润的脸上没有一丝激动。他似乎早就知道陈豫川要来，又似乎专门驾着船，从远处赶回来迎接他一般。

陈豫川跪在地上，用右眼角的余光，偷偷地看师傅。

哪知一瞥之下，陈捕头立即慌了神。

他实在不明白，师傅刚才还声音嘹亮地唱着歌儿，此时此刻，为何满脸的悲戚之色？

师傅怎么了？

陈豫川从小害怕师傅。

尤其害怕老人家"马"起一张脸，不言不语地生闷气。

只要师傅一声不吭,陈豫川的心里头,就会"咚咚"地直打鼓。

明媚的春阳下,阳明生满头银发似雪。怀里,一只伤鹤"呀呀"而鸣。

见陈豫川跪在地上,并没有理会他,只顾抚弄着那只伤鹤。

良久,才淡淡地问道:"尔来何干?"

陈豫川见师傅开了口,心中悬着的石头总算落了地,连忙回答道:"弟子有千难万难的事,要向师傅禀报!"

阳明生一边抚摸着伤鹤,一边神情落寞地说道:"老朽早已说过,忘却世间事,身做野云叟。"

陈豫川见师傅答非所问,也没有叫他站起来,只得依旧跪在地上,一动不动。

他不敢站起来。

这是他当年学艺时,入门后就养成的习惯。没有师傅的允许,借给他一百个胆子,陈豫川也不敢站起来。

"身做野云叟"的师傅说出的话里面,为什么隐隐含着悲伤?

陈豫川心里纳闷,眯起一双眼睛,再次偷偷地看师傅。

师傅依旧像三十年前一样,神采奕奕。只是不知道为什么,神情有些许忧郁。

忧郁的阳明生,始终抚摸着那只受伤白鹤,手微微发抖。

突然,有泪从他的眼角流出。

陈捕头大骇,又不敢出言劝慰。

阳明生唏嘘而涕,自言自语地说道:"尔欲去,有天可飞,有林可栖。世间岂止郏水乎?"

伤心地说完这话,阳明生狠了狠心,将手中的白鹤向空中一抛。

鹤扑棱棱地飞去。

陈豫川偷偷看见,那只白鹤虽然振翅高飞,却并不远去。

数次往返回旋,绕到阳明生的身前身后,似向他三叩九拜谢恩,仿佛不忍离去。

阳明生见了,神情更加凄凉,忍不住老泪纵横。

他狠心跺了跺脚,转身进入到茅屋里,关起门躲在里面,"呜呜"地哭出声来。

鹤见阳明生不再理会自己,"呀呀"地长鸣三声,向着远处的卧龙山飞去。

陈豫川一脸茫然。

他委实不知情由,师傅为何这般伤心?

只道自己莽撞闯来,惹得师傅生气了。忐忑的心里,越发惶恐不安起来。

时,红日当空。

师娘手提一篮蔬,从山坡上回到"鹤庐",正推栅门入庐,一眼看见陈豫川跪在地上。

金桂花心疼地说道:"唉呀,豫川来了哈。怎么跪在地上?快快起来。"

当得知阳明生刚才的举止时,金桂花笑了。

"豫川莫怪,你师傅那个老东西,最近心里烦着哩。"

师娘从小疼他,在金桂花面前,陈豫川随便得多。

他听到师娘这么一说,连忙问道:"不知师傅他老人家,为啥事这般心烦?"

金桂花冲榻上努努嘴,又冲陈豫川笑了笑,说道:"老东西心烦啥？不就一只鹤呗。"

师娘告诉陈豫川，春三月初八日，不知道是谁用火铳将一只野鹤击伤。

那鹤负伤后，无意间坠落到"鹤庐"前。

阳明生见了，如丧考妣。

将鹤抱入"鹤庐"，细心收养在自家的茅屋中。

初时，阳明生夫妇想尽千方百计，用十分精美的食物喂它。

那鹤却不吃不喝，"呀呀"地嘶鸣不已。

老两口猜想，一定是鹤对环境不熟悉，加之对人的恐惧，故不食。或许，过两天就好了。

谁知道几天下来，那鹤依然拒绝进食。

眼看伤鹤气若游丝，奄奄待毙，阳明生心急如焚。

他抱着鹤，四处求医问药。

月前，雪珂禅师赴峨眉弘扬佛法，返寺路过"鹤庐"。

阳明生见好友至，忙煮茗以待。

闲聊中，雪珂禅师告诉阳明生，鹤不进食因失血过多所致。如能给它补充血液，或可救活它的性命。

阳明生闻听此言，也不管是否真的有效，毅然用裁布利剪，刺破左手大拇指，滴血喂入鹤口。

那鹤食血后，果然有了转机。一天天精神起来，鸣声也"呀呀"有了力气。

阳明生感雪珂活鹤之恩，常携鹤去广德寺，听禅师讲禅论道，顺便也请大禅师为鹤治疗枪伤。

两个月过去了，鹤渐渐好了起来。

适才阳明生沿郯水划船归，就是抱鹤到广德寺复诊后返家。

雪珂禅师告诉他，鹤伤已经痊愈。

阳明生心里高兴，一路欢快地唱起歌来。

偏偏在这个时候，阳明生看见了陈豫川。本来十分畅快的心里，莫名其妙地生起气来。

陈豫川一头雾水，不知师傅心中所想。

金桂花焉能不知？

阳明生与鹤相处日久，自然有了感情。想到这只鹤终究要离去，心里便有了万分的不舍和惆怅。

阳明生年逾百龄，身边唯一老妻为伴，时常触景生情。一只野鹤，尚有三叩九拜之谢。何况人乎？

自己当年虽有"封口"话，不让弟子们来看他，但他又何偿不希望陈豫川们，时常来到身边嘘寒问暖？

偏偏这个时候，陈豫川就来到了他的面前。

不经意之间，自然就触到了阳明生的痛处。

陈豫川听师娘娓娓道来，心里震动不已，眼里早噙满了泪水。

人难道还不如一只鹤乎？

果真如此，他陈豫川还算人吗？

简直就是不忠不孝不仁不义之徒了！

哪还有什么脸面，在江湖上混？

要是没有师傅的教诲，他陈豫川能有今天吗？

什么"铁血神捕"？

简直狗屁不如。

想到这里，陈豫川泪如泉涌。

但他强忍着，没有哭出声来，连忙随着师娘进到茅屋内。

见师傅侧卧木榻上，陈豫川又双膝着地，直挺挺地跪在榻前。

他一声不吭地跪着,只字不再提为何而来的话题。

这一跪就是两个时辰。

陈豫川始终保持着同一个姿势,没有丝毫的挪动。

阳明生也没有翻过身,一直向里面侧卧着。

直到太阳西沉,天色渐渐暗了下来。

陈豫川忽听有鹤盘空,鸣声十分凄厉。

阳明生原本侧卧榻上,一动不动。听到鹤鸣声后,一下子翻身下了木榻。

几步奔到茅屋外,仰面向空张望。

天空中,数千百只鹤,绕屋飞翔。"呀呀"之声,如鸣管弦。

阳明生知鹤情义,痛哭流涕地大声说道:"吾之鹤乎?果尔,当即下!"

果然,一只白鹤"呀呀"数声,径直投入他的怀中。

陈豫川细看那鹤,左翅无羽处,伤痂历历在目,竟真是师傅放归山野的那只伤鹤。

鹤在师傅怀中甚是欢喜。以喙牵衣,状态极为亲昵。

阳明生须眉飞舞,满脸喜悦之色。重新坐榻上,把鹤环抱胸前,百般抚摸。

那情形,就像一对久别重逢的爷孙。

陈豫川见了眼前一幕,再一次泪流满面。

此时此刻,他只有一个想法,赶快离开这里,回到城中去。

他要向所有的师兄弟,发出邀约信函,让他们五日之内全部赶到鄄水边,来看望师傅师娘,效鹤之报恩!

陈豫川走了。

三叩九拜后,一言不发地走了。

阳明生抱着鹤,落寞地倚在茅屋的门枋上,望着陈豫川的背影,向着郪水渐行渐远。

他知道自己的得意门生,一定会回来看自己。

不是他一个人回来,而是所有的孩子们。

想到这里,阳明生又舒心地亮开嗓子,唱起好听的歌来。

伯牙,
韵雅,
自与松风话。
高山流水淡生涯,
心与琴俱化。
欲铸钟期,
黄金无价。
知音人既寡,
尽他,
炉下,
煮了仙鹤罢
……

二

城西卧龙山,广德寺。

"西来第一禅林"的牌坊,高高矗立。

遂州广德寺,始建于大唐开元初年。

原名"慧明院",又名"保唐寺",再名石佛寺。

北宋真宗元符二年,敕名"广利禅寺",御封"观音道场"。

政和五年十二月己亥,徽宗诏升遂州为府,赐"广利禅寺"观音珠宝印一枚,代表无上法权,持有者可号令天下。

明武宗正德七年,敕赐"广德寺"。

广德寺规模冠全蜀,曾受唐、宋、明朝十一次敕封。主领川、黔、滇三百余山,被尊为"西来第一禅林"。

寺南北长两里,东西宽约一里,护寺河长约四里许。

主要建筑有皇禅师石塔、东山门、南山门、天王殿、伽蓝殿、韦陀殿、钟楼、鼓楼、大雄宝殿、观音殿、藏经楼、多宝佛塔、上禅院、厢房、配房和跨院,共有房屋227间。

寺旁一径,直入云天。

道旁两侧多古柏,虬枝盘桓。

陈豫川沿着盘山石径,正一步一停地向上走来。

那日去观音溪"鹤庐",拜会师傅未果。师娘金桂花一席话,反倒让他难过了好几天。

难过归难过,但他心里面,并未完全相信师娘的话。

师傅一辈子豪爽开朗,怎么会为一只鹤神伤于斯呢?

师傅师娘两位老人家,一定有事瞒着自己。

思来想去,师傅情绪失控,莫非与广德寺雪珂禅师有关?

陈豫川决定到广德寺走走。

遂州人信奉观音大士,已有上千年的历史。每至广德寺,必先到观音殿。向观音菩萨祈祷,保佑家人幸福平安。

陈豫川也不例外。

他来到观音殿里,先上一炷高香,虔诚地跪于观音大士像前。

三叩九拜后，起身捐功果银一两。

晃眼间，见两旁多了四位武僧。

武僧个个眼如铜铃，凶神恶煞般守护在一座琉璃罩前。

陈豫川知道，琉璃罩内有广德寺镇寺之宝——"观音珠宝印"。

但他甚为诧异，往日护宝武僧只一人，今日为何多达四位呢？

陈捕头欲近前观看。

武僧不允。

为首一僧，用手指了指琉璃罩台前。

琉璃罩台四周，早已用红白两色布条，拉起一道警戒线。

警示牌写得明白，香客只能在线外观看。

陈捕头越发诧异不已，几时变得这么谨慎了？

急快地扫了一眼"观音珠宝印"，宝印依旧莹莹发着圆润的光。

要是换了别人，隔一层琉璃罩，如何看得清楚？

陈豫川习有"透视神眼术"，自然将"观音珠宝印"看得清清楚楚了。

那光很特别，似与之前所见不同。

陈豫川虽诧异，却说不出来有何特别处。

站在原地，凝神细看。

四位武僧伫立琉璃罩前，见陈豫川长久驻足不去，表情极不耐烦。

突然齐声吼道："施主拜了观音，为何还不离去？"

陈豫川一愣。

这又怪了，几时有了禁令，不让香客观看珠宝大印了？

告示倒写得清楚，为护国宝，香客不得久留观音殿内。

陈豫川一脸苦笑，无趣地步出观音殿。

独自一人，继续向山上攀登。

钟鼓楼前。

一青衣童子见了陈豫川，连忙摆出"童子拜观音"的手势，双手合十地放在胸前，低头说道："施主陈大人否？师尊已在上禅院，相候多时矣。"

陈豫川吃了一惊，他一个小沙弥，怎会知道自己的行踪？

见陈豫川满脸疑惑，青衣童子微微一笑，咧咧嘴说道："自三日前，师尊与阳明生大师相谈密室后，曾不止一次地说过，陈大人必来卧龙山。反复告戒我等务必多加留意，白皙而大眼者就是神捕陈大人。今见大人双目炯炯，气质高绝，由此判定必是大人无疑也。"

陈豫川闻听童子所言，心中暗自叹服。

雪珂禅师料事如神，果真不愧得道高僧矣。

陈捕头并不言语，随青衣童子来到上禅院。

雪珂禅师果然候于院内。

青衣童子所言的上禅院，实乃一座木质结构的小楼，为广德寺历代住持寝室兼会客之所。

客厅雅室约三十见方，木地板上纤尘不染。

一院窗明几净，四围竹木繁盛，望之如画中之景。

临窗处，放置着一座三足青铜风炉，甚是古雅。

风炉高三尺二寸许，每足分别铸造铭文若干字，从左至右分别为"坎上巽下离广中"、"体均五行去百疾"、"圣唐灭胡明年铸"。

三足之上,风炉腹部鼓突处,又各置三个小窗,共铸六字,曰"伊公",曰"羹陆",曰"氏茶"。

陈豫川看了一会儿,知道正确的读法是:"伊公羹"和"陆氏茶"。

顿觉这座风炉不简单。

仔细鉴赏之下,居然是大唐开元年间的传世之物,十分珍稀。

陈捕头心里肃然起敬,整整衣冠端立雅室外。

室内,炉中炭火正红。

火炉上置一铜壶,壶大如鼎,里面盛满山泉。

雪珂禅师左右白眉长约二寸,立一旁闭目聆听水声。

初沸如鱼目,微微有声。

禅师放少许川盐入壶内,用柳枝轻轻调和均匀。

二沸似地下涌泉,壶响盖如连珠。

大禅师急忙用一木瓢,从壶中舀出满满一瓢水,弃倒在炉旁一废水瓦缸里。

速用竹筷环荡壶心。

三沸水势汹汹,如奔涛溅沫。

禅师即揭壶盖,用茶撮盛嫩芽少许,徐徐放入壶内。

复盖其上。

少顷,一壶茶汤乃成。

顷刻间,袅袅茶香飘于山寺间。

雪珂禅师闭目,鼻翼数动,满意之色甚浓。转身至门前,邀陈豫川入室内。

陈捕头再整衣冠,随之入雅室坐定。

静候品若。

室内。

一炉一壶一茶几,二椅三门四窗数幅字画。

古朴雅洁,浑如画屏。

雪珂择一柳木碗,用一把精致的竹筒小舀,舀茶汤少许,倒入碗中环荡。待碗洁净后,将废水弃于瓦缸中。

复用竹筒小舀,舀茶汤入碗内,至八分方止。

双手奉几上。

陈豫川细观那碗茶汤,色似琥珀,气如幽兰。

心喜甚,双手捧碗徐徐饮入。

含嘴中数绕,再三品读。

味比晨露略甜,花蕊玉味稍淡。

当真妙不可言。

"大师煮茶未见特别处,茶具也只是寻常之物,何故所烹之茶妙绝天下?"

陈豫川善茗饮,又是茶道中一等一的高手,却也是第一次饮到如此佳品。

不禁发问相询。

禅师笑而答曰:"无他,唯山水佳而已。"

陈豫川当然不信。

几番询问,雪珂禅师皆笑而不语。

陈捕头依茶礼"三品"后,起身来到风炉前,脱口赞道:"好漂亮的一尊大唐风炉!"

雪珂禅师笑曰:"陈大人好眼力,此物果为大唐青铜风炉!

乃敝寺三件重宝之一。"

大禅师语气颇多自豪。

"大人师尊时常叮嘱贫僧,切切保护此宝,万不可丢失与损毁。唉!"

不知何故,禅师语尾一声轻叹,让陈豫川如遭雷击!

老和尚为何叹息呢?

陈豫川见雪珂垂眉不语,忙捡些顺耳的话,欲让他高兴。

遂明知故问地请教道:"大师言宝刹有三件重宝,不知其他二物为何?"

禅师闻言,眉毛微动。

然依旧闭目,终无言语。

陈豫川见禅师这般光景,联想到师傅的莫名神伤,料想必与雪珂口中的重宝有关。

想了一想,随口说道:"宝刹三件重宝,首推'观音珠宝印'……"

一语未了。

雪珂禅师突睁双眼,嗔道:"阳明生已告诉了施主?!"

陈豫川吃了一惊。

适才还禅意十足的雪珂大师,为何突然这般嗔怒?

竟直呼尊师名讳!

二人之间,一定藏有惊天秘密。

看雪珂禅师反应,很可能和民间谣传有关,"观音珠宝印"真的失窃了!

"那'观音珠宝印'……"

陈豫川故意拖长语调,不把话说完。

雪珂禅师终于忍耐不住了，越发愤怒，恨恨地说道："阳明生果然告诉了你！唉，让你知道了又何妨？"

大禅师接下来的叙述，让陈豫川惊愕不已。

师傅和他二人间，果然藏着一个天大的秘密。

适才陈豫川在观音殿里，见到的那枚"观音珠宝印"，竟然是一枚假印！

陈捕头听说后，虽早有臆断，还是骇了一跳。

"真印呢？"

雪珂禅师告诉陈豫川，真正的"观音珠宝印"，早在春节期间就被人劫走了。

"那日迎春祈福大会后，返寺发现被调了包，'观音珠宝印'赫然失窃。"

又言去岁九月二十三，一位风度翩翩的白衣少年，执黄中玉手谕来到上禅院。

言圣祖康熙七十诞辰，诏征天下古玩字画，进呈御览。

遂州广德寺"观音珠宝印"，赫然名列其中。

"观音珠宝印"乃广德寺镇寺之宝，具有无上法权。四方枭雄豪强，莫不觊觎欲据为己有。

幸得寺中历代护宝武僧，日夜精心呵护，才得以保全至今。

雪珂禅师年逾百龄，乃少有的得道高僧，护宝之心甚坚。岂能因黄中玉一纸手谕，而让重宝落入他人之手？

白衣少年谦谦如君子，与雪珂上禅院品茗。

二人"手谈"，至一百六十八回合。

雪珂颓然落败。

大禅师功力何等深厚，所习峨眉内家筋经功，蜀中无出其右者，竟无端败于一少年书生，呕气吐血半碗，死死抱住"观音珠宝印"不放。

少年见禅师血染须红，护宝之心坚如磐石，顿生恻隐之心。将黄中玉手谕置几上，摇摇头无声离去。

"谁曾想，躲过了初一，躲不过十五。宝印还是失于老衲之手！"

雪珂后悔不止，时常望着那纸手谕出神。唯疑黄中玉假圣诞不得，又巧借迎春祈福之机，终将宝印据为己有。

大和尚深感事态严重，悄悄告知好友阳明生。

阳明生闻知此事后，唏嘘不已。

唯恐遂州民众知情，引起哗变。遂相互发誓保密，不让真相泄露。

二人密商，置仿品于琉璃罩中。

故意增派四名武僧，日夜守护左右。

明为护宝，实乃掩人耳目，以防他人窥破秘密。

阳明生再三叮嘱，千万别让陈豫川知道实情。

果真是知徒莫如其师矣！

作为遂州人，既然知道了事情真相，陈豫川哪能袖手旁观？

陈捕头心如明镜。

黄中玉"官迷心窍"，千方百计将"观音珠宝印"收入囊中，阴解至京师，欲讨吏部张鹏翾欢喜，以求得到川督一职。

其丑恶行径如斯，实有失州牧之神圣职责。

何异翻墙入室之盗乎！

然尤让陈捕头担心之事，寿礼既至剑门失窃，"观音珠宝印"必已流落民间。

设若不巧,落入野心家之手,那该如何是好?

坊间早有传言,前明"朱三太子"仁爱,有"小孟尝"之称。其人长期活动巴蜀间,广结武林豪强人物,蓄谋僭越西川,欲光复大明江山。

更有京师消息,平西王吴三桂久踞云南,已生反意。手下爪牙,早已遍布江南半壁。

毗邻滇境之蜀地,岂能独善?

若此二者据得"观音珠宝印",天下百姓之祸不远矣!

一枚"观音珠宝印",官者据之,或为赏玩。盗贼据之,或为金钱。反寇据之,则欲号令天下,必定干戈四起,生灵涂炭。

只有安置于广德寺,才是护佑遂州百姓的圣物。

果真流落至民间,各方势力必拼死争夺,则成为凶险之恶物也。

临行前,陈捕头提个小小要求,希望看一看黄中玉讨宝"手谕"。

"实在冒昧得紧,不知可否一观?"

大禅师并不推辞,忙从贴身处拿出来,双手递给陈豫川。

"此物不祥,存敝寺中甚为不妥。老衲欲请陈施主保管,不知大人意下如何?"

陈捕头知大禅师意,接过来仔细折好后,贴身放入怀中。

颔首告辞。

雪珂禅师送至大门处,双手合十胸前,诵一声阿弥陀佛。两眼充满无限期望,默默看着远去的陈豫川。

陈捕头走在寺院小径上,心里更加难以平静。

他已隐然感觉到了什么,却又说不清楚。

蔡氏兄弟押送的寿礼、失盗库银、观音珠宝印……
曾春辉、白衣少年、朱三太子、吴三桂……
曾文正、杏儿、莫仁品、卢二……
骆时香、慕容白、黄中玉、唐永年、张鹏翮……
谁在操这盘"大局"？
谁又是幕后真正的操作者？

第十八章

一

南街，黄府。

清越的鸽哨声，依旧日日响彻在遂州城的上空。

住在黄府里的人，各自的心情又各不相同。

他们或高兴或抑郁，如同后花园里暮春的花儿，有的早已开败，有的鲜红正艳，还有的含苞待放。

黄中玉心情大好。

三日前，他接到京师飞鸽传书，函上全是喜讯。

函为张鹏翱大人亲书，言十分欣赏自己的办事能力。不仅协助刑部"平叛潼川"有功，而且间接助了恩师一臂之力。

吏部已据此上折，保奏其接任川督一职。

黄中玉哪有不喜之理？整日里乐呵呵地眯着眼，满面泛着喜庆的光，见谁都一脸和善。

昨日阅京师塘报，朝廷奖赏"平叛潼川"功臣，张鹏翱居功至伟。

塘报称，若非吏部尚书张鹏翱，从《香山诗钞》中看出端倪，几至"顺贼乱蜀"之祸重现川中。

康熙爷龙颜大悦,颁诏告示天下,擢升张鹏翮为武英殿大学士。

黄中玉为恩师高兴,更为自己高兴。

倘若"潼川谋逆"一案,真如刑部唐永年所言,为"朱三太子"一人所为,那么试想一下,从上而下一干人,谁脱得了"谋害忠良"的干系?!

还武英殿大学士呢,还四川总督呢。

弄不好落下个欺君的罪名,遭满门抄杀,株连九族。

看来刑部尚书唐永年,欲为骆时香开脱之奏,未获皇上准允。

黄中玉庆幸不已,心中暗自佩服,恩师的智慧无人能及!

夜里,睡得格外踏实。每日里依旧早起,做"五禽戏"时都极认真。

一招一式,动作标准而到位。

这种细微的表现,只有心情极佳的人才会有。

"老爷有喜事了!"

杏儿眼尖,告诉莫仁品。

莫仁品不理她,心里烦着哩。

昨天夜里,莫大管家也接到一封飞鸽传书。

只不过函非喜信,而是"凶"讯。

他认为"飞信"所言之事,根本不可能完成。或者说,如果完成了这件事,他的使命也就到头了。

这是莫仁品的感觉。

他很相信自己的感觉。

可他怎么也不相信,"仁德裕"大药房的掌柜赵顺成,是京师派到遂州的坐探!

京师派到遂州的坐探,不是镇江寺开凉粉店的杨三姐吗?

弄死了杨三姐,弄死了骆时香,现在又要弄死赵顺成!

上面传来的信息,真是莫名其妙。

杨三姐是兵部的坐探,骆时香挡了仕途,赵顺成又撞了哪门"煞"了呢?

想到杨三姐和骆时香,莫仁品就觉得好笑,黄中玉忒太多疑了。

一个算命先生的胡诌,居然要了堂堂潼川知府的命。

骆时香死得冤枉?

给别人腾出了官位,叫死得其所!

一点也不冤。

讨人喜欢的杨三姐,不就一个卖凉粉的妇道人家吗?

上面的人要试探卢二,到底是不是别人的爪牙,拿杨三姐做诱饵,她只有死。

黄中玉一点也不知情,仅凭慕容白留宿镇江寺的谣言,就认定她是另一条线上的"钉子",她也活不成。

谣言是莫仁品散布的。

"一箭双雕"之计,也是他想出来的。

其实,真正想要杨三姐命的人,不是黄中玉,也不是莫仁品,而是莫仁品嘴里所言,那个上面的人。

上面的人,怀疑杨三姐是兵部的"坐探"。

她也死得其所,除去了上面人的"心病",还换来了卢二对莫大管家的绝对忠诚。

莫大管家心烦,不是因为杨三姐和骆时香之死,而是如何让赵顺成死。

上面说他是别人的坐探，容不得半点闪失。

赵顺成还没死，莫仁品已经感到，仿佛自己快要死了一般。

飞鸽传来的"凶"信，措辞十分严厉。

只要不是一条线上的人，不论是谁，都必须死。

莫仁品想了很多。

夜里，辗转反侧，睡不好觉。

杏儿知道他心烦，好意提醒他，为何不去广德寺，找黄葛树下的"神卜张"呢？

莫仁品闻言一喜，脑瓜子顿时开了窍。

继而又一惊，她一个婆娘家，咋知道"神卜张"这档子事？

灯光下，见莫仁品怪模怪样地看着自己，杏儿"嗤"地一声冷笑。

"隔壁那些婆婆大爷，一有了烦心事，哪个不去求神问卦？广德寺前那个'神卜'张瞎子，谁不知道他是神算子？再难的事他都能够化解！"

"你尽听人瞎说，一个算命的有那能耐？"

莫仁品越听越心虚，这个婆娘好像啥都知道啦。

杏儿指着莫仁品额头，鄙夷地骂道："哼哼！莫老爷呀莫老爷，你一天到晚给黄中玉当狗头军师，出谋划策整人害人，当我不知道？！别在我面前装嫩了，好不好！"

莫仁品无言以对，恨得牙根直痒痒！

翌日，"神卜张"果然就来到了黄府。

他不是莫仁品找来的，而是黄中玉专门派莫仁品去请来的。

黄中玉和"神卜张"二人，关在书房里嘀咕。

莫大管家便捂着嘴,偷偷地笑。

多难的事呢?不就除掉一个"仁德裕"的掌柜吗!

有了"神卜张"的掐指一算,十个赵顺成的命也给他算没了。

杏儿站在账房前,也抿着一张小嘴窃笑。

那甜甜的笑容,像春风里的杏花一般,灿烂无比。

书房里,"神卜张"正在给黄中玉摸骨。

他捏捏州牧大人的左手,不住地点点头。

嘴里轻声说道:"恭喜大人,西方之祸已消,一路锦绣前程矣。"

黄中玉微笑不语。

"神卜张"又摸他的前额,脸上顿时有了喜色,笑呵呵地接着说道:"如果大人能双喜临门,则更加贵不可言也!"

州牧大人听张瞎子一说,双眼立即放出明亮的光芒,低声询问道:"不知先生所言双喜临门,所指为何?"

"神卜张"沉吟良久,也压低声音说道:"大人贵庚三十有七,辛酉当令。今岁在辛酉,必有贵人助您平步青云,此一喜也。"

黄中玉睁着一双大眼,伸长脖子认真地听着。那眼神,犹如炉堂里放出的光芒,能铄金熔铁。

"这第二喜吗?"

"神卜张"吞吞吐吐半天,始终没有说出来。

黄中玉知趣,连忙从贴身的怀包里,摸出一个金元宝来,极快地塞到"神卜张"手里。

那元宝足有五两重,金灿灿好不喜人。

"神卜张"也不推脱,把金元宝揣入怀中,笑了笑说:"大人虎狼之龄,犹如佳木沐浴春风,正英姿勃发。若能枝发红花,必定光耀天地之间,辉映江山!"

黄中玉越听,心里越欢喜。

正欲详探究竟,"神卜张"却没了下文。

州牧大人想了一想,张瞎子所言句句皆实,却又始终让人不得要领。

"神卜张"说的第二喜,究竟是什么呢?

然任由黄中玉说破嘴皮,"神卜张"不再发一言。

一副天机不可泄露的神色。

"神卜张"的广大神通,黄中玉早已领教过了。那未卜先知的神仙法术,岂是一般江湖术士所能及的?

州牧大人不再相询,隔窗向莫仁品喊道:"速备马车,恭送先生返程!"

早有护院驾着马车,候于大门前。

莫仁品搀扶着"神卜张",颤颤巍巍上了马车。

"神卜张"伸出左手,用力捏了莫仁品一把,轻声言道:"大管家辛苦!"

莫仁品微微一躬身,意味深长地说道:"谢先生,一路走好!"

"神卜张"走后,黄中玉独自待在书房,思索良久。他始终没有弄明白,张瞎子所言第二喜究竟为何。

遂推开花窗,召莫仁品进屋相商。

莫大管家屁颠屁颠入内,笑嘻嘻地坐侧几上。

听了黄中玉所言,莫仁品哈哈大笑起来。

"果然要恭喜大人了,张瞎子所言老爷第二喜,枝发红花者,择一良人是也!"

黄中玉一听,沉脸斥之曰:"岂可胡言!"

莫仁品素知黄中玉为人,假眉假眼假正经。在同僚面前,一向以清廉洁身自诩,容不得他人说半个不是。

连忙俯下身子,正色道:"小人怎敢放肆胡言?想那张瞎子既号'神卜',自有他过人的神通。喜上加喜,贵不可言!望大人三思。"

谁不知黄中玉刚愎自用,典型的"干煸四季豆——油盐(言)不进"。

要想说动他,一般人怎行?

莫仁品却深知这种人,虽然智商绝高,却有一短处无法克服。

事事不相信他人,但偏偏又十分迷信!

"神卜张"的话,黄中玉准信。

莫大管家的表述,说得滴水不漏。

本来是自己想要说的话,却处处拿"神卜张"说事,还怕自负的黄中玉不上钩入套吗?

莫仁品走后,黄中玉"猫"在书房里,静坐了一个时辰。

那一夜,州牧大人彻夜未眠。

二

黄中玉又有了心事。

晚饭后,不再一个人去书房里念书。

常常有意无意间,来到老太太礼佛的佛堂里,跪在观音大士神像前,双手合十许愿。

每日清晨,黄中玉依旧早起,照例去后花园老梅树下打拳晨练。

"五禽戏"越发娴熟,一招一式做得一丝不苟。

府上的人发现,老爷看丫鬟们的眼神,有了十分的异样,说不出的柔美。

杏儿笑着对莫仁品说:"老爷怀春了,老牛想吃嫩草了!"

莫仁品瞪她一眼,骂道:"你才是只发情的骚猫!"

杏儿瘪瘪嘴,不屑地"哼"一声,转身走开。

黄中玉有了心事,上下衙门不再坐轿,喜欢步行前往。

黄府距离州衙不远,从玉堂街向南行二百步,左转进入北辰街,再绕过天上宫就到了。

适才途经天上宫时,黄中玉看见街对面的人群里,楚楚动人地站着一位二八女子。

二八女子十分俊俏,绿衣绿裙飘飘。

刹那间,黄大人的心活泛起来。满脑子想的全是"神卜张"的话,一双眼睛就直了。

他目不转睛地注视良久,直到婀娜倩影从视线里消失,才魂不守舍地叹了口气,恍恍惚惚来到衙内。

远远跟在后面的莫仁品,摇着头笑了笑,转身往回走。

更远处的北辰街口,杏儿正站在"李记布庄"前,左右二手扯着丝绢张望。

莫仁品尚未转过身来,她已一闪而没。

州衙最里面的签押房,是州牧大人办公之所。

黄中玉泡好一壶茶，搁茶几上晾着，并没有要喝的意思。独自坐在办公的木案前，无趣地翻了翻往日公文。

看看也没甚紧要的事办理，索性关了房门，不让他人进来。自个儿坐在"官帽"椅上，美美地想着心事。

州牧大人表面愁眉苦脸，心里正乐和着呢。

他已不止一次见到绿衣少女了。

啧啧！

那脸蛋，那眼神，那身段……活脱脱从宋词元曲里面走出来的妙人儿！

莫非天意乎？

"神卜张"那厮，硬还是有些神通，难道又让他算准了？！

嘿嘿，果真要找个"小"，就找绿衣少女这样的姑娘家得了。

黄大人闭上眼，抿嘴而笑，一门心思这么想。

一衙僚吏，见州牧大人闭了房门，甚是不解。

黄中玉往日嬉笑颜开，今日何故眉宇不展？

别人不知道，莫仁品当然知道。

莫管家不仅知道，黄中玉愁眉不展是假象。而且他还知道，绿衣少女是赵顺成的掌上明珠。

赵家小姐名叫珠珠，年方十七。惜已与他人有了媒约，断没有到黄府为妾的道理。

还没等到四通退堂鼓响，黄中玉已早早回到自家府上，一头钻进书房里，提笔想写点什么。却在一张上好宣纸上，写下大大一个"绿"字。

自个儿觉得荒唐，揉一团扔掉。

莫仁品放鸽毕，抽空来到书房，将所知详情据实相告。

黄中玉端坐案前,默默地听完,未发一言。

他看了一眼莫仁品,眼里全是赞许之色。

好一个莫大管家,真像是自己肚里的一条蛔虫!

啥事他都知道,啥事都替你想得周周全全。

就是不晓得他知道否,自己的所有心思,全系在绿衣少女身上,已无她人可以替代了。

黄中玉收回目光,轻叹一声。

右手托着腮,左手不停地揉搓着前额。

莫仁品看在眼里,知道主人心思,便请州牧大人不要着急,让他好生想想,或有他法可行。

他当然有办法。

为了完成除去赵顺成的任务,莫大管家啥法子想不出来!

黄中玉闻言后,郑重地许诺道:"若事成,当课以重金为酬!"

莫仁品见主人志不可移,心里暗自欢喜。

躬身告退后,径直来到鸽棚处,打开三号鸽笼,欲取鸽出。

低头想了一想,又关上笼门。

站起身来,不停地搓着双手,来回走动。

杏儿躲在芭蕉丛中,窃笑。

夜里。

莫仁品躺在床上,反复思谋,仍无良策。

待到天明时,竟不辞而别。

两日后。

黄府的人发现,莫仁品居然在"仁德裕"附近,租了一套带门面的房子,做起了倒卖中药材的生意。

黄中玉听了杏儿的报告，脸上有了喜色，紧锁的眉宇也舒展开来。

他召集府上的人训诫，不许外传莫仁品倒卖中药材之事，违者驱出黄府。

同时宣布，杏儿暂时替代莫仁品，出任黄府管家一职。

杏儿笑弯了眉毛，像一只欢快的喜雀。不经意间，她就当上了黄府的大管家。

虽然是暂时代理，她也很满意，极认真地行使着权力。

莫仁品不做黄府管家，跑去开店倒卖药材的事，多少让人有些意外。

不知底细的人，互相打探着消息。

莫仁品极善伪饰，双手捂着脸，眼泪汪汪地告诉街坊邻居，自己被黄府炒了鱿鱼。不得已下水倒买倒卖药材，以期赚点散碎银子糊口。

只有黄中玉知道，莫管家这么做的目的，全是为自己"枝发红花"。

莫仁品精于人情世故，对药市一道却擀面杖吹火——一窍不通。

他哪会做甚生意？

但他会做一点，就是让黄中玉敞开钱口袋，大把大把地赔银子。

只要"仁德裕"有事，不论轻重缓急，必鼎力相助。

至于所贩药材，更是赔本赚吆喝，让赵顺成赚个盆满钵满。

不几日，莫管家和赵顺成两个人，已成莫逆之交。

有了莫仁品这个好兄弟，赵顺成心存感激。隔三岔五请到家里,你兄弟我哥子地大醉一台。

每每醉酒后,莫仁品又心急如焚。

眼见已过十日,主人所托之事却毫无进展。

黄中玉倒不着急,他相信莫仁品的智慧。

一夕。

主仆二人秘会,闲聊于黄中玉书房。

州牧大人谈及,近日遂宁县里捕获一盗,将于三日后问斩。

莫仁品听到这个消息,心里猛地一动。

一条计谋迅速形成。

他连忙挪过身子,俯身对主人轻轻耳语数言。

黄中玉闻听后,十分欢喜。

连连点头称是。

当天夜里,莫仁品执黄中玉手谕,携酒肉独自来到县狱,挥手屏退左右,坐在牢房的地上,与盗倾壶长饮。

盗累犯血案,自知必死。

没想到遂州这个地方,居然还有人来为他送终。

知其必有所求,心里依然大为感动。

盗一边喝酒吃肉,一边询问莫仁品有何事相求。

莫仁品乘了酒兴,泣声伪语曰:"实不瞒好汉,在下本是遂州世家子弟。因遭'仁德裕'赵顺成迫害,父母双亲均死于非命。吾生为七尺男儿,自幼师孔孟之道,深知百事孝为先。奈何手无缚鸡之力,不知此仇如何得报?"

言毕,泪水滚滚而下。

盗闻言,勃然大怒。

一双手紧握铁链,恨恨地抖得哗哗直响,慷慨激昂地怒吼道:"赵顺成这个老匹夫,吾恨不能一刀结果了他!"

言罢,盗又摇头连连叹息。

"惜吾将死之人,已难为恩人报此大仇了!"

莫仁品听盗如此一说,连忙双手捧了酒碗,单膝跪地上,声泪俱下地说道:"英雄若真心帮我报仇,请在官前言赵顺成乃壮士赃物窝主,老贼必遭屠戮矣。此事成与不成,英雄都请受在下一拜!"

盗伸出双手,扶起莫仁品。

莫管家极善伪装,随即双手将酒碗高擎于头顶,不容推脱地递与盗。

复又双膝跪在地上,着着实实叩了三个响头。

再次假惺惺地说道:"在下无能,只得出此下策,还望恩公明鉴!"

盗见莫仁品至孝,心里十分敬重他,遂将碗中之酒一饮而尽,朗声说道:"今生能够结交兄台,未枉来世上一遭矣!"

又三日。

赵顺成因窝赃之罪,与盗同斩于犀牛堤。

莫管家得知赵顺成已死,跟跟跄跄来到"仁德裕"。

见了珠珠母女,掩面而泣。

他一边命人运回好友尸体,一边忙里忙外团团张罗。少不得又拿出许多银两,帮助赵家筹办丧事。

"仁德裕"遭此祸事,让珠珠母女俩痛不欲生。

更令母女俩没有想到的是,"守七"之期未过,许多不明身份的索债人,纷纷前来讨债。

众讨债人手里,无不握有赵顺成签押的字据凭条。

计有债务三十万两之巨!

珠珠母女不知有诈,直吓得相拥而泣。

二人哪有这许多银子还债?

莫仁品痛心疾首,一边骂赵顺成糊涂,一边慷慨解囊,当着珠珠母女的面——为她们还清债务。

珠珠母女心存感激,恨不得变牛变马,来报答他的恩情。

莫仁品一计方出,一计又生。

他阴使市井恶少,登门调戏珠珠。

又四下散布流言,胡说珠珠早与泼皮恶少有染,是不贞不洁的女子。

珠珠婿家之人,闻听流言蜚语后,信以为真,居然敲锣打鼓,到"仁德裕"悔了婚约。并限三日之期,退还先前下的万两聘金。

事情发展到这一步,珠珠母女已陷入山穷水尽之境。

叫天天不应,叫地地不灵。

只好求助于莫仁品,再施恩德。

莫管家装模作样,又为珠珠母女支付万两聘金,情深意长地说道:"莫某前主人黄中玉大人乃仁义之士,新近夜梦观音菩萨神谕,年内将迁升川督,遂有心纳一妾提前贺喜。吾见珠珠品貌端庄,如果能够得到黄大人的首肯,你二人不但可以摆脱眼下困境,还可一辈子享受荣华富贵!"

珠珠母亲闻言,怕女儿到黄府为妾当受气包,心里万分不情愿。

但苦于没有他法,痛哭流涕答应下来。

珠珠见莫叔满脸诚恳,也只得点头默许。

莫仁品得了二人准信,连夜赶回黄府报喜。

黄中玉得报,甚是欢喜。

依先前之诺,送了莫仁品五百两黄金。暗地里反复叮嘱,不可走漏丝毫风声。

莫仁品笑了笑,点头称是。

他还怕走漏了风声哩。

杏儿躲在芭蕉丛中,闪着一双美丽的大眼睛,看着莫仁品驮着一口袋黄金,沉甸甸地回了屋。

黄中玉如愿以偿,得了珠珠为妾,请"神卜张"算了一卦。婚期定在五月十六日。

谁也没有想到,不待黄中玉婚期临近,莫仁品好端端地得一怪病。颈患恶疮不治,竟然断项而亡。

患疮断项处,有如刀斧斩过一般整齐。

识之者称为"断头疮"。

街坊邻居说,莫仁品作孽太过,被恶鬼砍了脑壳。

杏儿当然晓得,什么事情都知道的莫仁品,为什么而死了。

他不死,一定有人睡不好觉。

五月十二。

杏儿正式升任黄府大管家。

第十九章

一

陈豫川不见了。

就在他带着一干师兄弟去了鄻水后,一个月朗星稀的夜里。陈豫川突然不见了踪影。

遂州城虽然很大,这个消息还是像风吹过一样,迅速传遍了城里的大街小巷。

今天早上醒来,夫人到陈豫川独处的寝室,依例给他更衣。见床上被褥叠得整整齐齐,人却不见了踪影。

问府上的人老爷去哪儿了,都摇头说不知道。

陈夫人虽然纳闷,仍以为丈夫像平时一样,临时有事去了衙门。

谁知从早晨等到中午,又从中午等到晚上,始终不见其回到家里,也没有他的任何消息。

陈家人这才着了慌,四处寻找未果,闹麻麻没了抓拿。

当杏儿得到消息时,城里的流言蜚语已经铺天盖地了。

她急匆匆来到书房里,第一时间将陈豫川失踪一事,报告给了黄中玉。

黄中玉听说后，笑了笑，没有丝毫别的反应。

脸上满是"喜"气，依旧生活在洞房花烛中。

那神情，一点也不着急，好像早已知道陈捕头会失踪一样。

杏儿也不着急。

她的身份已不同从前，现在是黄府的管家婆，名副其实的二当家了。

哪能着急？

不着急的杏儿，做事仔仔细细，比莫仁品还要稳。

她居然也会放"蓝鸽"，有条不紊的样子，一点也不陌生。

多少让人有些惊讶。

莫仁品教的吧？

黄府上下，没有人知道究竟是怎么回事。

黄中玉也不知道。

虽然心里犯嘀咕，但还是欢喜。

杏儿当管家，一点不比莫仁品差。

管她为啥会放"蓝鸽"呢，省得教她耽误时间。

黄府的鸽哨，依旧日日准时响起。

唯街坊邻居们着急得要命。陈豫川不见了，他们的心里"空"得发慌。

"铁血神捕"的名头，是遂州人的守护神。

三十多年了，偌大的遂州城里，还真没有听说过，谁家掉过一根针一文钱。

仰仗着陈豫川的威名，小偷毛贼哪敢来遂州城！

现在陈捕头不见了，遂州城当然炸开了锅。

好事者传言，陈豫川遭人杀害了。因为他多管闲事，得罪了道上的江湖朋友。

也有人乱嚼舌头,说他破不了此案,怕毁了一世英名,悄悄躲起来了。

更有人说他冒犯了上司,在巡捕房混不下去了,干脆跑到广德寺出家当了和尚。

这些毫不靠谱的传言,说得有鼻子有眼睛,连他老婆都信了。跑到州衙门里又哭又闹,非要人家将她老公送回来不可。

黄中玉心里明白,陈豫川既没有被害,也没有躲起来,更没有出家当和尚。

他一定顺藤摸瓜,跑到剑门关一带,追查那车失踪的珠宝去了。

陈豫川呀陈豫川,真是个聪明绝顶的"大傻瓜"!

杏儿的心里,比黄中玉更加明白。

她接到了一封"飞鸽传书",不知谁发给莫仁品的函。函件所书的内容,涉及陈捕头"失踪"事。

落款很奇怪,画着一个变异的"苹果"。

她当然不知道,那个苹果是"白"字的"娃篆"体。

陈豫川呢,当然活得上好。

一如往日般精神抖擞。

那日从广德寺回到城里,他便把所有的师兄弟叫上,一起来到观音溪"鹤庐",去看望年迈的师傅师娘。

师傅很高兴,将他一个人召到卧室里,悄声而郑重地告诉他,雪珂禅师与之共守的一个"秘密"。

陈豫川听了师傅的话,佯装得很兴奋。

誓言作为遂州人,他一定追回"观音珠宝印"。却只字未敢提及自己上过广德寺，怕引起师傅不快。

师徒闭门卧室中，密商良久。

两人一致认为，黄中玉得到"观音珠宝印"后，有两种处置的可能性。

一是据为己有，现匿于黄府内。

二是混于寿礼之中，由蔡氏兄弟解押北进，行至剑门关被劫。

阳明生问得很仔细。

尤其对"寿礼"失窃的经过，更是反复相询。

老人家心情很好，特别吩咐陈豫川，千万小心白衣少年，尤其是他的左手。

陈豫川很感动。

在得到师傅悉心指点后，心中豁然开朗。

一干师兄弟聚在一起，像过年一般热闹而疯狂。两天三夜里，喝光了三大缸师傅自酿的"郪水春酒"。

第四天晚上，回到米市街家里的陈豫川，突然就不见了。

像夜里的风一样，消失得无踪无影。

二

五月二十六。

小满。

梓潼七曲山。

通往大庙的千步石梯上，缓缓走来一个算命先生。

占卜者身材瘦小,手里执一面"神机妙算"的布招子。左肩上,斜搭一条褡裢子布口袋,油迹斑斑地看不出本色。

微驼的背,如负二尺铁锅,有一种喘不过气来的感觉。

算命先生每踏一步石梯,都要站着喘息一下。

显得十分吃力的样子。

他就是陈豫川。

果不愧是"铁血神捕"!

如此精妙的易容手段,着实让人叹服。

设若不是熟人,谁能想得到,他就是遂州大名鼎鼎的陈捕头?

设若你就是他的熟人,但你又不十分仔细观察的话,谁又认得出他是陈豫川?

陈捕头驼着背,一步一喘地向庙门走去。

他一边往上走,一边把玩着那枚黄蜂透骨钉。

唐门乃蜀中武林泰斗,怎么可能为了区区百万珠宝而自毁声誉,干此强盗行径?

如果不是唐门所为,为什么龙门客栈里,十几口人全部身中此钉而亡?

还有蔡氏兄弟口中那个神秘的白衣少年,留书龙门客栈也用此钉。

又该做何解释?

谜一样的白衣少年,神龙见首不见尾。

他究竟是谁?

掠走独眼店家和了因和尚的白衣人?

取走广德寺"观音珠宝印"的白衣少年?

还是杏儿嘴里那位常着白衣的朱姓儒生?

他们会是同一个人吗?

连日来,为了这些问题,陈豫川翻过来想,又翻过去想,始终没有想明白。

白衣少年不是以主人身份,在梓潼七曲山大庙现过身吗?

陈豫川去繁就简,决定从七曲山大庙入手。来他个层层抽丝剥茧,一查到底。

缓缓上得山来,陈豫川来到山门前。原本打算瞅个空当,悄悄地进入到大庙里面,以免打草惊蛇。

谁知刚到山门处,就被护门武僧拦了下来。

武僧很凶,死活不让进去。

陈豫川左解释,右陈述。将一口梓潼土话说得溜熟,也没起到丁点作用。

两个凶神恶煞的武僧,如同山门两侧的哼哈二将,愣是不理睬他。

实在没有他法,陈捕头只得大声喧哗,嚷嚷着要见静虚长老。

护门二武僧见他一身卜者打扮,却嚷着要见住持,便把他当成了神经错乱的疯子。

哈哈笑着,正要乱棍将他轰走。

听得山门外高声喧哗,无量子飘然来到大门前。

远远看见一算命先生,正和二护门的和尚吵得不可开交。

杂毛老道急匆匆上前,张嘴就要呵斥。

猛觉得卜者面熟,仿佛在哪里见过。

定睛一看,这不是遂州捕头陈豫川吗?

陈豫川见了无量子，故意结结巴巴说着梓潼土话："道……道……道长，别……别……别来无恙？"

无量子心里吃了一惊，脸上微露诧色，故意大声呵斥道："遂州陈豫川陈大捕头，大驾光临敝寺，尔等怎敢阻拦？还不快快禀报静虚长老！"

尖厉的呵斥声，穿越在大庙上空，裂金碎石般刺耳。

上禅院里。

静虚长老正在品茗。

听到无量子高声喝叫，不知何故吃了一惊。

手里的青花瓷茶盏，"啪"的一声掉落在地上，摔得粉碎。

大名鼎鼎的陈豫川，不待在遂州城公干，大老远跑到七曲山干什么？

静虚心中纳闷，慢慢弯下腰去，一一拾起碎了一地的瓷片，心想以"铁血神捕"的名头论，陈豫川既然来到大庙里，还少得了麻烦事吗？

慌忙收拾妥当，疾步跨出上禅院，向四处张望。

陈豫川手执卜算布招子，一阵风来到院门前。

静虚忙上前，打个稽首，再号一声"无量佛"。躬身侧引，将陈豫川迎入上禅院，请他坐了上客位。

陈豫川也不客气，将布招子依墙角搁下，稳稳地坐在紫檀木椅上。

静虚亲自煮一壶好茶，态度谦恭地双手呈上。

陈豫川微微欠身，伸手接过香茗，轻轻啜了一口，正待与之搭话。

见无量子手持拂尘，鬼影子一般，悄无声息地来到上禅院。

眉头皱了皱，忍住没有开口。

静虚见陈豫川面呈不悦，低头干咳数声。

气氛一时略显尴尬。

无量子倒不客气，大大咧咧坐主位木椅上。装着若无其事的样子，一口一口地喝起茶来。

陈豫川眉头再皱，睃了一眼静虚长老。

老和尚面露愠色，垂眉不语，另择一几坐下。

无量子盘腿坐椅上，将手中的拂尘横于双腿之间。

他虽然低着头，一对鸽卵般大小的眼睛，却始终没有离开过陈豫川半分。

陈捕头见无量子不请自来，又见他怪模怪样的神色，丝毫没把静虚老和尚放在眼里。

便故意恶心他。

笑嘻嘻地调侃道："你一个牛鼻子老道，跑到人家和尚庙里来干什么呢？你还是赶紧离开吧，免得人家说你无二爷装鸡脚神，投错了庙门！"

听话听音，听锣听声。

陈豫川的意思很明白，是叫你无量子赶快离开。不要赖在此处，让人好生烦腻。

无量子呢，当然知道陈豫川的意思。

但他并不想离开。

睁着一对牛卵大眼，看了看静虚长老，不怀好意地回敬道："陈大捕头，我看你是咸吃萝卜淡操心。我无量子是静虚长老的信徒，静虚长老也是我无量子的道友，你说我可不可以来七曲山大庙？凭什么让我离开呢？"

陈豫川委实想不到，无量子脸皮这么厚。

见他说得头头是道，也不生他的气，笑眯眯地喝口茶，继续用调侃的语气恶心他。

"哎哟哟，我说牛鼻子老道，你是真不懂还是装不懂？谁叫你离开七曲山大庙了？我是叫你离开上禅院，陈某人有知心话要告知静虚长老。"

无量子闻言，一愣。

话都说到这个分上了，他还有啥话好说？

鼻里不快地哼一声，只得站起身来。一边慢腾腾地向外走，一边用目光狠狠地盯着静虚。

那对瞪得牛卵大的眼珠子，凶狠得像要杀人。

静虚长老正手执铁壶，往陈豫川茶盏里续水。被无量子凶狠的目光紧紧盯着，一时不知如何对他。

只得低下头去，装着没有看见。

陈豫川侧居客位，全看在了眼里。

但他也装着没有看见。

只把一盏新续的茶汤稳稳端起来，"滋"地喝了一口。双眼故意不看静虚，免得老和尚尴尬。

待无量子怏怏走后，陈豫川上前关了门窗，转过身来，直截了当地问道："敢问大长老，可知道三郎是谁？何方人氏？"

听陈豫川没头没脑一问，静虚的身子略略抖动了一下。

脸上却十分镇静。

顺口答道："出家人不打诳语，敝寺从未有过三郎这人。"

陈豫川见静虚语气平和，一身僧袍却无风而动。

知道他心中肯定藏有秘密。

便不想让他有思索的余地。

口气变得十分舒缓,喃喃自语道:"此人常穿一身白衣衫。"

陈豫川说了这几个字,突然一顿,马上黑起一张脸,急促地说道:"半个月前,这个三郎还在贵寺之中,持剑与人共舞。"

静虚长老一对白眉,无端跳了一跳。

他不曾想陈豫川的话,说得如此不容置疑。

僧袍的前摆,又一次无风而动。

看了看陈豫川黑不溜秋的脸,静虚觉得十分可笑,口气有些不屑地说道:"陈施主所指的三郎,难道是说白衣公子吗?"

陈豫川并不避让,语气十分坚定地说:"想必就是此人!"

静虚似乎松了一口气。

当下微笑道:"此人乃一介书生,何劳陈施主如此挂念?"

陈捕头没有接话。

睁着一双大眼睛,无限真诚地望着他。

静虚续曰:"去年冬天,这位白衣公子随青城无量子到本寺求签。贫僧见他出手阔绰,便思量为本寺筹些银两,做修缮之用,因此与之结缘。请问陈施主,贫僧这么做,可有什么不妥?"

陈豫川两眼炯炯有神,盯着静虚和尚,一字一顿地说道:"此人有重大犯案嫌疑,务必请长老将所知情况,详详细细地告知本捕!"

陈捕头说得斩钉截铁,让人没有丝毫回旋的余地。

静虚是个出家人,从不涉足江湖上的是非恩仇。

但他知道,陈豫川寻案追赃,代表的是国家权力。

自己虽为方外之人,也没有理由拒绝他。

可他哪里知道,陈豫川不仅代表着王法,也代表着正义,更代表着千千万万的遂州人！

陈捕头一脸毅色。

不论何时何地，也不论他是谁，都必须无条件接受侦询。

静虚长老双手合什，轻念一声"阿弥陀佛"。

原本红润油亮的脸上，显出极痛苦的神色。其欲言又止，仿佛有何难言之隐。

陈豫川并不着急，见静虚长老犹豫不决的神情，知道他心里有所顾忌。

正待要鼓励他。

猛听得窗户外"吱"的一声爆响，一道白光闪过，静虚老和尚轰然倒下。

陈捕头定睛一看，见一枚黄蜂透骨钉，已径直射进静虚的脑门心。

殷红的鲜血，顺着肥硕的颈项流下来。那血初时鲜红，慢慢变成了黑色。

陈豫川知道，这枚黄蜂透骨钉上，涂抹过五毒散之类的毒药。

心里咯噔了一下，这是一个新的情况。

江湖上谁人不晓，唐门中人擅使暗器，却从不使带毒的暗器！

静虚睁着一双不解的大眼，右手无力地指着窗外。

他饱满的嘴角处，因痛苦而发生了扭曲。四肢挣扎了几下，便没了气息。

陈豫川来不及细想，右手拍椅而起。身子已如闪电一般，从开启的木窗中射出。

上禅院外，无量子正像一只飞鸟，极快地向寺外逃去。

陈捕头脚下加劲，不顾一切地追过去。

突然间，又是"吱"的一声爆响。

无量子也如一只中箭的大鸟，直挺挺地坠落于地。

陈豫川猛扑到他的身边。

只见无量子印堂穴正中，赫然插着一枚黄蜂透骨钉。

死状与静虚长老一般无二。

陈捕头抬起头来，睁着一对大眼，四下里观望。

青天白日，四野寂寥无声。

哪里有丝毫的动静？

唯寺院的高墙外有《莲花落》的声音，远远地传过来。

"众位大爷莫笑我，听我唱首颠倒歌，三九天热得直淌汗，三伏天冷得打哆嗦……"

语音含混不清。

陈豫川仔细辨听，那口音好熟悉，应是剑门一带的土著腔调。

陈捕头想起来了，"刀王"曾文正死的那天晚上，锦里不是也有这首《莲花落》响起吗？

真是活见了鬼！

陈豫川很无奈，摇了摇发涨的脑袋。

他委实想不出来。

蜀中武林，谁有这么大的能耐，居然在自己眼皮底下，瞬息之间，连毙静虚长老和无量子两大武林高手！

陈捕头恨恨地咬着牙，站在七曲山大庙门口，一下子没了主意。

他的心情糟糕透了。

拿他的话说,真是"冬瓜皮做衣领,霉登了项"!

几个小沙弥不知深浅,团团围住陈豫川,叽叽喳喳地说个不停。

小和尚的嘈杂声,越发让他心烦意乱。

说句大实话,这个时候的陈捕头,心情真的很不爽,恨不得立即找人打上一架。

眼见有了一丝线索,偏偏又断在自己手里。

他能不沮丧吗?

陈豫川跺跺脚,气呼呼地向庙外走去。

三

打烊时分。

梓潼县城,"一醉春"酒楼。

陈豫川独自一人,闷闷不乐地入得楼来。

拾厅右角僻静处,倚墙坐下。

要了一碟油酥花生,一只肥蹄髈,一钵白菜豆腐汤。

店家很利索。

不一会儿功夫,陈捕头所要的饮食,便全部摆上了桌。

陈豫川心里不舒服,到现在还没缓过气来。特意向店家交待,多要了一壶烧刀子老酒。

自个儿斟上一碗,仰头一口干了。

顺手从碟子里,抓几颗花生米丢入口中,"咔嚓咔嚓"地咀嚼着。

陈捕头喝了那碗酒,心里好受了一些。

又把桌上的辣酱、葱花、米醋和一块,搅拌均匀后,倒进一只大白瓷碟子内。

再将那只肥大的猪蹄髈,放在碟子里滚动几下。

两手左右拿住,"滋"地咬上一大口。

咧着大嘴,有滋有味地嚼起来。

满嘴的汁水,油嘟嘟地顺嘴角流下。

瞧那副饿痨相,只顾自己吃得痛快,全然不顾厅内客人感受。

哪有平时的丁点斯文!

临窗一桌,有人大言炎炎,声震屋宇,更加肆无忌惮。

那声音浑厚而混浊,带有明显的剑门腔调。

陈豫川忍不住扭头一瞥,原来是剑阁拳师罗三五。

心里有些纳闷,他不是剑阁人吗,大老远跑到梓潼干吗呢?

因为是老熟人,陈豫川才觉得奇怪,正准备上前相认,和他打个招呼。无意间听到罗三五说道:"此贼必为江湖巨盗,连犯大案。更奇怪的是,旬日之内,寒阳驿……"

寒阳驿?

蔡氏兄弟述说案情时,曾多次提到过寒阳驿!

那日和师傅单独密商,老人家更是重点说到过这地方!

陈豫川大眼里,顿时放出雪亮的光,一下子来了十二分的精神。连那只搁在碟内的肥蹄髈也懒得啃了。

索性跷起二郎腿,坐在座位上。一边喝酒,一边凝神静听。

罗三五越说越兴奋,一口剑阁土话翻得溜顺。

大厅里食客众多,全都停下了手中的筷子,伸长脖子听他神侃。

罗三五见状,越发来了精神。遂将右脚搭在木条凳上,左手叉腰,右手频频相招,叫人们围过去。

食客们见了,有的端着酒杯,在原地坐着;有的则围了上去,听他神吹鬼吹。

离得稍远的食客,在各自桌旁大声嚷嚷,边附和边起哄地凑热闹。

陈豫川坐着没动,怕暴露了身份。

他所处的大厅右角,与之相隔五张桌子的距离。因大厅里人声鼎沸,罗三五又说的剑阁土话,听得不甚明了。

六扇门里的巡捕,最要紧的本领是啥?

眼尖耳聪鼻子灵!

眼睛尖,看得清事物的来龙去脉。

耳要聪,听得到常人听不到的新鲜事。

鼻要灵,嗅得到分分厘厘有价值的线索。

陈豫川是捕快,是蜀中大名鼎鼎的神捕!任何信息对于他来说,都是一笔不可小视的财富。

更何况罗拳师罗三五,提到了这么重要的地方。

陈捕头听不真切,哪还顾忌暴露了身份?右手执一只酒杯,走上前去便热烈招呼起来。

"罗师傅,别来无恙?"

罗三五唾沫四溅,正讲在兴头上。被人无端打破了话匣子,有些不高兴。

正要发毛。

抬头见是陈豫川,连忙换了笑脸,不停地向他点着头。

见罗三五认出了自己,陈豫川举了举酒杯,表示照面过了。

他不想在众人面前,过多暴露自己的身份,又怕罗三五一时口快,叫出自己的名字来。

便不停地使眼色,叫他千万别说漏了嘴。

罗三五表面上五大三粗,心底里却玲珑剔透得很。见陈豫川不停地摇头,向自己使着眼色,知道他有话要问自己。

遂满满斟了一杯酒,快步走到陈豫川面前,故意哈哈大笑道:"哎哟,表哥你几时到了梓潼城?咋不先打个招呼?"

罗三五一边说说笑笑,一边拱手向陈豫川敬酒。

众人见他俩如此亲热,只道自家亲戚相见,便不好再围着看热闹了。

各自回到座位上,专心致志地饮食起来。

陈豫川乘此机会,乐呵呵地挽了罗三五的手,将其邀请到自己的饭桌上。

待坐定后,忙叫店家添了几个荤菜,又上一壶好酒"涪江春"。

二人乃故交,少了许多客套。

酒菜一上桌,便你一碗我一碗地对饮起来。

几口烧酒下肚,两个人的脸上,热乎乎地有了红光。

陈豫川依旧小心,不敢暴露此行的目的。

撒谎说到利州遣送公文,返回路过梓潼时,天色已十分晚了。入店胡乱弄些食物填肚,不想碰到罗兄。

罗三五咧嘴一笑,知道像陈豫川这种公干人,说的话大多一半真一半假。

也不计较他。

只顾一碗接一碗筛酒,大口大口地豪饮。

乘了三分酒性,罗拳师说起射洪寒阳驿里,新近发生的一桩怪事。

罗三五很了解陈豫川,是个啥事都好奇的家伙。你不说,他会追着你问。

就算你说了,他还会刨根问到底。

陈捕头吃的捕快饭,哪能不好奇稀奇古怪的事?

既然知道寒阳驿发生了古怪事,他当然要一问到底。

罗三五喝了大半壶"涪江春",说了一大箩筐的酒话。

酒喝完了,话也说尽了。

罗拳师却像喝醉了酒,满脸疑惑地愣在那里。

真是怪了!

寒阳驿这么古怪的事情,陈豫川听了之后,居然没有任何反应。

甚至没有说一句话,也没有皱一下眉头。

这是陈豫川吗?

罗三五盯着他,怪怪地看了足足十秒钟。

当然是陈豫川,如假包换的遂州陈捕头。

人们常说啥呢?

"说者无意,听者有心。"

听者果然有心得很!

陈豫川早已按捺不住了,恨不得马上赶到寒阳驿。

但他不会急,更不会让别人看出他急。

这就是陈豫川!

别人成不了"铁血神捕",唯有他能!

陈捕头表面不动声色,心里却在想,天底下真有这么奇怪之事?

他已经决定,尽快去寒阳驿看个究竟。

戌时三刻,二人拱手而别。

陈豫川与罗三五拱了拱手,十分客气地道了别。

乘着黑沉沉的夜色,陈捕头独自一人向城外走去。

望着陈豫川远去的背影,罗三五肥厚的嘴角上,挂着一丝诡异的笑。

他粗大的右手里,赫然玩着三枚"黄蜂透骨钉"。

罗三五一边往外走,一边有板有眼地唱着《莲花落》,节奏和语气居然像模像样。

> 风流老家元和老,
> 旧曲翻新调,
> 扯碎状元袍,
> 脱却乌纱帽,
> 俺唱《莲花落》,
> 醉归山去了
> ……

第二十章

一

遂州城玉堂街上住的人，莫不以傍居黄府为荣。

每当黄府鸽哨响起的时候，街坊邻里的婆姨们便知道，该动手做午饭了。

自从杏儿当上管家后，黄府放鸽的时间，较之前晚了一些。

时常让那些贪玩的妇人们，错过了做午饭的时间，被男人们揍得鼻青脸肿。

挨了揍的婆娘们，三三两两凑一堆，骂杏儿是个扫把星。克死了自己的男人，还要来克她们。

杏儿听到婆姨们的漫骂，抿嘴笑笑，丝毫不在意。

依旧我行我素。

很奇怪的是黄中玉，他怎么也不计较呢？

难道他忘记了，莫仁品以前放鸽的时间是巳时三刻吗？莫非他不在乎新的大管家，把放鸽的具体时间，往后调到了午时一刻？

杏儿却不这么想。

她发现黄中玉很异样。

尤其看她的眼神，怪怪的有了邪气，好像完全变了一个人。

如果黄中玉真的不知道以前莫仁品放鸽的时间，为上午巳时三刻，那么，他当然不会在乎。

新管家放鸽的时间，爱几时就几时吧。

可是，作为黄府的大老爷，黄中玉怎么会不知道？

杏儿这么想。

故意试一试黄老爷，看他细不细心。

这一试，果然有了蹊跷。

黄中玉居然真的不知道，以前莫仁品放鸽的准确时间。

杏儿骇了一跳。

暗中观察起黄中玉来。

黄中玉依旧很忙，每日里往返衙门和黄府。至于府上的放鸽时间，似乎真的不在意。

唯有一事让他牵挂，已经很久未收到京师的信息了。

张鹏翮大人的寿辰，早过去了十多天，上边没有丝毫动静，多少让人有些奇怪。

黄老爷不在乎吗？

他当然在乎。

为啥得不到京师的消息？

对于一心往上爬的他来说，这可是件了不得的大事情！

难道府上的放鸽时间，往后延迟两刻钟，还会影响到书信传递不成？

黄老爷当然不信。

不止一次躲在书房里，暗中观察着杏儿。

杏儿真不简单呢，啥事都做得精细。

偌大一座黄府,愣是被她打理得有条不紊。

尤其那对眼睛,看谁谁舒服。

唯独镇江寺的卢二,看了杏儿的眼睛,心里害怕。

莫仁品死后,卢二很高兴,偷着乐了很长一段时间。他再也不用每天偷偷摸摸,跑去向别人汇报陈豫川的行踪了。

哪知没睡两天安稳觉,杏儿那双美丽的眼睛,又莫名其妙地盯上了他。

"你不是卢二!"

杏儿十分肯定地说。

卢二睁着一双眼睛,很奇怪地望着杏儿,低眉顺眼地说道:"大管家疯了?"

"你才疯了!"

杏儿盯了他一眼,满脸怒气,压低声音说道:"你要是卢二,怎么会伙同莫仁品,帮助黄中玉除去杨三姐!"

卢二骇了一跳。

这么秘密的事,她怎么知道?

"我真是卢二,如假包换!"

卢二一阵心慌,连天价叫起屈来。

"杨三姐之死,与我何干?"

他当然是卢二。

但他哪里敢承认,与莫仁品合谋害死了杨三姐!

杏儿知道他是卢二。

唯怀疑不是天天卖凉粉的卢二,而是害死杨三姐和赵顺成的主谋!

她听莫仁品说过,杨三姐和赵顺成两人,都是朝廷安插在遂州的坐探。

既然是上面的坐探，肯定有人要他们死。

谁要他们死呢？

杏儿好奇，想知道。

现在莫仁品死了，知情者只有卢二。

不问他，问谁？

卢二哭丧着脸，抱头蹲地上，做委屈状。

他不明白，杏儿干吗理这些事。

好在莫仁品死了，死人无法对质，他才不怕别人问呢。

"你心里肯定在想，我为什么理这件事？"杏儿说，"因为莫仁品是我夫婿，他也和杨三姐一样死了。死得不清不楚，我总要弄个明白。卢二，你说是吗？"

杏儿说的是实话。

因为她知道，莫仁品必死无疑。

但她没有想到，莫仁品死得这么快，没有任何征兆，就莫名其妙地死了。

而且死得很惨，断颈而亡。

这种可怕的死法，显然不是她知道的那种。主人告诉过她，那种死法没有痛苦，也不会流血。

莫仁品的死，让杏儿害怕。

好端端一个人，得个怪病三五天就死了！

她打心里不相信，莫仁品得的是"断颈疮"。疮口没有化脓，乌黑一片，显然中了剧毒而亡。

杏儿还年轻，鲜花一朵，不想重蹈莫仁品"断颈"的复辙。所以她必须知道，究竟是谁害死了他。

卢二听了杏儿的话,这才倒抽了一口凉气。

眼前这个婆娘不简单,比她那个死鬼老公厉害多了。

"大管家,万万乱说不得。卢二一介良民,只会做豌豆凉粉混口饭吃,哪敢合谋害人性命?"

卢二可怜兮兮地说。

"你说没有就没有啊?"

杏儿见卢二抵赖,把一双大眼睛,扑闪成一对美丽的蝴蝶。

"不仅杨三姐,还有杜亮、曾文正、赵顺成……哪一个你卢二脱得了干系?"

卢二见杏儿越说越离谱,气得脸色煞白。

他不想再与之纠缠,用手指着门枋上的"第一店",大声说道:"敝店虽小,也是皇家禁地,容不得任何人在此撒野!"

杏儿一声嗤笑,鄙夷地说道:"哼哼,玄烨小儿御题?哈哈,皇家禁地?岂奈我何!"

卢二大惊失色,好一个大胆包天的疯婆子!

杏儿瘪瘪嘴,满脸不屑。

看了卢二一眼,转身往店外走去。

二

黄府的后花园,有一条小径通往书房。

以前莫仁品任管家时,怕影响道旁鸽棚"蓝鸽"们休息,专门加上一道大栅栏,封了不让人走。

杏儿接任管家后,找了个方便放鸽的理由,拆除那道栅栏,恢复了小径的通行。

还特意在小径两旁的树上，精心悬挂了十六个大红灯笼，以利夜间行走方便。

每当夜色降临，两排大红灯笼雪亮的光，十里外也能看得清清楚楚。

府上的厨子丫鬟，都说杏儿管家好，现在进出方便多了。不再绕着粮仓多走一大圈，就可以直接送膳到书房里。

只有杏儿心里明白。

她拆除栅栏，不全是为了方便下人。自己坐在芭蕉林边的卧室里，就可以将书房看个一清二楚。

黄中玉已不再早起。

有时候还需要吴妈叫醒，才起得了床。

他也不像先前那样，晚膳后必到书房坐一坐。而是去到后花园里，慢悠悠溜达一圈后，直接回到卧室里，早早灭了灯上床休息。

常常关窗闭户大睡，让人不知室内虚实。

吴妈私下告诉杏儿，近来老爷很奇怪，总关着门窗蒙头睡觉。却再也没有听到过他如雷的鼾声了。

吴妈的话，让人疑惑。

老爷究竟怎么了？

要让一个身心健康的人，改变多年形成的生活习惯，并不是件容易的事情。

除非他遭遇了重大人生变故，又抑或变成了另外一个人。

杏儿心里这么想，时刻留意起身边的人来。

府里的气氛很诡异。

黄府上上下下，完全变了样的人，仿佛不止黄中玉一个。驼背花工周老头，最近的背似乎直了许多。

驼背花工？

黄府里身份最低贱的花工，也值得大管家关注吗？

说句大实话，以前杏儿真没关注过他。

自从接任管家后，她才留心起府上每一个人来。

观察后发现，驼背花工生活极有规律。

周老头虽然是个花工，也不像黄中玉每日早起，晚膳后禅坐。但他每天的起居节奏，却也一丝不差。

杏儿以前听主人说过，世上只有两种人，可以做到日复一日的生活节奏一丝不乱。

那就是天生的傻子，或者经过特殊训练的"武者"。

花工周老头，一点也不傻呢。

偌大一座黄府，奇花异草众多，愣是让他打理得枝繁叶茂，四季芬芳飘香。

难道他是个训练有素的"武者"？

杏儿扑闪着一双美丽的大眼，天天观察着周老头。

最近一段时间，情况有些不同了。

驼背老周做起事来，总是丢三落四。

好端端一座后花园，本该花团锦簇的季节，竟让他弄得见不到一朵花儿了。

杏儿端起管家架子，狠狠训斥一顿，扣罚他一个月工钱。

周老头诺诺，驼背弯拱如初。

今晚的情况，又十分特别。

周老头用完晚膳，就进了自己的寝室。点一盏油灯，明晃晃搁窗台上。

人却端坐窗前,一动不动。

驼背的寝室,设在柴屋里。

柴屋靠近后花园东北角,位置很偏,十分僻静。

杏儿坐在卧室的窗前,却正好可以看到远处的柴屋。

莫仁品死后,杏儿孤零零一个人,住在管家的大屋子里。空空荡荡的大屋子,让她有些害怕。

尤其最近几日,她时时感觉到有一股冷冷的刀气,倏远倏近地跟着自己。

如妖一般的刀气,看不见也摸不着。

戌时。

黄府内漆黑一片。

唯柴屋里,一灯如豆。

杏儿灭了灯,正待和衣睡去。

突然间,她又感到了那股如妖的刀气,冷冷地逼近身边。

心里顿时一紧。

就着夜光,杏儿那双美丽的大眼睛,迅速地向室外一扫。

只见十数个黑衣人,悄无声息地将驼背花工的柴屋团团围住。

杏儿暗自吃了一惊,却并不慌张。翻身下了床,迅速潜入芭蕉丛中。

不远处的柴屋里,驼背周老头正在桐油灯下,用一柄精美的小刀,雕刻着一尊黄杨木的观音像。

神情专心致志。

杏儿略感诧异,周老头几时学会了木雕?

心里随即"怦"地一动。

她看见周老头的一双手,居然保养得洁白如玉。

洁白如玉的一双手,千般变幻着。

右手握住的小刀,削、刻、凿、挑,其速如风。

却又刀刀精准无误。

周老头每刻一刀,便将削下的木屑,用手指一点一点拈净。

极认真地——从窗户中弹出。

生怕弄脏了什么似的。

灯光下。

那柄精美的小刀,如妖般不停地旋转着。

一波一波发出逼人的寒气。

杏儿大骇,她太熟悉这冰冷的刀气了!

近十天的时间里,每当她躺在床上静思的时候,这如妖的刀气准会如期到来。

冷冷的让人恐惧,几至窒息。

周老头手中的刀,不停地旋转着,旋转着。

速度越来越快,刀气也越来越冷。

杏儿冷汗如雨。

驼背终于停止了手里的刀,望着一尊精美绝伦的观音像,笑眯眯地伸了伸懒腰。

柴屋外。

黑压压的一群夜行人,个个呆若木鸡。

一动不动地站在雪地里。

杏儿这才骇绝。

一个驼背又年迈的花工,竟然用弹出去的木屑,一一击中了那些黑衣人的死穴!

天,一定是他。

"妖刀鬼手断魂掌!"

花工周老头,怎么会是"妖刀鬼手断魂掌"?

杏儿满腹疑惑。

周老头抬起头来,向芭蕉丛里的杏儿喊道:"过来吧!"

杏儿害怕,畏畏缩缩不敢上前。

周老头推门而出,笑吟吟地说道:"怕啥呢,黄府上现在只有两个清醒人,其他的人不睡到天明,怎么会醒?你难道还不相信'五更鸡鸣散'的功效吗?"

天,眼前的周老头,果然是"妖刀鬼手断魂掌"!

难怪喜欢早起的黄中玉,要日日睡到天大亮才起床了。

杏儿路过黑衣人阵时,战战兢兢不敢过。

周老头大笑道:"唐永年派往蜀中的杀手,要拿我的命,哪有那么容易?"

杏儿闻言,吃了一惊。

原来这些神秘的黑衣人,是刑部派到遂州的杀手!

难怪神不知鬼不觉地进了黄府。

周老头很自豪,哼哼两声,说道:"唐永年和张鹏翮两条汉狗,在满靼子玄烨面前争宠,互挖墙角,有何益处?"

杏儿再吃一惊,睁着一对大眼,向后退了两步,惊恐地说道:"你……你……不是……花工周……"

"哈哈哈,我怎么不是花工!"

周老头声调变得浑厚,右手在脸上一抹,慢慢露出真容来。

杏儿大吃一惊,又连连后退。

眼前的驼背花工,居然是黄中玉的好友张泽林!

张泽林?居然假扮花工周老头!

犹为惊惧者,竟然还会"抹脸儿术"!蜀中失传已久的变脸绝技。

杏儿不敢看张五麻子,低着头问道:"莫仁品是你所害?"

张泽林骄傲地答道:"除了我鬼门的'七日断颈丸',谁有那么大能耐,制得了兵部安插在黄中玉身边的'丁丁猫'?"

"丁丁猫?"

杏儿一声尖叫。

"对,丁丁猫!"

张泽林不无得意地说:"凡是兵刑二部派到各地的爪牙,一律得死!"

杏儿这才明白,一向精灵古怪的莫仁品,原来是江湖上号称"九条命"的"丁丁猫"!

她看过许多莫仁品的飞鸽传书,知道他是慕容白的人。

不曾想这只"智猫",居然还是兵部的爪牙!

难怪他的消息,总是那么灵通。

只可惜有九条命的"丁丁猫",做了别人权斗的牺牲品。

杏儿心里倏地一激灵,慕容白是兵部的人?

但她闷在心里,没有说出来。

"那么驼背花工呢?"

杏儿怯生生地又问。

"你道周老头是好东西吗?哼!"

张泽林很气愤,咬牙切齿地说道:"他得了我多少好处?却一直不肯与我们合作。表面是刑部的人,暗地里脚踏三只船。

假意与我周旋,私底下又攀上吏部张鹏翮。更可恶的是无端捣鬼,损失了桂王爷两员大将'鬼刀'和'鱼肠剑',岂能容他!"

桂王爷?

平西王吴三桂!

杏儿惊得一张小嘴,张开像朵喇叭花。

"你是清廷刑部的爪牙?还是'朱三太子'的人?"张泽林恶狠狠地问道,"免得错判,误伤了你!"

杏儿骇得花枝乱颤。

她以为张泽林要杀人灭口,连忙扑伏地上,泣不成声地应答道:"小女子……乃黄府……黄府丫鬟,尽人皆知。什么……'行布',什么……'朱衫'?小女子……一概不知……"

张泽林盯视良久,嘴里一字一顿地说道:"真是黄府丫鬟便好。今晚之事,唯天知地知,你知我知。否则,莫仁品在那边等着你!"

杏儿听了这话,才感到安全了。

待张泽林抹上脸谱,变成"驼背花工"后,她才一如既往地恢复了往日大管家的威风。

"周老头"满意地点点头,表示赞许,嘴里突发一声厉啸,大门外"轰隆隆"驶入一挂大车。驾车人速将十数黑衣人撂车上,又"轰隆隆"驾车而去。

待车驶出院门后,张泽林才驼着背,回到自己柴屋里,呼呼入睡。

杏儿却睡不着,悄悄来到鸽棚,眼见四下无人,伸手捉一只三龄雄性"蓝鸽"。去其翅下竹哨,另将一只装有信函的竹管捆上,悄悄放飞空中。

那鸽无声无息升空后，往东南的潼南县方向飞去。

杏儿放完鸽子，并未马上离去，心事重重地呆立鸽棚旁。

张泽林是吴三桂的人。

黄中玉是张鹏翮的人。

莫仁品是兵部的人。

慕容白也一定是兵部的人。

驼背花工是刑部唐永年的人。

有没有康熙小儿的人呢？

如果有，他会是谁？

陈豫川？曾世礼？还是卢二？

天啦，黄府都快成一个小朝廷了。

杏儿想想很可怕。

这些个爪牙们，谁不是凶狠残暴之徒？

为了各自的权力集团，个个都像高明的猎手，端着枪悄悄绕到猎物身后。猎枪不响，猎物永远也不会发觉，身后隐藏着黑洞洞的枪口。

只有捕头陈豫川，还在不遗余力地四处奔波。

他在师傅面前发过誓，定要追回遂州人心中的圣物，那枚足以号令天下的"观音珠宝印"。

第二十一章

一

寒阳驿,坐落在涪江边。

从遂州城北门"玉堂"出发,沿着古蜀道北进八十里,过了碑亭子垭口,远远就能够看到驿站高高飘扬的"驿"字旗了。

寒阳驿,地处蜀中水陆要津,初名广通驿。传东汉末年,刘备入主成都后,命五虎上将赵云镇守梓州时所筑,被旅人们形象地誉为,"千里蜀道上最有文化品味的驿站"。

往来京师与西南诸省的旅人,不论达官显贵还是贩夫走卒,时常汇聚于此。

据当地名宿耆老考证,"寒阳"这个地方,还是唐初大诗人陈子昂给改的名字。

对这些叽叽歪歪的文化,陈豫川同样很感兴趣。

拿他自己的话说,不是猎奇,是"狗改不了吃屎的秉性"。

陈捕头希望"寒阳"这个地方,真正能够像寒冬里的太阳,给他带来无限的温暖和遐想。

记得蔡氏兄弟讲述案件时,多次提到过这里。说当时有个老乞丐要与他们搭伙回剑阁,被他们拒绝了。

故而之于寒阳驿，印象特别深刻。

那日夜里，在梓潼"一醉春"酒楼，罗三五刚提到寒阳驿，陈豫川就想起来了。

他甚至想到寒阳驿里，车水马龙的喧嚣盛况。

可是，当陈豫川不辞辛苦，匆匆赶到寒阳驿时，他热乎乎的心里，嗖嗖地直冒凉气。

偌大一座驿馆，冷冷清清，好不萧条！

不仅没有人来人往的热闹场面，甚至连馆内打杂的小伙计，也比往日少了一大半。

陈捕头很奇怪，私下问驿馆里的人。

杂役们悄悄告诉他，寒阳驿最近怪得很，短短旬日之间，接连失踪了八个旅住的客商。

这些神秘失踪者，皆利、梓、遂三州城内的大富豪。

据其随从叙说，众人失踪之前，都夜宿在寒阳驿内。早上醒来时，就不见了老爷们的踪影。

陈豫川听得很用心，一字不落地装在了脑子里。他的脸上很平静，没有任何表情，一副若无其事的样子。

馆内诸杂役，见客人不感兴趣，撇撇嘴不再说下去。

陈捕头则故意东挑西捡，借口驿馆里杀气重，不敢在此住宿，慌慌张张溜了出去。

但他并未真正走远，而是悄悄地潜伏在驿馆附近，悉心观察驿内驿外动静，想从中发现破案线索。

期间七八日，偶尔有个别外地客商，不知寒阳驿馆内凶情，贸然前往住宿。

夜里，照例有人莫名其妙失踪。

陈捕头十分纳闷，抠烂了脑壳，也想不出是何缘由。

周邻各乡县，民情汹汹，一时谣言四起。

陈豫川终不愧"铁血神捕"。

渐渐地，他盯上了一个卖菜油的人。

这个卖油翁，年前不知从什么地方，只身一人来到了遂州城。常常挑着一对大油桶，在州城大街小巷胡乱转悠，低价收购本地菜油，然后挑到梓州，或更远的利州去倒卖。

据说获利颇丰。

然而，正是这个卖油翁，让陈豫川起了疑心。

为何一年多时间里，此人常常往返于利、梓、遂三州间，且经常夜宿寒阳驿，却从未出过差错呢？

六月十三，芒种。

天还没有亮，一乘黑府绸的"滑竿"，就从梓州城的东门出发了。

两个"抬脚棒"心情格外好，脚步也十分轻快。

今天他们遇到了财神爷。

乘坐"滑竿"的主，给了二人平时三倍的工钱。举手投足间，一副吃金屙银的派头。

"抬脚棒"眼拙，他们哪里知道，坐在"滑竿"上的大爷，居然是"铁算盘"王富祥，遂州城赫赫有名的"富源商号"大管家！

"富源商号"大管家？

梓遂二州人士，说起"富源商号"，谁人不知，哪个不晓！

别看王富祥长个小脑袋，瓜皮帽戴在头上，脸显得只有巴掌大，但他却是出了名的"铁算盘"，善于见风使舵，尤工心计。

这个"铁算盘",可不是吹的。

论算数记账,"富源商号"一天的进项,算盘珠子"噼里啪啦"一通响,从没出过毫厘差错。论眼明手快,三五个江湖豪客,哪敌得他一把"飞爆连珠"的铁算盘!

自从老掌柜暴病身亡后,他成了商号事实上的老板。管家摇身成了掌柜,身价何止涨了千百倍?

拿他现今的身价讲,这个"铁算盘"站在"富源商号"大门的阶沿上,不小心打个喷嚏,整个遂州城都要打战。

上个月二十一,王富祥带着一个小伙计,远赴陕南汉中府,催收商号陈年老账。

眼下,正怀揣大量银票,返程往遂州城赶呢。

昨天夜里,"铁算盘"主仆二人,住宿梓州城"上林苑"。就餐时,听客人摆龙门阵,聊起寒阳驿的怪事,甚为惊讶。

二十多天前,两人路过射洪时,还在寒阳驿住宿过呢。

强盗杀人越货?

哪有的事!

"铁算盘"不相信的怪事,两个"抬脚棒"却讲得津津有味。

为讨客人欢喜,二轿夫一唱一和,不着边际地乱吹。时不时加一些自己的想象,愣是说得天花乱坠。

天空暖暖的春阳,照得人格外舒服。

王富祥闲目坐轿上,任轿夫神吹鬼侃。小伙计斜挎一青布包裹,气喘吁吁地跟在后面。

不知不觉间,一行人来到了七里坡。

七里坡长长的上坡路,足足有七里长。旅人们每每至此,则行如负重蜗牛。

然两个"抬脚棒",闪悠悠地抬着"滑竿",始终健步如飞,丝毫不见疲态。

外地人有所不知,往往疑惑不解,暗叹蜀人性蛮。

殊不知蜀地多山,"脚力行"自古传有秘技。力夫们上路之前,嘴里必含一节爬壁虎的尾巴。

据老辈人说,但凡口含爬壁虎尾巴,上坡下坎心不闷,气不喘,脚力备增。

七里坡上,他人空手挥汗如雨,两个"抬脚棒"反倒悠闲,居然一前一后地吼起《滑竿号子》来。

这种《滑竿号子》,不同于其他劳动号子。往往是前者发现了路障,就提醒后者注意了。

现在两个"抬脚棒",吼的就是这种号子。

前边吼"板板桥"。

后面和"轻轻摇"。

前面再吼"阳阳坡"。

后面又和"慢慢逡"。

也有抬得无趣了,两轿夫之间开玩笑,吼些逗乐的号子。

前面吼"大花一朵"。

后面和"缝中一脚"。

前面就说"是堆牛屎"。

后面就骂"龟儿子要早点说"。

另外还有一些荤段子,野得难听。

前面吼"一条泥鳅来钻洞"。

后面和"两个螺蛳跟到送"。

前面吼"大姐路旁站"。

后面和"肚脐眼下两寸半"。

……

总之,《滑竿号子》吼起来后,"抬脚棒"就像吃了"驴鞭酒",浑身上下有使不完的力气。"滑竿"在他们的肩上,始终稳稳当当,不摇不晃。

"铁算盘"躺在"滑竿"里,一路闭目养神,偶尔还会发出一两声微鼾。

这是一种难得的享受。

"滑竿"闪悠悠地上下起伏,十分安逸舒适。很多外地入川的有钱人,都爱雇这种交通工具。

轻盈,方便,价格也十分低廉。

看看这七里长的上坡路,两个"抬脚棒"一吼一和,没费多少劲就上来了。

山垭口上,矗立着硕大一棵黄葛树。

浓荫似盖的黄葛树下,搭着一个十分简易的茶棚子。

茶棚子的前檐上,高挑着一杆布招子,上书"七里坡茶店子"。

"七里坡茶店子",闻名遐迩。实在没有想到,竟是如此简陋一个茶寮。

卖油翁着一白布短褂,正坦胸露乳在店内喝茶。

"铁算盘"并不认识他。

见了茶棚子,王富祥觉得口渴,忙叫"抬脚棒"落轿。

两个"抬脚棒"得了指令,齐吼一声"住轿",缓缓落轿茶棚前。

小伙计忙上前,搀扶"铁算盘"下了轿。

王富祥伸手扶了扶瓜皮帽，笑容可掬地说道："不急不急，歇息一会儿，再走不迟。"

两个牤牛般的"抬脚棒"，憨笑着站一旁。

二人一路上又是说又是笑，让"铁算盘"很高兴。

他吩咐小伙计，买了四份茶水，每人一份。再给两个轿夫各买了四个麦面大烧饼，让他们打打尖，说是吃饱了好继续赶路。

两个"抬脚棒"欢喜得不得了，连连道谢。

四个人拢一堆，坐在原木做的木凳上，慢慢地喝着茶。

一阵凉风吹过，幽幽地使人爽快。

闲来无事，二轿夫惬意地嚼着馍，又摆起寒阳驿的怪事来。

坐在邻座的卖油翁，侧耳聆听。

他一边喝着茶，一边接过话说道："客官休要相信那些谣言，那多是村夫俗妇们杜撰出来的故事。"

两个"抬脚棒"见有人搭话，顿时来了精神，极认真地说道："哥老倌不相信吗？说来吓死你。五月二十六，梓州隆盛米行老板邓玉鹏，就在寒阳驿出事了，到现在尸首都没有找到！"

小伙计年少，见轿夫说得有名有姓，面露怯色，扯扯王富祥的衣袖，小声嘀咕道："老爷，恐怕是真的哟。"

"铁算盘"低头喝茶，轻声骂一句："瞎掺和啥？"

卖油翁却较上了真，对二位"抬脚棒"说道："哪有的事？你看我长年夜宿寒阳驿，不好端端坐在老弟面前喝茶吗？"

"铁算盘"听了卖油翁的话，笑着对小伙计说："怎么样？我说没事吗。"

不知是为了显阔呢，还是为了别的啥目的。王富祥转过身来，快步走到卖油翁身边，拱拱手和他热络地交谈起来。

他不仅帮老翁结了茶钱,还主动邀请一同前往寒阳驿,夜里同住同宿。

反复声言:"店资王某包了。"

卖油翁是个爽快人,欣然同意。

两个"抬脚棒"见了,呵呵大笑。同是下苦力的脚夫,二人和卖油翁之间有了更多的语言。

三个人的脚力都很好,所负荷的重量也差不多。

卖油翁挑一对大油桶,在前面不紧不慢地走。

两个"抬脚棒"抬着"滑竿",亦步亦趋地在后面跟着。

梓州城到寒阳驿,二者相距九十八里路。

过了七里坡后,大部分是下坡路。

有经验的旅人都知道,这种路走起来特别"绵"人,也特别消耗体力。

三个力夫真是好脚力。

除茶店子打尖时歇过一肩外,一路上说说笑笑,再也没有停下来歇过。

当太阳快落坡时,"铁算盘"一行五人,来到了寒阳驿。

王富祥原先估计,最快也要酉时才能到达,实在没有想到这么早就到了。

心头一高兴,掏出二两银子,赏了两个"抬脚棒"。

又叫他们一起共进晚餐。

两个"抬脚棒"欢天喜地,称旅途劳累想早点休息。二人一边道着"劳慰",一边啃自己带的干粮。

为了节省银钱,两个"抬脚棒"以极低廉的价格,"写"

了一间堆柴禾的破旧房间。

　　自己动手烧一锅热水，倒入大木脚盆里，用长长的白布汗帕子，浸热水抹了一身汗臭灰尘。然后将双脚伸入，烫上一刻钟，便早早上床休息。

　　"铁算盘"知轿夫辛苦，明天一大早还要继续赶路呢。

　　便不再管他们。

　　声言为了安全，要和卖油翁住一起。赶紧指使小伙计到前台，"写"下那套三人间的西厢房。

　　卖油翁说自己是福人，命硬得很。

　　"二位客官，尽管放宽心，夜里断不会发生啥怪事。"

　　安顿好了房间，"铁算盘"才发现，卖油翁挑的两只大油桶甚是沉重。

　　心里暗自佩服，这个老实巴交的汉子，好一身蛮力气！

　　卖油翁果是店里常客，驿馆里的人都认得他。

　　因为是熟人，店小二便帮忙将他的挑子挪进房间内。

　　卖油翁很大方，赏了小二一串铜钱。

　　那小二两眼笑眯了，手里抖着铜钱，连连道谢而去。

　　卖油翁见"铁算盘"二人，捡最里边的两个铺位住下。

　　就笑二人胆小。

　　自己动手把油桶挪到门口处，占了最外边那张床铺。

　　收拾停当后，"铁算盘"邀请卖油翁，一道去后院餐厅用餐。

　　王富祥推荐说，这里的干烧黄辣丁是道少有的名菜，好吃得很，今晚大家务必要尝一尝。

　　卖油翁并不推辞，大大方方地答应下来。

　　三个人说说笑笑，一同来到后院的餐厅里。

住宿的客人们,大都吃过了晚饭。偌大的餐厅里,客人并不多。

只有一个卖沙壶的老人,和一个占卜盲叟,还在那里"东扯南山西扯风"地闲谈。

"铁算盘"见二人"空"谈,面前的餐桌上,只有一碟花生米佐话,便笑了笑,支使小伙计上前相询。

小伙计问候得知,二人乃旅途投缘相识,今晚同宿西厢三号房。

"铁算盘"听说是邻居,忙笑盈盈地说道:"出门在外,能同馆共宿,实乃前世有缘。何不一起用膳?"

"铁算盘"这个人,活泛得很。

他知道出门在外,多个朋友多条路。

大家在一起吃吃喝喝,彼此热络热络。虽然不是朋友,总比见面不冷不热要强得多。

王富祥财大气粗,立即吩咐酒家,多多准备了美味菜肴。硬拉二人,过来同桌饮酒。

二人拗他不过,只得坐到同一张桌子上,欢欢喜喜地吃喝起来。

一桌子人吆五喝六,直吃到初更天方止。

五个人各自打着酒嗝,晕晕乎乎地回到房间内,倒头便睡。

二

当天夜里,月明如昼。

三更时分。

占卜盲叟尿胀得不行，慌慌忙忙起来上茅厕。

他来不及赶到茅房，就在西厢房前的芭蕉丛中，"唰唰"地尿了起来。

一阵夜风吹来，占卜盲叟打了个尿战。

匆匆忙忙尿完，正要返回房间继续睡觉。

猛然间，听到一阵异响。

隔壁房间里，似有利斧劈物之声。

继而又有人痛苦的呻吟声，隐隐约约传过来。

再仔细一听，却又杳无音信。

占卜盲叟站在芭蕉丛中，一动不动地凝神监听良久。

四下寂寥无声。

唯一地月光皎然。

过了很长一段时间，占卜盲叟又听到隔壁房间里，发出窸窸窣窣的莫名声响。

心中越发惊疑。

赶忙逡回房间，轻轻把卖壶老人摇醒，悄悄告诉自己所听到的一切。

卖壶老人睡得正香，口水流了一枕头。

被占卜盲叟叫醒后，卖壶老人满脸不高兴。听了卜叟之言，懵懵懂懂地摇摇头，根本就不相信。

卜叟大急，连比带画地讲述着。

见他说得千真万确，卖壶老人揉着朦胧的睡眼，连忙撑起身子，将右耳附在墙壁上聆听。

隔壁房间里，哪来什么异响？

唯此起彼伏的酣声，一波一波传过来。

卖壶老人白了卜叟一眼,伸着懒腰长长地打个哈欠,又要倒头睡去。

占卜盲叟坚信,适才自己所听为真。

见卖壶老人倒头要睡,哪肯依他!

低声悄悄说道:"我故意摔破你的沙壶,你便起床与我大声争吵,以观动静如何?"

卖壶老人怪他多事,便不想再搭理他,咕哝着钻进被窝里。

占卜盲叟见卖壶老人始终不肯相信自己,一时没了抓拿。

也不管他愿意不愿意,顺手抓起一个沙壶,狠狠地砸在地上。

如此夜深人静,沙壶着地砰然有声。

正待入睡的卖壶老人,着着实实吓了一大跳。

他没有想到,占卜盲叟说砸就砸,还把自己吓了一跳,连忙掀开被盖,赤脚跳下床来,嘴里大声骂道:"天杀的狗瞎子,半夜三更折腾个啥?赔老子的沙壶来!"

卖壶者骂完,就要过来和他拼命。

卜叟一脸坏笑。

他要的就是这个效果。

见卖壶老人奔了过来,也假意迎上去,吵吵着要动手。

两人气呼呼地扭成一团。

隔壁房间里的人,听见有人大声吵架,果然拥着被子,出来看热闹。

夜空中,有淡淡的薄雾。

观者面容看得不甚真切,只晓得是三个人而已。

卜叟被卖壶老人扭住衣领,装着愈加地激动。

他一边用力瓣卖壶老人的手,一边大声叫嚷道:"天杀的贼娃子，谁把我的银钱偷去了？"

卖壶老人闻言一愣。

不知天杀的狗瞎子，为何出此言语。

只道他诬赖自己，心中越发愤怒，当即大声斥责道："好你个臭瞎子，砸坏了老夫的沙壶不说，还要凭空污人清白！"

嘴上激动地嚷嚷，手上的劲也越使越大。

占卜盲叟被死死缠着，心里越发高兴，却始终脱不了身。看来这个笨卵般的傻老头，没有懂自己的意图。

忙左右脚错步上前，装着要掼他的样子。附耳低声相告，叫其按自己的想法行事。

卖壶老人闻言，再一愣。

脑瓜子终于开了窍，明白了占卜盲叟的用意。

嘴里便故意喘着粗气，两只扭住他的手，顿时松了大半的劲。

卜叟乘机挣脱开来，嘴里依旧大声嚷嚷，跳起双脚，不停地骂道："好你个老贼皮，你我同住一室，我的钱不见了，不是你偷的，难道还是他人不成？"

卖壶老人不依，伸手欲捆盲叟。

二人你来我往，越吵越凶。

一馆旅客，皆起而围观。

隔壁三人见了，认定卖壶老人理亏，当着众人的面，大声指责卖沙壶的人："好不要脸的老泼皮！拿了人家的钱，快快还了赔个不是。"

卖壶老人听三人这般说法，连天价叫起屈来。佯装着更加气愤，扭住占卜盲叟就要殴打。

旁观众旅客，大声鼓噪起来。

有人指责卖壶老人,明眼人欺负一个瞎眼人,有失公道。

也有人破口大骂,深更半夜争吵,实在没有公德。

一时间里,帮腔的帮腔,劝架的劝架,骂人的骂人。

寒阳驿内像掀翻了天。

隔壁三客见事情越闹越大,便出来当和事佬。

声言二人同住一屋,就让占卜盲叟搜上一搜。

如何?

围观者齐声称赞,好主意。

众人找来灯笼火把一一点燃,将二人所住之屋翻了个底朝天,却始终没有找到占卜盲叟所说的二两银钱。

见搜索没有结果,众人便纷纷出言相指,责骂卜叟无端诬赖好人。

嘴里骂骂咧咧,准备散去。

占卜盲叟见了,急得大哭,哽噎着说道:"我一个眼不见光的瞎子,赤贫如洗,好不容易卖卜积得二两银子。今夜遭人盗窃,除了卖沙壶的人外,临近西厢房的客人也脱不了干系。万望众位客官,为我瞎子讨个公道。"

隔壁三位客人,原本已打算回房睡觉。

听到占卜盲叟如此一说,齐声喝骂道:"这又怪了,我们好言相劝你二人,不知为何反诬我等是贼?"

占卜盲叟不依不饶,分辩道:"我怎敢单独说你三人?今夜凡住宿本驿馆的人,都有盗我银两的嫌疑。如不一一搜寻,瞎子我必以死相搏,誓不出此门中。"

时,驿馆主人已至现场。

见占卜盲叟说得悲切,又恐馆内节外生枝,再出人命案子,便婉言相劝道:"既然与己无关,让他搜上一搜,又有何妨?"

隔壁三客听了,不由大怒,齐扭头直面馆主人,恶言恶语地声称道:"他的银两不在了,关我三人何事!"

言辞之间,神色甚是惊慌。

一馆旅客见之,三人言语闪烁,心想卜叟所失银两,不是他所盗,还会有谁?

馆主人见三客恶语难听,不肯让卜叟进屋搜查,便召集驿馆里十数个杂役,强行进入三人房间,仔细地搜索起来。

三人没有办法,只好站在各自的床铺前,任由众人翻箱倒柜查找。

靠里铺住的二人似乎很怕冷,瑟瑟抖动着。一直用被盖捂着头,让人看不清他们的面容。

卖油翁脸色凝重。

他又似乎很怕热,着一件白布短褂,头上犹呼呼地冒热气。一直站在房门的挡风口,寸步不离地守着油桶。

当众人欲掀开油桶时,卖油翁死活不让开启。声言桶内是上好菜油,见不得露气。

众人哪里肯信?

占卜盲叟更是气势汹汹,双手胡乱推开众人,大跨步上前,恶狠狠地说道:"谁说菜油见不得露气?"

众杂役不由分说,强行打开那对大木桶。

明晃晃的火炬下,桶里哪有一滴菜油?

只见偌大的两个木桶内,各藏着一个大油纸包。纸包上血迹斑斑,不知里面裹的何物。

馆主人愣了一愣,便亲自上前动手,小心翼翼地一层层打开。

当掀开最后一层纸时，众人莫不大吃一惊。

血乎乎的油纸包里，赫然裹着两具被肢解了的尸体。

馆主移火把细观。

店小二眼尖，当下一声厉叫。

二死者不是别人，正是和卖油翁同宿的王富祥主仆！

卖油翁见事情败露，大叫一声"扯呼"。

三人正待要逃。

突见两道黑影，凌空掠过。

蔡氏兄弟手执刀枪，已直挺挺地横于面前。

三贼各执利斧，拼命上前厮杀。

交手只数合，悉数被擒。

蔡氏哥俩收了刀枪，扭住三个贼人，双双来到占卜盲叟面前，拱手齐声赞道："豫川兄，果然好手段！"

卜叟哈哈大笑，伸手在脸上轻轻一抹，撕下一张薄如宣纸的乳状物来。

众人定睛一看，正是遂州捕头陈豫川！

陈豫川神情得意，潇洒地背负着双手，缓步来到卖油翁面前。

卖油翁一身行头，委实让人好笑。

肥嘟嘟的胖头上，缠裹着一条白布帕子。帕子留出一截搭住前额，正好遮去大半个脸，让人始终看不清他的面容。

陈捕头笑笑，突出其不意，伸手扯下卖油翁的头帕。

众人又是一阵惊呼。

蔡氏兄弟一见，齐声大呼道："原来是你！"

哥俩万万没有想到，此贼不是别人，竟是黄府上唱《莲花落》的老丐!

"原来是你们!"

陈豫川吃惊更甚。

卖油翁的两个帮凶,居然是悦来客栈独眼店家和害死曾世礼公子的了因和尚!

独眼店家?了因和尚?老叫化子?卖油翁?

陈豫川细看三人,果然化得好装。若非自己习有"透视神眼术",几不敢相信,站在面前的三贼,乃老乞丐、独眼店家和了因和尚所扮。

联想到州狱众守吏所言,独眼店家和了因和尚,皆为一神秘白衣人掠走。陈豫川波澜不惊的心里,顿时泛起阵阵涟漪。

眼前的卖油翁,必定也是白衣人的爪牙了。

众多的人和事,都牵涉到白衣人。其所犯之事皆大案,又莫不与巨额钱财有关。

实不知神秘的白衣人,终究为何许人也。

他为何要聚如此重财?

蔡氏见陈豫川沉吟不语,不知他心里所想,默默立一旁静候。

一馆旅人则群情激愤,围住卖油翁,欲殴。

他们有理由相信,近来寒阳驿馆内众多凶案的罪魁祸首,必是卖油翁无疑了!

原来卖油翁以贩油为名,长期往返利、梓、遂三州之间。

每遇富商巨贾,就想方设法套近乎,并与之同宿一屋或一馆内。

为掩人耳目,卖油翁的肩上,总是挑一对巨大的木桶。

人们不明就里，以为桶中必装的菜油。却哪里知道，桶内事先藏着贼的两个同伙！

等到夜深人静，贼用迷香迷住同宿者。再掀开大木桶，放出两个同伙来。

三贼迅速将客杀死，肢解裹以油纸，置木桶内匿藏。

第二天，贼人不待天明，便早早起了床，匆匆结账而去。

盖三贼狡黠，手法天衣无缝。加之离店时人数相同，驿馆伙计如何觉察得了？

数月之内，贼以此法，残害富商巨贾无数，攫取金银财物数以百万计。

卖油翁见事已败露，睁着一双斗鸡眼，滴溜溜地转个不停。乘众人不备，悄悄从怀里掏出一物，猛地朝地上掼去。

"轰"的一声爆响，炸出席大一团火光。

驿馆内顿时大乱。

卖油翁乘乱，轻烟一般向馆外逃去。

众人哪里料到，恶贼还有这么一手？

蔡氏兄弟一时不备，竟让卖油翁乘机逃脱。两人面面相觑，直急得捶胸顿足。

陈豫川见了，也甚是无奈。

但他没有责怪哥俩，依旧满脸堆着笑，上前拍拍二人的肩，以示安慰。

蔡氏兄弟甚是歉意，连连自责不已。

"豫川兄，实在抱歉得紧！"

陈捕头见蔡氏难为情，笑道："打甚么紧？跑得了和尚，跑得了庙吗？"

低头轻声吩咐，将独眼店家和了因和尚，押到驿馆一间密室里。

他要亲自审讯。

密室不大，灯光显得格外明亮。

陈豫川端坐木椅上。

蔡氏兄弟似衙差一般，雄赳赳站立两旁助威。

初时，二贼什么都不肯说，也不承认和卖油翁有染。

陈捕头眉头一皱，恨二贼屡犯血案。不愿在他们身上干耗时间，示意蔡氏兄弟用刑。

蔡氏哥俩得令，动作整齐划一地走上前去。在二人的背上，轻轻抚了一抚。

二贼负痛，杀猪般大叫起来。

陈豫川装着没听见，低着头扯手指上的倒刺。

蔡氏二人继续用刑，手上的游动更频繁。

两人熬不住酷刑，只好将所知实情一一说了出来。

二贼反复声言，所获钱物甚众，但谁也不敢截留，全部送到潼南县城。

谁也不敢截留？

潼南县城？

陈豫川抬起头来，似乎明白了什么。

有人在悄悄屯集钱财，而且数量特别巨大。

干啥呢？

陈捕头一时半刻，哪里想得明白！

只得追问众多的钱物，送到潼南县城后，交给了谁，知不知道具体的位置，以及接头的方式。

两贼皆摇头。

时，天色大亮。

陈捕头站起身来，郑重地请蔡氏兄弟帮忙，将贼人押回遂州，交州狱收监关押。

"此二贼身负累累血案，万不可再让人掠走了。"

临行前，陈豫川再三告诫哥俩，十分诚恳地说："此去潼南凶险万分，二位切勿再跟踪我了，免得扰我心神！"

蔡氏兄弟听了，知道陈豫川说的实话。

点点头，诺诺而去。

第二十二章

一

七月十五，鬼节。

夜里戌时，黄府大门前。

吴妈领两个小丫鬟，烧一堆冥纸钱，又在路旁明明暗暗燃一排香烛。

气氛诡异而神秘。

民间有谚："七月半，鬼乱蹿。"

迷信阴阳八卦者，总是神秘兮兮地告诫人们，这一天不可外出。野地里"煞"气重，撞了"煞"的人，往往七窍流血而亡。

据老辈人说，七月半夜里，"煞"气更甚。

黄中玉是个迷信的人。

当天晚上，他早早用过晚膳，独自来到书房静坐。

最近一段时间里，不知道为什么，他感到异常疲惫，时常提不起精神。

每天晚上都早早上床睡觉，却总有没睡够的感觉。

杏儿当然知道。

当面故意取笑他，三十七八岁的人了，还天天夜里搂着个小妖精，拼了命"拱嫩白菜"！

能不脚耙手软吗？

"老爷，年纪不饶人哟。珠珠再鲜嫩，您也抵不得年轻人精蹦。"

杏儿一张甜嘴，总能说得黄中玉满心欢喜。

"小骚蹄子，欠人鞭挞了！"

黄中玉心里笑骂一声，咱几时搂着珠珠睡了？

他是真的不行了，屁股刚一落座，嘴里已"呼呼"地打起鼾来。

午夜时分，月亮不甚明了。

一玄衣黑裤之人，敏捷地走进书房里，脚步轻得没有一丝声响。

来人站在黄中玉面前，轻轻呼唤良久。

州牧大人慢慢悠悠醒来，起身点亮菜油灯盏。灯下定睛一看，委实骇了一跳。

一个脸色惨白的中年汉子，直耸耸站在面前，阴森森让人恐怖。

白脸汉子自称滇客，专为黄大人送富贵而来。

黄中玉听客来自滇中，神经高度紧张起来。那边陲滇地，不是吴三桂的地盘吗？

"对，桂王爷的地盘！"滇客点点头，轻声说道，"今有一言相赠，或可助大人大富大贵，不知可言否？"

黄中玉茫然，不知滇客有何言相赠。

满脸疑惑地望着他。

滇客轻声而神秘地说："桂王爷很赏识黄大人。"

黄中玉闻言，再次骇了一跳。

天下谁人不知，吴三桂踞滇中日久，早有叛逆僭越之心。没想到这个大汉奸，居然打上了自己的主意。

黄中玉满脸惊慌，盯着滇客说道："足下是平西王的人？"

滇客点点头，示意黄中玉不必害怕。嘴里叽里咕噜，慢慢吐出一句云南话来。

"素闻州牧大人，有心川督一职。然据在下所知，奈何玄烨小儿，已知你陷害骆时香一事，早另有安排了。"

黄中玉闻听此言，暗自吃了一惊。

这么隐密的事情，面前的白脸滇人如何得知？

"休得胡言！"州牧大人呵斥一声，怒不可遏地拍案而起，硬着头皮假意说道，"吴三桂身事三主，乃无耻的'三姓家奴'，能成甚大事？本牧又岂能折节于他！"

"大人此言差矣。"

滇客一点不恼。

嘴里仍喋喋不休，操一口怪怪的云南腔调。

"桂王爷手握百万雄兵，一俟起事，定席卷天下，问鼎中原……"

"放肆！"黄中玉再斥一声，毅然打断滇客的话，戟指道，"大胆叛贼，再胡言乱语，本牧要呼人捉拿你了。还不速去！"

"叫人？贵府上下，还有几个是你的人？"

滇客闻言，哈哈大笑，神情极为不屑地说："不信，你叫一声试试看！"

黄中玉颓然坐椅上，适才装模作样唬滇客，他哪敢真叫人来？设若让人知晓，吴三桂的爪牙到过遂州，并与之深夜密谋，他就算有一百张嘴,恐怕也说不清了。

私通反贼,那是何等大的罪名!

黄中玉敢吗?

滇客见黄中玉不再吱声,以为默认了自己的话。一张惨白的脸,也不再阴森森骇人,语气缓和下来,好言道:"大人只需点点头,这事便成了。桂王爷举兵后,即将川督一职授您!"

黄中玉沉默不语,心里怪怪的不是滋味。

近一段时间里,遂州城真是不太平。

死了那么多人。

哪一桩哪一件事和他黄中玉没有关系?

可是,他心里始终不明白。

为什么这些事情,都不是自己主动介入,而是被迫涉入其间的呢?

偌大一座黄府,一向被自己视为安乐窝,近来也颇不平静。

莫仁品死了,黄中玉找不到人说知心话。

虽然有人告诫过他,莫仁品身份很可疑。

那么杏儿呢?

杏儿的身份,就一点不可疑吗?

还有花工周老头,近日看人的眼神,怪得让人浑身起鸡皮疙瘩。

滇客见黄中玉两眼游离,始终不再言语,依旧操一口怪腔调,搁下一句分量很重的话。

"桂王爷举事之日,或为大人飞黄腾达之日,或为大人断项之日。望黄大人三思……"

一语未了,白脸汉子已掠过院墙,瞬间没入茫茫夜色中。

黄中玉头疼欲裂，瘫坐在木椅上，两眼无神地望着案上的油灯。

远处芭蕉林旁，大管家的房间里，黑黢黢地没有一丝声响。

白脸滇客是谁？

张泽林伪装得再好，瞒得过黄中玉，怎瞒得了杏儿！

她一直靠在自己的床头上，将书房里的一切，全看在了眼里。

三

北辰街，遂州州衙。

太阳升起老高了，黄中玉才鼻青脸肿地来到衙门。

一衙同僚见之，无不掩嘴窃笑，老牛啃嫩草，咋遭得住吗。

州牧大人上衙总是迟到，别人不知详情，黄中玉自个儿心知肚明。

自神秘滇客走后，他发现那方紫檀木镇纸下，端端匿藏着一枚金字令牌。

令牌正面顶端，赫然有"平西王府"字样。

顿时吓得六神无主。

随时匿于怀中，不敢乱放。生怕他人发现，祸及于己。

吴三桂自恃功高，经营滇中多年，异图之心路人皆知。朝廷早有去藩之意，苦于西北用兵，尚未顾及"三藩"。

当今圣上雄才大略，岂能让他坐大？

一个枭雄，一个英主，早晚大动干戈。

遇到这码子事，精明如黄中玉者，竟也不知该如何处置为妙。

据实呈报吧,又恐朝廷生疑。

吴三桂啥人不找,为何偏偏找上你黄中玉?百姓尚知"苍蝇不叮无缝的鸡蛋"呢,你能说得清楚?

匿瞒不报吧,黄中玉仍心存恐惧。

以康熙爷之睿智,早晚鼎定四海。况且朝廷眼线已满布国中。

说不定身边哪个人,就是上边的奸细。稍有不慎,自己随时可能被"黑"掉。

黄中玉连茶都没泡,坐在签押房里,一通胡思乱想。

门吏突报:"卢二求见!"

黄中玉一愣。

卖凉粉的卢二?

他一介平民,竟敢擅闯州衙。

未待州牧大人发言,卢二趿一双木履,疲疲沓沓进了签押房。

黄中玉正要呵斥。

突两脚一软,忙跪伏于地。

卢二右手里,高举着一方金字令牌,明晃晃炫目。

天,一贯软疲拖沓的卢二,竟然是大内侍卫?

康熙爷亲率的大内侍卫!

遂州城怎么了?

兵部的人、刑部的人、吏部的人、吴三桂的人,连康熙的大内侍卫,都匿于遂州城中。

黄中玉心惊肉跳,颤巍巍匍匐于地,小心翼翼地探询道:"卢……卢大人……是大……大内……"

"对,侍卫府的人!"

卢二收起金牌,不无得意地说:"先皇顺治十八年入蜀,隐居遂州十七年矣。"

黄中玉闻言,惊骇不已。

卢二掸掸衣摆,正襟危坐在客位上,叫黄中玉起来说话。

黄中玉用右目余光,睃了卢二一眼。

这根钉子,藏得好深!慌慌张张站起来,忙不迭停地搀起卢二,扶主位坐定。

自己则两手下垂,躬立一旁候训。

卢二说话的语调和平时并无二样,依旧不急不缓。

"知道康熙爷,当年为何南巡吗?"

卢二一边问黄中玉,一边自言自语道:"吴三桂拥雄兵百万,虎踞滇中多年,圣祖寝食难安!"

黄中玉听得一愣,暗自吃一惊。

这么快就知道了?

滇客才走几天啊!

正要张嘴辩解。

复听卢二说道:"那年张鹏翮大人,扈驾路过遂州,为何去小店品食凉粉?圣祖为何要为小店题匾?现在明白了吧!"

卢二一边双手向上打躬,以示对皇上的尊敬,一边续曰:"你倒在遂州干的好事!潼川谋逆案?连张大人都被蒙在鼓里。什么《香山诗钞》反句,什么'朱三太子',无一不是你飞鸽传书所致。当然,也有吏刑二部争权之故!"

听卢二言之凿凿,黄中玉双膝一软,再次跪伏于地。

卢二胖乎乎的脸上,露出蔑视的神色。

"张阁老乃皇朝肱股,当今圣上誉其'天下廉吏无出其右者',岂是尔等所能趋附的!"

黄中玉闻言,伏地不敢动。

卢二声突高昂,朗声赞曰:"今国家有难,四方警起。张阁老不愧大清国栋梁,他早将所收千万寿礼,如数上缴国库矣!"

听到此处,黄中玉的心,已冰凉了半截。

哪里还有一丝胆量,提及滇客之事?

卢二顿了一顿,复言道:"念尔知任遂州,民声尚佳。张大人表奏圣上,百般为你开脱。圣皇恩浩荡,准吏部所奏。唯盼尔恪守职责,保一方平安!"

黄中玉悬着的心,终于落进肚里。

口里连呼"万岁",头磕地上"咚咚"直响。

卢二声音突威严,训之曰:"今日之事,不可为外人道也!望黄大人牢记于心。"

黄中玉起身站立,躬身谢曰:"下官定不负皇恩,请卢大人明鉴。"

卢二笑了笑,语气缓和下来,轻声言道:"即刻起,大人与我一如平常。休叫他人看出端倪,以免坏了朝廷大事。"

黄中玉垂手诺诺。

卢二不再看他,依旧一副懒散模样。趿一双脏兮兮木履,"呱嗒呱嗒"往衙门口走去。

临出衙门时,特意回过头来,当着众衙役的面,意味深长地说道:"黄大人,莫忘了勤来小店照顾生意,曾世礼大人都经常来。"

黄中玉坐在木椅上,看着卢二慢慢远去的背影,心凉得像喝了半碗冰水。

无奈地低下头,拾起卢二放在案上的纸笺,一双眼睛睁得像铜铃。

笺字数行,字字如匕。

杨三姐之死,骆时香之冤,赵顺成之屈,观音珠宝印之谜……

黄中玉大惊失色,瘫坐在书案前。

第二十三章

一

川中小邑潼南,因地处潼川府之南而得名。

定明山位于城南二里许,山中有一座大佛寺。

原名南禅寺,始建于唐咸通末年。

大佛为弥勒佛,坐高十五丈,因全身饰金,土著俗称金仙佛。

《四川通志》载:潼南大佛,国内最大的金饰佛。

寺院右侧,斜斜一条石径,直达山顶。

游客来到此处,脚步踏上石阶,缓步向上走去。设若静心聆听,能听到石阶发出"叮叮咚咚"的声音,仿佛有人在弹拨古琴一般。

"石蹬琴音"闻名遐迩,构造妙绝天下。

潼南地处僻壤,自古至今,民风淳朴。

然最近几年间,县境内却多妖言,民女吃斋念佛之风日盛。

当地人盛传,大佛寺内有一隐形高僧,年龄有一千多岁了,常常穿着白衣白袍,神游于民间。

更有好事者言,老和尚如此高寿,缘于他独特的养身术,讲究男女间阴阳调和。但凡与之亲近过的女人,莫不容光焕发,青春长驻。

又或说被他补过气的女人,无不感恩戴德,死心塌地为他效力。

如此荒谬的传言,村夫俗妇少见识,却对此深信不疑。

陈豫川来到潼南县城已有五日。每天都会在茶肆酒楼里,听到这个怪诞的传说。

初时,陈捕头不以为然。

久而久之,大家都这么说,陈豫川就上了心。

大佛寺里,莫非藏有什么古怪?

九月十二,白露。

早上有雾,淡淡的。仿佛伸手一抓,也能抓回一把雾气来。

鸡鸣三遍时,陈捕头就起了床。

他决定到大佛寺看看。

遂摇身一变,扮成一个中年文士。头戴葛巾,身穿府绸长衫,手里拿柄折扇。独自一人,一步三摇地向山中走来。

大佛寺果然名不虚传,香火旺盛。

辰时未到,寺院里已挤满了香客。

进得寺来,陈豫川专往人多的地方钻。

常谚说得好,人多嘴杂。

他知道人多的地方,得到的信息也多。

溜达一圈后,陈捕头来到大佛殿。怕被人看出破绽,便学着其他香客的样子,花两个铜钱,烧了一炷高香。

又去大佛前的蒲团上跪了,口中念念有词,装模作样地许愿。

走完这些过场,陈豫川从蒲团上站起来。

抬头向上望去，大佛像十分宏伟。

佛像依山势开凿，高高悬空立在山崖上。站在下面仰望，给人无限的庄严和神圣。

陈豫川久久驻足仰望，不觉感叹古人智慧，当真了不起！

大佛凌空伫立，给人以巨大的心理震撼。注目久了，那大佛好像就有了生命一般，活灵活现地"动"起来。

难怪周邻各县香客，大老远跑来迷信。

陈豫川不一样，他是经过特殊训练的人。站在佛像前，不仅没有丝毫的压力感，反倒有上去摸一摸的冲动。

殿内左侧设一木案，案后一青年僧人，正"当当当"敲着木鱼，闭目诵经。

陈豫川静立聆听，僧人诵的《大悲咒》。再仔细一听，这个貌不惊人的和尚，竟然诵的唐译《大悲心陀罗尼经》。

……我若向刀山，刀山自摧折；我若向火汤，火汤自消灭；我若向地狱，地狱自枯竭……

僧人诵毕，睁开眼来，见陈豫川文文雅雅，一动不动站在那里，久久注视着大佛颈部，双手合十道："敢问施主，莫非发现了什么秘密？"

陈豫川见僧人发问，轻轻一笑。

刚进大佛殿时，他就奇怪地发现，佛首佛身刀刻技法不一，还以为营造者故意为之呢。

此时见僧人相询，正好请他释疑。

那僧人见陈豫川雅致，虽一身文士打扮，却气宇轩昂，脱口赞道:"施主是我朝开寺以来,第一位识破这个秘密的人。佛缘非浅,结个缘吧?"

陈豫川闻言,从怀里掏出一两银子,递与僧人。也双手合十,口念一声"阿弥陀佛"。

僧人道一声"善哉",起身接过银两,引陈豫川至殿右侧一石碑前。

那碑甚古,表面早已斑斑驳驳。依稀可见碑刻《大佛寺碑阴记》。

碑文为遂州名士杨名所撰。

杨名乃前明嘉靖七年壬戌科探花郎,为官治吏皆有直声。他在《大佛寺碑阴记》里,详细记载了大佛开凿之事。

据《大佛寺碑阴记》载:唐咸通末年,开始刻凿佛首,历时二十年完工。后经唐末五代之乱,一直到宋靖康元年,才续凿佛身,又历三十五年完成。

大佛身首二段,历时近三百年刻凿始成。虽刀刻技法不一,佛像却浑然一体,简直堪称石刻史上的奇迹。

陈豫川不是普通人,几十年的捕快生涯,早练就一双观察入微的火眼金睛。

这是他的本能,也是他的本分。

谁知这一逞能,无意中暴露了自己的身份。

当陈豫川步出大佛殿时,青年僧人的嘴角处,露出了一丝不易觉察的微笑。

出得寺来,陈豫川心里很高兴。僧人的笑,怎逃得过他的眼睛!

尤其和尚那一对大虎牙,白生生地扯人眼球。

但他饰伪得天衣无缝,装着啥也没有看见。若无其事地步出大佛殿,沿着寺外石径,一步一步往山顶爬去。

他已有了很强烈的预感,今天到大佛寺来,肯定会有意想不到的收获。

石径两旁的崖壁上有不少佛龛,多为唐宋摩崖石刻。

石刻题材十分丰富,包括儒释道三教经典故事,记有一百一十三则之多。

陈豫川脚踏琴音石阶,一则一则地看去。

不知不觉间,已来到山顶上。

登高一望,涪江奔腾西来,白茫茫水天一色。

陈捕头的心胸豁然开朗。

远望江流左岸,兀立一石,硕大无朋。突兀的大石上,建有一座三层楼阁式古亭。

定睛望去,亭匾大书"鉴亭"二字。

字迹似草非草,似行非行。

陈豫川心中一动。

想起蔡大言白衣少年约函,不就是这种字体吗?

忙从怀中贴身处掏出黄中玉手谕,字迹也与"鉴亭"一般无二!

陈捕头笑了,以前所有的猜测,都在此得到了证实。

陈豫川有些激动,正望着"鉴亭"出神。

猛然看见敲木鱼的青年和尚,正从江边一条小路上,飞一般来到鉴亭里。

和尚到了鉴亭,并没有进去。

只见他矮下身子,观望了一下四周情形,然后直起身来,对着鉴亭拍了三下手掌。

少顷,一位年约二十岁的女子,周身穿着黑衣黑裤,从亭里款款走了出来。

陈豫川远远看见,黑衣女子虽然缓缓而行,步履却十分稳健。

他的心中越发欣喜,脸上又笑了。

陈捕头当然有理由笑。

设若此黑衣女子是官宦家小姐或大户家千金,必定弱不禁风。到此乱石嶙峋处游玩,必有丫鬟陪同或家丁护卫。

然此女既非贫家姑娘,又不似千金大小姐。

那么,她会是谁呢?

陈豫川想到了蔡氏兄弟。

兄弟俩不止一次说过,昭化桃花客栈里的黑衣妓,乃剑门神猿之女。

此女黑衣妓乎?

正思索间,陈豫川猛见鉴亭畔,又多了一矮胖人。

凝神定睛一看,矮胖人不是别人,竟是寒阳驿逃脱的卖油翁!

陈豫川甚喜,终于开怀大笑了。

他知道,整个故事的高潮,很快就会到来。

卖油翁贼一样左顾右盼,神色显得极为焦虑。

陈捕头高兴了,总爱习惯地搓搓手。他一边搓着手,一边找个平坦僻静处坐下,两眼始终望着鉴亭。

亭左侧,黑衣女子低着头,和那个和尚嘀咕着什么。

亭右侧,卖油翁则焦躁不安,来回踱着步。慢慢地,脸色变得凝重起来。

过了很长时间,和尚才嘀咕完毕。

黑衣女子极不耐烦,挥挥手让他离去。

待和尚走后,黑衣女子才转过身来,走入鉴亭中。

拾北边一张木几坐下。

卖油翁随后进入亭内,毕恭毕敬立一旁。

阳光透过茂密的树木,斑驳地照进亭里,黑衣女子娇美的面容清晰可见。

陈豫川目不转睛,专注于亭。

黑衣女子的脸上始终冷若冰霜,没有一丝表情。

卖油翁小心移步,躬身至木几畔。不停地点头哈腰,仿佛在向黑衣女子解释什么。

神态举止,竟然十分害怕。

过了一会,陈豫川又见黑衣女子不耐烦地挥了挥手。

卖油翁如释重负,连连点着头。躬身后退出鉴亭,急匆匆向江边一条小船走去。

因相距实在太远,不知二人说了些什么。见卖油翁与黑衣女子分了手,陈豫川将目光收了回来。

他准备悄悄跟踪过去,一举将卖油翁擒获。

谁知,意外的事发生了。

卖油翁刚走出鉴亭十步,黑衣女子猛地站起身来,一张俏脸顿时变得恐怖。

只见她右手一扬,黑色的袖口里倏地飞出一道白光。

那道耀眼的白光,带着尖锐的啸声,径直没入卖油翁脑际。

陈捕头听得一声惨叫,远远地传过来。

卖油翁肥硕的身子,已如折翅的大鸟一般,"轰"地跌落在悬崖下的乱石礁上。

黑衣女子面无表情,若无其事地拂了拂身上的尘土,头也不回地向江边走去。

陈豫川见状,哪敢怠慢?

飞一般从山顶冲下,直奔江边而去。

当他来到悬崖下时,卖油翁早已气绝身亡。油亮亮的脑门上,插着一柄精钢小刀。

陈豫川不假思索,迅速折身登上鉴亭,登高而望。

黑衣女子已到了江边,正不慌不忙地登上那条小船,解缆飞快地向下流划去。

陈豫川满脸的笑容,慢慢凝固成了一朵苦菊。

他本打算悄悄将卖油翁擒获,逼他说出事情真相,一切谜团就迎刃而解了。

谁会想到竟是这样?

现在,陈捕头只有望江兴叹,捶胸顿足的分了。

一阵江风吹来,亭檐上的铃铛叮叮当当响个不停。

陈豫川背负着双手,站在亭前,仔仔细细地把"鉴亭"两个字看了好几遍。

这种似草非草、似行非行的字体,真的是白衣少年的手迹吗?

如果是这样的话,那么这个白衣少年,应当是潼南人士无疑了。

他究竟是谁呢?

二

冬月初七，立冬。

老百姓说"立冬小雪，烧火不歇"。

天气一天天冷了起来。

陈豫川脱掉了府绸长衫，换了一身皮袍褂子，将自己扮成山货贩子，腿脚勤快地行于潼南乡村间。

闲来无事，陈捕头要去拜会一位老朋友。说老朋友一点不假，二人差不多十年没见面了。

或许，这位久未谋面的朋友，会告诉他白衣少年是谁。

天刚蒙蒙亮。

陈豫川在街边小吃店里，吃一碗潼南肥肠米粉，权作了早餐。匆匆来到县城东门外，到下码头花三个铜板，乘船沿涪江顺流东下。

伫立船头上，陈豫川感叹良多。

掐指一算，接手此案的时间，已整整过去了六个月。

在漫长的半年时间里，一双脚丫都跑大了，还没踩准点。好不容易盯上卖油翁，又活生生从自己面前消失掉。

陈捕头心里的百般滋味，说不出的古怪。

冬日暖暖的阳光，照着一江碧水，静静东流。

陈豫川倚船廊柱上，掏出一只精美的鼻烟壶，细细把玩。

望着手里的鼻烟壶，他寂寞的心里，涌起一股暖流。

脸上也有了温馨的笑容。

两岸青山，一河顺水。

船很快到了双江口。

一棵硕大无朋的黄葛树,伸开擎天巨伞,盖住了大半个码头。

涪琼二水相交,江水汹涌澎湃。此乃涪水下游最后一个渡口,也是遂州和渝州的交汇处。青石砌成的码头上有百十步石梯子,从江边一直延伸到街口。

倚码头形成的街市,人来人往,十分繁忙。

江边有近三十个船位,泊着不少货船,大多是遂州下来贩盐的木帆船。

浩阔的江面上,偶尔也会见到一两艘大轮船,逆水而上。这些鸣着号的铁壳船,得意扬扬地横冲直闯,多为渝州各大商号的货轮,抑或汉口甚至上海的机动轮船。

这里便是双江古镇了。

陈豫川下了船,沿着青石铺成的台阶,缓慢而沉稳地走上去。

今天日子很特别,他要见好朋友何四。特意净了面,换一身体面的衣服。内穿府绸长衫,外套名贵貂皮小袄。

看那模样和神情举止,很像下江某市来的阔老板。

陈豫川心情不错,轻松地走完了石梯子。

随着涌动的人流,一步步来到狭窄的街道上。

古镇依旧破破烂烂,和十年前相比较,没有太大的变化。

街道曲折而狭长。

两旁鳞次栉比的店铺里,摆满了各色杂货。遂州的盐巴、隆昌的夏布、重庆的铁器、汉口的红糖,甚至还有金陵乃至上海的海品干货。

形形色色,应有尽有。

十年前的八九月间,为追捕一名遂州逃犯,陈豫川到过双江镇。在这个偏僻的小镇上,他结识了一生中最要好的朋友何四。

手里这只粉彩鼻烟壶,就是何四送的见面礼。

想到何四,陈豫川心里十分灿烂。

何四木工活极佳,尤善"打"棺材,是镇上唯一一家棺材铺的老板。

人很闲散,但绝对耿直。

两个朋友在一起喝酒,经常从上午八九点开始慢慢地喝,一直会喝到月亮出来。

中间,谁也不会离开,也不会说一句话。

拿何四的话说,他们是好朋友。

陈豫川懂得,既然是好朋友,哪有那么多的废话要说?

往往是何四刚端起酒杯,陈豫川就点点头,把自己面前的酒干了。

想到这一切,陈豫川心里像灌了蜜,美滋滋地甜。脸上挂满十二分的微笑,享受着阳光一样温暖的记忆。

十年没有见面了,也不知现在何四生活得咋样。

陈豫川这么想,决定来看看他。

何四的棺材铺,坐落在北街上。

推开虚掩的木门,陈豫川看见何四,像一只慵懒的猫,正躺在天井里一张木椅上,舒展地晒着太阳。

见了陈豫川,懒懒地从木椅上爬起来。拱拱手,表示欢迎。

何四娘子泡一壶好茶,笑吟吟地置小方木几上。

两个人就一边晒着太阳,一边慢慢地品起茶来。

陈豫川端起茶碗,低头啜了一口,有滋有味地含在嘴里品。

咦，他感到不对劲。

不是茶汤不对劲，茶是一等一的好茶。

陈捕头很敏感，觉得何四的棺材铺有些不对劲，甚至有些奇怪。

偌大一个木器厂里，竟然没有一点声音，静得好像歇业了一般。

陈豫川将嘴里的茶水，分三次咽进肚里，随口聊道："一般冬腊月里，你寿材铺子里头，生意应该好得很。"

何四说道："是呀，三九四九，冻死老狗。寒冬腊月里，是要死不少人的。"

"可为什么呢，你现在不做棺材生意了？"

"谁不想做呢？"

何四喝了一口茶，满脸无奈地回答道："可是没有木材呀！"

陈豫川听说没有木材，立即来了兴趣。

他停下手里的茶碗，连忙追问道："偌大一条涪江，上游下来的漂木，多如过江之鲫。何兄咋说没有木材呢？真是奇哉怪也。"

见陈豫川啰啰唆唆，问个没完没了，何四白了他一眼。

只道陈大捕头人老了，话也多了，便不想回答他。

恰好这个时候，何四娘子做了四样小炒，用食盒装了送过来。

何四努努嘴，示意将菜放在茶几上。起身去到里屋，抱出一坛自酿的老酒来。

陈豫川见了酒，不再多说话，免得何四烦他。

二人坐在天井的院坝里晒着太阳，慢慢喝起酒来。依然像十年前一样，慢悠悠地喝，谁也不说一句话。

已添过四次菜了，两人谁也没有停下的意思。

何四陪着陈豫川，就这样慢慢地喝酒吃菜。

一直吃喝到鸡鸭归笼，二人才将一坛酒喝完。

何四娘子看不惯，来催过两次，都被何四吼了回去。

偶尔有顾主上门，前来咨询买棺材的事。

何四也没有好脸色，大声地吼人家："没看见歇业了吗？！"

陈豫川心里纳闷。

他深知何四为人，仁慈宽厚。与人交往向来和颜悦色，顺气得很哩。

今天怎么了？

见谁都火烧火燎的样子。

陈豫川心想，能让何四皮毛火起的事，肯定不是小事，更不会是啥好事。

临走时，他还是委婉地问何四：

"难道从此关了厂子不成？"

何四一听这话，心里便堵得慌。

他知道陈豫川在关心自己，有些话就是说不出口。

何四就是这种人，有啥不顺意的事，宁肯闷在心里，也不会轻意向别人诉说。

拿他的话来讲，自己不高兴，何苦还要把朋友搭进来不高兴？

但陈豫川不同，他不是普通朋友。

何四向来看重这个遂州人，重情重义敢担当。

乘了酒性，何四便把心中的苦水，一股脑儿全倒了出来。

"唉，豫川兄，你哪里知道哟。"

何四未言先感叹起来。

"六年前三四月间，不知从哪里来了一个人，硬是将码头上一半的木材购去，说是要在盘龙湾修大宅子。从去年清明节至今，更是将木材一截不剩地全部购了去。"

听了何四的话，陈豫川吃了一惊。他向来相信，何四不会说谎。

可是今天，他却认为何四喝多了酒，在自己面前胡言乱语。

但凡做木材生意的人，谁不知涪江漂木数量之巨，国内各大江河无出其右者。

谁有如此雄厚财力，能买得涪江漂木一截不剩？！

"修一座庄院，要得了多少木材？难道在修王宫不成？"

陈豫川摇摇头，表示不信。

见好友不相信自己的话，何四有些急了，大声嚷嚷地说道："你若不相信，可以亲自去一趟盘龙湾。听说那庄院规模，大得吓死人哩。"

陈豫川本来将信将疑，见何四说得如此认真，一时呆若木鸡。

直瞪着一对大眼，望着他发愣。

何四见陈豫川不再说话，也懒得再搭理他。眼见得天色已晚，便催促他快些走。

陈豫川依旧呆了一般，跟跟跄跄出了何四家门。

冷风一吹，抖抖地打个寒战。

他顺着街道的路沿石，晕晕乎乎地往前走。一路上还在想，谁在盘龙湾大兴土木呢？

走完一条街，来到镇上最热闹的十字街头。

陈豫川清醒了许多。

四周的店铺里，已掌上了灯。

不甚明亮的灯火，将一街薄雾照得朦胧。

陈豫川打着酒嗝，欲打探去盘龙湾的路。

猛然看见街对面，有一玄衣黑裤的明艳女子，仄身进了一家烧酒坊。晕乎乎的脑袋，一下子全然清醒。

那不是黑衣女子吗？

陈捕头心里一紧，不假思索地撩步上前，极快地闪进旁边的茶楼里。向伙计要一壶茶，临窗坐下。

两只明亮的大眼，直勾勾地盯着烧酒坊，急切地等着黑衣女子出来。

茶楼里客人不多，陈豫川静静地喝着茶。

大约过了一个时辰，却始终不见黑衣女子出来。

陈捕头眉头一皱，仿佛意识到了什么。连忙付了茶资，起身走出茶楼，踱步来到烧酒坊的柜台前。

掌柜见来了生意，堆起一张笑脸，呵呵地打着招呼。

陈豫川假意买酒。

他一边与店主人套近乎，一边用眼睛的余光，睃视着店内。

烧酒坊并不大，约二十平米见方。

但任由陈捕头百般搜视，也没有看见黑衣女子的身影。

掌柜见陈豫川面生，又不怀好意地东瞧西瞅，嘴里"咔咔"地干咳两声，提一壶"涪江春"，重重置案上。

陈豫川满脸尴尬，对店家笑了笑。心中虽甚疑惑，却不便久留，怕引起店主人注意。

忙掏钱付了酒资，提着一壶烧酒，匆匆而去。

夜里亥时。

陈捕头狠了狠心，像阔老板一样，花费三两银子，住进了镇上的"宜宾客栈"。

第二十四章

一

遂州城的渠河边,有一条远近闻名的花街。

临水而建的吊脚楼,绰约而有诗意。

依依的垂柳,掩映着一河碧水,缓缓荡漾。

设若天气晴好,青石板铺成的街道上,总会有妖艳的年轻女子,穿红着绿,三三两两结伴而行。

这些身份不明的女子,个个像花蝴蝶一样,飘逸在渠河两岸的深红浅绿中。那一双双春光波动的媚眼儿,似小蝌蚪般黑亮鲜活。

鲜活得如妖,让人见了心酥骨软。

花街充满无限的诱惑,也充满让人不可名状的想象。

外乡的男人们,莫不以到过遂州花街而自豪。饭后茶余摆龙门阵,时常口水滴答地炫耀,沉浸在风流梦里自恋不已。

花街上的姑娘们个个花枝招展。每每有认识或不认识的男子打街上走过,她们就会主动迎上去,嬉笑打闹。直到人家大声呵斥,才蜜蜂一样嗡嗡地散去。

当然,也有个别风流神仙,怀里揣了大把的银子,专门到这里来寻花问柳。

结果必然是满面春风而来,垂头丧气而去。

花街热闹归热闹,城里的居民却从来不光顾这里,以致好端端的一条顺河街,大白天里,愣是见不到几个行人。

只有到了灯火朦胧的晚上,一街莺歌燕舞灯红酒绿,才有了醉生梦死的繁荣。

"赌圣"牛二是唯一住在小南街上,却爱来花街的城里居民。

他到这里来,不是为了拈花惹草,而是为了打麻雀(将)牌。

牛二玩牌的级别很高。

不像其他赌徒那样,喜欢四个人围一桌,呼来喝去地熬更守夜整通宵。

他说那样打牌没意思,也没有赌的境界。

牛二到花街的茶园里找人赌博较技,一般是三人博弈。

赌场上叫作"搬拗角"。

或者二人较技,谓之"对抠"。

花蝴蝶是牛二的老婆,开着四个店面的麻糖铺。年轻的时候,很有几分姿色,是小南街上公认的街花。

平时里,花蝴蝶打扮得妖里妖气,三十多岁的人了,动不动还发嗲。

常言说得好,跟好人学好人,跟着端公学跳神。

花蝴蝶当姑娘的时候,人见人夸地乖巧。

自从跟了牛二后,唉,就变了!

原本不错的一个小姑娘,竟然沾染上了不少恶习。性格也变得粗俗不堪,凶悍得像只母老虎。

如果有谁惹恼了她,一张绝不饶人的剪刀嘴,三天三夜会骂出各种不同的花样。

直骂得一街哑静无声。

邻人们都有些怕她。

花蝴蝶看见死鬼牛二三天两头往花街上跑,以为他去嫖女人,扬言要剁了他的六指头。

吓得牛二疯跑了一条小南街,让邻居们很是笑话了一阵子。

九月二十三,秋分。

掐指一算,陈捕头去潼南已有十五日,没有丝毫音讯。

蔡氏兄弟躲在花街"万春苑",时常为陈豫川担心。二人很想知道铁哥们,究竟去了潼南什么地方。

那日受陈捕头委托,解押"二凶"来到州牢,蔡氏兄弟心里有愧,连黄中玉的面也没敢见,偷偷跑到"万春苑"躲起来,专等潼南的好消息。

谁知一等十数日,陈豫川音讯全无。

蔡氏兄弟着了急,又不知该死的"陈大眼"去了哪里,整日躲在"万春苑"唉声叹气。

闲来无事,蔡氏听人摆牛二的龙门阵,甚觉有趣,决定去找牛二玩玩。

玩什么呢?

蔡大粗糙的右手里,玩着一锭白花花的库银。

陈豫川告诉兄弟俩,凡是执有这种银子的人,都可能与"失盗寿礼"有关。

牛二是遂州城公认的赌神,麻雀技艺出神入化,赢的银子何止千万?

他有没有见过这种银子呢?

牛二天生异相,左手歧指有六个指头。

仁里场算命的何阴阳为讨得三个铜板,信口胡言:"手生六指,不劳而食。"

牛二从小信了这句箴言,却大半辈子瞎混,始终没有找到发迹的门路。

后经朋友指点,赌博乃不劳而获之唯一途径。

遂一头扎进赌场,不能自拔。

"掷骰子","推牌九","打双陆"……

牛二一路烂赌,浑身输得精光。

差一点把花蝴蝶做赌资,抵押给了别人。

也不知从什么时候开始,牛二的赌运好了起来。

逢赌必胜。

拿他的话说,龟儿何阴阳的话,硬是准得很哈。

牛二私下里告诉别人,说他有一本秘箴,专门介绍麻雀牌必杀技。

自己躲在家里,已研习年余。

街邻撇撇嘴,研习啥?

牛二很神秘,轻声言道:"拈花指。"

街邻不信,说他想钱都快想疯了。

牛二不理睬邻人的嘲笑,继续神神叨叨地练习指法。

偶尔从他嘴巴里头冒出一些莫名其妙的术语,让人不知所云。

诸如"天盖地""地包天""龙摆尾""虎遁形",还有什么"混水摸鱼""瞒天过海"等等。

一副高深莫测的模样。

在市井小混混眼里，牛二不再像以前那样啥赌都沾，现在只迷"麻雀戏"了，显然已得了"道法"。

花街上除了怡红院外，另有一热闹处，那就是富乐坊了。

这是一家大赌场，占地约十亩之阔。

江湖传言，赌坊后台很硬，为潼川府某政要。

难怪呢，牛皮哄哄地谁也不"睬"。（蜀语，不睬即不放在眼里之意）

牛二练了牌技，手爪爪痒得抽风。

乘花蝴蝶不备，时常偷偷溜进富乐坊观摩。

久而久之，就坐到牌桌前，要求赌一把。

庄家见他面生，以为是初入道的"雏儿"。

负责洗牌的"荷官"，便在庄家授意下"钓"他。

故意撒下大把的银子，做"钓鱼"的诱饵。

让牛二尝了不少甜头。

牛二天生胆大，暗笑庄家"哈包"一个，居然把自己当成了冤大头。也不想想咱牛二是啥人，还放长线钓大鱼呢？

他哪管别人耍甚花招，只顾放开胆量赌去。

偶尔还试试手。

用"瞒天过海"之术，神不知鬼不觉地偷梁换柱，掺和一两手自习的必杀技。

几个回合下来，真的赢了不少的翘宝银子。

花蝴蝶眉开眼笑，更加风情万种。

富乐坊的庄家看走了眼，心痛数千两纹银，白花花地打了水漂。

下决心要"宰"回来。

牛二胸有成竹，平静地坐在赌桌前。

不显山不露水,每每把富乐坊请来坐庄的高手,杀得片甲不留。

庄家恨得牙根痒痒。

暗地里派人跟踪,才知牛二乃小南街泼皮一个。

实在拿他没法,又不便跟这种人翻脸。

夜里,派人给牛二送去一千两银子,捎带一柄精钢小刀。

牛二知趣,不再去富乐坊混赌了。

每日坐在自家屋里,潜心修炼麻雀技艺。

偶尔有人慕名前来挑战,牛二亦不拒绝,辄以百金下注。

挑战者莫不铩羽而归。

牛二便出了名,被业界朋友誉为"鬼手"。

再有邻人相询,真有赌技秘笈一事吗?

牛二一定摇摇头,不置可否地诡谲一笑。

让人摸不着头脑。

人们越发相信,牛二真会"混元四象之法"。(一种麻雀赌术)

要不然,他怎么可能每战必胜呢?

牛二的名头越来越大,不经意间,得道上朋友吹捧,成了"遂州赌圣"。

牛二成了"赌圣",便不轻意出手赌了。

将自家麻糖铺子腾出来,兼做了茶园和赌坊。整日坐庄抽头,当起庄家来。

只有那些名头很响的赌客,前来遂州城挑战时,他这个"赌圣"才会亲自出马。

牛二有个规矩,从不在自己赌坊里和人较技。生怕人家说闲话，坏了"赌圣"名头。

"扳到门坎狠"，不是牛二的作派。偌大一座遂州城，二三十家大赌坊，就爱去富乐坊接受挑战。

那是他发迹的地方。

街坊邻居私下见了，互相笑侃曰："黄鳝成蛟龙，草鸡变金凤。"

谁不知牛二的祖上，靠做麻糖生意度日？

传到他老爹手上时，也顶多拥有两三个铺面。虽然生活得较一般人家滋润，却也称不上殷实富有。

自从牛二迷上麻雀戏后，不知是赌技好还是赌运好，抑或二者兼有？

反正赢了不少银子。

拿花蝴蝶的话说，牛家要大发了。

也许生活原本就是这样，阴差阳错之间，可以改变一个人的命运。

牛二不是名人，也从未想过会成为名人。

现而今，卖麻糖的牛二，却成了不折不扣的大名人。

连州衙里的官差见了他，也要搭上一张笑脸，恭敬地叫一声"牛爷"。

牛二人前人后抻起了腰杆，走路也趾高气扬，多了一份"范儿"。

花蝴蝶越发欢喜，整日里神仙一般地快活。

二

冬月十八。

宜纳财,祭祀,移徙。

辰时三刻,富乐坊老板亲自过来传话,言说有一位南粤人,慕牛二之名前来拜会。

牛二正眯起双眼,躺在自家铺子的马架子上,懒洋洋地晒着太阳。

他一边和花蝴蝶调笑,一边舒心地喝着茶。

听了富乐坊老板的话,心里直觉得好笑。赌牌就是赌牌吗,偏偏要说什么拜会。

好不让人别扭!

不过牛二心里明白,人家大老远从广东跑来,当然不是专门前来"拜会"。只有钱多得不知咋花的傻瓜,才会千里迢迢跑到遂州,找他牛二输银子。

牛二想把花蝴蝶留在家里,自己一人前往富乐坊,以便专心致志与粤人一战。

花蝴蝶哪里肯依?

像她这种"二百五"的女人,怎可能不乘机去风骚一番?

富乐坊里,少年俊男多的是。

老公赢了,喝彩声少得了自己一份?

到那个时候,花蝴蝶就是全场最骄傲的公主!

老公输了又咋的?

牛二怎么会输呢,她坚信自己的老公战无不胜。

要是真输了,只要多抛几个媚眼,那些个少年公子爷,照样对自己青睐有加。

这样的热闹场合，花蝴蝶会不去吗？

见花蝴蝶执意要去，牛二拿她没有一丁点的办法。

去就去吧，以前又不是没去过。

只是这一次很奇怪，身经百战的牛二，莫名其妙地心有怯意。仿佛要出什么事一样，心里空落落地不踏实。

仗着"赌圣"的名头，牛二应邀来到富乐坊。

当牛二在"荷官"引导下，端坐在那张熟悉的牌桌前时，一股让人生畏的寒气，如刀风一般掠过心头。

冷冷的寒气，直窜背心，让他异常烦躁和不安。

牛二抬起头来，看了一眼对面坐着的人。

那人脸覆黑纱面罩，只露出一双明亮的眼睛，让人看不清他的真实面目，也不能确定他的真实年龄。

唯有那双明亮的眼睛很亲切，温暖而祥和。

牛二突然有了自信。

认为这样的目光很"嫩"，远未达到赌场杀手"冷、狠、老"的境界。

"荷官"洗牌前，高声宣布竞赛规则：

赛制为二人对抠，三局两胜制。

每注保底十万，多下不限。

出牌落地生花，不许反悔。

"荷官"宣布毕。

牛二与南人隔桌而居，皆凝重无言。

初入局时，牛二还略有一丝紧张。

待到双手触牌，慌乱的心神，立即静了下来。

二人乃一等一的高手，摸碰吃卡，丝丝入扣，毫厘不差。

第一局牌，双方耗时一个时辰。

直到巳时，牛二才以单吊九筒，大对子自摸险胜。

局间，依例打尖。

二人净手后，吃一碗小幺送来的红糖汤圆。

静坐片刻，又战。

富乐坊楼上楼下，都站满了围观的人。

偶尔有小贩穿行人丛中，卖些麻糖酥饼一类的小吃。

卖的人和买的人，都悄无声息地进行交易，生怕影响到场上选手的发挥。

午后未时，南人嬉笑言开。

他和了一副"龙七对"。

牛二摇摇头，十分郁闷。

前两局，双方各胜一场。

南人以"牌大"翻数多，暂时领先。

花蝴蝶很乖巧，没有像以往那样出风头。

她坐在观察室的雅间里，默默地注视着对局。

老公和南人的搏杀惊险万分，看得她心惊肉跳。

牛二取胜第一局时，她也没有大喊大叫，而是满头大汗地瘫坐在木圈椅上。

当南人胜了第二局时，花蝴蝶感到了不妙。

甚至感到了极度的恐惧。

尚未等到"荷官"宣布牌局结束，她就急急忙忙上前，搀扶起力尽的牛二。

俯身悄悄劝导老公，立即退出比赛。说以现在拥有的家资，足够两个人逍遥快活一生了。

哪用得着和别人赌个鸡飞蛋打?

牛二傻了一般,瘫坐在椅上。

花蝴蝶说了些什么,他一句也没有听清。

此时此刻,牛二的脑子里全是刚才对局的情节,摸牌、出牌、和牌……

这是他长期养成的习惯。

赌局结束后,他都要复牌,从中总结得失。

然而这一次,牛二却想不明白。

自己打牌的每一个环节,都没有任何差错。

怎么就让南蛮子,和了一个"龙七对"呢?

牛二深感对手赌技高超,一点也不输于自己。

当花蝴蝶再次轻声劝说,让他放弃和南人赌博时,牛二忐忑的心里,真的萌生了不再赌下去的念头。

可谁叫他是牛二呢?

堂堂"遂州赌圣",如已经开弓射出的箭,断没有回头的可能!

牛二无可奈何,叹口气对花蝴蝶说道:"赌完此局,便戒赌。"

花蝴蝶见牛二说这话时,浑身上下颤抖不止,声音也有气无力,心里有了一丝可怜。

牛二一生嗜赌如命,实在没有想到,他居然有了戒赌的念头。

由此可以想象,对方给他的心里,造成了多大的压力!

如若不然,以牛二赌死不回头的德性,岂可轻言戒赌?!

决胜局定在申时。

富乐坊内，人山人海。

蔡二混迹其间，唯独不见蔡大。

牛二的现银不足底数，便将临街两间商铺折算成了银子，权作了赌资。

"荷官"征求南人意见，对方并无异议。

遂立据为凭，两方签字画押。

决胜局一战，委实非同小可。

赌额之巨，当是富乐坊的历史之最。

"荷官"洗牌毕，示意上局输家先拿牌。

牛二稳定一下心神，伸手起牌。

双方越发地谨慎小心。

从摸第一张牌开始，各自招招设陷阱，招招藏杀机。

战至酉时一刻，牛二愉快地抬起了头。

这是他胜券在握的标志性动作。

花蝴蝶见了，立即欢呼雀跃起来。

她已看得清清楚楚，牛二手持一副好牌。

三个幺筒，三个九筒，其余二至八筒皆顺连。

清一色，一至九筒通和。

南人依然十分镇静，丝毫不在意对手的表情变化。

他摸到一张红中，看了看桌面，轻轻将牌打出去。

轮到牛二摸牌了。

只见他右手食指和中指在上，大拇指在下，轻轻一摁。

牌是幺筒，脸上顿时喜形于色。

"和了！"

花蝴蝶一声尖叫。

牛二正要"倒"牌。

突听花蝴蝶一声尖叫,扶牌的右手突然一抖。

那根横着的六指头,无意中将搭子里的一张幺筒碰翻,倒在桌面上。

南人见了,伸手将那张倒下的幺筒,不慌不忙捡起来,轻声地说道:"和了,小四翻。"

牛二顿时目瞪口呆,汗如雨下。

他本待要反悔,无奈"荷官"宣布规则在先。

倒牌即为出牌。

幺筒虽为无意碰倒,然对方正好和此牌。

怎可能让你反悔呢?

南人站起身来,十分优雅地步出大厅。

花蝴蝶从雅间冲出,见牛二瘫坐在牌桌前,顿时像一只发疯母虎,扑过去又踢又咬,声嘶力竭地哭骂道:"老娘劝你不要赌了,你不听!这下如何是好啊?!"

号啕之声,如杀猪一般惨叫。

牛二满脸沮丧,狠狠地掰着六指头。

他恨死自己了!

那么好一副牌,怎么就让这该死的六指头,戳翻了那张幺筒呢。

花蝴蝶仍在号,声音早已变成了尖厉的嘶叫:"斩了它,斩了它!"

牛二六神无主,踉踉跄跄地走出富乐坊。

茫然无措地回到小南街上。

戌时三刻。

蔡氏兄弟俩并肩来到小南街，仄身进了牛二的麻糖铺。

牛二一见蔡大，如遇厉鬼般号叫起来："你……你……南人？"

蔡大笑了笑，对牛二点点头，说道："正是。"

蔡二上前，拍了拍牛二的肩，安慰道："牛师傅请放心，敝兄长非为赢你钱，实为了这个。"

他一边说，一边摸出两锭库银来。

又顺便把签有牛二名字的凭据，拿出来退给了他。

花蝴蝶见状，惊诧诧地跑上前，紧紧拉住蔡二的手，欢快地说道："好兄弟，乖兄弟，你真是大慈大悲的观世音活菩萨！阿弥陀佛，阿弥陀佛！"

牛二将两锭银子接过来，拿在手上，反复看了看。

这不是上午自己所输之银吗？

抬起头来，不解地望着蔡二。

花蝴蝶跨步上前，一巴掌抽在牛二头上，大声吼道："愣起干啥子，还不快给两个兄弟磕头！"

蔡大忙阻止道："牛嫂休要恼怒，我兄弟俩只需牛师傅告知，这两锭银子从何而来，真的别无他意。"

牛二把手中两锭银子放在油灯下，反反复复地细看，然后将银子递给蔡二，很肯定地说道："月前，一个自称潼南大佛寺的和尚，与我较技输的。当时，我嫌银子太新，疑是假的，还被那和尚掴了一巴掌，所以记得。"

潼南，大佛寺？

蔡氏兄弟默默相视，目光坚毅而执着。

两人拱手告别牛二，急匆匆离去。

第二十五章

一

冬月十七日。

时令小雪。

天气晴好。

陈豫川独自一人，来到了盘龙山。

盘龙山并不高大。

在川东北一带深丘里，也没有华蓥山的名头响亮。

山势却十分雄奇。

涪江自西而来，到了此地，形成了巨大的"几"字形地貌。

坐落在"几"字顶部的盘龙山，犹如一条翘首欲飞的巨龙，横卧在涪江边。

山湾湾的怀里，紧紧抱护着一块小平原。

清晨，每当太阳升起的时候，山上累累的白石头银光闪闪。

在天光水色映衬下，恰似一片片龙鳞，熠熠生辉。

故名盘龙湾。

当地文人十分自豪，题咏甚众。

地方长官顺应民情，雇能工巧匠数十人，搭梯凌空开凿。

临唐人颜真卿体,耗时一年半,刻下八个大字。

"天下雄山,虎踞龙盘。"

字高丈余,刻在临江的悬崖上,里许可见。

陈豫川来到的时候,太阳刚刚出来。

满山遍野的白石头,果然粼粼闪着白光。

站在盘龙山高高昂起的龙头上,陈捕头四处远望。

山湾脚下,一坝如盆。

涪江蜿蜒似练,绕坝而流。

小盆地成扇形,向东南铺开。扇柄处稍高,紧邻盘龙山山脚。

堪舆家择宅基地,讲究"靠山稳,明堂阔"。

盘龙湾依山抱坝,曲江环绕,确是一块绝佳的风水宝地。

山湾"窝"里,盘龙山最高峰下的二台地上,赫然建有一座巨形宅院。

宅院规模十分宏大。

陈豫川走南闯北,自是见多识广之人。

看到眼前的宅院规模,也是暗暗吃惊。

何四非但没有夸张,实则仅言及宅子十之一二。

楼宇重重叠叠,堪比省垣明蜀王宫。

宅子坐北朝南,按左青龙右白虎,前朱雀后玄武的八卦易象布局。

背依盘龙山,脚踏涪江水。

大宅中轴一线,长约里许,界分阴阳。

宅子最高一楼,就坐落在阴阳的"鱼眼"上。

陈豫川乃百年难遇的"捕才",于侦测缉拿术习无不精,且胸罗万象,满肚子旁门左道之学,更是无人能及。

在六扇门中，素有"堪舆大师"之谓。

见了眼前的大宅子，陈捕头也不由敬佩起它的主人来。

谁有如此气象，选了这么优秀的宅基地？

布局堪称完美无瑕，不仅好眼力，而且好襟怀！

陈豫川背负双手，迎着初升的朝阳，站在一块突兀的大青石上。

看着山脚下的宅院，呆呆地发愣。

其从业三十年，可以毫不夸张地说，巴山蜀水间，真没有他不知道的事情。

然眼前恢宏的一大片宅院，却让陈捕头感到十分纳闷。

潼南距遂州城八十里路，自唐末设县至今，一直隶属遂州管辖。

两地风物人情相近，民众交往甚密。

他怎么从未听说过，此地有这么一个财力雄厚，心中又包罗万象的英雄豪杰呢？

陈豫川想着想着，心里有些激动。

思路一会儿模糊，一会儿清晰。

呼吸便急促起来。

他知道，神秘的大宅子里，也许有自己想要得到的东西。

陈豫川抬起头，望了望天，毫不犹豫地走下山岗。

沿着大宅院高高的院墙，径直来到对面的官道上。

不慌不忙地抚着手，走进道旁的茶棚里。

花三文钱，买了一碗茶。

独自坐在木板凳上，一边饮茶，一边与主人聊起天来。

茶肆主人乃土著，十分健谈。一眼就能看出属乡村中粗识文墨者，既有几分老实又有几分狡黠。

陈豫川慢慢品着茶，言谈中不断地夸赞，潼南是一个好地方。

物产丰富，人民富裕。

茶倌听得高兴，一直笑声不绝。

陈豫川也陪着呵呵地笑。

不知不觉中，陈捕头便不着丝毫痕迹，将话题扯到对面的大宅院上来。

"好一座大宅子啊！"

陈豫川啧啧赞道。

"可不是吗？上百人的工匠，整整修了五年。"

茶肆主人满脸喜气洋洋，好像自家宅子一般。

陈捕头饮一口茶，无限期望地问道："必是京官回乡置业了？"

茶倌闻言，一愣。

欠意地笑了笑，抖抖手中的白抹布，瘪瘪嘴，一脸的茫然。

陈捕头很奇怪。

都是邻里乡亲，咋会不知道呢？

见陈豫川很失望的样子，茶肆主人想了想，言道六年前的春上，有一个神秘的外乡人，来这里买下整个盘龙湾，大兴土木修了这座宅院。

"好像是那年寒食节动工修的吧？"茶倌说道，"工程去年腊月就完工了，可不知道为什么，现在还源源不断地往里面运木材。"

陈豫川闻言，心里泛起了涟漪。

联想到近几年来，蜀地数十起未破之大盗案，还有蔡氏所护寿礼失踪案……

莫非答案就在这里？！

陈捕头心里很激动，表面上却一点不露声色。

他低着头，慢慢又喝了一开茶水，便谢过茶肆主人，起身回到镇上"宜宾客栈"。

一连数日，陈豫川便有事无事，都来茶棚子坐坐。

他总是买一碗茶，慢慢地饮。一边和茶肆主人闲聊，一边观察着大宅院。

然让他十分失望。

大宅院的正门，从未打开过！

偶尔见一驼背老仆人，弯着腰从宅侧小门进出。或洒扫庭除，或去镇上购些菜蔬。

陈豫川失望归失望，仍每日来到茶棚里，喝茶聊天。

果不愧天降捕才，能言善辩，机智伪巧。没几天时间，就和大宅院的老仆人，交上了朋友。

那份热络劲，熟悉得又是搂又是抱，像几十年的老朋友一般，无话不谈。

老仆人不是本地人，操着一口怪腔怪调的下江话。

舌尖生硬地告诉陈豫川，自己年前才从汉口过来，对主人的情况知之甚少。

只知道主人是个盲人。

年龄说不太准确，可能七八十岁，也有可能二三十岁。

陈豫川很好奇，这是个啥怪人啊。

难道大宅子的主人，还会随时改变年龄吗？

老仆人驼着背，瞥见陈豫川满脸诧色。

忙解释说，主人心情高兴时，神情举止像个俊朗少年。

心情烦闷时，落寞如耄耋老者。

陈捕头听了解释，没有接老仆人的话，满脑子全是同一画面。

俊朗少年？耄耋老者？白衣少年？

会是同一个人吗？

老仆不知陈豫川所想，乐呵呵地请他吃茶。

茶是渝州砣茶，价廉耐泡，多为下苦力者所用。

陈捕头并不嫌弃，有滋有味地喝起来。

老仆人满脸慈祥，拾一小方凳，坐在水缸旁，细心清洗着一篮菜蔬。

菜蔬不多，仅够二三人食用。

陈豫川停了茶杯，见菜蔬新鲜可爱，眉毛一扬，假意问道："老人家，您一人怎食得了这么许多？"

老仆人笑着说他傻，偌大一座宅子呢！

一宅之人食用，哪够呢？

见陈豫川又不相信，老仆直言相告，主人在潼南境内，没有亲戚也没有朋友。

偌大一座宅子里，只有他和四个丫鬟。

陈捕头"啊"一声，一脸惊讶。

大宅子规模堪比王宫，只住有六个人？

"就六个人！"

老仆人十分肯定地说。

陈豫川笑笑，哪有不信老仆的话呢。

老仆人坐凳上,极仔细地清理着。

但凡发蔫的茎叶,便一一清除掉。那份专注的神情,生怕残留一星半点。

竹篮里的菜蔬,被他摘得只剩下了嫩尖尖。

陈豫川心有所思,目不转睛地注视着。

他发现老仆有个习惯动作,每当笑起来的时候,右眉毛便会斜竖起来。

陈捕头知道,相书上称为"阴阳眉",世人中难得一见。

老仆见陈豫川看得认真,笑着说宅子主人家,生活十分精细,从不吃剩饭剩菜,菜蔬也须每日现买。

"故而摘得仔细。"

陈捕头越发好奇。

这是怎样一个精怪之人!

老仆见陈豫川感兴趣,又说了个十分有趣的现象。

大宅子的主人家,每到月圆之夜,不论刮风下雨,都必定会外出远行。多则一个月,少则十来天。不知去了什么地方,也不知道干什么去了。

"反正他每次外出,都是深夜子时。"老仆人一脸和善,笑眯眯地对陈豫川说。

陈豫川心里像喝了一罐蜜,高兴得不得了。

大宅子里的秘密,他已知道了不少!

腊月十五。

夜里亥时。

陈豫川潜往大宅院。

偷偷在宅前道路上,胡乱堆放了许多秽物。

悄悄躲一旁,观察宅子里的动静。

二

当天夜里,月亮甚是明亮。

到了子时,大宅院的正大门,果然准时打开了。

陈豫川远远看见,两个书童提着灯笼,在前面导路。

朦胧中,陈捕头看得很真切,二书童皆女子。

右行持灯者,黑衣黑裤,赫然为黑衣女子!

左行持灯者,红衣红裤。

陈捕头定睛细观,不认识。

只是依稀有些记忆,一时又想不起来。

红衣红裤?红衣小袄?

对了,此女莫非洁尘仙子乎?

蔡大嘴里一再提及,无量子首徒洁尘仙子,喜着红衣小袄。

想必就是她了。

就着皎洁的月光,陈豫川清晰地看到一切。

二女提着灯笼,袅袅行于前。

身后数步,跟着一瞽目叟,白眉白须白袍。

陈捕头心中奇怪,二女美艳如花,竟甘为一个老瞎子的书童?

于情于理都说不通啊。

难道潼南父老传言非假,白袍叟果真会"采阴补阳术"?

以至被其采补之女,都死心踏地跟他!

陈豫川一激愣,两眼紧紧盯着瞽叟。

老瞽叟虽然年迈,脚步却甚是矫健。

凡有秽物的地方,他都一一绕道避让。

并未踩踏秽物上。

陈豫川心里,已豁然明朗。

瞽叟者,伪盲也!

唯不敢断定,此人是否白衣少年。

二者年龄相貌,委实相去太远。

但无论如何,能让江湖二奇女为之引路,这个白袍老叟就不简单。

不论他是不是白衣少年,都是一位值得尊敬的人物。

陈豫川心里这么想。

不由得攥紧了一双拳头,暗自兴奋起来。

又过了数日。

一夕夜深。

躲在暗处的陈豫川,偷偷看见黑红二女子,导引着老瞽叟,从外面回到了大宅院。

二女背上,各驮一沉甸甸包裹。

甚为沉重。

陈豫川终于笑了。

大半年来的郁闷心情,随之一扫而空。

他知道这个伪盲老叟,就是自己要找的白衣少年!

第二天早上,天色刚明,陈豫川即扮成卜者,一步三摇来到大宅院门口,放开大嗓门,高声嚷嚷道:"前朝诸葛亮,后世刘伯温。吾本鬼谷子,江湖算命神!"

"算命啰,算命啰。有灾消灾,无灾祈福!"

陈豫川一边嚷嚷,一边观察着宅院里的动静。

偌大的宅院里,竟然没有一丝声响。

静悄悄的,仿佛是一座空宅。

陈豫川心犯疑惑。

这么大一座宅院,难道一夜之间,就人去楼空了吗?

陈捕头不甘心,手里不停摇着铜铃,嘴里反反复复高声嚷道:"钱财命中带,爹娘苦不来。若要金满屋,听我巧安排。"

过了一会儿,大宅院的侧门终于打开了。

院内走出一个小丫鬟。

小丫鬟眉清目秀,乖巧地对陈豫川说道:"我家主人有请先生。"

陈豫川露出一丝笑容。

忙打躬作揖道:"烦请姐姐带路。"

小丫鬟冰冷一张脸,连个谢字也没有,盈盈转过身去,莲步款款地进了大宅院。

陈豫川自己都感到奇怪,不就是个丫鬟吗!何苦来着呢,给她又是打躬又是作揖?

小丫鬟的傲气,多少让陈捕头有些不舒服。

哼哼。

一个下人嘚瑟啥,讲甚鸟派头!

眼见小丫鬟进了院门。

陈豫川不敢怠慢,连忙跟了过去。

宅院内十分宏大。

仅中轴一线的房屋,就有六重之多。

每重房屋的大门，都紧紧地关闭着。

小丫鬟在前面带路。

每至一重房屋门前，紧闭着的大木门就会自动打开。

一切都那么机巧，那么神秘。

小丫鬟袅袅前行，到了最后一重房屋门前，停下来不走了。

陈豫川亦停下脚步，望着面前紧闭的大门，明显地感觉到，这最后一重房屋的地基，要高出其他屋基许多。

十余级缓步阶梯，乃玉石垒砌，磅礴大气。

栏杆饰以精美图案，花鸟鱼虫，居然还有龙凤浮雕！

陈捕头吃了一惊。

宅子主人究竟是何人，怎么敢以龙凤图案，来显示自己的身份？！

高高的玉阶上，走下来一个书童。

书童笑容可掬，微微躬着身，做一个请上去的手势。

陈豫川隐约觉得，这个书童的笑容为何这般熟悉？

忙用右目的余光极快地瞟了一眼。

书童又一笑。

陈捕头立即想起来了，书童不是别人，正是潼南大佛寺敲木鱼的和尚。

见陈豫川不断瞟自己，书童再次咧嘴一笑。嘴里两颗大虎牙，十分明显地露出来。

陈豫川见了，也回报一笑。

只是心里奇怪，老仆人不是说大宅院内，除主人和他外，只有四个丫鬟吗？

小书童见陈豫川认出了自己，复友好地笑了笑。

陈豫川眼尖。

小和尚一笑,右眼棱上的眉毛,顿时斜竖起来。

老仆人?

眼前的书童,竟是那个老实巴交的下江人!

陈捕头暗叹,自己几时这么弱智过?

一会儿大佛寺敲木鱼的和尚,一会儿看门的老仆人,一会儿又是乖巧的小书童。

这个大宅院里,究竟藏了多少不为人知的秘密!

"小书童"依旧满脸笑容,脚步轻快地在前面带路。

陈豫川随后踏上玉阶。

二人一前一后,来到一座宽敞的大殿前。

大殿布满铜包钉的巨门,无声无息地徐徐打开。

殿内大厅正中央,燃着一个巨大的火炉,红红的温暖如春。

一位身着白衣的俊朗少年,正伏在大厅的书案前,神情专注地挥毫泼墨。

不知他是有意还是无意,反正连陈豫川进来时,也没有抬起头来打声招呼。

陈豫川心静如水,见白衣少年专注于案,也没有打扰他。

静静地侧立一旁,极认真地观之挥毫。

白衣少年神情淡雅,举手投足间,处处显示出高贵和卓尔不群。

他的手里并没有笔,而是以指代笔,在纸上尽情地挥洒。

所书文字飘逸奔放,点横撇捺,却又力沉千钧。

陈豫川胸罗万象,事事洞明。

暗叹其书艺精绝,蜀中无出其右者。

他已经注意到了,白衣少年所用墨汁,乃蜀南"江阳松墨"精研而成。

不仅墨迹光可鉴人,还有一股淡淡的松香袭人。

纸更是嘉州上等"夹江宣纸",质地绵软,平展度极为均匀。

陈捕头见纸上所书,乃是一阕《双调·水仙子》。

果然绝妙好词。

　　杏花村里旧生涯,
　　瘦竹疏梅处士家,
　　深耕浅种收成罢。
　　酒新蒭,
　　鱼旋打,
　　有鸡豚竹笋藤花。
　　客到家常饭,
　　僧来谷雨茶,
　　闲时节自炼丹砂。

行文恬淡雅致,文意悠闲自得。

字体是行书而又非行书,是草书也非真的草书。

陈豫川脑子里头,立即想到了"鉴亭"。

不禁脱口赞道:"好词章!好书法!"

白衣少年哈哈大笑,陡然停指,侧身拱手言道:"陈大人果不愧人间俊杰,不仅侦技一流,而且懂辞赋。莫非也懂指书否?"

陈豫川闻言,大惊失色。

白衣少年所言指书，乃江湖失传已久的"神指功"。

拥有这种功夫的人，能以指代笔，在纸上或精木上临帖作画。

难度之大，实非常人所能及。

人的五指不似笔毫柔软，书者需化指尖为软毫。

试想，没有精湛的内功，怎么可能施为？

千百年来，武林口口相传，唯峨眉灵智上人一人会此"神指功"。

陈豫川没有想到，白衣少年小小年纪，竟能将指书挥洒如斯！

更让陈捕头吃惊的是，白衣少年似乎早就认识自己，而且还知道自己要来大宅院一般！

这一惊骇，当真非同小可！

好在陈豫川长期混迹江湖，倒也处变不惊。

心想既然被他识破，不承认反而示弱了。倒不如大大方方地告知对方身份，也显得光明磊落。

陈豫川有了这层想法，心里反而轻松了许多。

当下凝神戒备，朗声说道："佩服高人法眼如炬，我确是遂州捕头陈豫川。"

白衣少年闻言，略有一丝惊异。

他没有想到，陈豫川竟会如此坦荡。

居然毫不遮掩，就承认了自己的身份。

不过这种诧异，只在心头一闪而没。

若非陈捕头眼尖，他人怎么看得出来？

"陈大人如此光明磊落，果然不愧蜀中名捕！"

白衣少年抬起头，淡然一笑，随即轻声言道："莫不是为涪江双雄失镖而来？"

"正是！"

陈豫川的话，又让白衣少年心中一惊。

他原本想自己把话挑明了，好占个先手。

委实没有想到，陈豫川毫不回避，又是如此直言不讳地回答自己。

白衣少年心里，暗自佩服不已，由衷地微笑赞道："好！"

陈豫川正待要接话。

随着那一声"好"，白衣少年猛地一转身。

右手疾速一挥。

指尖上的剩余墨汁，齐刷刷飞向大厅正面粉壁。

随着"毕毕剥剥"一阵乱响，洒向粉壁的墨汁，瞬间凝聚成"英雄"两个大字。

"英雄"布局磅礴，结构严谨，气势奔腾。

陈豫川目瞪口呆！

人称"巴蜀活地图"的陈捕头，几时见过这种毫不讲理的"书法"绝技？

白衣少年一蹴而就，书成"英雄"二字，却丝毫未在意客人的惊讶，用清水仔细净了手，再用一张洁白丝巾优雅地揩尽水渍。

这一切细活儿做得缓慢而精致，待耐心做完这一切后，才笑容满面地说道："陈大人果然一方豪杰，不仅襟怀坦荡，而且豪情满怀。我若不据实相告，倒显得小气了。"

白衣少年说完，示意陈豫川坐下。自己却背负着双手，临窗站着。

他目视侧立一旁的书童,为客人奉上一盏香茗。

陈豫川点头称谢,却并未坐下,而是像白衣少年那样,也背负着双手,倚门而立。

白衣少年见了,知陈豫川并不相信自己。

看他倚门而立的姿势,虽然随随便便,却始终保持着高度的戒备。

心里顿时有了惺惺相惜之态。

难得的人才啊,可惜做了鞑虏的爪牙!

陈豫川低下头,饮了一口书童送来的茶。

那茶色泽并无特别处,却异香扑鼻,入口沁人心脾。

陈捕头抬起头来,一双明亮的大眼,定定地望着白衣少年。

白衣少年微微一笑。

他当然知道,陈捕头心里想的什么。

那眼神清澈,充满期望。

但并非探询佳茗异香故,实为了"涪江双雄"失镖事。

白衣少年眼里含笑,缓慢地说道:"我就是唐门二当家,人称'无影神钉'。因长期和大哥不和,六年前愤而离家出走,后来到潼南落脚。"

陈豫川闻言,并不吃惊,也没有说话,而是不慌不忙,从容地将茶盏置几上。

白衣少年笑愈灿烂,见陈豫川始终举止有度,也不慌不忙地续曰:"谷雨节前夕,在利州昭化古镇,出手劫了黄中玉的寿礼。原本想嫁祸于大哥,让他吃些苦头。哪曾想到,陈大人侦技如神,这么快就追到了此地。唐某当真是佩服至极!"

陈豫川听他娓娓道来,说得从容不迫,淡定中流露出几许得意。

那神情,好像蜀道上几十条人命,与他一点关系都没有一般。

陈捕头心中,不由得大为震动。

这个"无影神钉",果真是一位了不起的人物。别人的身家性命,在他眼里,还不如一只蚂蚁!

从古至今,草菅人命者,不是大盗,就是巨奸!

白衣少年的神情举止,非奸非盗,倒像是一位藐视天下的王者!

这偌大的一座庄院,倒很匹配他的身份。

陈豫川心里这么想。

嘴上却说道:"唐大侠也会幻影术吗?"

白衣少年闻言,再次哈哈大笑。

"技差陈大人远矣!"

说完这话,白衣少年突然背转身去,片刻即回。

陈豫川吃了一惊。

眼前的一幕,若非本人亲见,陈捕头怎会相信?

刚才还是翩翩少年郎,顷刻之间,已变成白发飘飘之耄耋老叟了!

他实在想不到,这个世界上,竟还有别门别派别人,会此变脸术?

江湖中谁人不知,蜀中变脸乃天下一绝。

历为"风门"长技,秘不外传。

师傅阳明生曾经言及,蜀中"风门"一派,实为大唐名将郭子仪所创。前身为大周武则天朝,赫赫有名的特务机关"梅花内卫"。

"安史之乱"后,郭姓子孙避祸隐于蜀中,遂立"风门"。

"风门"中人,个个行动疾如飚,变脸快如风,故为"风门"。

阳明生为"风门"第三十八代掌门,变脸术冠绝天下。瞬息间,可达三十六变之多。

国中无出其右者。

陈豫川从小随之学艺,二人情同父子。但却从未听师傅说起过,蜀中还有别的门派人物,会此变脸神技。

想到这里,陈捕头心里盘算开来。

仅以此变脸绝技而论,白衣少年已不在自己之下。

更何况大宅院内,还有黑衣女子一干好手。

若要硬擒拿他,实无十分把握。

审时度势乃陈豫川异于常人处,更是他立足江湖之本。

他理清了思路,悠然地品着茶。

也不再提缉拿之事,而是着实将白衣少年的变脸绝技,好生夸赞了一番。

白衣少年连露两手神技,原本以为敌会知难而退。

却哪里知道,陈捕头依旧沉稳如初。

心里更加佩服不已。

见陈豫川夸赞自己,白衣少年不由哈哈大笑:"陈大人,休要谬夸赞。不过大人来得正好,可为唐某洗去诸多恶名!"

陈豫川闻言,依然伫立不动,嘴里却说道:"陈某愿闻其详。"

白衣少年的脸上，依然挂着淡淡的微笑，儒雅而谦和。步履轻快地来到陈豫川面前，亲自为他斟上一盏茶水，不无感慨地说道："蜀中诸窃案，实乃宵小行径。桃花客栈及梓潼七曲山血案，必恶徒暴霸所为。二者皆猪狗行为，岂是唐某作风？"

言辞十分诚恳，一点也无欺诈的感觉。

陈豫川听他说得轻松，心里虽然不信，却又分辨不得。

见白衣少年去了敌意，陈捕头的心情也渐渐平和起来。

神情不再紧张，亦不似先前那样高度戒备了。

他端起茶盏，慢品一口。

说实在话，刚才端的好险！

如果二人交手，谁胜谁负，还真不知道哩。

直到现在，陈豫川的背心处，还有些许微汗渗出。

白衣少年见陈豫川只顾喝茶，对自己的一番表白，未做任何回应。

从他的神情举止上看，一点也猜不透这个大眼男人，他的心里在想什么。

白衣少年负手立厅中，微颔下腭，眼里笑意愈浓。

陈豫川这才坐几上。

他知道，白衣少年再不会攻击自己了。

见陈捕头安然坐下，白衣少年突改用腹语，对陈豫川说道："陈大人请回去，三日之内，唐某人必定给您一个答复！"

陈豫川闻言，又吃了一惊。

白衣少年嘴唇未动分毫，声音却异常清晰。

知他内功已臻化境。再留下去，已无益处。

陈捕头依旧不慌不忙，将手中的茶盏放几上。

站起身来，冲白衣少年点了点头，然后抱拳而去。

白衣少年满眼赞许之色。

久久目送着陈豫川，一步一步走出大宅院。

三

陈豫川回到"宜宾客栈"，放心地等了三天。

在这三天里，他的心情十分愉快，天天好吃好喝好睡。

他向来是一个自信的人。

自出道以来，对各种案情的预判，从未出过丝毫差错。

陈捕头始终相信，像白衣少年这种人物，必定信守承诺，言出必行。

然而这次，他却错到了家！

白衣少年所说的三日期限，已过期了整整一天。

陈豫川住在客栈里，眼巴巴地守望着，却没有得到任何消息。

连白衣少年的只言片语，也没有得到。

陈捕头一向自信，甚至有些自负，怎受得了这种奚落？

对于捕快们来说，事前预判乃成功关键。

判断一但出了偏差，后果不堪设想。

白衣少年言而无信，让陈豫川十分恼怒。

他有一种感觉，一种被人欺骗了的感觉。

这种感觉，让他很难受。

一生顺利的陈豫川，从来没有这么难受过，也从来没有这么暴怒过。

他心里比谁都清楚,但凡发怒的人,一定是神经短路了。

可他偏偏发怒了。

忍不住手发痒,便砸坏了客栈里的马桶,弄得满客栈臭气熏天。

他还记得出师前,自己请师傅喝酒。

二人喝得高兴,惹得邻座食客不满。

陈豫川年轻好面子,欲上前与之理论。

阳明生拦住他,说过这样一段话:"夫怒者有四:狠者心怒,必面红耳赤;恶者神怒,面青而切齿;凶者气怒,面白以致目瞪;大智大勇而怒者,虽肝胆俱裂而面色如常,神情潇洒!"

陈捕头谢师后,一直谨记着师傅的告戒。

临危不乱的办案风格,成了他的代名词,也成了他从业三十年来战胜一个又一个敌手的法宝。

然而此时,陈豫川的神情却像一头发怒的狮子,朝着那座神秘的大宅院,不顾一切地奔了过去。

当狂奔至宅大门前时,陈捕头倒下了。

无力地瘫在地上,心力交瘁地想痛哭一场。

因为他已经看见,紧闭的大门两侧,悬挂着蔡氏兄弟的尸体!

陈豫川心如刀绞。

他恨自己瞻前顾后,不敢放手和白衣少年一搏!

就算那日输了,又有什么了不起?

现在好了,自己当了缩头乌龟,让蔡氏两位好兄弟做了白衣少年的刀下鬼!

可怜两位好兄弟啊!

劝你们别来潼南,你们还是跟来了,居然还追到了大宅院。

白衣贼是何等人物?

他既被两位好兄弟侦破,岂能容你们活在世上!

陈豫川不再悲伤,跌跌撞撞地爬起来,将蔡氏兄弟尸体取下来,平放于地。

然后单膝跪地上,仔细查看伤情。

尸体虽然已经风干,但致命的创口仍清晰可见。

创口小而窄,流血甚微。

甚至根本就没有流血。

陈豫川知道,是白衣少年的杰作。

放眼全蜀一境,唯白衣少年有此能力,驾驭这种薄如蝉翼的剑。不仅快如闪电,一招致命,而且拿捏得十分精准,不差毫厘。

以蔡氏兄弟之能,能一剑要他们性命的人,普天之下并不多。

就是陈豫川自己,恐怕也难以做到。

此人功夫之高,决不在师傅阳明生之下!

"功夫高,有毬用。不守信诺之人,始终是个'卵弹琴'!"

陈豫川心里骂道。

他在官场上混了大半辈子,肚皮里也有不少的花花肠子。但他终究是一位耿直之士,犹其痛恨那些失信的人。

白衣少年不仅失信在先,而且又将其好友毙杀于后。

如此丑恶行径,当真可恨可恶至极!

陈豫川哪能不恼?

他眼含悲泪,找来挖掘工具,掘土堆坟,将蔡氏兄弟草草葬了。

　　垂头默哀于坟前，发誓要为哥俩报仇。

　　此时此刻，陈捕头两眼发红，早已失去了往日的冷静。

　　他的心里，只有一个念头。

　　就算大宅院是龙潭虎穴，他也要闯进去，找到白衣少年，好好地理论甚至拼杀一番。

　　"好兄弟，等着瞧吧！"

　　陈豫川大叫一声，毅然冲进大宅院内。步履踉踉跄跄，一直冲到那座神秘的大殿前。

　　陈捕头这才心如槁木。

　　偌大的宅院内，早已空无一人。

　　陈豫川欲哭无泪。

　　只顾胡乱地舞着双手，将挡在自己身前的家什一一拍个粉碎。

　　白衣贼书房的横案下，有一条秘密地道。

　　陈捕头想也没想，毫不犹豫地一头钻了进去。

　　这条隧道真长啊。

　　洞里漆黑，什么也看不见。

　　陈豫川却并无怯意，甚至一点也不提防黑咕隆咚的洞里是否设有陷阱。

　　顺着没有一丝亮光的地道，陈捕头一路摸索过去。

　　大约走了七八里路，终于钻出了地道口。

　　人们常说黑暗使人理智，此话一点不假。

　　当钻出狭窄的地道口时，怒气冲冲的陈豫川终于冷静下来。

　　仰天长长地吐了一口气。

连他自己都不敢相信,刚才的行为是真的。

他居然不顾一切,爬过了七八里漆黑昏暗的地道!

如此意气用事,非但不能为蔡氏兄弟报仇,早晚连自己的狗命也得搭进去!

陈豫川苦笑着。

刚出洞口那一瞬间,他的两只大眼睛还无法适应洞外强烈的亮光。

过了好一会儿,陈捕头才发现,自己所站的位置,竟然是双江古镇上的烧酒坊!

心里大吃一惊。

谁有这般雄厚的财力,修筑如此宏大的地下工程!

构筑者意欲何为?

陈豫川想着,又一次苦笑了。

那日自己在对面茶楼里,傻傻地等黑衣女子出来。

这么一条长长的隧道,连着神秘的大宅院,哪里等得着她?

想到这里,陈豫川再次摇了摇头。

店内已空无一物,店主人也不知了去向。

唯酒案上,留有一函。

他认得函上的字,是白衣少年的指书。

"吾已传信与君,君不自量。竟唆使蔡氏二人,前来寻衅。不得已杀之,以儆效尤。"

阅完信函,陈豫川满脸不屑。

好一个"不得已杀之"!

转念又想,自己何等冤枉。

他不仅未唆使蔡氏兄弟前去寻衅滋事,反而劝阻过哥两个,不可鲁莽行事。

白衣少年为何有此一说？

况且，你个天杀的贼皮，几时传信给我了？

陈捕头盯着函件，再仔细看一回。

猛然有所醒悟，遂匆匆返回"宜宾客栈"。

损坏的马桶，已经修复。

二楼的卧室里，洁净如初。

陈豫川并不关心马桶好坏，一门心思想着函件所言。

然任由他东寻西找，遍翻室内的叽里旮旯，也没有找到任何"传信与君"的蛛丝马迹。

陈豫川有些疲惫，坐靠在木椅上休息。

一双眼睛，仍在极力搜索。

当巡视到床头时，他隐隐忆起，大前天夜里，有人光顾过自己的住处。

当时已近子时，陈豫川斜靠在床头，就灯夜读。

依稀看到木窗外，有物疾速掠过。

只道风乱竹影，当时并未在意。现在见了白衣少年所留信函，确信他或他的人真来过。

为何啥也找不到呢？

陈豫川又看了一眼床头，不由得骇出一身冷汗！

他不敢想象，这会是真的。

虽然不相信这是真的，陈捕头还是走了过去，在自己的枕头下面，找到了黄金百两，还有一柄精致的小刀。

天啦，这怎么可能？

当时自己的腰部，就靠在枕头上啊！

陈捕头将那柄小刀放在光亮处，仔细地观看。

小刀薄如蝉翼，竟能透过阳光来。

他这才倒吸一口冷气。

原来蔡氏颈上的创口，不是剑伤，而是这种刀伤。

难怪伤口细小，没有渗出一丝血迹！

陈豫川一脸凝重，反复把玩着手中的小刀。

突然，他的两只眼睛愣愣地发直。

三郎！

小小的精钢刀柄上，赫赫刻着"三郎"两个铭文！

四

三郎？

三郎！

三郎是谁？

陈豫川再次展开信函。

笺尾微书一行小楷，细若蚊足："以君之才，何为清廷走狗？设若弃暗投明，实乃天下苍生之福。"

落款处，画着一个"鬼脸"。

陈捕头依稀记起，师傅阳明生曾言及过，"鬼脸"乃百年前蜀中武林第一高手，易容术天下无双。

据说师爷"云里追风"，曾联合蜀中各大门派高手百余人，才将他逼下峨眉山的万丈舍身崖。

难道"鬼脸"还活在人间？

弃暗投明？

三郎？

莫非这个"鬼脸"，就是神秘莫测的朱三太子？！

陈豫川不敢再往下想。

匆匆付了店资，乘快马连夜赶回遂州。

夜里戌时，玉堂街黄府。

陈捕头不顾护院阻拦，径直闯进黄中玉的书房。

他要当面呈请州牧大人，以示如何处置。

然而，当他来到书房前，正准备推门进去时，却看见黄中玉手挽着白衣少年，谈笑风生地从后花园走来。

陈豫川瞪着一对大眼，顿时骇得肝胆俱裂！

连忙隐藏在芭蕉丛中，竖起耳朵尖听。

黄中玉很高兴，看样子喝了不少的酒。

只听他说道："衷心谢过先生，已将寿礼安全护送至京师，黄某岂能失信？'观音珠宝印'乃本邦重宝……"

黄中玉一语未了。

白衣少年爽朗地大笑起来，适时打断了州牧大人的话，随即压低声音说道："只一事不明，大人为何还未应允在下之请……"

黄中玉听了白衣少年的话，放肆地哈哈大笑起来，语气轻松而愉快地说道："先生不必多虑，兹事体大，容黄某从长计议。急不得，急不得哈。"

二人复大笑，手挽手地进入书房中。

陈豫川听得心惊肉跳，顿时七魄吓掉了三魄。

直到现在，他这个蜀中名捕才弄明白。

黄中玉机深似海,为掩人耳目,故意让外人知晓,大张旗鼓地启用蔡氏兄弟护送寿礼。

实则以"观音珠宝印"为筹,暗地里令白衣少年,神不知鬼不觉地将"镖"窃走,悄悄护送至京师。

造成寿礼被窃的假像,以蒙骗世人。

只是尚未明了,二人嘴里"从长计议"之事,究竟为何等大事。

陈捕头匿芭蕉丛中,汗流津津。

突闻夜风声有异。

陈豫川抬头望去。

一道白光闪过,白衣少年凌空掠过,瞬间已远在数十丈开外。

旋即又见一群黑衣人,从高高的院墙上,大鸟般飞掠入内。倏地散开,迅速将书房和柴屋二处团团围住!

大门开处,遂宁令曾世礼身着官服,率百名衙役手执火把,杀气腾腾地进入黄府。

"切莫让反贼跑了!"

曾世礼手执刑部文牒,大声呼喊。

陈豫川很纳闷,书房里的黄中玉,为何没有任何反应?

黄府大管家杏儿,倒是很机警。

听到官兵的呐喊声,飞奔来到书房前。

路过芭蕉丛时,轻声言道:"陈大人好。"

陈豫川骇了一跳。

这个丫头片子真不简单,居然知道自己隐身于此。只得现身走出芭蕉丛,随同她一起前往书房。

书房里,黄中玉倒毙地上。

项上的创口细小，几无血丝溢出。

陈豫川心里明白，黄中玉死于白衣少年之手。

可叹州牧大人精明过人，却不知江湖深浅。

白衣贼何等人物！得了自己想要的东西后，还能留你活命吗？

曾世礼见了陈豫川，满脸疑惑之色，不无蔑视地揶揄道："陈大人倒来得及时哈！"

陈豫川笑笑，仗着州巡捕房捕头的身份，一副公事公办的样子。

他转过身来，将曾世礼手里的刑部文书，仔细地看了又看。

确定无任何破绽后，才故意高傲地昂起头，鼻里发出一声不轻不重的闷哼。

心知此人神通广大，原是刑部安插在遂州的暗探，难怪平时不把州衙当回事。

"州牧大人遇害，州巡捕房捕头陈豫川，当第一时间知道详情。"

陈豫川不卑不亢地说。

曾世礼闻言，把手中的文书扬了扬，傲气地说道："今夜之事，特奉唐永年大人之令，非为黄中玉死难而来，实为捉拿反贼。望陈捕头自重，勿扰军机要务。"

言辞极不客气，好像京师大员一般口吻。

陈豫川闻听此言，不置可否地笑了笑。

他从不自以为是，也从不把自以为是的人放在眼里。

尤其有京师背景的人，陈捕头向来都懒得搭理。

杏儿立一旁，并未在意二人的言语交锋，只顾四下里东张西望。

见书房里并无他人，似乎很失望。

她扑闪着一双美丽大眼，不解地看看陈豫川，又看看曾世礼。

唯陈豫川知道，鬼丫头的心思是什么。

这个表面柔弱的小女子，一定在打鬼主意。

适才她那么机警，并非黄府管家职责使然，而是心里有鬼，怕白衣少年尚未脱身，被官兵堵在书房里。

杏儿见陈捕头看着自己，立即笑脸如花。

莲步款款上前，将树上的十六个大红灯笼一一点亮。

雪亮的灯光，划过广袤的夜空，遥远可睹。

灯光下，数十个黑衣人，木雕一般纹丝不动。列阵成半圆形，包围在柴屋大门前。

陈豫川一向自信，说他巡捕房的兄弟个个训练有素。

然较刑部之黑衣杀手，犹差距多多，单那份冷血杀气，就让人佩服得紧。真不愧帝国最高刑侦机构出来的人，终归不一样。

曾世礼前后一通忙活，一副"吃不完穿不尽"的德性。

杏儿见了，直觉得好笑。

因为她知道，柴房里的反贼"驼背花工"，早已人去屋空了。

现在才姗姗来迟，捉个鬼的反贼哟。

谁知道，杏儿脸上的笑容还未散去，黄府大门外又一声音厉啸而至："切莫走了乱贼！"

大门开处，"第一店"卢二，在数十锦服者的簇拥下，刹那间奔至面前。

锦服者倏地四下散开,急速将众人团团围住。

曾世礼一见,连忙上前,叩首道:"下官不知卢大人驾到,有失远迎。"

卢二微微点头,极快地睃视一圈。

见了陈豫川,一脸喜色。

陈豫川心里虽然吃惊,却并不感到意外。

卢二是朝廷的人,肯定假不了。他原本以为是吏部张鹏翮的眼线,实在没有想到,这个不显山不露水的家伙,居然是内卫府的人。

杏儿倒是大吃一惊,主人一直要拔掉的朝廷暗钉,居然是卖凉粉的卢二!

自己还不知深浅,前去威胁过他呢。

杏儿想想,觉得自己有多么可笑。

不过她不明白。

"花工老周"早已遁去,卢二嘴里的"反贼"是谁?

见卢二两只眯眯眼,一动不动地盯着自己,杏儿脸上的笑,更加灿烂如花。

她悄悄移动脚步,向芭蕉丛挪去。

"拿下!"

卢二一声断喝。

四位着锦缎的内卫,齐步上前,伸手欲拿杏儿。

倏地一道白光,从杏儿袖口卷出。

四位锦缎内卫,无声无息地倒了下去。

颈项处,微微渗出一丝血迹。

陈豫川骇然。

杏儿使剑的手法,居然和白衣少年一般无二!

知她习有"锦缎柔骨功",忙错步上前,挺身护住卢二。

众锦衣卫见同伴被戕,齐刷刷亮出手中家伙,团团将杏儿围住。

瞬息间,情况万分紧急!

迷蒙的夜空中,突又一夜枭般的声音,远远地传过来。

"徒儿,不要慌,为师来也!"

杏儿一张粉脸,顿时笑成一朵秋菊。

她轻蔑地向四围的锦衣卫,卖萌般嘟嘟小嘴,笑盈盈地说道:"好师傅,您哪舍得不管杏儿?我才不慌哩。"

"哈哈哈,我的好徒儿!"

随着一阵爽朗的大笑,一人滚天裹地而来。

甫一着地,复又哈哈大笑。

"为师见深更半夜里十六个示警的大红灯笼忽然亮起,岂会不赶来凑热闹?!"

陈豫川听来者声音锐利,只道是白衣少年。

浑身一紧,匿于袖中的右手里,已多了三柄柳叶镖。

谁知定睛一看,来人不是别人,居然是蛮牛般的罗三五!

罗三五见了陈豫川,笑呵呵地招呼道:"大名鼎鼎的陈捕头,也来欺负鄙人小徒吗?"

陈豫川凝神戒备,不解地问道:"黄府大管家,是您的徒儿?"

罗三五十分得意,神情夸张地说道:"那还有假?当然是老夫高徒。"

他的声音突然变得浑浊。

伸手往脸上一抹，瞬间变幻出无数的怪脸来。

鬼脸！

天，白衣少年？罗三五？

究竟谁是鬼脸？！

陈豫川心中已然明了，罗三五必为白衣少年爪牙，却不知其既为白衣贼党羽，为何又将寒阳驿之事，当"龙门阵"讲给自己听。

"那日在梓潼'一醉春'……"

不待陈豫川把话说完，性急的罗三五，早哈哈大笑道："以君之能，早晚知晓寒阳驿之谜。况且有了罗某一说，少东家向北解送，'铁血神捕'向南追缉，岂不更妙？"

陈豫川瞠目结舌，张嘴正欲再问详情。

漆黑如幕的夜空中，再次传来三声呐喊。

"鬼脸哪里逃！"

"切莫让鬼脸跑了！"

"千万不可放过黄蜂小妖女！"

随着三声呐喊，阳明生夫妇偕雪珂禅师凌空御风而来。

刑部数十黑衣杀手，乘机与锦衣侍卫形成合围之势。

眼见敌众我寡，鬼脸却丝毫不为所动，仰天狂笑道："阳明生，金桂花，鬼见喊阎王，人见喊爹妈……哼哼！还有雪珂小儿，也敢来蹚这趟浑水？"

阳明生夫妻二人同心。

见鬼脸猖狂如斯，平静地说道："浊者自浊，清者自清。江山风月，得我便是主人，鸟兽虫鱼，亲我即为良友。人生行乐，寄兴遣怀，当相赏于形迹之外，世道人心，何来浑水者也？"

雪珂号一声无量寿佛，双手合十曰："施主差矣，老衲非为浑水浊水而来，实为敝寺观音珠宝大印……"

鬼脸闻言，"哼哼"两声，不无恶意地调侃道："阳明生金桂花，两位晚辈后生娃，也敢喳喳哇哇？少来和老夫谈世道人心！"

他朝地上"呸"了一泡口水，恶言相斥道："想想百年前峨眉山舍身崖上，你们不要脸的师傅'云里追风'联合百人围攻老夫，可为世道人心？"

鬼脸一边说，一边用目光暗示杏儿。

杏儿会意，缓缓移步至芭蕉丛。

陈豫川欲上前制止，又恐敌突发攻击，终不敢离开卢二左右。

鬼脸见杏儿已至芭蕉丛，脸上笑意更浓。

他不慌不忙转身，对雪珂禅师笑曰："观音珠宝印非俗物，应有德者而居之。现大印已有主人，何烦唠叨！"

雪珂禅师双手合十，号一声"阿弥陀佛"，随着阳明生夫妇一前一后逼近鬼脸。

卢二一直未说话，静观着事态发展。见刑部杀手已完成合围，正欲下令击杀。

躲进芭蕉丛中的杏儿，伸手在一株蕉杆上轻轻抚了一下。

顿时，"轰隆隆"一阵巨响，黄府后花园里接连发生十数起爆炸。

众人毫无戒备，被巨大的声浪冲翻在地。

雷鸣般的爆炸声中，鬼脸携杏儿凌空飞去。

五

腊月十八。

夜大雪。

次日午时，京师牒报。

诏升卢二为四川总督，慕容白至潼川府，遂宁令曾世礼接任遂州。

越明年，冬十一月十七。

吴三桂自去平西亲王爵，称天下都招讨兵马大元帅，踞云南反。伪檄所至，势同鼎沸，南方诸省纷纷响应。

桂藩遣大将张五麻子，为入川先锋。

腊月十一，吴军五万越过金沙江，北上直达川省首府成都。

兵困数重，省垣旦夕不保。

川督卢二身陷围城中，兵食尽而援不至，咬指血书遗嘱千言。

辞曰："守土无状，不肖川督卢二，泣血顿首。贱卢二者，幸叨封疆吏名，毫无韬略，生灵涂炭，咎实难辞。上负国家委任之恩，下惭抚育百姓之义。然开门揖盗，始自三藩；起衅失机，兆于云南。贼皆枭雄，民受鱼殃。今日死节，分所宜然……倘将来平定后，士民垂怜，觅我尸骸，择一善地，建一碑坊，题曰：'清死节总督卢二之墓。'则生生世世图报无穷矣。康熙十二年腊月二十一日，署成都总督卢二灯下书。"

越明日，卢二督军巷战。

自晨至午，反复冲锋绞杀。身受数十创，遂力战死。

卢二娘子随之殁火中。

当朝宰辅张鹏翮,奉旨建旌忠庙,以祭祀。

时邑人户部侍郎李仙根,吊卢公楹联云:

"极慷慨,极从容,读娓娓遗言,未拈斑管心先碎;

亦英雄,亦儿女,看双双致命,不树梅花骨已香。"

邑乡贤彭觉山有诗赞云:

明末清季几战争,
东川西蜀又连衡。
公宁死做泉中鬼,
义不生做城下君。
……
史臣秉笔无公论,
赖有旌忠报国恩。

腊月二十三。

潼川知府慕容白,竖反旗举兵叛清,开城迎吴军入城。

吴军先锋大将张五麻子,不战而得大府,遂踞西川。

腊月二十五。

伪诏升慕容白为四川总督,张五麻子为总兵。

有识之者言,张五麻子者,遂邑仁里场张泽林是也。

康熙十三年,二月初八。

川中小邑潼南,"朱三太子"举兵复明,号"暗无青天白日大将军"。

持"观音珠宝印"号令天下。

旬日间,拥众十万。

三军统帅皆女将,锐不可当。

前军"黑鹰",中军"红雉",殿军"黄蜂"。

三军统帅者,黑衣妓、洁尘仙子、杏儿三女是也。

中帐两员护旗手,一高一矮。

高者,剑阁拳师"鬼脸"罗三五。

矮者,潼南大佛寺和尚"虎牙将军"马连山!

三月十二。

"朱三太子"领兵十万,围攻遂州。

曾世礼撄城死战。

八月十六日,遂州城破。

曾世礼沉妻儿仙霞井中,督军力战死。

三月十八日。

"朱三太子"着白衣白袍,登莲花广场社稷坛,祭天祀地。

民众山呼万岁。

遂僭越称"蜀明武帝",伪国号"蜀明",定都遂州。

康熙十三年,秋八月。

王师入蜀。

九月初五,破成都。

擒伪川督慕容白,伪总兵张泽林,斩于城东校场坝。

十一月,王师攻破遂州,斩首万级。

悍贼"鬼脸"甚嚣张,毙伤官兵百二十人。身陷重围不得脱,遂自爆火药,乃殁。

擒虎牙将军及"黑鹰""红雉""黄蜂"三女酋,磔于城南菜市口。

余众皆降。

于伪王府中搜得"观音珠宝印"一枚,惜已缺额上纽角。

雪珂禅师闻之,且喜且悲。

率僧百众,依皇家大典,隆重迎回广德寺。

遂州百姓,沿途争睹。

万民欢呼雀跃,浩浩荡荡簇拥至观音殿,撞岁报平安大钟108响,重置琉璃罩内,供于观音大士金饰像前。

唯逆酋伪王"朱三太子"不知所终。

《遂州志》载:城破当晚,陈豫川负一白衣少年,携妻儿星夜外逃。隐于潼南乡下十八年,至死不敢言及"朱三太子"事,怕祸及子孙……

天涯若比邻（代跋）

丁酉正月，己卯。

一夜春雨，淅沥如筛，勾引无限美丽记忆。

去岁三月，伍公立杨自海南归蜀，就职《当代文坛》。文友燕集，相贺于"红杏酒家"。

席间，诗文佐酒，好不快活。

适，愚新著《乱世遂州》，草结待字闺中。有沪上书商者，出银不菲欲购。终因条件苛刻，不肯相嫁与他。

伍公闻讯，索而览之，览而荐之。

夏五月，突接一陌生电话。机屏显示，电话来自北国。

电话者，宋公玉成是也。愚久仰公之大名，博学多才，急公好义。

自此频频电话，彼此相谈甚欢。

公性豪奢，满腹锦绣，果如江湖客所言。得公青睐，"玉成"媒约。嘱王金秋君与愚相商，终敲定出版条约。

又得师者路嵩，巧手精心妆扮，"小姑娘"得以出阁，远嫁北国。

今岁春，众友再荐十余人，拟为序言者。愚思之再三，刘公大桥为最佳。先生所作序文，洋洋洒洒数千言，为草作陡增许多厚重。

有道是：海内存知己，天涯若比邻。

愚与诸君多未谋面，或仅一面之缘。如乡党王夢，虽同饮涪水，却无缘聚首。先生所题书名，稚气大拙，实为门楣贴金矣。

著书不易，出版尤难。遂再三鼓足勇气，道一声谢谢。

唯恐这一声谢谢，不周不到，亵渎了诸君情谊。

言由心生，以此代跋。

李　浩
丁酉寅月　于蛙鸣斋